KB195761

THREE

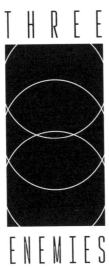

ENEMIES

THREE ENEMIES

박해울 장편소설

세 개의 적

다섯
책방

차례

이것은 한 세계가 멸망하고

다시 시작되는 이야기다.

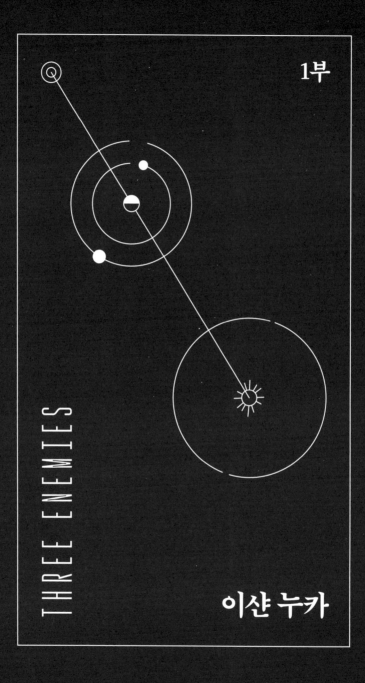

1부

THREE ENEMIES

이샨 누카

깊은 물속으로 빠져들고 있다. 승용차 안으로 물이 천천히 차오른다.

귀가 먹먹하다. 늦가을의 강물이 날카롭게 느껴질 정도로 차갑다. 문을 열어보지만 꿈쩍도 하지 않는다.

서영하는 그 차 안에서 익사할 운명이다. 이것은 의도된 살해다. 하지만 그 누가 이것을 살해라고 불러줄까? 이 사건 또한 사람들은 예외 없이 '동반 자살'로 부를 것이다. 구성원 중 동의한 사람이 단 한 명도 없을지라도.

서영하의 아버지가 집에 돌아온 건 새벽녘이었다. 그는 다짜고짜 할머니 집으로 갈 거라고 말하며 나란히 자고 있던 영하와 영상을 깨웠다. 아버지 입에서 할머니 이야기가 나온 것은 근 6년 만의 일이었다. 영하는 순진하게도 할머니와 아버지가 극적으로 화해했을지도 모른다고 생각했다.

차 안은 어색한 침묵이 내려앉아 있었다. 이따금 들리는 내비게이션의 안내 음성도 침묵을 깨지는 못했다. 목적지에 할머니 댁 주소가 보였다. 아버지는 그 행로를 착실히 따르는 중이었다. 영상은 뒷좌석에서 값싼 장난감 비행기를 만지작거리고 있었고, 영하는 조수석에 앉아 턱을 괴고 창밖으로 쏜살같이 사라지는 풍경만 멍하니 쳐다보았다. 새벽안개가 자욱했다.

영하는 아버지의 옆얼굴을 보았다. 언제나 그랬듯 표정에서 감정이 읽히지 않았다. 그는 자식과 배우자에게는 물론이고 동료들에게도 속을 알 수 없는 사람으로 정평이 나 있었다. 그러다가 그는 예고도 없이 무모한 계획을 현실로 옮기곤 했다. 회사를 그만두거나 직업을 바꿀 때도, 엄마를 때릴 때도, 투자와 주식과 가상도박에 빠졌을 때도, 사채업자에게 돈을 빌릴 때도 그랬다. 그 과정에서 주변 사람들과 상의를 한 적은 없었다. 문제가 생겨도 그는 도움을 구하지 않았다. 그렇다고 자신이 어떻게든 수습하려고 하는 것도 아니었다. 그저 침묵한 채로 가만히 있기만 했다. 그 침묵이 두려움이나 자책감이나 분노에 기반을 둔 것인지는 알 수 없었지만 어쨌거나 그가 덮어놓고 가만히 있는 동안 문제는 점점 더 악화해 버렸다. 그러면서 자신이 실직한 것도, 결혼 생활에 실패한 것도 망할 놈의 이민자 놈들 때문이라고 버릇처럼 말하곤 했다. 누워서 침 뱉기였다.

휴게소가 근처에 있음을 알리는 녹색 안내판이 보였다. 해가 막 떠오르고 있었기에 안내판 가장자리가 환하게 빛나고 있었다. 안내판에 드리운 그 빛이 아름답다고 생각했다. 그때, 아버지가 침묵을 깼다.

"우동이라도 사 먹고 가자."

뒷좌석에서 영상의 놀란 기척이 느껴졌다. 고개를 돌려보니 영상이 눈을 동그랗게 뜨고 영하를 쳐다보고 있었다. 영상은 한 번도 휴게소에서 뭘 먹어본 적이 없었다.

"뭐 해, 안 먹고?"

정신을 차려보니 영하는 모락모락 김이 나는 우동 앞에 앉아 있었다. 젓가락을 들어 얼떨떨한 기분으로 면발을 입으로 가져갔다. 입안에서 따뜻하고 부드러운 면발의 감촉이 느껴졌다. 고명으로 올라간 유부를 먹으며 영하는 오늘이 무슨 날이라도 되는 걸까 생각했다.

영하는 제 옆에 앉아 있는 영상을 쳐다보았다. 영상은 앞접시에 면발을 덜어 식힌 후 공들여 씹고 있었다. 영하는 맞은편에 앉아 있는 아버지에게로 시선을 옮겼다. 그 앞에도 우동 한 그릇이 놓여 있었지만, 그는 먹는 둥 마는 둥 하다가 자리에서 일어나며 화장실에 다녀오겠다고 했다. 점점 작아지는 아버지의 뒷모습이 김이 서린 듯 흐릿했다. 영하는 눈을 비볐다. 따뜻한 음식을 먹은 탓인지 졸음이 쏟아졌다.

젓가락이 바닥에 떨어지는 소리가 들렸다. 영하는 소리가 난 쪽으로 고개를 돌렸다. 영상이 의자에 축 늘어져 있었다. 영하는 영상의 이름을 부르려 했다. 하지만 목소리가 나오지 않았다. 눈앞이 캄캄해졌다. 저 멀리 아버지가 서 있는 것이 보였으나 자리에서 일어날 수도, 아버지를 제대로 바라볼 수도 없었다.

그리고 깨어나 보니 이곳, 깊은 물속이다.

개새끼. 널 평생 증오할 거야. 우린 아버지 따위 없는 편이 나았어. 용서할 수 없어.

아버지를 믿지 말았어야 했다. 할머니 집에 간다고 했을 때, 당신을 어떻게 믿느냐고 말하고 영상의 손을 잡고 집에서 도망쳤어야 했다. 그게 아니라면 과감하게 식칼을 들어 죽였어야 했다. 엄마는 왜 이런 사람이랑 결혼한 것일까? 나메로의 엔바로스 지역민의 본국으로의 대규모 이주 시기에, 난민으로서 본국에 정착하여 살아남기 위해 어쩔 수 없이 선택한 것일까?

영하는 운전석에 앉은 아버지의 옆모습을 응시했다. 그는 마치 구원의 손길을 보기라도 한 듯 수면 쪽을 올려다보며 밝은 표정을 짓고 있었다. 저렇게 환한 표정을 본 건 처음이었다.

또 무슨 일을 벌여놓고 수습을 못 했나 싶었다. 이번에는 목숨을 내놓아야 할 만큼 큰 문제였나. 혼자 죽는 게 두려워서 자식까지 죽이려 하잖아. 최후의 최후까지 뒷일은 전혀 생각하지 못하는 게 너무나도 그다웠다.

영하의 눈앞으로 장난감 비행기가 유유히 지나갔다. 마치 평화롭게 순항하는 진짜 비행기처럼 보였다. 뒤를 돌아보니 비행기 너머로 영상의 새파래진 얼굴이 있었다. 그의 짧은 머리카락이 물결에 느리게 살랑일 뿐, 그가 살아 있는지 확신할 수 없었다. 영상은 비행기 조종사가 되어서 세상 곳곳을 다녀보고 싶다고 했다. 하지만 이대로라면 그의 생은 여기서 끝나버릴 것이다.

차갑고 허름한 달방이, 그곳에서 라면과 냉동식품으로 끼니를 때웠던 순간이 주마등처럼 스쳐 지나갔다. 정신이 몽롱하고, 숨이 막혔다. 이렇게 인생이 끝나는 걸까? 이렇게 무력하게, 물에 잠긴 승용차에서?

아니다. 여기서 허무하게 죽을 순 없었다.

학교 도서관에서 응급 상황 대처법에 관한 책을 읽은 적이 있다. 영하는 헤드레스트를 뽑았다. 이걸로 창문을 깰 수 있다고 했다.

뾰족한 부분을 창가 모서리에 대고 여러 번 내려쳤다. 창문은 꿈쩍도 하지 않았으나, 계속해서 힘껏 내려치자 충격을 이기지 못하고 조금씩 금이 가기 시작했다. 깨진 창 사이로 팔을 넣어 문 손잡이를 잡아당겼다. 문이 열렸다. 영하는 차에서 빠져나와 뒷좌석의 영상을 끌어냈다.

영하는 한쪽 팔로 물을 가르며 위로 향했다. 저 멀리, 머리 위로 밝은 수면이 보였다. 영하는 생각했다. 물 밖으로 나가면 죽도록 노력해서 돈을 벌 거야. 그래서 영상이랑 함께 먼 나라로 여행을 떠나야지. 장소는 어디가 좋을까……. 어떤 계절이 좋으려나……?

생각이 더 이상 꼬리를 물고 이어지지 않았다. 영하의 몸이 격렬하게 산소를 요구했다. 마음속으로는 바로 코앞에 수면이 있다고, 조금만 참으면 된다고 외쳤지만, 정신 또한 육체에 담겨 꺼져가고 있었다. 빛은 닿을 수 없는 별처럼 느껴졌다. 온몸에 힘이 빠졌지만 남은 힘을 다해 축 처진 영상을 고쳐 잡았다. 하지만 영하는 한계에 다다랐음을 스스로도 잘 알고 있었다.

그러다 한순간, 그의 품이 가벼워졌다.

안 돼.

영하는 영상을 놓쳤다.

영상이 심연으로 서서히 가라앉고 있었다.

마음 같아서는 다시 아래로 돌아가 그를 구하고 싶었다. 하지만 그러기에는 너무 늦었다. 살고 싶다는 본능이 그를 수면 밖으로 이끌고 있었다. 영하는 자신의 한계에 대해 한탄했고, 기구한 팔자에 대해 분노했다. 그는 생각했다. 내가 육체적으로 강했다면 영상을 구하기에 너무 늦었다는 생각 따위 안 하지 않았을까? 머리가 좋았다면? 하다못해 눈치라도 빨랐다면?

이대로라면 수면 밖으로 나가게 될 것이다. 그러면 목숨을 건질 수 있을 것이다. 수면 밖에서 내리쬐는 햇살은 이 물속까지 따사로운 빛을 발산했다. 빛은 생명력으로 충만했다. 영하에게 그 빛은 너무도 달콤하게 느껴졌다. 하지만 이렇게 혼자 살아남아 밖으로 나간다 한들, 무슨 의미가 있나 싶었다.

순간 몸을 휘감고 있던 물살이 느껴지지 않았다. 호흡도 편안해졌다. 아니다, 숨을 쉬고 있긴 한 걸까? 영하는 멈칫했다. 내가 죽은 것일까?

"······장님."

이게 무슨 소리지? 목소리는 한 번 더 들려왔다.

"서영하 부장님."

머리가 깨질 듯이 아팠다.

평생 구천을 헤매다가 새로운 육체를 얻은 듯한 기분이 들었다. 소음이 또렷하게 들리기 시작하고, 눈꺼풀 위로 환하고 날카로운 빛이 내리꽂혔다. 다양한 자극들이 영하를 원래 세계로 이끌고 있었다. 그는 눈을 떴다. 의료용 로봇 EL-D1이 EL 전용 잿빛 유니폼을 입고, 인자한 노년 여성의 모습으로 영하를 내려다보고 있었다.

"정신이 드십니까?"

D1이 말했다. 영하는 기억을 더듬어 자신이 동면 항행에 돌입했었고 지금 깨어났다는 것을 깨달았다. 항행 준비 때 도민은 영하를 걱정하며 D1에게 영하의 주치의로 있으라고 추가 명령을 내렸다. 꽉 막힌 탈것에 있다는 상황을 인식하자마자 몸이 제어하기 힘들 정도로 떨려왔다. 심장이 터질 듯 박동하고 있었다. 몸뚱이가 말을 듣지 않았다.

속이 메스꺼워졌다. 봉투라도 달라고 할 새도 없이 연초록빛 토사물을 바닥에 게워 냈다. D1이 다가오는 바닥 청소 로봇보다 더 재빨리 근처 벽에 있던 대걸레를 잡고 토사물을 치웠다. 그러고 나서 약물이 든 주사기를 들고 와 영하의 팔에 바늘을 찔러 넣었다.

"진정제예요. 꽤 많은 용량이니까 지상에 도착할 때까진 견딜 수 있을 겁니다."

잠시 후 터질 듯 두근대던 심장의 박동이 조금씩 잦아들었다.

영하는 입가를 손으로 닦으며 말했다.

"잠든 지 얼마나 지났지?"

"약 3년하고도 1개월 21일을 누워 계셨습니다."

이 우주선은 D1과 C9이 관리를 맡았었다. 그가 D1에게 물었다.

"C9은? 잘 왔나?"

"네. 지금쯤 사람들을 다 깨우고 다른 로봇들이랑 격납고에서 명령을 기다리고 있을 겁니다."

구석의 스피커에서 잡음이 들리더니 이내 나지막한 중년 여성의 목소리가 들렸다.

"안녕하세요. 선적(船積)선 겸 승선(乘船)선인 자르갈호(號)에 타고 계신 센타릭사(社)와 래일 광업소 여러분. 센타릭사 후발대 본부장 정도민입니다. 우리는 지금 아이포튬 채굴 프로젝트가 진행되는 차페크 행성에 다다랐습니다. 행성에는 651명의 선발대 직원이 상주하고 있으며, 우리 후발대는 달 정거장에서 425명이 출발하였으나 안타깝게도 동면 중 사망자가 발생하여 현재는 421명임을 알려드립니다. 또한 이곳에는 50대의 EL이 동승하고 있어, 앞으로의 임무를 돕게 될 것입니다. 동면실에서 대기하고 있다가, 알람이 울리면 셔틀 탑승 집결지로 이동해 주십시오. 장기 동면으로 인해 동면 부작용이 있을 수 있습니다. 호흡곤란, 코피, 구토, 기침, 손 떨림, 오한, 발열 등의 증상은 흔히 있는 부작용이오니, 진찰이 필요하면 지상에 착륙한 후 의무실에 내원하시기 바랍니다. 수화물은 순차적으로 각 팀별, 개인별로 분류되어 작업장과 숙소로 배달될 예정입니다."

도민의 목소리는 어렸을 때나 지금이나 변함없이 차분하고 또렷했다.

다시 도민의 목소리가 들려왔다.

"도민이 명한다. 전 EL들은 깨어나 대기하라."

그것은 로봇들을 깨우는 성문(聲紋)이었다. 영하의 옆에 있던 D1의 양쪽 동공 가장자리에 황금색 원이 그려졌다.

영하는 격납고에 절전 모드로 대기 중인 EL 50대의 동공에도 황금색 원이 그려지는 모습을 떠올렸다.

영하는 힘을 주어 두 다리로 일어났다. 심장이 두근거리고, 현기증이 일었지만 걸을 수 있었다. 그는 샤워 부스 안으로 들어가 몸을 씻었다.

따뜻한 물을 맞으며 영하는 차페크의 이름을 입에 담아보았다.

오래전 이 행성이 처음으로 발견되었을 때, 놀라울 정도로 지구와 비슷한 조성을 가졌다는 보도를 들은 적이 있었다. 식생과 자전 시간조차 지구와 거의 유사하여, 오차가 있지만 지구에서처럼 24시간 체계를 사용한다고 했다. 우리와 비슷한 문명이 있을 법도 한데 그렇지 않다며, 문명이 아직 만들어지기 전이나 멸망한 후일지도 모른다는 이야기도 오갔었다. 녹지대나 바다가 적어 휴양지로는 적합하지 않지만, 이곳에는 청록빛의 아이포튬이 매장되어 있다고 했다.

그리고 영하에게는 이 낯선 행성이 애틋하게 느껴지는 구석이 있었다. 지제 삼촌이 연구를 떠난 곳이기 때문이었다.

영하가 사고에서 혼자 살아남은 후, 그의 보호자를 자처한 사람은 아버지와 연을 끊고 지냈던 지제였다. 그는 동생을 구하지 못했다는 죄책감에 빠져 있던 영하에게 그것이 영하의 잘못이 아니라고 말해준 유일한 사람이었다.

지제는 영하가 고등학생일 때 차페크 행성으로 떠났다. 환경부는 차페크 행성의 아이포튬 채굴 프로젝트가 행성 환경에 미치는 영향을 연구하는 정화보전팀 팀장으로 지제를 고용하고 싶다고 했다. 그 메시지를 읽고 지제의 눈이 잠깐 빛났지만, 지제는 떠나지 않겠다고 말했다. 영하가 자신의 보살핌을 받아야 한다는 이유에서였다. 그러나 영하는 지제를 차페크로 떠밀었다. 지제가 자기 때문에 원하는 일을 하지 못하게 되는 것은 견딜 수 없었다. 그는 고심 끝에 지구를 떠나기로 했고 일이 끝나는 대로 돌아오겠다고 말했었다.

지제는 비록 멀리 떨어져 있게 되었어도, 영하에게 메일을 보내 자신의 근황을 자주 전했다. 그는 주임과 둘이서 자연이 얼마나 파괴됐는지 조사하고 정화 시설을 관리한다고 했다. 그 외에도 그는 차페크 행성의 생물 도감을 제작하고 있다고 했다. 도감 제작은 행성 개척 시대의 관습으로 남아 있는 업무일 뿐이어서 그리 열심히 하지 않아도 된다고 했지만, 그가 만든 도감을 구경하니 보통 정성을 쏟은 게 아니었다. 그는 분지 내 오염 수치가 예상보다 빠르게 올라가고 있어서인지 근방에서 볼 수 있는 동식물 수가 확연히 줄어들었다고 했다. 채굴 사업이 계속되다 보면 아무것도 남지 않을 것 같다고, 그래서 도감 제작이라도 열심히 해두어야 할 것 같다고 말했었다.

그에 비해서 영하는 그만큼 소식 전하기에 성실하지 못했다. 그는 인간형 로봇을 만드는 팀을 꾸려보지 않겠느냐는 센타릭사의 제안을 받아들여 그 자신이 로봇부 부장이 되었다는 소식을 전했다. 하지만 그 이후 로봇 제작의 근황에 대해서는 거의 이야기하지 않았다. 그러나 차페크 행성에서는 늦게라도 지구 뉴스를 보고 들을 수 있으니, 영하가 이야기하지 않더라도 로봇부가 어떤 비극을 맞게 되었는지는 알고 있을 것이다. 삼촌을 오랫동안 보지 못했었다. 하지만 이제 곧 볼 수 있다. 그와 만난다는 사실에 너무도 기뻤지만, 초조한 마음이 드는 것도 사실이었다.

샤워를 마친 그는 보관함을 열고 잘 다려진 검정 상·하의를 입고, 등에 센타릭 로고가 박힌 남색 점퍼를 입었다. 마지막으로 그는 거울에 비친 자신의 얼굴을 살폈다. 오래간만에 봐서 그런지 자기 얼굴인데도 영 낯설었고, 우스울 정도로 지쳐 보였다.

역시 진정제만으로는 충분하지 않은 기분이 들었다. 뭔가 빠진 느낌이었다. 그는 새 옷의 주머니를 샅샅이 뒤져보고는 D1에게 물었다.

"저기 말이야."

"네?"

"담배 없나?"

D1이 픽 웃었다.

"이제 좀 살 만하신가 보네요. 없어요. 있어도 안 드릴 겁니다. 게다가 선내에서는 금연이고요. 그러지 말고 디바이스나 착용하세요."

D1은 서랍장 위를 가리켰다.

동면 기간을 금연으로 친다면 지금쯤 담배 생각이 안 나야 하는 것 아닌가. 그는 입맛을 다셨다.

서랍장 위에는 D1의 말대로 디바이스가 하나 있었다. 영하는 손목에 디바이스를 착용하고 전원을 켰다. 차페크 행성 시간에 맞춰진 시계가 떠 있었다. 디바이스에는 개인 일정과 공지 사항, 급여 확인, 음성 통·번역 등의 기능이 있었다. 그는 설정으로 가서 자신의 개인정보를 확인했다. 이름은 서영하, 직책은 로봇부 부장. 그리고 그 옆에 자신의 흉상이 떠 있었다. 그 모습은 지금보다 젊어 보였다.

집결지로 이동하라는 알람이 선내 전체를 왕왕 울렸다. D1이 왕진 가방을 메고 문을 열었다. 영하는 그의 뒤를 따라 문밖을 나섰다.

복도에는 다양한 체형과 피부색을 가진 사람들이 한데 섞여 있었다. 본국 사람들과 바다 건너 에오릴리아, 군도가 모인 나라 추쿠, 인접국 헤이베와 로카스톤, 나메로 사람들이 바글거렸다.

사람들의 다양한 체취와 목소리가 복도를 꽉 채웠다. 헤이베인의 빠른 억양, 로카스톤인의 센 발음 등 외국어도 섞여 들려왔다. 어떤 사람은 디바이스의 번역 기능을 시험해 보고자 자신의 모국어를 디바이스에 대고 이야기하고, 본국어로 번역된 음성이 들리는 것을 확인하기도 했다. 똑같은 사람이 하나도 없었다. 하지만 그들 전부 긴 잠에서 깨어나 몽롱한 표정이었고, 낯선 곳에 도착한 사람 특유의 긴장과 두려움이 엿보였다. 몇몇 사람은 코피를 흘렸고, 금방이라도 숨이 넘어갈 듯 끊임없이 기침했다. 들것에 실려 가거나 동료에게 업혀 가는 사람도 보였다.

영하와 D1은 인파에 몸을 맡겼다. 그는 D1과 자신에게 따가운 시선이 꽂히고 있음을 느꼈다. 주변에서 수군대는 목소리가 들려왔다. 단어들이 띄엄띄엄 들렸지만, 영하는 머릿속에서 완벽한 문장의 형태를 유추해 낼 수 있었다. '로봇부가 풍비박산되었다는데 부장만 온 건가, 저 여자는 한창 잘나가다가 망했네', '저 여자 본국 사람이 아니라 나메로 피가 섞인 것 같은데 부모 중 한쪽이 나메로인인가', '뉴스에서 사람을 죽인 로봇이 있다는 걸 봤는데 저 로봇인가', '아니다, 그 뉴스에서는 청년 외형의 남성형 로봇이라고 했었다, 그 이름이 C9이었다', '그렇다면 다른 로봇들도 위험한 것 아니냐' 따위였다.

집결지로 가는 내내 수군거림이 들려왔지만, 영하는 침묵했다. 해명할 기운이 없었다. 도민의 제안으로 이곳에 오게 됐지만, 지구에서 쫓겨난 것은 쫓겨났다고밖에 할 수 없었다. 영하가 할 수 있는 일이라곤 이곳에서 EL의 효용성을 보여주는 것뿐이었다. 앞으로 닥칠 모든 사건을 혼자 처리해야 한다는 사실에 눈앞이 캄캄했다. 이런 상황에서 유일하게 위안이 되는 것은 행성에서 지제 삼촌과 가까이 지낼 수 있다는 사실뿐이었다.

지상으로 내려가는 25인승 찬드라 셔틀은 거대한 자르갈호와 비교가 되지 않을 정도로 흔들림이 심했다. 영하는 한쪽 구석에 머리를 팔싸 감싸 쥐고 앉아 몸을 떨었다. D1은 진정제를 더 놔줄 수는 없다고, 셔틀에서 금방 내리게 될 테니 조금만 참으라며 영하를 안고 등을 토닥였다. 자르갈호에서 괜찮았던 건 거대한 우주선의 크기 덕에 진동이 덜했기 때문이었을 뿐, 무엇보다도 진정제 덕분이었다는 생각이 들었다. 정신을 잃기 직전 도착 임박을 알리는 사이렌 소리가 들렸다.

셔틀은 지상의 이착륙장에 도착했다. 영하는 인파를 헤치고 해치 바로 앞에 나가 섰다.

해치가 열리자 바깥의 후덥지근한 열기와 뿌연 먼지가 밀려들어 왔다. 사람들 앞에 철제 갱웨이(gangway)가 천천히 지상으로 뻗어 나갔다. 지상에는 옅은 스모그가 잔잔하게 깔려 있었다. 잠시 후 경광등을 든 지상의 사람들이 나타나 안내 준비를 했다.

이착륙장을 제어하는 관제탑이 보였다. 이착륙장의 철조망 너머에서는 포장도로를 건설하기 위해 로드롤러가 움직이고 있었고, 지게차와 덤프트럭이 짐을 잔뜩 싣고 분주히 어딘가로 가고 있었다. 저 멀리 땅 위로 거대한 로봇 팔이 쉴 새 없이 짐을 나르고, 3D 프린터가 무채색의 건물을 만들고 있었는데, 땅의 색과 거의 흡사했다. 마무리는 사람이 하는 모양이었는데, 외골격을 착용한 몇몇 사람이 자동 갈고리 로프를 이용하여 지상에서 옥상까지 단숨에 올라가고 있었다. 그 건물들은 하나같이 미감을 전혀 고려하지 않은 천편일률적인 디자인에 배열마저 단순했다. 영하는 건물 너머에 무엇이 있는지 둘러보았다. 지평선이 있어야 할 곳에는 짙은 회색빛의 산등성이가 병풍처럼 둘러쳐 있어 이곳이 분지 안쪽임을 실감하게 해주었다.

산맥의 한쪽 골짜기에는 쓰레기장이 보였는데, 아직 처리되지 못한 쓰레기 더미들이 사면을 이루고 있었고, 쓰레기 더미 옆에는 거대한 자갈 더미가 쌓여 있었다. 그 근처에 있는 소각장에서는 한 줄기 회색빛 연기가 하늘로 올라가고 있었다.

영하는 문득 오른쪽 손등에 간지럼을 느꼈다. 엄지손톱만 한 은회색 벌레가 살갗을 기어오르고 있었다. 영하는 손을 들어 벌레를 살폈다. 다리가 네 개 달리고, 날개와 더듬이는 없었다. 벌레가 지나간 곳에는 점액이라고 부르기에는 아주 묽고, 그냥 물이라고 하기에는 약간 점성이 있는 무색무취의 액체가 묻어 있었다. 달팽이가 지나간 길과 비슷했다. 액체는 아무 흔적도 남기지 않고 금방 증발했다. 그는 이 벌레가 어디에서 왔는지 궁금하여 바닥을 내려다보았다. 벌레 몇 마리가 땅을 기어다니고 있었다.

셔틀에 있던 사람들은 모조리 바닥을 바라보며 놀라움과 역겨움을 내비쳤다.

"이게 뭐요?"

인파 속에서 한 여자가 물었다.

경광등을 든 직원이 사람들의 동선을 안내하며 심드렁하게 말했다.

"우리도 몰라요. 일주일 사이에 갑자기 출몰했으니까."

영하는 팔 쪽으로 올라가는 벌레를 손가락으로 튕겨 냈다. 그 벌레는 바닥에 착지했다. 그런데 그 순간, 옆에 있던 남자가 그 벌레를 밟았다. 벌레는 경도가 약한 광물처럼 부서졌고, 그 자리에는 모래알처럼 고운 파편만이 남았다. 이곳이 지구였다면 체액이 튀었을 텐데, 벌레가 물기 하나 없이 바스러지는 것을 보니 지구에서 정말 멀리 떠나왔다는 아득한 기분이 들었다.

인파 속에서 누군가가 또 불만 가득한 목소리로 물었다.

"돌아다니면서 병균 옮기고 그런 거 아니에요?"

직원이 말했다.

"환경부에서 더러운 건 아니래요. 간지럽지도 않고 쏘지도 않아요. 그냥 밟으면 죽어요. 뭐, 여튼……. 자, 빨리빨리 이동하세요. 다음 셔틀이 와야 하니까. 그래도 오늘은 모래 폭풍이 안 불어서 무사히 착륙했네요."

경광등을 든 직원들이 셔틀에서 내린 사람들을 이착륙장 바깥으로 인도했다. 사람들은 디바이스를 활성화해 각 팀의 집결지를 찾았다. 영하는 인파 사이에서 걸어가며 D1에게 물었다.

"너는 계속 나와 같이 있는 건가? 이후에는 어떻게 하라고 명령받았지?"

"동행은 지상에 도착할 때까지로 되어 있었습니다. 하지만 조금 더 동행하라고 하시면 있을 수도 있고요. 어떻게 하시겠습니까?"

"좀 쉬면 괜찮아질 것 같아. 혼자 갈게."

"그럼 저는 의무실로 가보겠습니다. 이렇게 헤어진다고 해도, 부장님의 컨디션이 나빠지면 저에게 실시간으로 연락이 오게 연결해 두었습니다. 또 그 밖에 필요한 것 있으면 말씀해 주시고요. 진정제를 좀 드리겠습니다."

D1이 가방에서 작은 약통을 꺼내 영하에게 건네주었다. 그러고 나서 그는 몸을 돌려 걸어가다가, 다시 영하를 바라보았다.

"참, 곧 C9을 만나시겠죠?"

D1이 물었다.

"응. 배치도 있고 모니터링도 나갈 테니까."

"C9이 부장님과 만나면 뭔가 물어볼 거예요. 물어보고 싶은 게 있다고 하더군요."

"그게 뭔데?"

"직접 들으시는 게 좋겠죠."

D1은 그 말을 남기고 사라졌다.

영하는 디바이스를 확인했다. 공지 사항이 하나 있었는데, 로봇부의 수리실을 겸한 연구실과 영하의 숙소 위치가 안내되어 있었다. 또한 EL 전 기체는 내일 중으로 지상의 창고로 도착할 예정이라고 쓰여 있었다. 그러니까, 내일부터는 바빠지겠지만, 오늘 하루 정도는 여유가 있다는 의미였다. 영하는 잘됐다고 생각했다. 그는 지제를 만날 수 있다는 희망에 부풀어 그가 있을 만한 곳을 검색해 보려고 했다. 그때, 마침 음성 메시지가 날아왔다.

"*안녕! 삼촌이야. 여기서 재회할 줄은 몰랐네. 도착하면 정화 보전팀 연구실로 와. 오르막 언덕을 걸어 올라오면, 바로 보이는 흰 건물이야. 옥상에 위성 안테나가 보이는 곳인데, 혹시 모르니까 약도를 첨부해 둘게. 어서 와!*"

반가운 목소리에 눈물이 찔끔 날 뻔했다. 영하는 첨부된 약도를 보고 걸었다. 꽤 가파른 언덕에, 숨이 턱까지 차올랐지만 그는 아랑곳하지 않았다.

언덕 꼭대기에 다다르자, 분지 안이 훤히 내려다보였다. 크고 작은 건물과 광업 단지, 발전소, 수도 정화 시설 등이 보였다. 그 주위로 군데군데 정차해 있는 커다란 트럭들이 여기에서는 장난 감처럼 보였다. 하늘 꼭대기에서 지상의 셔틀 착륙장까지 찬드라 셔틀 한 대가 내려오고 있었다. 저 멀리 저수지와 키 큰 갈대 군락도 보였다.

지제의 연구실이 있는 건물은 옛날 학교를 연상케 하는 2층짜리 일자형 건물이었다.

1층의 대부분은 기계 설비로 가득 찬 기계실이 차지하고 있었다. 기계실 옆에 작은 방이 있기에 그곳이 지제의 연구실이겠거니 생각했다. 하지만 그 문 옆에 쓰인 안내판을 보니, 그곳은 연구실이 아니라, 래일 광업소 소장의 집무실이었다.

영하는 계단으로 걸어 올라가며 난간을 따라 설치된 휠체어

리프트를 보았다. 언덕 꼭대기에다 2층이라니. 지제가 일하기에 편하지는 않을 것 같았다. 기계는 중량 때문에 2층으로 올리기 어려워서 1층에 있다 치더라도, 다리가 불편한 사람의 연구실 정도는 층을 바꾸어줄 수 있는 것 아닌가 싶었다.

영하는 '환경부/정화보전팀'이라고 쓰여 있는 현판과 그 옆에 적힌 지제의 이름을 확인했다. 오랜만에 볼 생각에 긴장이 됐다. 이 문을 열고 들어가면, 한순간에 지제와 함께 살았던 시절의 어린애가 되어버릴 것 같아 겁이 났다.

영하는 방문을 노크했다. 들어오라는 목소리가 들렸다. 예전과 똑같은 목소리였다. 영하는 문을 열어젖혔다.

지제는 커다란 모니터 앞에 앉아 있었다. 여기서는 그의 뒤통수밖에 보이지 않았다. 키보드 두드리는 소리 사이로 그의 목소리가 들렸다.

"잠시만 기다려주세요……."

영하는 잠자코 그의 일이 끝나기를 기다리며 공간을 눈으로 훑었다.

연구실은 생각보다 작았다. 책장에는 지구에서 가져온, 그가 사랑해 마지않는 십자말풀이와 스도쿠 잡지들이 꽂혀 있었고, 한쪽 구석에는 여분의 휠체어와 웨어러블 레그가 하나 있었는데, 구석에 먼지를 덮어쓰고 충전기에 거치되어 있는 것으로 보아 별로 사용하지 않는 것 같았다. 한쪽 벽에는 커다란 전자 칠판이 있었고 이곳의 토착 생물로 추정되는 것들의 사진과 스케치가 있었다. 옆에는 자리 하나가 더 있었는데, 이전에 메일에서 한 팀이라고 말한 주임의 자리인가 싶었다. 그리고 다른 쪽 벽에 문 하나가 열려 있었는데, 안쪽에 낡은 간이침대와 작은 소파가 있는 것을 보니 저 방에서 잠깐 쉬거나 자기도 하는 듯했다.

　일의 마지막을 암시하는 듯한 경쾌한 엔터 소리가 들린 후에야 지제는 천천히 몸을 돌렸다. 얼굴에 주름 몇 개만 더해졌을 뿐, 지제는 달라진 것이 없었다. 그는 떠나갈 때처럼 전동 휠체어에 앉아 있었고, 몬스테라 잎이 프린트된 하와이안 셔츠를 입고 있었는데, 가슴팍의 주머니에 전자 담배가 꽂혀 있었다. 영하는 담배를 보자마자 연기를 깊게 빨아들이고 싶다는 생각이 들었지만 이내 그 욕구를 억제했다.

　그가 환하게 웃으며 말했다.

　"아이고, 떠날 때랑, 달라진 게 없네. 전혀 자라지도 않고."

　이 말을 듣자마자 웃음 새어 나왔다. 영하가 대답했다.

　"무슨. 삼촌이야말로 똑같네."

　"천하의 서영하가 온갖 두려움을 뚫고, 우주선을 타고 여기까지 오다니."

　"그렇긴 한데 착륙한다고 깨어나서 여기까지 오는 내내 힘들어 죽을 뻔했어."

　"그렇지만 이렇게 멀리까지나 왔지."

　"그렇지. 삼촌이 보고 싶어서 왔지."

　대답을 들은 지제가 히죽 웃었다.

　"입에 발린 말이라도 기분은 좋구먼? 몸은 괜찮아?"

　영하가 말했다.

　"그럼. 문제없어."

　"가만있자, 차라도 끓여줄게."

　"여기 차도 있어?"

　그는 대답 대신 휠체어를 움직여 찬장 쪽으로 향했다.

그의 움직임은 매끄러웠다. 그가 휠체어를 밀고 팔을 뻗으면 바로 닿는 위치에 개수대와 전기 포트와 찬장이 있었다. 그는 찬장에서 철제 차 상자와 머그잔 두 개와 티스푼을 꺼냈고, 큰 통에 미리 받아놓은 물을 수동식 펌프를 이용해 포트에 채워 넣었다. 이 과정에서 지제의 움직임은 마치 여기에서 태어나고 자란 사람처럼 능숙했다.

그들은 포트의 물이 끓기를 기다렸다.

"건물 위치가 별로야."

영하가 비아냥댔다. 지제가 어깨를 으쓱하며 말했다.

"난 좋은데. 전망도 좋고. 언덕만 내려가면 식당도 가까워."

지제는 한 번도 자신의 상황을 불평하거나 원망한 적이 없었다. 나메로의 엔바로스 지역 사고 현장을 탐사하다가 추락 사고로 하반신 마비가 되었을 때도 사람들은 탐사 조수의 실수를 탓했지만, 그는 조수의 잘못이 아니라고, 빗길에 무리하게 일정을 진행했던 자신의 탓이라고 말했었다.

영하는 전자 칠판을 자세히 살폈다. 그곳에는 동식물의 스케치가 잔뜩 붙어 있었고, 직접 찍은 사진도 있었다. 선인장과 풀과 꽃, 그리고 쥐와 여우, 영양, 도마뱀, 양, 사슴, 새와 비슷하게 생긴 동물과 딱정벌레와 사마귀와 비슷하게 생긴 곤충 따위였다. 여기에 있는 생물들은 다리나 뿔의 개수, 표면의 색과 무늬가 지구 생물과 차이를 보였지만, 대략적인 형태는 무척 유사했다. 스케치와 사진 주변에는 지제가 생물에게 붙인 학명과 보통명이 특유의 삐뚤삐뚤한 글씨체로 쓰여 있었다.

영하는 칠판 구석진 곳에 붙어 있는 벌레 사진을 보았다.

"저 벌레 말이야. 저 녀석은 밟으니까 부서지던데, 여기 생물들은 다 그래?"

"아니. 저 녀석들만 그래. 근데 진짜 희한한 게 뭔지 알아? 저 녀석들, 10퍼센트 정도는 우리가 가지고 있는 분석기에서 성분 파악이 안 돼. 그리고 90퍼센트는 암석으로 분류돼. 우리가 연구한 이곳의 생물과는 달라."

"암석이라고?"

"그래. 돌 말이야."

영하가 놀란 눈으로 지제를 쳐다보았다.

"왜 나타났는지 원인은 알아?"

"아니. 하지만 짚이는 건 있어. 얼마 전에 분지 내 오염 수치가 한계점에 다다랐거든. 공교롭게도 비슷한 시기에 출몰하기 시작한 거야. 별의별 방법을 다 써봤지만, 파악할 수가 없었어. 뇌나 신경계가 있는지도 모르겠고, 호흡하는지도, 성장하는지도 모르겠어. 뭘 먹지도 않고, 배설도 안 하고, 번식을 하는 것 같지도 않아. 오염 물질을 나르지도 않고, 표면도 깨끗하지. 하는 일이라곤 배에 있는 미세한 구멍들에서 점성이 있는 액체를 분비하고 어디론가 사라지는 것뿐이야. 그런데 그 액체도 분석기에서는 90퍼센트는 물, 나머지는 성분 파악이 불가능한 물질로 나와. 마비를 일으키는 독 같은 성분도 아니고, 소화 효소도 아니야. 다들 성가시니까 정화보전팀한테 떠넘기고 있고. 빗발치는 항의 민원에 정신이 하나도 없어. 아휴, 주임이라도 같이 있으면 좋을 텐데. 상의 좀 하게."

지제는 뜨거운 물이 담긴 포트를 들어 올려 머그잔을 채웠다. 영하는 말없이 두 손으로 잔을 잡았다. 따뜻한 온기가 손끝으로 전해졌다.

영하가 빈자리를 보며 물었다.

"어디 가셨는데?"

"환경영향평가 시즌이라 분지 밖에."

그가 차를 한 모금 마신 후, 말을 다시 이었다.

"뭐, 이건 우리 팀 사정이고. 지금은 네가 왔으니, 너와 시간을 보내야겠지. 안 그래?"

그는 이렇게 말하고는 웃으며 영하를 응시했다. 영하는 지제의 눈을 바라보았다. 날카롭지도 차갑지도 않은 눈빛이었으나, 그의 눈빛은 영하가 무슨 생각을 하는지 뻔히 꿰뚫어 보는 것 같았다. 행성 생물 이야기를 할 때는 천진난만한 어린애 같더니, 지금은 분위기가 180도 바뀌었다. 그 둘 사이에 잠시 침묵이 감돌았다.

"영하 너, 나한테 이야기하지 않은 게 있지?"

지제는 다정하면서도 단호한 목소리로 말했다. 올 게 왔다. 이제는 털어놓아야 했다.

영하가 물었다.

"어디까지 알고 있어?"

"로봇부가 EL 50대를 만들었다는 것까지는 너한테 들었고. 그 로봇 중 두 대가 요양병원에서 시범 가동됐지만 한 대가 사람을 죽였다는 혐의를 받고 사업이 중단됐다는 것 정도는 알고 있어."

"다 아네."

"이게 다가 아니겠지. 나는 네 입으로 직접 듣고 싶어. 네가 보고, 듣고 느낀 것 모두."

영하는 눈을 감고 잠시 지구에서 있었던 일을 돌이켜보며 말했다.

"EL-D1과 C9이 요양병원에서 시범 가동되기 시작한 후, 전망이라는 이름의 추측성 보도가 줄줄이 이어졌어. 전문가라고 불리는 사람들이 뉴스의 좌담에 패널로 참여했지. 한숨이 나왔어. 전문가랍시고 발언하는 사람들은 사실 로봇과는 직접 연관이 없는 분야의 전문가일 뿐, 로봇에 대한 전문가는 아니었어."

패널들은 EL이 사회에 편입되어 일하게 된다면, 인간의 존엄성이 무너질 것이라고 한마디씩 했다. 아나운서는 지금도 많은 산업에서 로봇이 쓰이고 있지 않냐고 되물었다. 그러자 패널은 인간의 형상을 모방한 EL과 다른 로봇은 완전히 다른 범주라고 말했다. 인간의 문화, 인간의 가치관, 인간의 평균적인 체형에 맞춰진 도시 속에서 인간과 같은 형상을 한 로봇이 우리 사회에 등장하는 것은 자동화 설비가 공장에 도입된 지 오래인 지금과는 질적으로 다른 상황을 불러올 것이라고 했다. EL은 기존의 산업 로봇과 달리 '윤리시스템'까지 탑재되어 있어 그 시스템에 따라 행동하니, 더욱 사람과 비슷하게 되었다고 했다. 로봇이 제조업을 장악한 것도 모자라, 서비스직까지 장악하면 인간은 앞으로 무슨 일을 할지 모르겠다고 말했다.

여러 의견이 오갔지만 영하에게 인상 깊게 와닿은 발언은 없었다. 그러나 딱 하나, 확실히 생각나는 발언이 있었다. 구석 자리에 앉아 있던 사람의 말이었다. 이름도, 어디의 전문가인지도 기억나지 않는 자였다.

"우리가 로봇을 경계심 없이 계속 사용하다 보면 언젠가 우리의 자리도 로봇이 대체할 겁니다. 그리고 그러다 보면 우리는 사라지고, 이 땅엔 로봇만 남겠죠."

그 이야기를 듣고 방청객과 패널들과 아나운서가 잠깐 침묵했다. 그들은 모두 하하 웃었다. 스튜디오 안은 웃음으로 넘실거렸지만, 그 이야기를 말한 사람은 웃지 않았다. 아나운서가 말했다.

"너무 비약 같은데요? 그렇지 않습니까?"

다른 패널들은 고개를 끄덕이며 동의했다. '뭐 그렇게까지야'
라고 생각하는 낙관적인 미소였다. 그것을 보고 있는 영하조차
도 그의 말이 비약이며, 대중에게 로봇에 대한 부정적인 이미지
를 심어주고 있다고 생각했다. 우리는 인간을 돕고, 인간의 곁에
서 인간과 공존하는 로봇을 만들려는 거라고. 그런데 그런 식으
로 사람들에게 공포감을 심어주다니.

그때까지만 해도 긍정적인 여론이 아예 없진 않았다. 고객을
응대하거나 돌봄이 필요함에도 비용이나 거리 때문에 도움을 받
을 수 없는 사람들은 EL의 도입을 환영했다. 혹자는 말도 잘 안
통하는 외국인 노동자보다는 로봇이 낫지 않겠느냐고 했다. 센타
릭사 또한 원래 인류사의 커다란 진보는 극심한 진통을 겪기 마
련이라면서 대수롭지 않게 여겼다.

그러나 유감스럽게도 요양병원에서 EL-C9이 휘말린 사건 때
문에 이 상황은 악화 일로를 걷게 되었다. 이것은 진보를 위한 극
심한 진통 같은 게 아니었다. 언론은 'EL-C9이 사람의 살해와 자
살을 막지 못했다'로 시작해서, 'C9 때문에 사람이 죽었다'로 보
도하더니, 결국에는 '로봇이 사람을 죽였다'로 변형하며 한껏 자
극적이고 공격적인 제목들을 뽑아냈다. 이렇게 제목이 변형된 것
은 사람들 안에 피어난 무의식적 공포와 센타릭사의 경쟁 기업
의 입김이 맞물린 탓일 것이라고, 영하는 생각했다. 그도 그럴 것
이 당시 경쟁 기업은 생활 공간과 작업 공간에서 사람의 동선을
해치지 않고도 일을 처리할 수 있는, 소위 빌트인 시스템 로봇의
출시를 앞두고 있었기 때문이다.

전화와 이메일로 항의가 빗발쳤고, 퇴근길의 주차장에서 본국인, 외국인 할 것 없이 사람들이 몰려와 시위를 벌였다. 센타릭사는 로봇은 사람을 죽이지 못할뿐더러 거짓말도 하지 못하도록 만들어졌다고, 그러니까 사람을 죽인 것은 로봇이 아니라고 해명하는 동시에 언론의 자극적인 기사 뽑아내기에 속지 말라는 등의 정정 보도를 쏟아냈으나 허사였다. 결국 시범 사업 이후 정식 도입은 중단되었다. 영하는 좌절했다. 상부 회의에서 로봇부가 해체될 예정이라는 이야기가 새어 나왔다. 부서의 존폐를 기다리며, 영하는 하루에 백 번도 넘게 부서가 사라지는 상상을 했다. 그리고 그 상상 사이사이에 과거의 기억 하나가 떠올랐다. 그 기억은 로봇에 대해 이야기하던 뉴스 좌담 자리였다. 특히 그중에서도 이 땅에 로봇만 남을 거라고 말했던 패널의 목소리와 표정이 뇌리에서 지워지지 않았다. 그 순간은 영하의 마음속에 깊이 자리잡아 절대 사라지지 않았다.

"……EL들은 창고로 갔고, 부는 와해 위기에 처했지. 난 EL 반대파에게 피살될 위험에 처하기도 했고. 그때 도민 본부장이 제안했던 거야. EL을 이곳으로 데리고 가지 않겠냐고. 그래서 여기까지 온 거야."

"그렇게 된 거였군. 고생 많았다, 정말. 힘들었겠어."

"이제 궁금증이 다 풀렸어?"

"아니, 안 끝났어. C9 말이야, 영상의 얼굴을 본떠 만든 거, 맞지?"

"그래, 맞아."

"왜 그 이야기는 안 했어? 내가 모를 거라고 생각했어?"

언젠간 이야기하려고는 했었다. 하지만 지제가 그 일을 탐탁지 않아 할 것이라는 것은 불 보듯 뻔했다. 예전에도 그는 죽은 사람의 자료를 모아 이미지로 구현하는 AI 영상이나, 생전에 남긴 텍스트를 모아 챗봇을 만드는 것에 부정적이었다. 마음만 더 아파질 것이라고 했다. 어렸을 때 영하도 그의 말에 동조했었다. 하지만 진짜 속마음은 달랐다. 자신이 지켜주지 못한 영상을 다시 이곳으로 데려오고 싶었다. 로봇을 만드는 사람이 되겠다고 결심한 것은 동생을 다시 만나기 위해서였다. 동생과 똑같은 로봇을 만들면 여한이 없을 것 같았다. 세상 사람들도, 지제도 이해하지 못할 일이라는 것을 알았다. 하지만 영하는, 물속에서 동생의 손을 놓쳐버린 영하는 그 순간을 잊지 못했다.

"싫어할 거라고 생각했어. 미움받고 싶지 않았어."

그 이야기에 지제가 한숨을 쉬었다.

"로봇부가 EL을 만들었다는 기사를 보았을 때 바로 알아봤어. 네가 매일 보던 사진 속 그 애를 쏙 빼닮았으니까. 그런데 어째서 예전 모습 그대로가 아니라, 성인의 모습인 거야?"

"나는 센타릭사 입사 조건으로 인간형 로봇이 성공적으로 제작되면, 로봇 한 대의 소유권을 내가 가지고 싶다고 했어. 담당자는 그 이유를 묻지는 않았지만 구현하고 싶은 것이 실존 인물인지, 실존 인물이라면 고인인지 묻더라. 내가 고인이라고 말하자 그가 이렇게 대답했어. '몇 년 후에 로봇제작법이 나올 가능성이 있어요. 국회에서 논의 준비 중인 걸로 아는데, 인간형 로봇이 만들어진다면 실존하거나, 실존했던 사람의 얼굴로 만들면 안 된다는 조항이 생길 수도 있다고 합니다. 인간의 고유성이나 존엄성 문제가 대두될 수 있어서요. 그러니 정 만들고 싶다면 그에게 주어지지 않았던 시간대의 모습으로 만드십시오. 그리고 웬만하면 성인이 좋겠습니다. 유아동이나 청소년 로봇을 만드는 것도 이래 저래 위험할 거예요. 하지만 어떻게 만들더라도 소유권은 안 됩니다. 이건 회사 일이니까요.' 하지만 센타릭사는 내가 소유권을 가지는 것은 허가할 수 없지만 정기적인 수리와 관찰, 연구가 필요하다는 명목하에 장기 대여 형태로 데리고 나갈 수 있도록 권한을 주겠다고 했어. 하지만 그렇게 하려면 시범 사업에서 가장 먼저 선보여야 한다고 말하더라고. 그들은 센타릭사 산하 요양병원을 EL의 첫 시연 장소로 정하고 싶어 했어. 그러니 선보일 두 대의 로봇 중 한 대는 의료 로봇으로, 다른 한 대는 간병 보조로봇으로 만들라고 했지. '바깥에서 시범 가동을 해봤는데, 개선해야 할 점을 발견했기 때문에 로봇부 부장의 심도 있는 관찰과 연구가 필요하다' 이런 식으로 처리해 주겠다고 했어. 그 말에 고민이 되었어. 동생은 고작 아홉 살이었다고. 그런데 그 애가 성인이 된 모습으로 만들어야 한다니. 그럼 그건 나로서도 납득할 수 없지 않을까 싶었어. 그래도 이런 기회는 쉽게 오지 않잖아. 실제로 영상에게는 성인의 시간이 없었어. 하지만 반대로 생각해 보면, 이것은 그에게 주어지지 않았던 시간을 선물하는 행동이 아닐까 싶었어."

이야기를 모두 들은 지제가 생각에 잠겼다. 잠시 침묵이 이어졌다. 여기까지 쉴 새 없이 말한 영하는 지제의 얼굴을 바라보았다. 그가 무슨 생각을 하는지 전혀 알 수 없었다. 이제 정말로 남김 없이 말했다. 마음이 후련해졌다. 영하는 지제가 자신을 미워해도 어쩔 수 없다고 생각했다. 그는 지제의 말을 잠자코 기다렸다.

"마지막 질문이야. 너는 EL-C9을 어떻게 생각해? 영상과 동일하다고 생각하니?"

"아니야. 절대 아니라고 생각해. 맹세할게."

지제는 긴 숨을 쉬고는 고개를 끄덕였다.

"그렇게 된 거군. 알겠어."

그는 그렇게 말하고는 창밖으로 시선을 돌렸다. 하늘에는 먹구름이 잔뜩 끼어 있었고 스모그는 더 심해진 것 같았다. 사위가 점점 어두워지고 있었다. 영하는 지제를 쳐다보았다. 그가 무슨 생각을 하는지 전혀 알 수가 없었다.

지제가 창밖을 보며 불쑥 말했다.

"오늘은 날씨가 안 좋군. 글렀어."

"갑자기 웬 날씨 타령이야?"

"날씨가 좋을 때 너랑 가고 싶은 곳이 있어서."

"그게 어딘데?"

지제가 빙긋 웃으며 대꾸했다.

"지금은 비밀. 날씨가 좋아지면 데려갈게."

지제의 컴퓨터에서 오류 알람이 울렸다. 지제는 컴퓨터 앞으로 갔다. 그가 사태를 파악하고는 앓는 소리를 냈다.

"오늘 일찍 퇴근하긴 글렀다. 너 먼저 숙소로 가서 자."

"뭔 소리야. 여기 있을 건데."

"다 큰 주제에 어리광 피우지 마."

영하는 자신의 말을 들은 지제의 의중을 파악하고 싶었지만, 그는 거기에 대해 말하고 싶지 않은 듯했다. 그의 마음을 좀처럼 알 수가 없었다. 지제가 이어 말했다.

"끝나면 연락할게. 자, 그리고 이거."

지제는 갑자기 뭔가를 영하 쪽으로 던졌다. 영하는 그것을 잽싸게 낚아챘다. 앞주머니에 있었던 전자 담배였다.

"너 아까부터 계속 담배만 쳐다보고 있었잖아. 결국 흡연자가 되셨구먼? 나는 끊은 지 좀 됐으니까 너한테 줄게. 근데 별로 안 좋으니까 조만간 끊어라."

"조카한테 담배 주면서 할 말은 아닌 것 같은데. 하여튼 고마워."

영하는 담배를 피우며 숙소로 갔다. 지난 몇 년간 자고 있느라 한 번도 피우지 못했었는데, 니코틴의 기운이 핏줄을 타고 곳곳으로 퍼져나가는 것 같았다. 정신이 집중되는 느낌이 들었다.

다음 날, 영하는 알람이 열 번 정도 울린 후에야 겨우 잠에서 깨어났다. EL이 창고에 도착했다는 알람이었다.

새벽에 바깥에서 방송이 흘러나와 잠깐 깼는데, 그 이후에 다시 곯아떨어져 그게 꿈이었는지 현실이었는지 분간이 되지 않을 정도로 비몽사몽 상태였다. 몸이 돌덩이처럼 무거웠다. 푹 자서 그런지 몸 상태는 나쁘지 않았다. 디바이스를 확인하니 지제는 자정이 넘어서야 끝났다는 메시지를 보내왔는데 그 수신음도 듣지 못한 채로 곯아떨어진 듯했다.

디바이스의 공지 사항 최상단에 '식당과 세탁실 사용 방법'이 새 글 알람 표시를 달고 올라와 있었다. 그제야 영하는 오랜 시간 공복 상태였다는 것을 깨달았다. 허기가 밀려왔다.

식당은 유리 온실로 된 수직 농장과 붙어 있었다. 검은 로봇 팔들이 수직 농장의 자주색 조명 아래서 자란 푸른 채소를 뜯고 있었다. 그리고 식당 반대편에서 지게차 몇 대가 식재료를 싣고 다가오는 걸 보니, 식당과 식량 창고가 나란히 붙어 있는 듯했다.

영하는 식당 안으로 들어가 자율 배식대 앞의 식판을 들고 오른쪽 배식대로 걸어갔다. 그때, 배식을 도와주던 사람이 영하를 제지했다.

"우박파 없는 식단은 왼쪽으로 가세요."

"아뇨. 전 알레르기 없어요."

"그래요? 나메로인 아네요?"

"아뇨."

그러자 그는 제지를 멈췄다. 자주 이런 상황에 처했었기에, 영하는 아무렇지도 않았다. 나메로 출신인 엄마에게 물려받은 외형 때문인지 영하를 나메로에서 온 사람으로 오해하는 경우가 무척 많았다. 그리고 나메로인이라고 해서 모두 우박파 알레르기를 가진 것도 아닌데, 매번 식당에서 제지를 당하곤 했다.

영하는 나머지 반찬을 뜨고, 장식 없는 긴 탁자들이 줄지어 늘어선 곳으로 가 자리를 잡았다. 영하는 그곳에서 간단하게 아침밥을 먹었다. 영하 근처에서 밥을 먹고 있던 한 무리의 사람들은 귀를 기울이지 않아도 들을 수 있을 정도로 큰 소리로 대화를 나누고 있었다.

그들은 이번 스모그는 오래갈 것 같다느니, 차량 접촉 사고가 났다느니, 모래인지 먼지인지 모를 것들이 옷에 붙어 털어도 털어도 계속 나온다느니, 광업소 소속 사람들이 열 명에 네 명은 될 정도로 아주 많다느니, 디바이스가 추가 수당을 잘못 계산하는 것 같다느니, 이 행성에서 인력 충원이 몇 차까지 계속될지, 그게 몇 년간 유지될지 내기를 하자느니, 연장 근무를 신청할 거라느니, 소문에 의하면 이곳의 모든 음식에는 성욕 감퇴와 불임을 유발하는 성분이 들어 있다느니, 이곳의 생필품이나 건물은 전부 이곳의 땅과 암석을 분쇄하고 가공하여 3D 프린터로 찍어내는 것이어서 하나같이 칙칙한 회색이라느니, 래일 광업소가 빚만 많은 곳인데 뒷돈을 대서 선정되었다느니, 어떤 팀의 누가 누구랑 시비가 붙어 싸움박질했다느니, 벌레가 더 많아졌다느니, 하이아이포튬이 발견되어 안 그래도 바쁜데 일복이 터졌다느니, 상사가 자기한테 욕을 퍼부었다느니 하는 시시콜콜한 대화를 나눴다. 그들이 말할 때마다 진한 술 냄새가 풍겨왔다.

식사를 마친 영하는 로봇부 연구실에 가보았다. 그곳은 아무것도 없이 텅 비어 있었다. 이곳을 채울 장비들이 도착하려면 한동안 또 기다려야 할 것 같았다. 지금 당장 필요한 장비는 없지만, EL들이 각 부서에 배치될 무렵에는 도착해야 할 텐데 싶었다.

이어서 그는 창고로 갔다. 창고 벽에 뚫린 환풍구로 빛이 들어와 잿빛 유니폼을 입고 줄지어 선 로봇들의 얼굴 옆면과 어깨 부분을 환하게 비추고 있었다.

영하는 대열을 이루어 서 있는 로봇들을 물끄러미 바라보았다. 그의 앞에는 의무실로 간 D1을 제외한 49대의 EL이 종류별로 10대씩 한 줄로, 부동자세로 서 있었다. 오른쪽부터 순서대로 의료 보조 로봇 EL-D, 경비 로봇 EL-E, 관광 가이드 로봇 EL-G, 가정용 가사 및 조리 로봇 EL-H, 그리고 간병 보조 로봇 EL-C 모델이었다.

영하는 대열의 가장자리를 천천히 걸으며 로봇의 얼굴을 살폈다. 그는 EL의 손목 안쪽에 있는 모델명을 읽지 않고도, 모든 EL의 얼굴을 기억하고 있었다. EL들은 같은 시리즈라 할지라도 생김새가 제각각 달랐다. 인종에 상관없이 본국에 거주하는 사람들의 얼굴을 합성하여 무작위 얼굴 합성 시뮬레이션을 돌린 결과였다. 그들은 어디선가 태어난 적 없었고 앞으로 태어날 일 없을 사람의 얼굴을 하고 있었다.

　이런저런 생각을 하다가 영하는 C9 앞에서 발걸음을 멈추었다. 영하가 가지고 있던 사진과 동영상의 데이터와 컴퓨터의 예측을 합하여 만들어진 결괏값이었다. 어쩌면 가능할 수도 있었던 미래다. 하지만 그것은 영원히 오지 않을 미래일 뿐이었다.

　언젠가는 이 녀석에게도 영하의 개인사를 들려줄 때가 올 것이었다. 하지만 지금은 할 수 없었다. 오직 도민만이 그를 각성 상태로 만들 수 있기 때문이다.

　영하의 디바이스에서 로봇 배치 안내 공문이 도착했다는 알람이 울렸다. 의료용 로봇 EL-D 1번부터 10번까지는 의료부로, 경비 로봇 EL-E는 안전치안부로 간다고 했다. 여기까지는 예상한 바였다. 그러나 EL-C의 경우 간병 보조 로봇이기 때문에 당연히 의무실에서 일하게 될 거라 생각했는데, 세 대만이 의료부에 배치되었다. 나머지 C모델 일곱 대는 물류부와 광업단지에 배치되었다. 그는 C9의 소속을 살폈다. C9은 물류부 소속이었다. 관광 가이드 로봇 EL-G는 물류부, 광업단지, 생활지원부에 제각각 배치되었다. 가정용 가사 및 조리 로봇 EL-H는 생활지원부에 두 대, 환경부에 한 대가 배치되었고, 나머지는 물류부와 광업단지에 배치되었다.

　광업단지라니? 백번 양보해서 물류나 생활지원부서에 일거리가 많다면 부득이 임시 배치를 할 수 있다는 입장이지만, 광업단지에 배치된다는 것은 사정이 달랐다. 광산에 대한 기초 지식도 없는 로봇이 바로 실전에 투입되어 무엇을 한단 말인가? 도민이 오면 이에 대해서 물어야겠다고 생각했다.

　영하는 일단 당장 할 수 있는 일을 하기로 했다. 그는 리더기를 들고 로봇의 왼쪽 팔 안쪽의 인식 장치가 제대로 장착되었는지, 고장이 나진 않았는지 한 대씩 자세히 살폈다. 이 인식 장치로 근태 시스템에 이들의 업무 시간이 기록될 것이다. 또한 근태 기록뿐 아니라 실시간 상태 파악이나 위치 추적, 긴급 호출 등도 가능했다. 그 데이터는 통합정보시스템에서 조회할 수 있을 거라고 들은 바 있었다.

영하는 자신의 노트북에서 통합정보시스템을 열어보았다. 자신의 계정으로 로그인하자 로봇들이 배치될 부서를 한눈에 볼 수 있는 리스트가 화면 왼쪽에 정리되어 있었다. 하지만 그 리스트에는 광업소가 없었다. 광업소는 센타릭사의 내부 부서가 아니라, 계약을 맺은 외부 업체라 조회가 되지 않나 싶었다. 센타릭사 전산팀 아니면 광업소 전산부에 문의를 해봐야 할 것 같았다. 영하는 디바이스로 각 전산부에 당장 문의를 넣어볼까 하다가 이곳에 온 것도 처음이고, 광업단지에 EL이 배치된 상황이니, 인사도 할 겸 EL들이 일하는 첫날에 광업소에 함께 설치와 로그인 권한에 대해 문의해 보기로 했다.

마지막으로 영하는 창고의 가장 안쪽으로 걸어 들어갔다. 그러고는 EL들을 찬찬히 바라보았다. 이제 저들은 며칠 후면 사람과 함께 일하게 된다. 영하는 그들이 주어진 환경에 잘 적응하는지 모니터링하면서 고장이 나면 고치고, 파손 신고를 받으면 수거하러 갈 것이다. 복구 불가능한 로봇이 있다면 잔해와 코어 칩을 수거할 것이다. 칩은 고장 원인이나 정지된 이유를 파악하기 위해, 그리고 향후 연구를 위해 '천국'이라 불리는 클라우드에 저장할 것이다. 비록 '향후 연구'라는 것이 있기는 할지 모르겠지만.

그는 마지막으로 마이크가 제대로 작동하는지 확인했다. 그것은 도민이 EL에게 명령을 내릴 때 사용될 마이크였다. 이제 여기서 할 일은 도민을 기다리는 것뿐이었다.

* * *

　한시간 후쯤, 후발대 본부장 도민은 선발대 본부장과 간부진 대여섯 명과 함께 창고에 도착했다. 그들은 전부 정장을 입고 등 뒤에 센타릭사 로고가 박힌 점퍼를 걸치고 있었다. 그중에서도 도민은 단연 돋보였다. 그의 얼굴에는 잔주름과 주근깨가 있었지만, 그것은 그가 살아 있는 사람이라는 것을 실감하게 해주는 효과 그 이상도 이하도 아니었다. 영하는 그의 얼굴에 떠오른 여유 만만한 표정과 보일 듯 말 듯한 미소를 보았다. 그에게는 무시할 수 없는 기묘한 오라가 있었다. 도민을 잘 모르는 사람이라면 저 오라가 센타릭사의 전속 모델이었으며, 최연소이자 로카스톤계 이민 2세대 중 최초로 임원 자리를 꿰차면서 생겨났다고 여길 것이다. 하지만 도민은 어렸을 적, 영하와 슬럼가에서 가까운 이웃으로 지냈을 때부터 남달랐다. 그들은 언니 동생 사이로 친하게 지냈는데, 어린 영하의 눈에도 그는 이 동네에 머물 사람으로 보이지 않았다. 그는 본인이 원한다면 언제든 훌쩍 떠나 아득히 먼 곳에서 빛날 것 같은 사람이었다. 비록 동반 자살로 불리는 사건으로 먼저 동네를 떠난 건 영하 쪽이었지만. 영하가 센타릭사에 입사했을 때, 그는 어쩌면 먼발치에서라도 도민을 다시 만날 수 있을지도 모른다는 소망을 품었다. 하지만 그때쯤에 도민은 광고 모델을 그만두었고 대외적인 행사도 참여하지 않았다.
　그러나 소망은 의외인 곳에서 이루어졌다. EL을 전량 폐기할 테니 대기하라는 지시와, 팀 해체를 앞두고 있던 흉흉한 그때, 도민은 로봇부 연구실에 혼자 앉아 있던 영하를 찾아왔다. 영하는 얼떨떨해하며 자리에서 일어났다. 그런 그를 보고 도민은 새로 취임한 회장이 자신에게 차페크 행성 채굴 프로젝트의 후발대 본부장을 맡으라는 특별 지시를 내렸기 때문에, 그간 정신없이 바빴다고 했다. 중요한 일을 맡았기 때문에 다른 일을 할 수가 없었구나 싶었다.

도민은 영하에게 제안 하나를 하기 위해 찾아왔다고 했다. N동 물류 창고에 갔다가 먼지를 뒤집어쓴 EL들을 보았다고, 그 EL들을 차페크 행성에 데려가 사람이 하는 일을 시키면 어떻겠냐고. 영하는 그 EL들이 도시에서 서비스직을 수행하기 위해 만들어졌기 때문에 개척 중인 험지에서는 쓸모가 없을 거라 말했다. 하지만 도민은 그런 것쯤 알고 있다며, 그래도 한 사람 몫은 할 수 있지 않겠느냐고 했다. 그는 회의에 갔다가 들었다면서, 사실 회사 앞으로 EL 구매 문의가 두 건 왔었다고 귀띔했다. 각각 라드 스트리트에서 가장 큰 클럽과 하코브레파에서 온 문의라고 했다. 라드 스트리트는 본국에서 규모가 가장 큰 환락가였고, 하코브레파는 누가 들어도 아는 악명 높은 범죄 조직이었다. 둘 다 달갑지 않았다. 그곳에 EL을 보냈다가는 어떻게 쓰일지 상상할 수도 없었지만, 분명히 끔찍한 일을 당하고 말 것이다. 도민은 회사가 전량 폐기 절차를 밟을 거라고 공식적으로 발표는 했어도 이익집단이기에 별수 없을 거라고 했다. 뉴스에 폐기 장면이 보도된다고 해도 C9이나 D1 정도까지만 폐기되는 장면을 공개하고, 나머지는 뒷골목에 은밀히 팔아넘길지도 모른다고 했다. 도민은 영하에게 손을 내밀며 이렇게 말했다.

"영하야. 나는 EL의 제작이 인류사의 큰 업적이라고 생각해. 이런 로봇들이 창고 신세라니 말도 안 된다고. 네가 얼마나 노력했을지 알아. 나도 그랬거든. 우리 같은 사람이 여기까지 올라오려면 남들보다 열 배는 더 많은 노력이 필요하니까. 그리고 난 C9이 누굴 본떠서 만들어졌는지도 알아. 그런 사연을 가진 EL을 버려두면 되겠어? 최대한 EL의 용도에 맞게 배치할게. 분명히 도움이 될 거야."

EL을 만들기로 결심한 것도, EL을 만들기 위해 팀을 꾸린 것도 자신이었다. 팀이 해체되고, EL의 존재가 사라지게 된 마당에 뭐라도 해야 했다. 영하에게는 도민의 제안만이 유일한 희망처럼 보였다. 게다가 차페크로 간다면, 삼촌을 만날 수 있을지도 몰랐다. 영하는 몇 날 며칠을 고민하다가 그의 손을 잡았다. 그것이 영하가 여기 있게 된 이유였다.

도민은 인파를 헤치고 영하에게 다가왔다. 상황이 탐탁지 않다는 듯 인상을 찡그리고 있었다. 도민은 영하의 귀 쪽으로 입을 가져다 대고 속삭였다.

"상부에서 내 제안을 받아들인다고 하고서는 우리가 출발한 후에 배치를 마음대로 바꿔버렸어. 인력이 필요하다는 부서들이 있어서 어쩔 수 없었다고 사유를 붙였네. 그래서 이걸 따라야 할 것 같아. 미안해."

도민도 관료제 사회의 한 부분일 뿐, 어쩌지 못하는 사안이 있을 터였다. 영하는 하는 수 없이 고개를 끄덕였다.

도민은 이해해 줘서 고맙다는 의미로 고개를 끄덕인 후 마이크 쪽으로 고개를 돌렸다.

영하가 말했다.

"저 마이크에 대고 말하면 돼. 그리고, 알고 있지? 텍스트 입력으로도 명령할 수 있는 거?"

도민은 고개를 끄덕였다.

"알아. 근데 아마도 대부분은 음성명령을 내릴 것 같아."

"번거롭지 않겠어?"

"발로 뛰는 만큼, 내 거가 되는 거다? 명령하는 김에 EL도 한 번씩 오며 가며 보고, 명령 이행하러 가는 것도 직접 볼 거야."

영하가 말했다.

"알겠어. 참, 혹시 갑자기 특정 EL한테 최우선 순위로 시켜야 할 일이 생기면, 말머리에 '긴급명령'이라는 단어를 붙이고 이야기하거나 텍스트를 입력해. 그러면 언니가 내린 그 명령을 최우선으로 실행할 거야. 근데 잘 생각해야 해. 하던 일을 다 제쳐두고 언니 말을 들으러 오는 거니까, 신중해야겠지."

도민이 대답했다.

"그렇게. 뭐 긴급명령을 내릴 일이 있겠나 싶지만 말이야."

영하가 말했다.

"그럼 우주선에서 했던 것처럼 하면 되고, 후발대 업무 개시에 맞춰 5일 후 오전 6시 20분 전, 업무 시작 때부터 명령을 거행하라고 하면 돼."

도민이 목청을 돋우어 명령을 시작했다. 로봇들의 동공에 황금색 원이 그려졌다. 그들은 도민의 목소리에 의해 각자의 소명을 부여받았다.

배치 명령은 다소 싱겁게 끝났다. 간부진 중 하나가 끝났냐고 물었고, 영하는 그렇다고 대답했다. 도민을 포함한 사람들이 모두 돌아갔고, 창고엔 영하만 남았다. 그는 명령받은 로봇들을 물끄러미 바라보았다. 문밖으로 자동차 클랙슨 소리가 들렸다. 영하는 밖을 내다보았다. 지제가 오프로드 차량의 운전석에서 핸드 컨트롤러 위에 손을 올린 채 영하에게 물었다.

"어이, 지금 시간 괜찮아?"

"방금 끝났어. 뭔데?"

"기다릴 테니까 디아나 가지고 와."

"아마 아직 도착 안 했을 텐데."

"아니. 내가 봤어. 숙소 뒤편 차고에 주차돼 있어."

영하는 차고로 갔다. 지제의 말대로 그곳에 자신의 바이크, 디아나가 주차되어 있었다.

곧바로 시동을 걸어보았다. 놀랍게도 바로 어제 손을 본 듯 정상 작동했을 뿐 아니라 승차감마저 부드러웠다. 영하는 디아나를 몰고 지제에게 갔다. 지제는 분지 밖으로 나가자고 손짓했다. 분지에서 나가는 길은 딱 하나뿐이어서, 길을 잃을 위험은 없었다. 지제는 자신의 자동차를 타고, 영하는 디아나를 타고 서로 속력을 맞추어 나란히 드라이브했다.

"연습 많이 했나 본데?"

지제가 말했다.

"여기 오기 전에는 안 탄 날이 거의 없었을걸."

"사준 보람이 있네."

지제가 호탕하게 웃었다.

영하는 지제가 몰고 있는 차를 건너다보았다. 그는 핸드 컨트롤러로 차를 부드럽게 몰았다. 그 움직임은 물 위를 미끄러지는 날렵한 배 같았다.

그들은 스모그가 옅게 깔린 분지 안을 말없이 달렸다. 사람들이 내는 소음이 점차 잦아들었다. 바람이 세차게 얼굴을 때렸다. 바닥에 벌레가 붙어 있다가 그들의 등장에 놀라 황급히 피하는 것이 보였다. 영하는 주변을 바라보았다. 양옆으로 사람 키의 두세 배 되는 회갈색 갈대가 자라고 있었다. 가장자리에 있는 갈대가 바퀴에 밟혀 쓰러지며 바스락거리는 소리가 났다. 갈대밭 너머로 커다란 저수지가 보였는데, 그곳은 정화 작업이 잘 안되는지 탁한 회색빛을 띠고 있었고, 물비린내와 동시에 형용할 수 없는 악취가 풍겨 와 코가 괴로울 정도였다. 지제가 걱정할 만하다 싶을 정도의 오염이었다. 하늘은 무심하게 주황빛으로 물들어 가고 있었다.

그들은 분지 내의 소음을 뒤로하고, 분지 밖을 향해 달렸다.

"앞을 봐. 이제 분지를 나갈 거야."

지제가 턱짓하며 말했다.

저 멀리 분지 밖으로 나가는 출구가 보였다. 그들은 그곳을 향해 달렸다.

영하는 분지 밖의 풍경을 본 순간, 머릿속을 빼곡하게 채우고 있던 수많은 생각을 모조리 잊었다. 지금까지 자신이 무슨 일을 해왔는지, 방금 전까지 지제와 어떤 이야기를 나누었는지 생각나지 않았다.

영하는 밤의 장막이 드리워지고 있는 하늘을 보았다. 거기에는 스모그 따위 없는 맑은 하늘이 있었다. 지평선 위로 아직 저물지 않은 항성의 붉은 잔상이 남아 있었고, 달과 같은 위성 두 개가 떠오르고 있었다. 위성들 주변에는 광활한 하늘을 수놓은 무수한 별들이 있었다. 지제가 왜 이곳을 보여주고 싶었는지 단박에 이해했다.

스스로가 너무 하찮게 여겨졌다. 지금까지 걱정하던 일들이 아무것도 아닌 것 같았다. 하지만 동시에 스스로가 대단하게 여겨지기도 했다. 태어난 곳에서 이렇게 먼 곳까지 와서 이 순간, 이 광경을 보게 되다니.

지제는 멈추자는 손짓을 했다. 그들은 서서히 속도를 늦추고 적당한 곳에 자동차와 바이크를 세웠다. 사방이 고요했다. 지제는 차가 멈추자 문을 열고는 싣고 왔던 웨어러블 레그와 휠체어 사이에서 고민하더니, 휠체어를 조립했다. 얼마 되지 않아 휠체어가 제 모습을 갖추었고, 지제는 휠체어에 옮겨 타고 영하 쪽으로 왔다.

지제는 말없이 두 팔을 벌렸다. 영하는 그에게 가까이 다가갔다. 지제가 영하의 두 어깨를 덥석 잡아 껴안았고, 영하는 무릎을 꿇고 그의 품에 푹 안겼다. 그의 등 너머로 무수히 반짝이는 별들이 보였다.

"차페크에 잘 왔어, 영하야. 여기서 환영식을 하고 싶었어."

영하는 대답 대신 그를 더 끌어안았다. 고향에 온 기분이었다. 지제가 있는 곳이 바로 고향이라는 생각이 들었다.

지제는 영하에게 가족이 무엇인지 알려주었다. 영하와 지제가 함께 살았을 적, 그들은 주말에 시내 구경을 하고, 영화를 보고, 아이스크림을 사 먹으며 시시한 잡담을 나누었다. 영하는 그 시간의 중요성을 당시에는 알지 못했지만, 커가면서 그러한 일상이 자신이 무너졌을 때 큰 버팀목이 된다는 사실을 깨달았다. 지제는 영하와 함께 정신과를 방문했고, 함께 버스나 승용차, 달로 가는 우주선 안에서 견뎌보는 연습을 해보기도 했다. 휴가 때는 강이나 호수, 바다에 가보기도 했다. 영하가 수영과 스쿠버다이

빙을 배우려고 시도했을 때, 지제는 매일 함께 수영장 앞까지 가주었다. 사방이 꽉 막힌 탈것과 물에 대한 공포증을 완전히 떨쳐낼 수는 없었지만 그래도 그런 시도가 지금의 영하를 만들었다. 그와 함께 여러 시도를 한 덕분에 이 차페크 행성에도 올 수 있었다.

"영하야."

그는 이렇게 말하며 잠시 뜸을 들였다. 다음 말을 어떻게 해야 할지 고민하는 듯했다. 그는 한참 만에 다시 말을 이어나갔다.

"네가 기억하는 한, 영상은 네 마음속에서 계속 살아갈 거야. 사라진 게 아니니, 네가 만들 필요도 없어. 사실 나도 알아. 넌 우리 집에 왔을 때부터 줄곧 인간형 로봇에 관심을 가졌었지. 하지만 문제는 이게 아니야. 네가 그 로봇은 동생이 아니라고 해도, 어쨌든 그 로봇은 너 때문에 이 세상에 존재하게 된 거야. 그 로봇 하나가 아니라, 50대 모두 다. 넌 네 손으로 새로운 존재를 이 세계로 끌어들인 거야. 너는 그에 대한 책임을 져야 해. 형이 죽고 나서 처음 널 봤을 때를 나는 생생히 기억해. 너는 너무나 작고 어렸어. 나는 형처럼 책임감 없는 사람이 되고 싶지 않았어. 그래서 너와 살기로 결심했던 거지. 책임에 대해 반드시 기억해. 그것이 창조자의 숙명이야."

영하는 그를 힐끔 보고 한숨을 쉬었다. 그러자 지제가 말했다.

"아니다, 아니야. 잊어버려. 내가 괜한 말을 했어. 미안해. 넌 이미 잘하고 있는데. 내가 뭔 소리를 했는지 모르겠어. 넌 여기 오는 걸 선택했잖아."

"아냐. 이곳을 선택한 게 아니라 선택지가 여기밖에 없었던 거지. 난 전혀 잘하고 있지 않아. 다 실패했거든."

"그렇지 않아. 넌 로봇들이 어떻게 되든 그냥 침묵하고 나 몰라라 할 수도 있었어. 때로는 응답하지 않는 것도 대답의 하나니까. 하지만 넌 그러지 않았어. 머잖아 너도 알게 될 거야. 너는 모두를 사랑하게 될 거야. 아니, 이미 사랑하고 있는지도 모르지."

"어떻게 그렇게 확신해?"

"난 너를 잘 아니까."

그는 이렇게 말하고는 웃으며 말을 덧붙였다.

"그리고, 알지? 항상 사람들에게 다정하게 굴렴. 냉소는 좋지 않아."

나왔다. 지제가 말버릇처럼 하던 말. 하지만 어렸을 때부터 듣던 그 말을 한 번 더 듣는 것도 나쁘지 않았다.

그들은 분지 주변을 산책했다. 지제의 머리칼이 온통 바람에 날려 헝클어져 있었다. 영하는 지제의 어깨와 머리에 내려앉은 수백수천 개의 별이 눈부시게 아름답다고 생각했다. 그는 이 행성에 잘 어울렸다. 지구보다도 더, 자신의 보호자로 있었을 때보다 더 좋아 보였다.

주변이 칠흑같이 깜깜해지자, 지제는 모닥불을 피우고 주변의 덤불숲에서 둥글넓적한 열매를 한 움큼 따 가지고 왔다. 영하가 그게 뭐냐고 물으니 그는 떨어진 나뭇가지를 꼬챙이 삼아 열매를 꿰며 '카이파 열매'라고 말했다. 그는 그 꼬치를 불에 굽기 시작했다. 열에 의해 벌어진 껍질 틈에서 달콤한 냄새를 머금은 기포가 보글보글 올라왔다. 지제는 그 껍질을 까고 흰 속살을 먹어 보라며 영하에게 권했다. 그 열매에서는 구운 밤과 고구마 같은 구수하고 달콤한 맛이 났다.

그들이 분지로 돌아왔을 땐 이미 깊은 밤이었다. 광산 부근에는 돌아다니는 사람도, 운행 중인 차량과 기계도 많았다. 하지만 그쪽을 제외하고 다른 쪽은 인적이 드물고 고요했다.

지제는 영하의 숙소에서 좀 더 수다를 떨다가 돌아가려고 했다. 하지만 그는 주차장에 차를 대는 도중 울린 디바이스의 알람을 확인하더니 난처한 표정을 지었다.

"미안. 오늘은 다른 장치가 또 말썽이네. 연구실에 가봐야 할 것 같아. 숙소에 가 있어. 오늘은 꼭 갈게. 어어, 너 코피 난다."

영하는 손가락을 코 밑에 갖다 댔다. 지제의 말대로 뜨거운 피가 흐르고 있었다. 그는 소매로 얼른 코 밑을 훔쳤다. 지제가 걱정스러운 표정으로 물었다.

"너무 무리해서 돌아다니는 거 아니야? 동면 부작용인가?"

"아마도. 근데 괜찮을 거야. 기다릴 테니까 빨리 와."

"금방 다시 올게. 어제 같지 않을 거야."

"좀 자고 있어도 돼?"

"얼마든지. 이따 와서 깨울 테니까 안 일어나지나 말아."

영하는 숙소로 돌아왔다. 간단하게 샤워하고 나자 허기가 졌지만 피곤함이 더 컸다. 영하는 속절없이 잠에 빠져들었다. 꿈도 꾸지 않고, 매트리스 위의 진득한 중력이 몸을 아래로 끌어당기는 감각만을 느꼈다.

한밤중에 갑자기 눈이 떠졌다. 시간이 얼마나 지났는지 가늠도 되지 않았다. 동이 트지 않았는데도 바깥이 몹시 분주한 듯한 느낌이 들었다. 허공중에 재 냄새가 감돌았다. 광산에서 실려 온 폭약 냄새를 혼동한 것일까? 그는 창문에 가까이 다가가려고 한 발짝을 내디뎠다. 그러나 그 순간 누군가 방문을 거세게 두드리는 바람에 영하는 방향을 틀 수밖에 없었다. 그가 문을 열자, 낯선 사람 하나가 숨을 몰아쉬며 이야기했다.

그는 자신을 환경부 직원이라 소개했다. 표정을 보니 크게 당황한 기색이었다. 안 좋은 예감이 들었다.

"정화보존팀 연구실에 불이 났는데, 지제 팀장님이 건물에서 아직 빠져나오지 못하고 계세요⋯⋯."

영하는 언덕 위의 건물로 달려갔다. 상공에 긴급 소화 드론이 날아다니면서 희뿌연 소화 약제를 분사했다. 사람과 로봇 가릴 것 없이 진화를 돕고 있었다. 구경꾼들은 화재 현장을 멀거니 보고 있을 뿐이었다.

영하는 위험하다는 이유로 건물에 가까이 가지 못하고 저지당했다. 무릎이 풀썩 꺾였다. 타오르는 불길이 너무 거세어 구조 요원도 들어갈 수가 없었다.

동틀 무렵 불이 진화되었다. 믿을 수 없었다. 불과 몇 시간 전만 해도 지제와 이야기를 나누고 함께 하늘을 보고 있었다. 영하는 찾아오는 아침을 등지고 허망한 눈으로 건물을 바라보았다.

＊　＊　＊

화재 사고 이후로 3일째 되는 날 아침이었다.

창문에서 쏟아지는 희뿌연 햇살이 영하의 머리와 어깨를 감쌌다. 그는 의자에 앉아 마룻바닥의 무늬를 응시하고 있었다. 무늬를 이루는 선은 곧지 않고 물의 표면처럼 이따금 동심원을 이루며 일렁거렸다.

테이블을 사이에 두고 맞은편에 앉은 차장은 입이 마르는지

물로 목을 축이며 디바이스 화면을 흘끔거렸다. 그도 어지간히 업무가 많은 것 같았다. 그의 디바이스에서 알람이 쉴 새 없이 울렸으나, 그는 화면을 확인하지 않고 있었다.

잠시 후 두툼한 체격의 남자 하나가 땀을 삘삘 흘리며 방으로 들어왔다. 환경부 부장이었다. 그도 지제의 사망 소식에 적잖이 놀란 듯 보였다.

차장은 그에게 영하 옆의 자리를 권했고 그는 자리에 앉았다. 그와 동시에 부장의 디바이스에서 알람이 울렸다. 알람에 이어 음성 메시지 자동 읽기가 설정된 듯, 의도치 않게 다 같이 그에게 온 메시지를 들을 수 있었다.

"부장님, 지금 막 정밀 지질 평가가 끝났는데요, 장난 아니에 요! 20편 일부 갱도 말고도, 바로 아래 21편부터 하이 아이포튬 이 매장되어 있답니다. 계속 파 내려가도 괜찮을 것 같아요. 지금 까지 채굴한 건 거의 빙산의 일각 수준이라니까요. 듣고 계세요? 여보세요?"

호들갑을 잔뜩 떠는 젊은이의 목소리가 들렸다. 부장은 민망한 표정으로 서둘러 음 소거 버튼을 눌렀다.

차장은 목청을 돋우고 빠른 속도로 이야기하기 시작했다.

"자, 저희가 지금까지 파악한 화재 사건의 경위를 말씀드리겠 습니다. 사고의 원인은 1층의 기계실에서 시작된 누전으로 인한 폭발과 화재로 추정되는데, 이 원인이 거의 확실시되고 있습니 다. 사망자는 한 명입니다. 사망 원인은 화재로 인한 질식사로 추 정하고 있습니다."

차장은 그렇게 말하면서 영하를 흘끔 쳐다보았다. 말하지 않아 도 알았다. 영하가 여기 있는 이유이기도 했다. 그것은 지제를 가리키는 것이었다.

조금 전 영하는 지제의 시신 일부를 확인했었다. 그럼에도 영하는 지제가 죽은 것이 실감나지 않았다.

차장은 부연 설명을 잔뜩 늘어놓았지만 그의 말들은 영하의 머릿속에 들어오지 않았다.

불은 순식간에 그를 덮쳤을 것이다. 그는 일에 집중하면 세상을 잊어버리는 타입이니, 정신을 차렸을 땐 이미 손쓸 수 없었을 것이다. 웨어러블 기기를 착용할 시간도, 1층으로 내려가는 엘리베이터를 탈 겨를도 없었겠지.

헤어지기 전에 그가 연구실로 돌아가지 못하도록 막았어야 했는데. 몸이 아픈 것 같으니 같이 있어 달라고, 배가 고프니 같이 뭘 좀 먹고 들어가자고 했어야 하는데. 아니, 분지 밖이 너무도 아름답다고, 밤새도록 있고 싶다고 했어야 하는데.

"……목격자나 다른 사람은 없었다고 합니다."

정신을 차리니 차장이 계속 말하고 있었다.

"전산상으로 그 시간, 그 장소에 있었던 사람은 팀장님밖에 없었어요. 광업소 소장 집무실이 있지만 화재 당시에는 퇴근한 상태였고요."

영하는 여전히 그의 죽음을 믿고 싶지 않았다. 그가 그 건물로 들어가지 않았을 수도 있다는 생각마저 들었다. 이런 허튼 생각을 잠재우려면 그가 건물 안으로 들어가는 영상이라도 찾아봐야겠다는 생각이 들었다. 영하가 물었다.

"CCTV가 있나요? 있으면 제가 직접 확인해 보고 싶은데요."

차장이 난처한 듯 말했다.

"그게, 그때가 마침 절전 시간이어서요. 지상에 켜져 있는

CCTV가 별로 없었을 거예요."

"멀어도 좋으니, 연구소 가는 언덕길을 비추는 CCTV 영상이 없을까요? 선명하지 않거나, 짧아도 괜찮아요."

차장이 말했다.

"한번 찾아보죠. 그리고 이거 말인데요. 조금 전에 받았는데."

차장은 옆의 서랍장에서 투명한 봉투를 꺼내어 테이블 가운데로 밀었다. 그 안에는 밤톨만 한 크기의 까만 잿더미가 들어 있었다.

"지제 팀장님 것으로 추정되는 디바이스입니다."

그가 말해주기 전까지는 그것이 디바이스인지 알아볼 수 없을 정도였다. 차장이 이어 말했다.

"가능할지는 모르겠지만, 혹시 모르니까 기계부에 맡겨서 데이터 복구를 해볼까 합니다. 장치 안의 내용이 사고와 관계가 있을지는 모르겠지만요."

영하가 물었다.

"환경영향평가 중이라던 동료분이 있었는데요. 그분도 이 사실을 알고 계신가요?"

환경부 부장이 대답했다.

"사고 일어나자마자 코라손 주임에게 메시지를 보냈는데 아직 읽지 않았네요."

차장이 말했다.

"원래 이렇게 메시지 수신 확인이 늦나요?"

"네. 주임이 워낙 디바이스 확인을 안 하기로 유명해서요. 손목이 갑갑하다면서 디바이스를 착용하지 않거든요. 그전에 혼자 평가를 나가면 사나흘 정도는 수신 확인도 안 했어요. 그리고 자기가 말해두었던 기한을 훨씬 넘겨서 돌아오는 경우도 많고요."

차장이 말했다.

"그럼 그렇게 예외적인 상황은 아니라는 거군요."

부장이 대답했다.

"네. 떠난 지 좀 됐으니 아마 며칠 안으로 돌아오지 않을까 싶네요. 여기 오기 전에 디바이스 위치 추적을 해봤는데 분지에서 아주 멀리 가진 않았더라고요."

숙소로 돌아온 영하가 제일 먼저 한 일은 잿더미로 변한 언덕의 연구소 건물이 보이는 창문의 커튼을 치는 일이었다. 영하는 약통에서 약을 꺼내 물과 함께 삼켰다. 하지만 마음이 전혀 진정되지 않았다. 영하는 담배를 피웠다.

지제가 영하와 함께 살기로 한 이후 사람들은 대놓고 말은 안 했지만 그들에게 삐딱한 시선을 보내왔다. 슬럼가에서 태어나고 자란 아이라서 성장이 더딜 거라든가, 엄마가 나메로인이라 자식 역시도 본국 말로 의사소통이 잘 안될 거라든가, 절반은 나메로인이니 우박파 알레르기가 심해 고생할 거라든가, 가족 동반 자살에서 홀로 살아남은 불쌍한 아이라든가, 어릴 때 잘 못 먹어서 머리가 안 좋을 거라든가, 독신 남성이자 장애인인 지제가 아이를 잘 돌볼 리가 없다든가, 그렇게 유명한 과학자도 아닌데 애를 키울 재정적 상황이 되겠느냐, 운신도 힘든 사람이 어떻게 아이를 키울 수 있겠느냐는 식의 쑥덕거림은 그들의 삶에 잔잔한 배경음악처럼 존재했다. 하지만 사람들의 우려와 달리, 그들의 삶은 꽤 괜찮았다. 여느 삶과 다르지 않았다.

영하는 방문을 물끄러미 응시했다. 지금이라도 지제가 일이 이제 끝났다고, 늦게 와서 미안하다며 문을 열고 들어올 것 같았다.

하지만 그런 일은 일어나지 않았다. 대신 기다리고 있었던 CCTV 자료가 도착했다는 디바이스의 알람이 울렸다.

그것은 연구실 건물 인근을 비추는 CCTV는 아니었고, 언덕길 초입에 있는 CCTV 영상이었다. 영하는 벽 스크린에 디바이스를 연동했다. 스크린에 재생된 화면은 시종일관 어두웠고 화질도 좋지 않았다.

영하는 지제와 헤어진 시간대로 화면을 설정했다. 화면에 언덕길을 올라가는 지제의 뒷모습이 보였다. 그의 인상착의는 그날 밤 영하와 헤어졌을 때와 똑같았다. 영하는 두 손으로 얼굴을 감싸쥐었다. 그제서야 지제가 죽었다는 것이 실감이 나기 시작했다. 얼굴을 세게 한 대 맞은 얼얼한 감각이 느껴졌다. 영하는 불이 나기 한 시간 전쯤으로 재생 구간을 바꾸었다.

얼마 되지 않아 야구 모자를 푹 눌러쓴 사람 하나가 화면에 들어왔다. 그는 전자 차트를 옆구리에 끼고 언덕 쪽으로 걸어 올라가고 있었다. 실루엣으로 봐서는 덩치도 키도 작은 남자 같았다. 차트 화면의 불빛 덕분에 그나마 모자가 빨간색 계통이라는 것만 파악할 수 있었다. 그는 곧 화면에서 사라졌다. 그리고 불이 나기 30분 전쯤, 이번에는 그가 언덕을 내려오는 모습이 영상에 잡혔다. 차장은 같은 건물의 광업소 소장이 퇴근했다고 말했다. 그렇다면 이 사람이 광업소 소장인 듯싶었다. 영상 속 길에 그 말고는 아무도 없었다. 그리고 잠시 뒤에 사람들이 우르르 언덕을 올라가는 실루엣이 보였다. 화재 발생 시각이었다. 하지만 그 길에 다른 건물의 그늘이 드리워져 있어 그마저도 형체만 간신히 알아볼 수 있었고, 어두운 옷을 입은 사람은 배경과 잘 구분되지도 않았다.

영하는 화면을 최대한 밝게 조정했고, 속도를 느리게 조정했다. 영하는 단 하나의 이상한 점조차 놓치지 않겠다는 듯 화면을 샅샅이 살폈다.

화재 발생 20분 전쯤 화면 한구석 어두운 곳에서 새까만 형상이 꿈틀대는 것이 보였다. 자세히 보니 사람 하나가 건물 쪽으로 올라가고 있었다. 밝기 조정을 하지 않았다면 아무도 눈치채지 못할 정도로 어둡고 작은 실루엣이었다. 영하는 그 실루엣을 놓치지 않았다.

여자라면 평범하고, 남자라면 왜소한 체격이었다. 얼굴은 어둠에 가려져 식별할 수 없었다. 그러나 그는 다리를 절뚝이고 있었다. 이 걸음걸이는 확실히 다른 사람과 달랐다. 그는 건물로 향하고 있었다. 영하는 그가 다시 화면에 잡히길 바라며 화면을 계속 재생했다. 언덕으로 올라가는 길은 이 길뿐이니까 올라갔다면 내려가는 모습도 찍혔을 것이다.

이제 화면은 화재 사건 구간으로 진입하고 있었다. 우왕좌왕하며 오르락내리락하는 사람들과 차량이 보였다. 하지만 이때까지도 그 사람과 같은 걸음걸이를 가진 사람은 보이지 않았다. 그렇다면 그는 화재가 일어나기 전부터 화재가 일어난 후까지 일련의 상황을 가까이에서 목격했을 수도 있었다.

차장은 지제 외에는 사상자도, 목격자도 없다고 했다. 지금까지 영상을 확인했던 사람 중에 그자가 있다는 것을 알아챈 사람이 없었던 듯싶다. 하지만 분명히 누군가 거기 있었다.

정신없이 영상을 확인하다 보니 동이 터오고 있었다. 자신이 본 내용을 서둘러 차장에게 알려야 했다. 곧바로 연락을 하려다가 별로 멀지도 않다는 생각에 직접 본부로 찾아가 보기로 했다.

본부 로비에 도착한 영하는 건물 관리인에게 차장의 근무 장소를 물었다. 현재 층의 복도 맨 끝 방이라고 알려줬다. 영하는 복도를 걸으며 생각했다. 차장에게 말하면 그는 상부에 보고하여 일을 처리할 것이다. 그러나 한편으로는 그가 못 미더웠다. 그 사람은 바빠 보였고, 관료제 특성상 영하가 원하는 만큼 일이 빠르게 진행될 것 같지도 않았다. 머릿속으로 온갖 시뮬레이션을 펼치고 있는데, 옆에서 커다란 문 하나가 불쑥 열렸다. 문 옆에 '본부장 집무실'이라고 적힌 팻말이 보였다. 열린 문으로 예닐곱 명의 사람들이 쏟아져 나왔다. 마지막에는 도민이 나왔다. 그들은 사이좋게 센타릭 로고가 박힌 점퍼를 입고 악수를 나누었다. 선발대와 후발대 간부진 회의인 듯싶었다. 두꺼운 뿔테 안경을 쓴 남자 하나가 팔짱을 끼며 말했다.

"힘을 합쳐서 잘해 보자고, 도민 본부장. 자네는 정말 대단한 후배야, 아니. 이제는 이렇게 말하면 안 되겠네. 파트너니까. 하하. 순조롭게 진행되고 있어서 우리가 고민할 건 별로 없지 않을까. 적응하면 다 괜찮아질 테니까 너무 걱정 말라고."

귓불이 찢어질까 걱정될 정도로 커다란 금색 귀걸이를 한 여자도 말했다.

"우리 셋이 잘해 보자고요."

"감사합니다. 본부장님, 부본부장님. 앞으로 잘 부탁드려요."

도민은 웃으며 그들을 배웅했다. 그들은 마주 다가오는 영하를 지나쳐 갔다. 혼자 남은 도민이 복도에 서 있는 영하를 보고 말했다.

"세상에, 너 너무 피곤해 보여. 괜찮아?"

"괜찮아."

"안 괜찮아 보이는데. 안 그래도 찾아가려고 했어. 그런데 여긴 왜?"

"어제 삼촌의 마지막 모습을 확인하고 싶어서 CCTV를 받았는데, 영상을 전해준 직원 말로는 목격자도, 다른 사상자도 없다고 했는데…… 내가 계속 보다 보니 어둠 속에 누군가가 있더라고. 그래서 이걸 전달해 준 차장님한테……."

영하는 여기까지 말하다가 문득 차장에게 말하는 것보다 도민에게 말하는 것이 낫겠다는 생각이 들었다. 전달 순서가 잘못됐다는 건 알지만, 도민처럼 큰 권한을 가진 사람이라면 차장에게 전달하는 것보다 더 빨리 일을 진행할 수 있지 않을까 싶었다.

도민은 영하의 어깨에 손을 감싸 서로의 간격을 좁혔다. 그리고 나지막하게 말했다.

"차장 말고 나한테 보여줘."

도민은 '나한테'라는 어절을 강조해서 말하며 영하와 눈을 마주쳤다. 그의 표정은 진지했다.

도민은 자신의 집무실 안으로 영하를 안내했다. 집무실은 널찍하고 조용했다. 공간 한가운데에는 회의용 탁자가 있었다. 한쪽 구석에는 아직 풀지 않은 가방들이 쌓여 있었고, 책상 위에는 예닐곱 살쯤 되어 보이는 아들 둘, 서너 살로 보이는 딸 하나가 환하게 웃고 있는 사진이 탁상용 액자에 담겨 있었다. 도민이 책상의 서브 컴퓨터를 가리키며 말했다.

"이걸 사용해."

영하는 자리에 앉았다. 컴퓨터 화면에는 음성 조회 애플리케이션이 실행되고 있었다. 아마도 이전의 회의 기록을 음성으로 작성 중인 것 같았다. 애플리케이션은 방금 내뱉은 도민의 목소리를 식별하여, 화면 우측 하단에 그의 이름을 새겨놓고 있었다. 영하가 화면을 가리키자 도민은 '내 정신 좀 봐' 하더니 애플리케이션을 급히 닫았다.

영하는 영상을 볼 수 있도록 다운로드하여 컴퓨터 화면 가득히 재생했다. 그리고 재생 바를 움직여 재생 구간을 선택했고, 어두운 화면 속에서 찾은 인영(人影)을 손가락으로 짚었다.

"건물에 불이 나기 전, 누군가 여기에 들어간 사람이 있었어. 여기 이 사람 말이야. 화재 전에 올라간 건 보이는데 화재 후에 내려갔는지가 확실치 않아. 인파에 휩쓸려 내려가는 게 보이지 않은 것일지도 모르지만 아무래도 신경이 쓰여서. 그냥 몇 번 봐서는 눈치채지 못해. 하지만 밤새도록 돌려 보니까 보이더라고. 이 사람에 대해서는 아무도 모르는 것 같아. 하지만 이 사람이 목격자일지도 모르잖아."

도민은 영하가 말한 화면을 다시 한번 처음부터 재생해 보았다. 그 구간이 끝난 이후에도 여러 차례 반복했다. 한참 말이 없던 도민이 입을 뗐다.

"네 눈이 정확해. 분명히 누군가 있어."

도민의 말에 영하는 안도감을 느꼈다. 자신이 헛것을 본 게 아니었다. 도민이 다시 말했다.

"누구인지는 모르겠지만, 적어도 그가 목격자일 가능성은 충분해 보여. 이번 사고 수습에는 후발대로 온 사람들이 다 빠졌어. 그래서 나도 정보를 전해 듣는 입장이었는데 그냥 빨리 수습하려는 낌새더라고. 일이 바쁘기도 하니 그런가 보다, 이곳에서의 경험이 많으니 어련히 잘하겠거니 싶었는데 그들도 놓친 게 있었네. 오늘은 공식 일정이 끝났으니까 여기엔 아무도 안 올 거야.

지금 바로 확인해 보자. 그가 누군지 말이야."

일이 이렇게 빨리 진행될 줄은 몰랐으나 이 상황이 나쁘진 않았다.

도민은 바로 부하 직원에게 사고가 일어난 날 밤 지상의 모든 CCTV 자료를 모아 달라고 지시했고 영상은 30분 후 신속하게 날아왔다. 영하와 도민은 화면에 분지 안쪽 지도를 띄워놓고, CCTV 영상에서 낯선 자가 목격되었던 시간과 동선을 고려해 영상 자료를 정렬하여 하나씩 확인하기 시작했다.

'그'는 화면 속에 분명히 존재했다. 하지만 그의 절뚝거리는 걸음걸이 빼고는 식별할 수 있는 게 없었다. 그러나 몇십 개의 영상 자료를 보던 도민과 영하는 그자가 어디에서 출발했는지 알게 되었다. CCTV속 그의 최초 행적은 광업단지였다.

도민이 화면에 적힌 시간을 확인하며 말했다.

"이때쯤이면 아마 갑방(甲方)이 한창 일할 시간일 거야."

영상을 모두 확인한 영하가 말했다.

"광업단지에서 일하는 사람일까?"

"그럴 확률이 높아 보여."

"그럼 광업단지 안쪽이랑, 광산 입구 쪽에 CCTV를 확인하면 되지 않을까?"

"응. 그렇긴 한데……."

그렇게 말하는 도민의 표정은 좋지 않았다.

"지상의 영상을 모으는 것과 다른 상황인 거야? 언니는 본부장이잖아."

"본부장이긴 해도, 선발대 본부장과 부본부장에 비해서는 아무 힘이 없어. 나도 나름대로 공부를 했지만 현장에 대해서는 아무엇도 모르는 거나 마찬가지니까. 얼마 전에 처음으로 광업단지 시찰을 나갔는데 갱도 안은 위험하다며 각 편의 ˙엘리베이터까지만 가게 하더라고. 그러면서 광업소는 선발대 본부장 쪽이랑 소통할 테니까 나까지 신경 쓰지 않아도 된다고 하더라."

그 이야기를 들으니 도민의 사정도 좋지 않아 보였다. 영하가 물었다.

"그럼 살펴보기 어려울까?"

도민이 고개를 저으며 말했다.

"아니. 여기에서 물러날 수는 없지. 알아보자. 사업장은 공정하고 투명하게 돌아가야 해. 그렇게 돌아가게 하는 게 본부장으로서 내가 해야 할 일이야. 실은 그래서 여기에 오자마자 자료를 뒤졌는데, 아무래도 수상한 정황이 있더라고. 지구에 갈 아이포튬 일부가 달 정거장에서 빼돌려지고 있는 것 같아. 선발대가 온 이후 지금까지 선적선이 여섯 번 왔었는데, 거기에 실린 중량이랑 지구에 도착한 중량이 달라. 센타릭사 간부 중 누군가가 광업소 소장이랑 야합하고 있을지도 모르지. 하지만 확실한 물증이 필요해. 나도 계속 현장에 무지한 채로 이름만 본부장이고 싶진 않아. 하지만 모든 걸 다 제쳐두고서라도 억울한 사람이 있으면 안 되잖아? 게다가 네 삼촌이 관련되어 있을지도 모르는 일이니 더욱더 알아봐야지."

"……고마워."

영하가 말했다.

도민이 웃으며 말했다.

"나한테 고마워할 필요는 없어. 마땅히 내가 해야 하는 일이니까. 우선 광업단지 안쪽 CCTV 자료를 좀 구해봐야겠어."

"그들이 주려고 할까?"

"그냥은 안 주겠지. 명분을 만들어야 해. 음…… 화재가 일어났던 전날 낮에 광업단지 시찰을 갔었거든. 그때 주차장 근처에서 내가 타고 갔던 차량이랑 광미를 싣고 가던 트럭이 부딪칠 뻔한 적이 있어. 그 손해를 계산해야 한다는 빌미로, 광업단지 안 CCTV 자료가 필요하다고 말해봐야겠다."

도민은 메시지를 보냈고, 곧 답장이 날아왔다. 그는 서둘러 모니터를 열어 메시지를 확인하고는 고개를 절레절레 저었다.

"역시나. 협조적이지가 않군."

"뭐라고 왔어?"

"광업단지 안의 모든 CCTV는 하루에 한 번씩 영상을 덮어쓰기 때문에 그날 영상은 삭제되어 없다네. 정말 뭔가 숨기는 게 있나 본데. 내가 가지고 있는 설계도상으로는 광산 쪽이라고 특별히 다른 CCTV 기기가 설치되어 있는 건 아니거든. 보통은 5일까지 저장할 수 있어."

영하가 말했다.

"내가 직접 가볼게. 어차피 난 내일 EL이 배치되는 것을 시작으로, 정기적으로 모니터링을 나가서 점검도 해야 해. 광업단지에도 배치되니까, 당연히 가봐야 하는 거라서 의심을 사지도 않을 거야. 뭘 할 수 있을지 모르겠지만 분위기라도 파악하고 소문이라도 주워들을 수 있을지도 모르지."

영하는 디바이스에 홀로그램으로 광산 주변 지도를 띄워 보았다. 광산 입구 근처를 줌인해서 보던 영하는 한 층짜리 사무실 건물 안에 '전산실/서버실/영상실'이 있는 것을 발견했다. 도민은 잠시 생각에 잠기더니 이내 고개를 끄덕였다.

"좋아. 나도 나름대로 여기에서 방법을 강구해 볼게."

　도민과 이야기를 마치고 숙소에 돌아오니 문 앞에 이미 짐 상자들이 쌓여 있었다. 상자 위 가장 잘 보이는 곳에 메모가 쓰여 있었다. 영하 앞으로 와야 하는 수화물 하나가 빠졌는데 찾게 되면 이곳으로 보내준다는 이야기였다. 이만하면 영하가 부친 짐은 다 온 것 같은데 빠진 게 무엇인지 알 수 없었다.

　영하는 짐 상자를 열고 옷가지와 가재도구를 꺼냈다. 인화지에 인쇄된 사진 여러 장이 담긴 제법 두툼한 봉투도 있었다. 맨 위 사진은 영하의 초등학교 입학식 날 찍었던 것이었다. 가족사진이지만 아버지 부분은 찢겨 나간 사진이었다. 어머니, 영상과 영하 모두 어색하게 교문 앞에 서 있었다. 그다음은 영상의 독사진이 이어졌다.

　어렸을 때 영하는 용돈을 모아 집 앞 고물상에서 중고 카메라를 샀다. 상당히 오래된 디지털카메라였지만 영하는 본인 소유의 카메라가 생긴 것만으로도 너무 좋아 틈만 나면 사진을 찍곤 했다. 흘러가는 구름과 길 위의 고양이도 찍고, 동생도 찍었다. 그리고 이 사진을 어디서라도 꺼내 볼 수 있도록 인화지로 출력해서 가지고 있었다. 특히 동생을 찍은 이 사진들은 C9의 외형을 만드는 데 큰 공을 세웠다.

　지제의 집에서 지낼 때도 영하는 이 사진들을 일주일에 한 번씩은 꺼내 보았다. 그것은 영상을 차가운 물속에 버려두고 도망쳐 혼자 살아남았다는 죄책감에서 시작된 행동이었다. 처음에는 영상의 얼굴을 마주하기 힘들었다. 사진에 인화된 그의 얼굴을 볼 때마다 상처 부위에 소금을 뿌린 듯 마음이 쓰라렸다. 그러나 일어났던 일을 회피하는 것은 비겁한 짓이라고 생각했다. 영하는 그 사진이 자신에게 상흔을 남기는 것을 알면서도 똑바로 보아야만 한다고 생각했다. 영상은 그 차가운 강바닥의 낡고 녹슨 차 안에 언제까지고 갇혀 있을 터였다. 비행기 조종사라는 꿈을 영원히 이루지 못한 채로.

더 이상 가까운 누군가를 잃고 싶지 않았던 영하는, 지제가 코도 골지 않고 소파에 누워 잘 때면 슬며시 코 밑에 손가락을 가져다 대곤 했다. 그러다가 따뜻한 숨이 느껴지면 그제야 안도의 한숨을 내쉬고 침실로 가서 잠을 청했다.

그런데, 이제는 지제도 곁에 없다. 영하 곁에 있다가 죽은 사람이 이제는 하나 더 늘어버렸다. 자신에게 고약한 망령이 들러붙어 있는 것 같았다.

영하는 사진을 정리해서 봉투에 다시 넣었다. 그는 눈을 감고 심호흡하며 생각했다. 망령이라니, 허튼 소리다. 세상에 망령 같은 건 없어. 네가 할 수 있는 일을 해. 몸을 움직여서 지제 삼촌이 죽었을 때, 어떤 일이 있었는지 확인해. 진상이 모두 파악된 뒤에 슬퍼해도 늦지 않아.

영하는 첫 방문 모니터링 계획을 세웠고, 그것을 각 부 부장과 공유했다.

축축하고 무거운 새벽안개를 뚫고 영하는 창고로 향했다. 막상 몸을 움직이니 슬픈 기분은 들지 않았다. 서늘한 기온에 머리가 차갑게 식은 느낌이었다. 하늘은 아직 깜깜했지만, 목책이나 건물에 얼기설기 묶여 있는 전구가 가로등 불빛과 같은 역할을 했다.

창고에는 도민이 간부진과 함께 있었다. 도민은 그를 보았고, 영하는 그와 시선을 주고받았다.

5시 40분이 되자, 창고에 알람이 울리고 로봇들이 눈을 떴다. 그들은 각 부서에서 나온 인솔자를 따라 목적지로 걸어갔다. 갱도에 배정된 로봇은 EL-C 세 대, EL-G 네 대, EL-H 네 대로 총 11대였다. 영하는 그 로봇들과 광업단지를 향해 걸어갔다.

분지를 가로지르는 대로를 걸으며 영하는 주변을 둘러보았다.

6시가 되자, 사방에서 방송이 들리기 시작했다.

"안녕하세요, 좋은 아침입니다! 차페크 방송에서 하루의 시작을 알립니다. 오늘도 안전에 충실한 하루 보내시길 바랍니다."

그것은 목책과 건물에 설치된 검은 스피커들에서 나오는 방송이었다. 기억을 더듬어보니 영하가 이곳에 온 이후 아침마다 이 방송이 들린 것 같았는데, 경황이 없어 한 번도 제대로 들어본 적이 없었다.

방송은 선발대 기준으로 오늘 이 행성에 온 지 며칠째 되는 날인지 알려준 다음, 곧바로 지구는 몇 월 며칠인지 이야기했다. 날씨와 시간 다음에는 오늘의 식사 메뉴, 분지 내 뉴스, 특별 영화 상영 등의 공지가 이어졌고, 후발대를 위한 생활 안내가 자세히 이루어졌다. 숙소의 기기가 고장 나면 어느 팀을 호출해야 하는지, 의무실의 정규 근무 시간이 언제인지, 우박과 알레르기가 있는 사람을 위해 따로 반찬이 준비되어 있으니 식수대 옆 자율 배식대를 이용하라는 등의 설명이었다.

뒤에서 시끌시끌하게 말소리가 들려왔다. 뒤를 돌아보니 작업복을 입은 사람들이 기숙사 동에서 덤프트럭과 뒤섞여 걸어오고 있었다. 로봇들처럼 그들도 오늘, 후발대 도착 이후 첫 근무를 시작한다. 영하와 로봇들은 한 무리의 사람들과 한데 섞였다. 사람들은 로봇을 흘끔흘끔 쳐다보았지만 그들에 대해 아무 말도 하지 않았다.

영하는 혹시나 화재 사건에 대한 소식을 들을 수 있을지도 모른다는 기대로 사람들이 주고받는 말에 귀를 기울였다. 직원 몇 명이 영하 근처에서 사건에 대해 본국어로 떠들었다.

……그 건물 1층에 광업소 소장 집무실 있잖아. 소장은 그때 거기 없었대? 퇴근하고 없었대. 누전은 왜 일어났대? 왜 그렇게 불길이 거세질 때까지 놔둔 거지? 초기에 잡을 수 없었던 거야? 소장 집무실의 커피포트에서 누전이 발생했나 봐. 엥, 아니야. 내가 들은 건 옆 기계실에 가장 큰 기계였는데. 아니, 아니, 다 아니야. 2층 발코니에서 불길이 치솟았다는데. 무슨 연구실 있는 거기. 이봐, 확실한 것 아니면 말하지 말라고…….

광업단지 입구에는 목책이 처져 있었다. 영하는 입구 너머 거대한 광산 시설에 입을 벌릴 수밖에 없었다. 채굴 광산이라고 들었을 땐 막연히 지하 시설만을 생각했는데, 지하에서 자원을 끌어 올리고, 그것을 쓸 만한 자원으로 정제하는 것은 지상에서의 일임을 새삼스럽게 깨달았다. CCTV 속의 낯선 사람은 어디에서 일하는 사람일까. 광업단지는 너무 넓어서, 막막하게만 느껴졌다. 영하의 앞으로 산비탈을 뒤덮는 드넓은 지상 시설물과 광미가 잔뜩 쌓인 야적장이 보였다. 선탄장의 파쇄기와 컨베이어벨트는 쉴 새 없이 움직였고, 거대한 굴뚝 끝에서 새하얀 연기가 몽글몽글 피어올랐다. 50톤은 되어 보이는 덤프트럭들이 바위와 자갈을 싣고 줄지어 어딘가로 가고 있었다. 경광등을 든 사람들이 손을 휘저으며 트럭을 안내했다. 트럭 바퀴가 길바닥에 있던 벌레들을 으스러트리며 전진했다. 영하는 그 트럭들이 향하는 곳을 보았다. 트럭의 행렬은 흙먼지를 날리며 골짜기의 쓰레기장 쪽을 향해 가고 있었다. 선탄장 앞에는 트럭 몇 대가 있었는데, 청록빛의 아이포튬이 뚜껑 열린 상자에 가득 실려 있었다. 그 아이포튬을 실은 상자 중에는, 붉은색에 가까운 자줏빛의 아이포튬이 있었는데, 그것이 하이 아이포튬인 듯싶었다.

영하는 아이포튬에서 눈을 떼고 주변을 조금 더 살폈다. 한쪽에는 배전실과 공구실 건물이 보였다. 반대편으로 고개를 돌린 영하는 구석진 곳에서 작은 건물 하나를 보았는데, 붉은색으로 화약고라는 글자와 커다란 느낌표가 새겨져 있었다.

조금 더 걸으니 작은 초소가 보였다. 초소 앞에 직원 한 명이 손나팔을 하고 몰려오는 사람들에게 길을 안내하고 있었다. 그들은 오늘 첫 근무인 후발대 인원들은 사무실을 방문했다가 갱도 입구로 들어가야 한다고 소리치고 있었다. 영하는 그에게 로봇을 데려왔다며 상황을 설명했다. 그는 영하에게도 사무실로 가라고 안내했다. 그러면서 손가락으로 건물 하나를 짚었다. 지도에서 보았던 광산 사무실이었다.

영하는 사무실로 들어갔다. 좁다란 공간에 칸막이와 책상이 다닥다닥 붙어 있었다. 숨이 막힐 정도로 허공에 먼지가 많았다. 직원들은 일에 열중하고 있다가 로봇이 왔음을 알아차리고 힐끔힐끔 이쪽을 쳐다보았다.

영하는 주위를 둘러보았다. 가장 안쪽에 문 하나가 보였는데 영하가 홀로그램에서 확인했던 대로 '전산실/서버실/영상실'이라고 쓰여 있었다.

영하는 문에서 가장 가까운 직원에게 소장을 만나러 왔다고 말했고, 직원은 목걸이로 된 방문증을 주며 가장 안쪽에 있는 소장의 자리를 가리켰다.

후발대 직원들의 업무 투입 때문인지 광업소 소장은 사람들 속에 파묻혀 있었다. 소장은 작은 키에 둥글둥글한 인상의 중년 남자였다. 그는 CCTV에서 보았던 것과 같은 빨간 야구모자를 쓰고 있었다. 실제로 보니 모자는 몹시 낡고 더러웠는데, 모자 전면 한가운데에는 대문짝만하게 '래일 광업소 창립 60주년 기념'이라는 글자가 쓰여 있었다. 그는 아침부터 피곤한지 눈두덩을 손으로 꾹꾹 누르고 있었다. 영하는 그의 얼굴을 자세히 응시했다. 애써 아무렇지도 않은 척했으나, 불안한 기색을 감출 수 없는 듯했다. 하긴, 자신의 집무실이 불에 타버렸으니, 그럴 법도 했다.

광업소 소장이 어떤 사람인지도 알 수 없고, 이곳의 분위기 또한 알 수 없었다. 영하는 입을 조심해야겠다고 다시 한번 다짐했다. 조심해서 나쁠 것 없었다.

영하가 인사를 하자 광업소 소장은 일어서서 악수를 청했다. 그에게서 담배 찌든 냄새가 났다. 영하가 손을 잡고 흔들었다. 소장이 말했다.

"처음 뵙겠습니다. 제가 여기 소장입니다."

웃으며 이야기하는 그의 목소리가 정중했다. 영하가 물었다.

"로봇은 좀 다루어보셨나요?"

"네, 저희 광업소가 규모가 작긴 해도, 본국의 광업소 최초로 채굴 로봇을 도입한 곳이지 말입니다. 그런데 인간형 로봇은 처음이니까, 로봇들을 교육할 방법만 알려주시면 됩니다. 사실 아이포튬 특성상 지구의 다른 채굴 물질보다 섬세하게 다루어야 해서 숙련된 전문 인력을 데리고 온 건데, 지금은 숙련자고 뭐고

가릴 처지가 아니게 돼서요. 예상보다 너무 바쁜데, 거기다 하이 아이포튬까지……. 정말 정신이 하나도 없습니다. 내려온 공문 보니까 목적은 달라도 인간이 할 수 있는 작업 정도는 실행할 수 있다면서요?"

영하가 말했다.

"제작 목적은 서로 다르지만 한 사람분의 일은 해낼 겁니다. 일반 직원처럼 다루시면 되고, 해야 할 일을 말로 설명해 주고 요령만 보여주시면 돼요. 단, 편을 옮길 때는 최고 명령권자인 도민 본부장님께 말씀하셔야 해요."

"저기, 하나만 여쭤봐도 괜찮겠습니까?"

"말씀하세요."

"그 뉴스는 사실입니까? 로봇이 사람을 죽였다는 이야기요."

"아닙니다. 경쟁 기업이 언론을 등에 업었을 뿐입니다. 자기네 제품을 팔기 위해 우리 로봇들을 깎아내린 겁니다."

"그렇군요. 알겠습니다. 그저 제작자에게 사실 확인을 받아보고 싶었을 뿐입니다. 센타릭사가 제품을 허투루 만들지는 않겠지요."

영하는 자신의 디바이스에서 배치표를 확인하며 말했다.

"어디 볼까요. 15편에는 다섯 대, 17편과 20편에는 각각 세 대씩 배치하셨군요."

이렇게 말하기는 했지만 '편'이라는 게 뭔지는 알 수 없었다.

"그렇습니다."

"그러면 각 편에 내려가서 잘 배치되었는지 확인하겠습니다."

"아니, 직접 가실 겁니까?"

"네. 뭐가 문제가 되나요?"

"갱도는 아주 위험합니다. 폭발이나 붕괴의 위험도 있습니다
만."

"책임자로서 그 정도 위험은 감수하고 왔습니다. 내려가서 살
펴볼게요. 그리고 저는 EL의 관리자로서 오늘 이후에도 자주 내
려가야 할 거예요."

그는 잠시 고민하는 듯 보였다. 그러더니 이렇게 이야기했다.

"그러면 각 편의 엘리베이터 근처에만 계십시오. 나중에도 EL
을 수리해야 한다든가 하는 일이 있으면, 미리 알려주십시오. 지
상으로 올려보낼 테니까."

"죄송하지만 미리 말씀을 드려야 할 것 같습니다. 무슨 말씀인
지는 알겠는데, 모니터링이나 수리 같은 일은 로봇만 보는 게 아
니라 작업 환경을 봐야 할 수도 있어서요."

소장은 말없이 생각하더니 알겠다고 했다. 영하는 속으로 안도
의 한숨을 쉬었다. 이것마저 안 된다고 하면 어떡하나 싶었는데
자신의 주장이 받아들여져서 다행이라고 생각했다.

소장은 영하를 탈의실로 안내했다. 영하는 옷을 갈아입은 뒤,
주머니에 있던 전자 담배와 입고 왔던 옷은 캐비닛에 넣었다. 그
런 다음 랜턴이 부착된 안전모를 착용하고, 보안경은 목에 걸치
고, 마스크를 끼고, 귀마개는 손에 들었다.

탈의실에서 나오니 소장이 래일 광업소 로고가 박힌 조끼 하
나를 들고 기다리고 있었다. 영하에게 조끼를 주기 전에 그가 말
했다.

"이걸 입으세요. 그리고 절대로 혼자 아무 데나 가면 안 됩니다."

소장이 앞장섰고 영하가 그다음, 로봇들은 영하의 뒤를 따랐다.
광산 입구에는 거대한 원통형의 환풍구가 예닐곱 개 모여 있

었다. 환풍 프로펠러가 쉴 새 없이 돌아가며 시시각각 먼지 섞인 뜨거운 바람을 뿜어내고 있었다. 그 옆에는 거대한 갱도 입구가 있었다.

갱도 입구는 반원의 콘크리트로 큰 터널의 초입같이 생겼다. 기계가 돌아가는 소음과 쇠 파이프들이 부딪치는 소리가 한데 뒤엉켜 윙윙거리는 소리밖에 들리지 않았다. 곳곳에서 사람들이 용접하며 입구를 유지 보수 중이었다. 갱도 안쪽으로 들어갈수록 시야가 어두워졌다. 캄캄한 동굴 속에는 너무 희어서 푸르게까지 느껴지는 강렬한 조명이 켜져 있었다. 벽에 설치된 스피커에서 나오는 소리는 복도를 쩌렁쩌렁하게 울렸다.

벽에는 갱도 붕괴가 났을 때 어떻게 해야 목숨을 구할 수 있는지에 대한 문구와 삽화, 그리고 간략하게 그려진 광산 단면 지도가 부착되어 있었다. 왼쪽 위에 그려진 현 위치, 그리고 그 아래 수직으로 떨어지는 선 하나, 그 선을 직각으로 잇는 세 개의 수평선에 각각 15, 17, 20편이라고 쓰여 있었다. '편'이라는 것은 각 층을 이른다는 것을 영하는 여기서 확실히 알게 되었다.

영하는 근처에서 걷고 있는 두 사람의 대화를 들었다. 그 둘은 오늘 일을 나오지 않은 사람에 대해 이야기하고 있었다. 왜 그 직원이 나오지 않았느냐는 질문에, 상대방은 그 사유가 '악몽'이라고 답했다. 영하는 이해가 되지 않았다. 악몽을 꿨다고 나오지 않았다고? 그러나 그들의 이야기는 무척 진지했기에 농담 같지 않았다. 그들은 갑자기 왼쪽 벽 쪽으로 몸을 틀더니 멈춰 섰다. 그곳에는 '위로의 벽'이라는 표찰이 붙어 있었다. 표찰 주위로 사람들이 보급용 노트를 찢어 테이프로 붙인 메모들이 있었다. 거기에는 추모의 문장과 무사히 지구로 귀환하자는 염원을 담은 문장들이 있었다. 앞선 사람들이 그곳을 그냥 지나치지 않고 멈춰서서 꾸벅 고개를 숙였다. 광업소 소장을 포함하여 한 사람도 빠짐없이 고개를 숙이는 통에 영하도 고개를 살짝 숙였다. 그제야 두 사람의 대화가 조금이나마 이해되었다. 이곳은 죽음과 가까운 곳이기 때문에, 악몽이라는 사유만으로도 출근을 하지 않는 사유가 될 수 있었다.

출퇴근 태그를 찍는 기계 앞에 사람들이 줄을 지어 서 있었다. 그들은 손목에 차고 있던 디바이스를 출퇴근 태그 기계에 태깅하고 통로로 들어갔다. 그러자 작은 화면에 출근이라는 글자가 뜨며, 시간이 표시되었다.

디바이스를 안 가져온 사람들은 옆줄로 빠졌는데, 그 줄 사람들은 전자 기록부에 수기로 출근 시간을 기입하고, 서명한 후에 통로로 입장했다.

소장은 로봇을 통로로 입장시켰다. 그들은 인식 기능이 탑재되어 기계에 접촉하지 않아도 입장할 수 있었다. 그다음, 소장이 디바이스를 태그하고 안으로 들어가더니 품에서 마스터 카드 한 장을 꺼내 접촉한 후 영하에게 들어오라고 했다.

영하는 CCTV가 어디에 있는지 둘러보았다. 출입구 위 천장의 구석진 곳에 빨갛게 점멸하는 카메라 한 대가 붙어 있었다. 입구는 하나니까, 광산 안에서 일한다면, 반드시 이곳을 지나야 했다.

통로에서 벗어나자, 거대한 엘리베이터 세 대가 보였다. 엘리베이터를 감싸는 철망에는 '화재 주의', '폭발물 주의'라고 쓰인 안내판이 붙어 있었다. 그 옆에는 유독가스 수치를 알리는 계기판이 보였다. 근처에는 커다란 선반 몇 개도 보였는데, 거기에는 물과 비상식량이 비축되어 있었다. 지하에서 일하는 사람들의 것인 듯했다.

영하는 이 주변에도 한 대의 카메라가 있음을 알아차렸다. 직원들은 문이 열리기를 기다리며 엘리베이터의 이동 방향을 표시하는 화살표를 주시하고 있었다. 직원 몇몇이 소장을 알아보고 인사했다.

소장은 영하의 어깨를 두드렸다. 영하가 그를 쳐다보자, 그가 말했다.

"잊어버릴 뻔했네요. 랜턴은 여기 있는 버튼을 누르면 켜지고, 몸체를 돌리면 3단계로 밝기 조정이 됩니다. 끄고 싶으면 버튼을 다시 한번 누르세요."

그는 자기가 쓰고 있던 안전모에 끼워진 랜턴을 조작해 시범을 보이며 말을 이었다.

"사고는 일어나지 않는 것이 가장 좋겠지만, 혹시나 매몰되거나 했을 때의 불빛 신호를 알려드리겠습니다. 총 일곱 번 깜빡이는데, 이렇게 처음 세 번은 빠르게 깜빡인 다음 한 번 쉬고, 그다음 앞선 깜빡임과 같은 속도로 네 번을 깜빡이면 됩니다. 그러면 '내가 여기에 있다'라는 표시가 됩니다."

영하는 그 시범을 따라 하며 불빛 신호를 기억해 두었다.

엘리베이터가 도착했고 곧이어 문이 열렸다. 입구에 가장 가까이 있던 직원 하나가 재빨리 안으로 들어가더니, 레버를 아래서 위로 밀어 올려 문이 열린 상태를 유지하도록 했다. 안쪽에는 사람들이 걸터앉을 수 있게 좌우 면의 모서리를 따라 기다란 벤치가 설치되어 있었다. 영하는 구석진 곳에 자리를 잡았다. 사람들이 엘리베이터에 하나둘씩 탔다. 벽에 부착된 '정숙'이라는 글자 그대로 아무도 잡담하지 않았다.

마지막으로 날이 시퍼런 채굴 장비 하나가 들어왔다. 문이 닫혔다. 사람들의 작업복 등에 붙어 있는 로고가 저마다 번쩍였다. 초록색 야광 도료로 그려진 래일 광업소의 로고도 보였고, 그 외에 보라색과 노란색, 빨간색, 흰색 로고도 보였다. 래일 광업소 로고가 아닌 로고가 박힌 조끼들은 어둠 속에서 어슴푸레한 빛을 냈는데, 하청 업체들의 로고인 듯했다. 지하에 이렇게 많은 사람이 있다는 게 신기할 정도였다.

분진 때문인지 목이 칼칼했다. 땀 냄새가 점점 더 강해졌다. 처음에 사람들의 체취를 맡았을 때는 견디기 어려울 정도였는데, 코가 점점 익숙해졌다. 영하의 관자놀이에 땀이 송골송골 맺혔다. 영하는 기름때에 전 선풍기 날이 만드는 바람을 맞으며 천장을 살펴보았다. 위쪽 한 모서리에 CCTV가 하나 있었다.

엘리베이터는 하강을 시작했다. 롤러코스터의 무중력 구간에 있는 것처럼 심장이 철렁 내려앉을 뻔했다. 그는 벽에 붙은 손잡이를 단단히 붙잡았다. 10분 정도 되었을까, 엘리베이터는 15편에 다다랐다.

문이 열리자 사람들이 채굴 장비를 피해 썰물처럼 빠져나갔다. 인파를 보니 본국인이 9, 외국인이 1 정도 되는 것 같았다. 영하는 소장을 따라 엘리베이터 밖으로 나갔다.

갱도장이 소장을 보며 '안전'이라는 구호를 외쳤고, 소장도 가볍게 구호를 말하며 응수했다. 소장에게 형님이라고 호칭하는 것을 보니, 갱도장과는 허물없이 지내는 듯했다.

털털거리는 양수기 소리와 컨베이어 벨트가 돌아가는 소리가 끊임없이 들렸다. 이 와중에 지상에서 들었던 스피커 방송까지 섞여 들리고 있었다. 진짜 들리는 것인지 아닌지는 모르겠지만 아주 작게 발파음이 들리는 것 같기도 했다. 소장과 갱도장은 로봇의 할 일에 대해 상의했다. 소음 때문에 잘 들리지 않았지만, '결정해 둔 대로 하면 될 것 같아요'라든가, '일단 해보지', '굴진부는 빼고, 여기서는 후산부로 들어가서 일을 좀 가르치죠. 앞으로 선산부 일도 할 수 있을지는 봐야죠' 등과 같은 말이 오갔다. 그들은 영하에게 로봇의 기계 조작 범위에 대해 물었고, 그는 그들에게 최대한 자세히 로봇이 할 수 있는 일에 대해 설명했다.

소장과 갱도장이 서로 이야기를 나누는 동안 영하는 주변을 둘러보았다. 벽은 핏물 같은 녹물을 천천히 흘리고 있었고, 천장에는 크고 작은 파이프가 여러 개 달려 있었다. 엘리베이터에서 내린 사람들은 '휴게실/착용실'이라고 써 붙인 곳으로 들어갔다. 입구에는 외골격을 착용한 사람들과 착용하지 않은 사람들이 혼재하고 있었다. 명칭이 휴게실과 착용실이라지만 그곳은 갱도 내한 공간의 천장을 얼기설기 보강하고 철제 빔 몇 개로 지지한 뒤, 대책 없이 큰 문을 붙여놓은 움푹 파인 형태의 공터에 불과했다.

영하는 반쯤 열린 문 안쪽을 엿보았다. 그곳에는 캐비닛이 빼곡했는데, 열려 있는 몇 개의 캐비닛 안에 벗어둔 작업복과 장갑, 소형 망치 등이 보였다. 문 사이로 팔다리에 외골격을 착용한 사람들이 나왔다. 그들은 자기 부상 열차에 올라탔고, 외골격을 벗은 사람들은 지상으로 가는 엘리베이터로 향했다.

직원들이 통로 저편으로 걸어갔다. 그곳에는 그들을 태우고 더 깊은 곳으로 향할 자기 부상 열차가 대기 중이었다.

갱도장과 말을 마친 소장은 영하에게 아래로 내려가자고 말했다. 영하는 엘리베이터에 올라탔다. 곧 문이 닫혔다. 공간은 좀 더 여유가 생겼다. 선풍기가 돌아가는 소리가 들릴 정도로 다들 조용했지만, 이따금 작은 목소리로 주고받는 말소리가 들렸다.

17편에서 내린 사람들은 본국인과 외국인의 비율이 5 대 5 정도인 것 같았다. 외국인은 나메로인과 상화인, 추쿠인이었다. 거대한 채굴 장비는 이곳에서 내렸다. 그리고 EL-C 한 대와 EL-G 두 대가 내렸다.

가장 깊숙한 20편으로 내려갈 때는 엘리베이터에 하청 업체 출신의 외국인만 남아 있었다. 그들의 절반 정도가 나메로인이었다. 그들 중 몇몇이 작게 이야기를 나누기 시작했고, 몇 명이 그 이야기에 참여하며 말소리는 일파만파 커졌다. 나메로어가 주변을 날아다니고 있었지만 그들이 무슨 이야기를 하고 있는지 알 수 없었다. 영하의 엄마는 제대로 나메로어를 가르쳐준 적이 없었다. 그는 딸이 나메로어를 배우지 않길 바랐고 영하가 조금 더 자랐을 때는 엄마의 가출이 잦아지면서 대화를 거의 하지 않게 되었다. 그 때문인지 영하는 원래 알던 단어도 거의 잊어버리고 말았다.

소장은 떠드는 나메로인에게 본국 말로 조용히 하라고 하다가, 말을 알아듣지 못하니까 뭐라고 외쳤다. 그것은 영하도 아는 말이었다. 그만 좀 꺼지라는 욕설이었다. 그들이 눈치를 보고 잠잠해지자 소장이 고개를 절레절레 저으며 말했다.

"아이구, 이래서 나메로인은……."

그 말을 뱉자마자 소장은 아차 싶은 것 같았다. 그는 당황해하며 말했다.

"미안합니다. 부장님이 그렇다는 이야기가 아니었어요. 부장님은 예외이죠."

영하는 아무 말도 하지 않았다. 예전 같았으면 공격 태세로 전

환해 달려들었겠지만, 그는 그러지 않았다. 놀라울 것도 없었다. 그리고 이 상황에서 그와 척을 지면 자신만 불리해질 것 같았다. 최대한 협조적으로 굴어야 했다. 소장이 최대한 자신을 만만하게 보도록. 소장이 침묵을 뚫고 다시 말했다.

"저는 인종차별주의자가 아닙니다. 하지만 이렇게 다인종이 섞여 일하는 곳에서 관리자로 있다 보면 국민성이라는 게 무시 못 할 것으로 다가오기도 합니다. 그 국민성을 알게 되면 관리도 조금은 수월해지죠."

영하는 그가 어디까지 말하는지 궁금했다.

"그 국민성이라는 게 뭔데요?"

소장은 자신이 말한 예외라는 말에 영하가 마음을 푼 줄 알고 이야기를 시작했다.

"예를 들면 이런 겁니다. 상화인은 금전 문제에 융통성이 없고, 나메로인은 시끄럽고, 음식 먹을 때도 알레르기 같은 건 상관 않고 허겁지겁 먹어대곤 하지요. 헤이베인은 대부분 괜찮지만, 최남단 섬 출신 사람들은 게으릅니다. 추쿠인은 큰 커뮤니티가 조직되어 있어서 거기에 나온 이야기대로 한 팀처럼 몰려다니면서 수군대고요. 로카스톤인은…… 그만하겠습니다. 그렇다고 외국인만 문제 있는 건 아니에요. 본국인도 아주 뺀질대고 요령을 피우기는 매한가지죠."

영하는 그의 말에 애써 부정도 긍정도 하지 않았다. 논할 가치가 없는 의견에는 상대해 주지 말자 싶었다. 게다가 자신은 인종차별주의자가 아니라고 했지만, 묘하게 본국과 국내 총생산량이 비슷하거나 높은 에오릴리아 사람에 대해서는 말하지 않았다.

엘리베이터가 정지했다. EL-G 한 대와 EL-H 두 대는 20편에

도달했다. 그곳은 지상에서 가장 멀고, 덥고, 습하고, 어둡고, 본국인이 없는 곳이었다.

사람들이 내리고, 소장과 영하와 EL이 그 뒤를 따랐다. 사람들은 복도 쪽으로 쏜살같이 사라져 갔다. 영하는 바깥에 CCTV가 있는지 확인했다. 엘리베이터 인근 천장에 한 대가 설치되어 있었다.

EL은 갱도장의 안내를 받아 저 멀리 열차가 있는 곳으로 사라져 갔다. 소장이 말했다.

"이제 올라가면 되겠죠?"

"네. 아 참, 문의드릴 게 있어요. 통합정보시스템에 로그인하니 광업소가 안 보여서요. 여기서 열람 권한을 부여해 주셔야 제가 볼 수 있는 건가요?"

소장은 잠시 생각하는 듯하더니 '우리 쪽의 전산실에서 권한을 부여해 주는 게 맞는 것 같다'라고 말했다.

그들은 지상으로 올라와 사무실로 갔다. 사무실에는 일을 처리하러 온 직원들과 알 수 없는 상자와 집기를 나르는 직원들로 몹시 분주했다. 안쪽에 전산실이 있었는데, 문이 열려 있었다. 열린 틈 사이로 책상 앞 빈 자리가 보였다. 인기척이 없었다.

전산실 담당자는 어디 갔는지 한참을 기다려도 오지 않았다. 심지어는 보안이 생명인 전산실 문까지 활짝 열어둔 상태였다. 직원 한 명이 소장이 사무실로 온 것을 보고 차트를 들고 이쪽으로 다가왔다. 소장은 그가 가까이 오자 영하에게 잠시만 기다리라는 손짓을 하고 직원과 이야기를 나누었다.

멀뚱히 서 있던 영하는 저 멀리 커다란 상자 두 개를 쌓아 이쪽으로 오는 직원 하나를 보았다. 영하가 비켜서지 않으면 더 이상

이동할 수 없는 상황이었다. 그는 하는 수 없이 전산실 문 안쪽으로 들어갔다.

전산실 안은 기계의 팬 돌아가는 소리만 들릴 뿐 무척 조용했다. 왼쪽에 유리 칸막이로 분리된 서버실이 있었는데, 선 정리가 안 되어 있었다. 오른쪽에는 문 하나가 활짝 열려 있었는데 문간 위에 영상실이라고 쓰여 있었다.

영하는 영상실 안을 흘끔 보았다. 한쪽 벽에 바둑판처럼 수많은 화면이 모여 있었다. 그는 홀린 듯이 화면 가까이 다가갔다. CCTV 화면이었다. 각 화면이 움직이며 실시간으로 지상의 광업 단지와 각 편을 보여주고 있었다. 그는 중앙의 터치 패널을 확인했다. 거기에는 여러가지 메뉴가 있었는데, 그중에 '녹화 영상 조회'라는 메뉴가 있었다. 그는 손가락으로 그것을 눌렀다. 곧바로 보고 싶은 날짜와 시간을 입력하라는 문구가 떴다.

광업소는 도민에게 덮어쓰기가 하루에 한 번씩 이루어진다고 답했었다. 하지만 지금 영하가 마주한 패널은 다른 이야기를 하고 있었다. 도민의 의심대로였다. 영상 조회는 하루가 아니라, 120시간, 즉 5일까지 가능했다. 영하는 주변을 흘끔 돌아보았다. 지금 아니면 두 번 다시 기회가 없었다. 다음번에 여길 온다고 해도, 이미 시간이 지나 영상이 지워져 있을지도 모른다. 영하의 마음보다 손가락이 더 빨리 움직였다. 이대로 미심쩍은 마음을 계속 가지고 갈 수는 없지 않아? 도대체 뭘 숨기고 있는 거야? 먼저 거짓말한 건 그쪽이잖아?

영하는 이렇게 스스로에게 변명하며 자신의 저장 장치에 영상들을 다운로드했다. 로딩 막대가 100퍼센트까지 차오르는 동안 심장이 터질 것처럼 두근거렸다. 전산실 밖에서 인기척이 들렸다. 때마침 다운로드가 끝났다. 영하는 재빨리 저장 장치를 뺐다. 때마침 전산실의 문이 열리고 소장과 전산실 주임이 들어왔다.

"……그래서, 훔쳤다는 거야, 지금?"

도민이 영하에게 말했다. 그들 사이의 테이블 위에, 영하의 저장 장치가 덩그러니 놓여 있었다. 그는 헐렁한 트레이닝복 차림이었다. 영하가 아무 연락도 없이 도민의 숙소로 무턱대고 뛰어들어온 탓이었다.

"거짓말하고 있다는 게 확실해 보여서. 부정한 방법을 썼다는 것 알아. 하지만……."

"영하야. 나는 본부장이야. 물론 우리가 언니 동생 하는 사이고, 너와 둘이서 사건을 조사하고 있지만 네가 나랑 합의되지 않은 내용으로 제멋대로 활동하면 곤란해. 들키기라도 하면 어쩔 뻔했어?"

아차 싶었다. 너무 흥분했다. 도민이 돕겠다고 한 것은 이런 것까지 눈감아 주겠다는 건 아니었을 텐데. 어색한 침묵이 감돌았다. 도민이 미간을 꾹꾹 누르며 말했다.

"자, 나는 지금 공식적으로 휴식 중이야. 20분 전에 이곳 숙소로 돌아왔고, 혼자 있었어. 혼자 말이야. 너는 여기 없는 거고. 알겠어?"

영하가 고개를 끄덕이자, 도민이 저장 장치를 집어 들었다.

"그래도…… 한번 틀어보자. 광업소 쪽이 뭘 숨기고 있는지 알아야겠으니까."

그들은 저장 장치 안에 든 영상 데이터를 확인했다. 집중적으로 볼 시점은 화재 발생 이전의 몇 시간이었다. 그들은 가장 먼저 지상의 광업단지 영상을 찾아 재생했다.

화면에는 화면에는 출입구를 오가는 광산 직원들의 모습이 보였다. 옆구리에 차트 하나를 끼고 광산을 빠져나가는 광업소 소장의 모습이 보였다. 그는 예상한 시간을 벗어나지 않았다. 입구를 지키고 있던 직원들에게 빨간색 모자를 잠시 들어 올리며 고개를 끄덕이는 것 말고 그와 접촉한 사람은 전혀 없었다.

그리고 잠시 트럭 몇 대가 들어오고 나가기를 반복했다. 그러다가 뒤이어 한 무리의 사람이 출몰했다. 영하는 눈을 크게 떴다. 그러나 그 무리에 다리를 저는 사람은 없었다. 도민이 한숨을 쉬며 팔짱을 끼었다.

바로 그때였다. 무리에서 떨어져 다리를 절뚝이며 혼자 걷고 있는 사람이 보였다. 그의 얼굴은 그늘에 가려 제대로 보이지 않았다. 영하는 그가 광업단지 출입구에서 나간 시간을 체크하고, 시간을 역산하여 광산 안쪽의 영상을 찾아 재생했다. 이번에는 출퇴근 태그 기계 쪽의 영상이었다. 안쪽에 바글바글하게 몰려 있는 사람들이 한 명씩 태그를 찍고 밖으로 나가고 있었다. 구석의 다른 공간에도 몇몇이 줄을 서 있었는데, 사람 수가 적어 상대적으로 널널했다. 그들은 수기로 서명을 기입하고 있었다. 영하는 그 줄을 주시하며 영상을 되감았다.

시간이 한참 지나 통로가 텅 비었을 무렵, 그가 모습을 드러냈다. 그는 주변을 두리번거리다가 퇴근 서명을 하지 않고 사람이 없는 틈을 타서 슬쩍 밖으로 나갔다. 각도상 얼굴이 제대로 보이지 않았다. 그나마 뒤통수와 얼굴 측면이 살짝 보였으나 그 정도로는 누군지 식별할 수 없었다. 하지만 소득이 있었다. 그는 뒤통수와 측면에 온통 피를 흘리고 있었다.

영하는 엘리베이터 CCTV 영상을 찾아보았다. 그는 올라가는 엘리베이터의 구석진 곳에 주저앉아 있었다. 영하는 영상을 되감았다. 그가 몇 편에서 엘리베이터를 탔는지 알고 싶었다. 한참 동안 영상을 뚫어져라 보던 영하는 마침내 그가 출발한 편을 알게 되었다. 20편이었다.

그가 20편에 가서 확인한 바로는 엘리베이터 문 쪽 인근 천장에 CCTV 한 대가 설치되어 있었다. 그리고 여기에서 이 영상들을 뒤지다 보니, 휴게실 겸 착용실 안에도 CCTV가 한 대 더 있다는 것을 알게 되었다.

그는 엘리베이터 앞의 CCTV 영상을 재생했다.

역시나 CCTV에 엘리베이터를 기다리는 그의 모습이 담겨 있었다. 여전히 그는 다리를 절뚝이고, 피를 흘리고 있는 것 같았다. 엘리베이터 문이 열리자 그가 올라탔다.

영하가 말했다.

"20편에서 일하는 사람일까?"

"지금으로서는 그 확률이 높을 것 같은데……. 얼굴은 잘 안 보이네."

"20편에 소속된 사람은 몇 명이야?"

도민은 허공에 홀로그램으로 직원 명단을 띄워 확인했다.

"90명쯤 돼. 그중에 20명은 후발대로 오늘 처음 들어온 사람이고. 그러면 이 영상에 찍힌 사람은 70명 중 한 명일 수 있겠지. 조금 더 찾아보면 대상을 줄일 수 있을 거야. 갑, 을, 병 방이 교대로 근무하니까."

영하는 다음 CCTV로 화면을 돌렸다. 영상 속 장소는 20편의 휴게실 겸 착용실이었다. 그곳은 꽤 널찍했는데, 얼음 냉장고와 온수기를 갖춘 탕비실 역할을 하는 공간이 있었고, 한쪽에는 옷과 개인 짐을 보관할 수 있는 캐비닛이, 반대쪽에는 안전모와 외골격 착탈기와 거치대가 있었다. 화면의 맨 오른쪽, 그러니까 공간의 가장 안쪽 캐비닛에 외골격을 입지 않은 그가 힘없이 비틀거리며 서 있었다.

영하는 되감기를 하여 그가 이곳에 도착한 때부터 다시 재생했다. 그는 외골격을 착용하지 않은 상태로 이곳에 들어왔다. 그리고 피를 흘리며 캐비닛의 문을 열고 무언가를 꺼내더니 밖으로 나갔다. 그는 한 번도 카메라 쪽으로 얼굴을 돌리지 않았다.

"이걸로 이름을 알 수 있지 않을까?"

영하는 화면 속의 캐비닛을 가리켰다. 캐비닛 문에 아주 작게, 이름표를 끼울 수 있는 홈이 있었다. 그는 디바이스를 활성화하여 자신의 일정을 체크했다. 내일부터 이틀간은 지상의 EL들이 잘 배치되었는지 살펴볼 계획이었고, 광업단지는 3일 후에 가기로 되어 있었다. 마음 같아서는 바로 20편에 가보고 싶었지만 이럴 때일수록 신중하게 행동하는 편이 좋을 것 같았다. 갑자기 계획된 일정을 바꾼다면 광업소 소장의 의심을 살 수도 있을 거라는 생각이 들었다.

때마침 새로운 메시지가 도착했다는 알람이 울렸다. 로봇부 연구실 앞에 필요한 장비들이 도착했다는 메시지였다.

로봇부 연구실이 있는 건물 앞에 외골격을 착용한 직원 두 명이 탑차를 주차해 둔 채 영하를 기다리고 있었다. 그들은 영하의 인도에 따라 왜건으로 짐을 싣고 날랐다. 영하는 서둘러 연구실

문을 열고 그들을 도와 짐을 정리했다. 그들은 몇 번이나 왜건에 물건을 싣고 왔다. 책상과 의자 같은 기본 가구들은 이곳에서 프린터로 찍어 만든 것이고, 나머지 장비들은 지구에서 가져온 것이었다. 침대 형태의 자동 수리 기기와 한쪽 팔에 끼워 사용하는 휴대용 수리 기계, 고장 난 로봇을 자유자재로 살펴볼 수 있게 천장에 부착할 레일, 다양한 공구들, 로봇을 허공에 띄워서 고정해 놓는 이동식 프레임, 그리고 모니터 여러 개가 속속들이 도착했다. 그리고 EL을 구성하는 각종 부품과 신체 기관들이 도착했다. 영하는 빠졌다는 정체불명의 짐을 떠올리고는 혹시 이쪽으로 왔는지 확인해 봤지만, 여기에 있는 짐은 모두 로봇부 연구실 앞으로 온 것이었다.

영하는 직원들이 돌아간 후에 하루 종일 장비를 손보았다. 그러나 장비를 옮기기 전에 먼저 해야 할 일은 바닥과 창틀에 뽀얗게 쌓인 먼지를 물걸레로 닦는 일이었다. 제대로 정리되기 전에 고장 난 로봇이 오지 않기만을 바랄 뿐이었다. 그는 노트북을 켜고 통합정보시스템에 접속했다. 영하 옆에 있는 사이드 모니터에서 흩뿌려진 굵은소금 같은 점이 실시간으로 움직이는 것이 보였다. 하나의 점이 한 대의 로봇과 대응했다. 모두 똑같은 색깔과 모양을 가진 50개의 점이었다. 지상의 각 건물에 정지해 있거나 가동 중인 점들이 보였다. 광업소 전산실에서 권한을 부여해 준 덕에 광산에서 일하는 EL을 볼 수 있게 되었다.

광산에는 점이 중첩되어 있었는데, 그곳을 터치하자 15편, 17편, 20편으로 나누어졌다. 그러나 이상하게도 20편에 파견된 로봇들은 15편이나 17편 로봇에 비해 이동량이 현저하게 적었다. 하지만 그렇게 이상한 일이 아닐 수도 있었다. 아직 배치 초기이니, 업무를 배정받지 못하고 대기 중인가 싶었다. 영하는 EL-C9을 조회해 보았다. 그는 물류부 건물에서 정지 상태로 대기 중이었다.

다음 날 아침, 영하는 밀린 행정 업무를 처리했고, 오늘 찾아갈 예정인 각 팀에 자신의 방문을 알리는 메시지를 보냈다. 그는 지상의 EL들이 속한 작업장을 하나씩 가보기로 했다.

영하가 디바이스에서 눈길을 떼려고 할 때, 메시지 한 통이 더 날아왔다. 차장의 메시지였다.

> 안녕하세요, 서영하 부장님.
> 조금 전에 기계부에서 지제 부장님의 디바이스 복원에 대한 결론이 나와 말씀드립니다.
> 화재가 난 날 밤에 지제 부장님이 음성 메시지를 보낸 기록을 발견했다고 합니다.
> 수신자는 같은 부서의 코라손 주임입니다.
> 발신 시각은 화재 바로 직전으로 추정됩니다.
> 데이터가 크게 훼손되어 내용을 확인할 수는 없고,
> 저희 데이터베이스에도 메시지가 암호화되어 저장되어 알 방법이 없습니다.
> 내용을 알기 위해서는 코라손 주임의 디바이스를 확인하는 수밖에 없습니다.
> 환경부 부장님께서 주임이 올 때가 된 것 같다고 하니, 돌아오면 천천히 확인해 보면 될 것 같습니다.

그가 메시지를 다 읽자마자, 때마침 도민에게 연락이 왔다.

"차장에게 메시지 받았어?"

"응, 방금."

"차장은 태연한데, 내 생각엔 코라손 주임을 찾아봐야 할 거 같아. 무슨 사고가 나지 않았나 걱정도 되고, 디바이스 메시지도 빨리 알아보고 싶고. 그래서 코라손 주임을 데려오려고 EL 한 대를 분지 밖으로 보낼까 하는데. 그냥 EL에게 명령하면 기존에 받았던 배치 명령이 자동으로 해지되는 건가? 마침 물류부 시찰 중이어서."

"맞아. 그렇게 하면 돼. 누굴 보낼 건데?"

영하가 물었다. 그의 물음에 도민은 잠시 뜸을 들이다가 말했다.

"음, EL-C9을 보내도 괜찮을까? 사실은 물류부에서 C9만 일을 못 받고 있는 처지라서. 아무래도 여기에서 일하기 힘들 것 같아."

영하는 사이드 모니터 속 정지되어 있는 C9의 점을 바라보며 말했다. 업무를 하려고 대기 중인 게 아니었구나 싶었다.

"거기에서 C9을 사용하기 싫대?"

"소문이 바로 퍼진 모양이야. 지구에서처럼 오작동을 일으킬지 모른다며 쓰길 포기했다더라. 후발대 사람들이 퍼트린 거겠지."

역시 지구에서의 일 때문인가 싶었다. C9은 여전히 이곳에서도 오명을 뒤집어쓰고 있었다. 입이 썼으나 어쩔 수 없었다. 영하가 대답했다.

"괜찮아. 거기에 서 있는 것보다는 벗어나서 뭐라도 하는 편이 좋겠지."

"알았어. 그럼 C9에게 코라손 주임과 귀환하라고 할게. 지제 팀장님의 소식도 전하고, 코라손 주임의 디바이스에 전달된 메시지를 확인하는 즉시 나에게 전송하라고 하고."

영하가 대답했다.

"응, 그리고 아마 환경부에 정화보전팀이 만든 동식물 데이터가 있을 거야. 떠나기 전에 그걸 업로드해 주면 좋을 것 같아."

"찾아볼게."

통화는 종료되었다. 10분 후, 도민의 메시지가 한 통 날아왔다.

> 명령을 내렸어. 네 말대로 환경부에 동식물 데이터가 있었어. 이거랑 주변 지도, 주임의 좌표를 업로드했고 차량 한 대도 빌렸어. 난 C9을 믿어. 자르갈호도 여기로 무사히 도착하게 했으니까.

영하는 모니터를 확인했다. C9에 대응하는 점이 빠른 속도로 물류부 주차장을 빠져나가기 시작했다. 시스템의 점은 분지 안까지만 추적이 가능했으므로 그가 분지를 빠져나가자 점은 사라졌다. C9은 지구에서나, 이곳에서나 한 번도 사회에서 제대로 받아들여진 적이 없었다.

영하는 C9이 무사히 분지 안으로 돌아오길 바랐다.

영하는 연구실 밖으로 나갔다. 셔틀이 지상과 하늘을 오가고 있었고, 직원들은 트럭에 아이포튬을 싣고 셔틀 이착륙장으로 가고 있었다. 영하는 철조망 너머로 이착륙장의 광경을 살펴보았다. 인파 속에 도민이 서 있었고, 짐을 나르는 직원들 속에서 물류부에 배정된 EL이 분주히 움직였다. 경광봉을 든 EL-G 몇몇이 소리치고 손짓하며 트럭이 가야 할 곳을 알려주고 있었다.

영하는 가장 먼저 의료부가 있는 의무실로 갔다. 의무실 밖에는 안전치안부 소속이 된 EL-E2가 다른 경비 직원 하나와 함께 문을 지키고 서 있었다. 안전치안부 소속이라는 의미의 검은 유니폼을 착용한 직원의 홀스터에는 권총이 있었지만, E2는 권총을 가지고 있지 않았다. EL에게는 권총 소지가 허락되지 않은 모양이었다.

복도의 의자에 사람들이 앉아 있었다. 어깨가 아픈지 어깨 돌리기를 해보고 고개를 젓는 사람들과 기침하는 사람들, 손가락에 붕대를 감은 사람들이 자신의 차례를 기다리며 서성였다. EL-D2가 전자 차트를 들고, 대기하는 사람들에게 어느 진료실로 가야 하는지 소리쳐 알려주었다. 벽에 대기 안내 패널이 있었지만, 고장 나 있었다. 진료실은 총 여섯 개였는데, 증상에 맞는 방으로 호출되는 시스템이었다. 복도를 걷는 척하며 문 안쪽을 보니 두 진료실에서는 각각 D4와 D7이 누워 있는 사람을 진료하고 있었다. 회복실에는 D9이, 주사실에는 D10이 있고, 검사실에서는 D1이 채혈 중이었다. D3, D5, D6는 입원실에서 다른 의료진과 함께 환자들을 보고 있었다. 마지막으로 약제실에서 D8이 약사의 일을 돕고 있었다. 영하는 의료부 직원에게 EL들이 잘 적응하는지, 특별한 문제는 없는지 물었고 부서에서 요청한 EL에 한해 점검도 시행했다. 또한 고장이 나면 자신에게 신고를 해주면 되는데, 웬만한 이상은 EL이 스스로 감지해서 직접 영하에게 신고한다고 안내해 주었다.

이어서 영하는 환경부 연구실로 향했다. 걷다 보니 인간 경비 직원들과 함께 감찰을 나온 E 시리즈들을 볼 수 있었다. EL-E9, E6, E4, E2에게 영하는 인사했다. 동행 중이던 경비에게 물어보니, 그들과는 문제없이 지내고 있다고 말했다.

환경부 연구실에서는 회의가 한창이었는데, EL-H5가 사람들 틈바구니에 끼어 있었다. 그가 일을 잘할 수 있을지 걱정이었으나, 직원들의 말을 경청하고 있는 눈빛이 사뭇 진지해 걱정을 접어두기로 했다. 연구실 밖에서는 E10이 경비를 서고 있었다.

연구실에 도착한 영하는 파견지에서 EL들이 맡은 일을 기록해 두었다. 그는 눈을 감고 오늘 만난 EL의 얼굴을 하나씩 떠올렸다.

다음 날에도 일은 계속되었다. 영하가 가장 먼저 방문한 곳은 식당이었다. 이른 아침부터 식당은 식사를 하는 사람들과, 점심 도시락을 챙기러 온 사람들로 분주했다. 식재료가 자라는 수직 농장을 지나 식당 문을 열자 끓어오르는 물로 인한 증기가 영하의 얼굴에 확 와 닿았다. EL-H1과 H3는 커다란 들통 속 김이 펄펄 나고 걸쭉한 소스를 젓고 있었다. 주변에 일하는 사람들은 땀을 뻘뻘 흘리고 있는데, EL들은 뜨거운 증기 속에서도 땀 한방울 흘리지 않고 묵묵히 일하고 있었다.

직원과 EL에 관해서 이야기를 나누고 있을 때였다. 순식간에 사위가 어두워졌다. 직원들 몇 명이 모래 폭풍이 왔나 보다 하고 대수롭지 않게 창과 문을 걸어 잠갔다. 잠시 식당에 들렀던 사람들이 옷자락으로 코와 입을 막고 서둘러 밖으로 나갔다. 창밖을 바라보니 바깥은 아무것도 보이지 않은 채로 헌책의 종이처럼 누런빛을 띠고 있었고, 얼마 되지 않아 검붉게 변했다. 닫힌 문 틈새로 모래 알갱이가 조금씩 들어왔다. 바람에 날려온 벌레들이 창문에 부딪혔다. 낮인지 밤인지조차 알 수 없는 기묘한 시간 속에 들어와 있는 것 같았다. 창문은 닫혀 있었지만, 창문 틈새로 모래 알갱이가 들어와 바닥과 책상 위를 어지럽히고 있었다. 디바이스가 뒤늦게 긴급 표시를 붙이고 팝업 알람을 띄웠다. 모래 폭풍에 유의하라고, 소요 시간은 두 시간 정도로 예상한다고 했다.

디바이스의 알람대로, 두 시간이 지나자 모래 폭풍은 말끔히 사라졌다. 언제 그랬냐는 듯이 구름 몇 개가 파란 하늘 위를 둥둥 떠다니고 있었다.

다음은 물류부였다. 그곳은 물류 센터와 주차장이 드넓게 펼쳐져 있었다. 물류부 주차장에는 C4가 트럭의 짐칸에서 상자를 내리고 있었다. H8은 저쪽의 다른 트럭을 몰고 이착륙장으로 떠나고 있었다.

걱정한 것보다 EL들은 잘 적응하고 있었다. 정지된 채 지구의 창고에 처박힌 것보다 이편이 나아 보였다. C9을 제외하고, 로봇이라는 이유로 시비를 걸고 고장을 내거나 훼손을 시키는 사람은 지금까지 보이지 않았다. 일손이 귀한 타 행성이어서 그런가 싶기도 했다.

물류부는 한곳에서 일하기보다는, 분지 안쪽 전역을 이동하며 수행하는 일이 많았기 때문에 영하는 물류부 사무실로 가서 EL에게 업무 지시를 내리는 직원을 만나 EL들이 어떤 역할을 맡았는지 물었다. 물류부에 배치된 E8, E7, E5, E3, E1은 현재 후발대의 짐을 내리고 빈 찬드라 셔틀에 아이포툼을 싣기 위해 이착륙장에 갔다고 했다. 직원들은 EL이 사람들 틈에서 일을 잘해내고 있다고 했다. 영하는 마지막으로 C9에 관해 물었다. 그러자 직원이 혀를 차며 말했다.

"다들 꺼리는 분위기라 대놓고 말은 안 했는데, 좀 딱해 보였어요. 부장님이 비품실 구석에서 대기하고 있으라고 했거든요. 그런데 내가 얼마 전에 거기 갈 일이 있어서 들어가 봤는데, 인간이 아니래도 인간처럼 생겼다 보니 마음이 쓰이더라고요. 표정은 또 화를 내거나 슬퍼하지도 않고 담담한 게. 다른 명령을 받아서 나간 게 백번 나았을 거예요."

광산으로 갈 날이 돌아왔다. 늦은 오후, 영하는 광산 사무실로 향했다. 소장은 어디 갔는지 보이지 않았다. 직원 한 명이 영하를 알아보고 이쪽으로 오며 말했다.

"소장님은 선탄장에 문제가 있어서 거기 가 계세요. 엘리베이터는 혼자 타셔야 할 것 같아요. 대신 위험하다고 소장님이 시간 맞춰 직원과 EL을 휴게실로 보낸대요. 점검은 거기서 하시면 될 것 같아요."

협조적으로 보여야 한다는 생각이 먹힌 것인가 싶었다.

20편의 문이 열렸다. 영하는 CCTV에서 보았던 휴게실 겸 착용실로 향했다.

휴게실은 영상에서 본 것보다 더 낙후되어 있었다. 무채색의 먼지가 캐비닛에 뽀얗게 들러붙어 있었고, 외골격 거치대는 사용하지 않는 기기 한 세트 외에는 모두 비어 있었다. 한쪽에는 간이 침대가 여러 대 놓여 있었는데, 사람들이 쥐 죽은 듯이 곯아떨어져 있었다. 걸려 있는 수건과 칫솔 등의 가재도구들과 한쪽에 잔뜩 쟁여놓은 비상식량에서 깊은 생활감이 느껴지는 것으로 봐서는 사람들이 쉬는 날에도 올라가지 못하고 숙식하면서 이곳에서 일하고 있는 듯했다.

사무실에서 말한 대로 직원 한 명이 H2, H7, G1 세 대의 EL들과 함께 있었다. 광업단지로 오기 전 영하는 배정된 첫날부터 지금까지의 20편에 배정된 EL의 움직임을 확인했는데, 그들은 한 번도 제대로 업무에 돌입한 적이 없는 듯했다. 직원은 나메로인 특유의 억양으로 본국어를 구사했는데, 인사와 의사 표현, 단어 몇 개만 더듬더듬 말할 뿐이어서 알아듣기가 쉽지 않았다. 결국 그들은 디바이스의 음성 통역기를 이용하기로 했다. 그들은 각자 의 디바이스에 대고 본국어와 나메로어로 이야기했고, 번역되어 재생되는 음성으로 서로의 말뜻을 파악할 수 있었다.

"왜 로봇을 아직 사용하지 않나요? 업무 배정이 되지 않았나 요?"

"아닙니다."

직원은 이렇게 말하고는 잠시 뜸을 들였다. 영하는 침을 삼키며 그가 무슨 대답을 할지 추측했다. 여기에도 로봇을 도입하는 것을 부정적으로 생각하는 사람이 있어서, 물류부의 C9처럼 계속해서 대기 상태로 둔 게 아닐까 싶었다.

그는 뒷머리를 긁적이며 디바이스에 대고 뭐라고 말했다. 짧은 침묵이 이어진 후에 디바이스에서 음성이 흘러나왔다.

"고장 내면 물어내야 합니다. 그렇지 않습니까?"

영하는 그의 얼굴을 빤히 쳐다보며 고개를 젓고 디바이스에 말했다. 영하가 말했다.

"아닙니다. 개인이 책임지지 않아도 돼요."

"다들 만에 하나 잘못되면 우리 봉급에서 깎일지도 모른다고 했습니다."

"갱도장님이나 소장님이 공지해 주지 않았나요? 고장 나면 저한테 신고만 해주시면 돼요. 그럼 제가 이렇게 오니까요. 아니, 신고할 필요까지도 없어요. 고장이 나면 로봇이 알아서 저한테 신고할 테니까. 그럼 제가 가동 이력을 확인하고 올 거예요."

그가 조소하며 디바이스에 무엇인가를 말했다. 다시 디바이스에서 음성이 나왔다.

"공지는 공지일 뿐입니다. 공지는 항상 바뀝니다. 다년간의 경험으로 나는 광업소에서 내려오는 지침을 신뢰할 수 없습니다. 이곳은 안 그렇지만 개인 장비도 직원들이 직접 구입해야 하는 곳도 있습니다. 로봇은 비싸니까 고장이 나기라도 하면 우리 장기를 팔아도 값을 치를 수 없을 겁니다. 제 동료 중 하나가 EL에 들어가는 부품을 만드는 공장의 라인에서 근무했었다고 했는데, 공장장이 항상 버릇처럼 '이 부품 하나만 해도 너희를 팔아서 못 산다'라고 말했다고 했습니다."

돈을 벌겠다는 목표 하나만을 가지고 온 사람들에게 로봇은 '동료'나 '도움을 주는 이'가 아니라, 실수로 파손되면 손해배상을 해야 할 수도 있는 타인의 귀중품에 불과했다.

직원은 할 일이 있다며 서둘러 일어났다. 영하는 사용하지 않은 EL이라도 기초적인 점검은 해보겠다며 그에게 먼저 가도 된다고 말했다. 그는 일이 바쁘다며 먼저 돌아갔다. 혼자 남은 영하는 구석에 서 있는 무표정한 로봇들에게 가까이 다가갔다. 그들은 누군가 부르거나 건드리면 바로 일어날 수 있음에도, 한 번도 사용하지 않아 절전 모드에 돌입해 있었다.

영하는 로봇들 옆의 캐비닛을 살폈다. 캐비닛 문 철제 홈에 빛바랜 이름표가 끼워져 있긴 했지만, 죄다 잠금장치 없이 열려 있었다. 잠금장치를 사용할 여유가 없는 것인지, 아니면 이미 오랫동안 일과 생활이 분리되지 않은 상황이라 동료에게 숨겨야 할 사생활이랄 것이 없는지는 알 수 없었으나, 마구 쑤셔 넣은 듯 열린 문 틈으로 너저분하게 옷이 삐져나와 있는 캐비닛도 한둘이 아니었으며, 쓰레기나 먹을 것이 들어 있는 곳도 있어 쿰쿰한 곰팡이 냄새와 무엇인가 발효되고 있는 듯한 시큼한 냄새가 코를 찔렀다. 제대로 관리되어 있지 않은 광경이었다.

영하는 영상에서 보았던 캐비닛을 보려 몸을 숙였다. 캐비닛 문은 누군가 발로 찬 듯 움푹 파여 있었다. 그 캐비닛 주인의 이름은 '이샨 누카'였다.

즉, 이름표의 주인이 캐비닛을 사용하는 것이 맞다면 CCTV에 비친, 광산을 빠져나가던 낯선 이의 이름은 '이샨 누카'였다.

영하는 그의 이름을 되뇌었다. 이샨 누카, 누카……. 이곳이 20편이고, 이샨이라는 이름으로 유추해 보건대, 나메로인일 것이다. 나메로인은 성이 앞에, 이름이 뒤에 오므로 누카가 이름, 이샨이 성일 가능성이 매우 높았다.

이름을 알았으니 이제는 이곳을 벗어날 차례였다. 그런데 일순간, 영하의 등에 누군가의 시선이 느껴졌다. 그는 고개를 돌려 문바깥을 살펴보았다. 그곳에는 아무도 없었지만 방금 느낀 시선은 분명 진짜였다. 누군가 영하가 이 일을 쫓고 있음을 알고 경계하는 것일까. 영하는 그 시선이 자신만의 착각이길 바라며 밖으로 나갔다.

지상으로 나온 영하는 도민에게 메시지를 보내려다가, 이착륙장 앞에서 잠시 걸음을 멈추었다. 착륙해 있는 찬드라 셔틀 앞에, 도민이 다른 간부들과 함께 서서 이야기를 나누고 있었다. 도민은 인파 가운데서 영하와 눈이 마주쳤다. 영하는 '소득이 있었다'라는 메시지를 보낸 후, 한쪽 손으로 제 디바이스를 가리켰다. 도민은 보일 듯 말 듯 고개를 끄덕였다. 영하는 사람들이 볼세라 도민에게서 시선을 거두고 서둘러 이착륙장을 빠져나갔다. 잠시 후 영하의 디바이스로 도민의 메시지가 날아왔다.

1시간 후에 집무실로 와.

도민이 말한 대로, 영하는 시간 맞춰 집무실로 갔다.

"캐비닛에 이름이 있었어. '이샨 누카'였어."

도민이 컴퓨터에 정보를 입력하고 조회 버튼을 눌렀다.

"이샨 누카. 20편의 굴진부 소속이고, 선발대로 왔고, 하청 업체 소속이군……. 근데 진짜 그 이름이 맞아?"

"응. 맞는데. 문제 있어?"

그가 잠시 뜸을 들이다가 말했다.

"이샨 누카 씨는 사망자야. 우리가 여기에 도착한 날에 사망했다고 하네."

2주 전이라면 화재 사건 전이었다. 그러나 그들은 분명히 CCTV에서 그의 형상을 보았다.

"어떻게 생긴 사람인지 볼 수 있어?"

영하가 말했다.

도민은 화면에 누카의 얼굴을 띄웠다. 그의 전신과 흉상 사진이 나타났다. 그는 평범하게 생긴 중년의 나메로계 여성이었다. 얼굴에는 자연스럽게 주름이 져 있고, 피부는 짙게 그을린 것 같았다. 영상에 등장했던 그 인영과 얼추 들어맞는 것 같았다. 도민은 그의 인적 정보를 확인했다. 나메로의 엔바로스 출신이며, 이주 연도를 보니 대규모 이주 때 본국으로 온 듯했다.

"의무실에서 기록해 둔 정보를 한번 보자."

도민은 이렇게 말하고 재빨리 손을 놀렸다. 화면에 누카의 정보가 새겨졌다. 그는 이곳에 와서 3년 전에 열감기로 4일간 입원했고, 1개월 전에는 알레르기로 인한 피부 발진으로 약 처방을 받았다고 기록되어 있었다. 사인은 갱도 붕괴로 인한 압사였다. 영하가 입을 열었다.

"그럼 화면에 비친 사람은 누카 씨가 아니라 다른 사람일까? 누카 씨의 캐비닛을 사용하는?"

"그럴 수도 있지만, 지금으로선 확실한 게 없어. 일단 CCTV 화면에 비친 사람이 누카 씨라고 가정해 보자고. 우리가 아는 건 그는 화재 현장에 있었지만 아무에게도 알려지지 않았다는 점뿐이야. 그렇지만 그는 왜 거기에 있었을까? 그가 목격자인 것은 분명하지만, 정말 그것뿐일까? 나는 이럴 때일수록 모든 가능성을 열어놔야 한다고 생각해."

"그게 무슨 의미야?"

"화재가 사고가 아니라면? 누군가 일부러 불을 지른 거라면?"

도민은 누카를 의심하고 있었다. 생각해 보지 않았지만 그의 말대로 가능성이 없진 않았다.

도민이 다시 말했다.

그 건물에 아는 사람이라도 있었던 걸까? 광업소 소장 혹은 지제 팀장님? 그도 아니면 부재했던 코라손 주임? 혹시 넌 지제 팀장님과 누카 씨가 연결될 만한 고리를 알고 있어? 작은 거라도 좋아."

영하는 그의 인적 사항을 다시 한번 읽었다. 광업소 소속으로 20편에서 일하는 엔바로스 출신의 나메로인 중년 여성이라. 지제 삼촌과 비슷한 연배이긴 하지만, 삼촌은 광업소 소속이 아니었다. 솔직히 삼촌과는 가족이라곤 해도 떨어져 있던 기간이 길었기 때문에 이곳의 생활이 어땠는지 전혀 알 수가 없었다. 영하가 지구에 있을 때 주고받았던 메시지에도 광산에 대한 이야기는 한마디도 없었다. 영하는 자신이 알고 있는 정보를 더듬어보기로 했다. 그러다가 마침내, 하나의 연관성을 떠올려 냈다.

"연관이 아예 없지는 않아. 딱 하나 있어……. 36년 전, 나메로의 엔바로스 방사능 오염수 누출 사고, 기억하지?"

그것은 지구 사람이라면 누구나 다 아는 이야기였다. 나메로인이 인종 비율의 90퍼센트를 차지하고 있는 나라, 나메로는 본국과 국경을 접하고 있었다. 취업이나 사업, 결혼 등의 이유로 본국으로 이주하는 나메로인들이 종종 있었지만, 난민 발생으로 대규모 이주가 감행됐던 때가 있었다. 그 원인이 '엔바로스 방사능 오염수 누출 사고'였다. 나메로의 엔바로스는 나메로 국토에서도 본국 국경에 인접한 지역의 도시였는데, 그곳에 원자력발전소가 하나 있었다. 본국은 항상 그 발전소가 문제를 일으킬까 노심초사했었는데 결국 일이 터져버렸다. 사고를 수습해야 하는 나메로 정부는 내전으로 인해 이 사고까지 제대로 수습할 겨를이 없었다. 엔바로스 주민들 중 일부는 나메로 정부가 이 상황을 개선할 의지가 없음을 알고 있었다. 그들은 나라를 버리고 본국의 국경을 넘었다. 영하의 엄마도 이때 난민 자격으로 본국에 입성한 것을 보면 영하와도 아예 무관한 이야기는 아니었다.

영하는 이때의 일이 궁금했기에 엄마에게 물었지만, 엄마는 한 번도 이야기해 주지 않았다. 그래서 영하는 학교 교과서로 이 사건에 대한 개요를 습득할 수 있을 뿐이었다. 딱 본국 사람들이 아는 정도로만.

"지제 팀장님이 사고 당시에 엔바로스에 계셨어?"

"당시는 아니고. 사고 이후에 그 지역의 생물 변화를 조사하는 연구단에 소속되어서 1년 반 동안 일했다고 들었어. 내가 삼촌과 같이 살기 전의 일이야. 현장 탐사를 하다가 추락 사고가 있었어. 하지만 그건 사고일 뿐이었어."

"일단 알겠어. 지금은 작은 실마리라도 모아두는 게 중요하니까."

"참, 그리고 우리 둘 다 몸을 좀 사려야 할 것 같아. 그냥 기분 탓일 수도 있지만……."

영하가 말했다.

"무슨 일 있었어?"

"아까 20편에 갔을 때, 뒤에서 누군가 날 쳐다보고 있었어."

"뭐? 생김새는 봤어?"

도민이 놀라 물었다.

"전혀 모르겠어."

영하가 말했다. 도민이 턱에 손을 괴며 말했다.

"조심해야 할 필요가 있겠어. 그건 그렇고, 네가 광산에 다녀오는 동안 나도 머리를 좀 굴려봤는데."

도민은 이렇게 말하며 서랍 안에 들어 있는 북 리더기를 집어 들었다.

"EL 매뉴얼을 정독하다가 궁금해진 건데. 로봇 가동 시에 각각의 로봇들은 자신이 듣는 음성을 저장할 수 있잖아? 나는 최고 명령권자니까 로봇들이 들은 음성 정보를 수집할 수 있지 않을까?"

"가능해."

"그러면 로봇들이 듣는 음성을 문자 데이터로 추출해서 특정 단어가 나오는 구간만 데이터를 수집하는 건?"

"사생활 침해 문제를 둘러싼 법정 공방이 오갈 수 있지만, 이것도 가능하긴 해. 그런데…… 뭘 하고 싶은 거야?"

"'누카'라는 단어가 나오는 부분만 모아보고 싶어서. 며칠 수집해 보면 정보를 얻을 수 있지 않을까?"

EL은 도민의 말대로 쓰일 수 있었다. 로봇의 기능이 사건 해결에 도움이 되리라고는 생각하지 못했었다. 비록 남의 이야기를 듣는 게 잘못됐다는 것은 알고 있었지만, 확실히 이 방법이라면 사람들의 눈을 피해 정보를 모을 수 있을 것 같았다.

영하가 말했다.

"가능해. 해볼 수 있어."

도민이 말했다.

"그럼 누카 씨에 대한 정보 수집은 EL을 이용해 보자."

"응. 일단 갱도 모니터링이나 수리는 계속할게. 의심 사지 않는 선에서."

"알겠어. 데이터 수집이 되면 바로 공유할게."

영하는 이후 며칠간 EL이 배치된 팀을 모두 돌아보았다. 그 후에는 한시름 놓으려나 했는데, 때마침 그때부터 수리 요청이 빗발치기 시작했다. EL을 이용하는 직원들이 메신저로 수리를 신고하는 통에, 영하의 디바이스는 알람이 멎을 새가 없었다. EL 자체적으로도 기체에 문제가 생기면 영하에게 연락하도록 되어 있었기 때문에, 사고 하나가 일어나면 이중으로 알람이 울렸다.

맨 처음은 G3였다. 그는 셔틀에 아이포튬을 싣다가 발가락이 파손되었다고 했다. 다행히 발가락 부상은 심하지 않아, 영하는 한 팔에 휴대용 수리 기계를 끼우고 로봇의 부품만 교환해 주면 되었다.

그다음에는 E6였다. 안전치안부 직원 하나가 안쓰러울 정도로 온몸을 떨고 있는 E6와 함께 찾아왔다. 직원은 방범용 전기 울타리 주변을 감시하고, 울타리가 잘 작동하는지 검사하다가 실수로 E6을 감전시켰는데, 이상이 없는지 확인하고 싶다고 말했다. 그는 난처한 얼굴로 E6에게 미안하다고 재차 말했다. 영하는 E6를 침대형 자동 수리 기계에 눕혀 몇 가지 검사를 시행하고 자동 수리 기능을 가동했다. 큰 오류는 아니라 E6는 금방 멀쩡해져 돌아갔다.

영하는 자신을 방문한 로봇 혹은 인간에게 파손이 어떻게 일어났는지 물어 각각의 정비 보고서를 작성했다.

시간이 지나며, 때로는 직원들이 연구실에 EL을 데려오기가 여의치 않은 경우가 생기기도 했다. EL이 움직일 수 없는데 팀에 일손마저 부족하다든가, 기계에 EL의 신체 일부가 끼인다든가, 건축 자재에 깔렸을 때는 부품의 보존이나 고장 요인을 파악하기 위해 영하가 현장으로 가는 것이 나았다. 영하는 디아나 옆에 달 사이드카를 기계부에 의뢰하여 장착했다. 이후로 영하는 직접 EL을 데려올 수 있게 되었다.

연구실로 가는 길목에는 의무실이 있었다. 의무실 앞에는 항상 다친 사람들이 부축을 받아 출입구를 오르내리고 있었다.

주방에서 식사 준비를 하다가 바닥에 넘어진 H1과 대형 세탁기에 팔이 끼여 빼내 보려다가 잘못해 한쪽 팔이 떨어져 나간 H3

의 본체와 분리된 팔을 자루에 넣어 사이드카에 싣고 이동하던 어느 저녁 무렵, 늦은 시간이었는데도 무슨 사고가 있었는지 의무실의 불이 환하게 켜져 있었다.

몇몇 사람이 헤드라이트가 달린 안전모를 착용하고 있었고, 온몸이 분진으로 더러워져 있는 것을 보니 광업소 사람들인 듯했다. 동료의 등에 업혀 피를 뚝뚝 흘리며 의무실로 가는 사람들, 화상을 입어 소리를 지르는 사람들, 넘어져 다리가 부러진 사람들이 보였다.

영하는 사이드카 안에 있는 EL들을 보며 생각했다. 이곳에서는 인간이고 로봇이고 안전하지 못하고, 무슨 사고를 겪을지 알수 없다고. 그렇다면 원래의 목적과 전혀 다른 일이 주어져 해내야 하는 로봇이나, 목적 없이 태어나 이곳에 와서 주어진 일을 해야 하는 인간이나 별다른 점은 없지 않나 싶었다.

그사이에 이착륙장에 쌓여 있던 상자들은 하나둘씩 사라졌다. 마침내 마지막 짐이 떠나고 아무것도 남지 않았을 때, 여러 스피커와 사람들의 디바이스에서 자르갈호가 채굴한 아이포튬을 싣고 지구로 떠났다고 공지했다. 사람들은 그 공지 사항을 읽고는 시원섭섭하게 하늘을 쳐다보았다. 그러나 그 감상도 오래가지 못했다. 시시각각 쏟아지는 아이포튬의 산 속에 사람들은 자르갈호의 출항을 잊어버리고, 다음 선적선이 올 때 실어야 할 아이포튬에 대해 생각해야 했다. 그날까지 사람들은 할당량을 채우기 위해 열심히 일해야 했다.

도민은 이 무렵에 무척 바빠 보였다. 분지 내의 이곳저곳을 돌아다니다 보면 그가 직원들과 이야기를 나누는 모습을 볼 수 있었다. 도민의 음성 수집에 대해서 궁금하긴 했지만 음성 수집에 진전이 있으면 그쪽에서 연락을 줄 거라고 생각했고, 영하도 EL의 수리 건으로 무척 바빴기 때문에 정신없는 나날을 보냈다.

다시 갱도에 내려갈 때가 되었다. 영하는 17편에 모니터링을 나가기로 했다. 역시 이번에도 직원 하나가 기다리고 있었고, 모니터링은 휴게실에서 진행되었다. 이 층에 파견된 로봇은 G7, G8, C2 총 세 대였는데, 휴게실에 온 것은 G8과 C2였다. G7은 안쪽에서 중요한 일을 맡고 있어 일을 마치고 온다고 했다.

휴게실 밖 저 멀리에서 양수기가 돌아가는 소리가 계속 들려왔다.

그러다 별안간 이전과는 비교도 되지 않는 굉음이 들렸다. 그것은 영하가 듣기에도 이상하리만치 컸다. 옆에 있던 직원과 G8이 밖으로 뛰어나갔다. 이어서 의미를 파악할 수 없는 외국 말이지만 누가 봐도 당황해 내뱉는 소리, '어떻게 된 거야, 빨리 연락해!' 하는 소리가 연이어 들리고, 17편에서 작업하던 기계가 전부 멈추었다. 직원 하나가 엘리베이터 쪽으로 달려 나와 디바이스로 지상과 통신하는 것이 보였다.

"굴진 작업 중에 발파되어 떨어진 바위에 사람이 깔렸어요. 다행히도 가스 분출은 안 됐습니다. 갱도 붕괴까지도 아니고요. 그런데 분진이 많아서 시야 확보가 어렵습니다."

그 외에도 주변에서 폭발 경고 외친 사람은 누구냐느니, 열차를 비상 정지하고 작업자들은 걸어서 나오게 하라느니, 폭발물 설치 지점이 어디냐느니 하는 고함 소리가 들렸다.

"누가 깔린 거야? 지금 파악돼?"

"라작 홍리 씨랑 김철호 씨인 것 같아요. 아, G7이랑요."

심장이 쿵 내려앉았다. 공포에 휩싸여 한 발짝도 움직일 수 없었다.

그때, 밖으로 나갔던 직원이 문간에 서서 영하에게 말했다.

"일단 지상으로 나가야 할 것 같아요. 엘리베이터 타세요."

옆에 있던 C2가 영하를 부축했고, 그들은 엘리베이터로 갔다.

엘리베이터 안에 있는 사람들은 더 많은 사람이 탈 수 있도록 가장자리부터 꽉 눌러 탔고 출발하지 않은 채로 돌아오는 사람들을 기다렸다. G8이 사람들을 엘리베이터로 안내했다. 한 사람은 등에 업힌 채 온통 피투성이가 되어 있었다. 그들이 탑승하자 엘리베이터의 문이 닫히고 상승을 시작했다.

사람들은 다친 사람을 에워싸고 정신을 잃지 말라면서 철호 씨, 철호 형님, 하며 이름을 불렀다. C2가 바닥에 누운 그를 살피며 지혈하고 있었지만, 철호의 다리는 완전히 짓이겨져 엘리베이터 바닥을 붉게 물들이고 있었다. 사람들은 진찰을 받으면 괜찮을 거라고 했지만, 그들의 얼굴은 어두웠다. 그러나 단 한 가지 희망적인 사실은, 부상자가 의식이 있다는 것이다.

철호는 라작은 어디 있느냐고 물었다. 사람들은 다음 엘리베이터로 나올 거니까 걱정 말라고 했지만 그렇게 말하는 표정들은 굳어 있었다.

누군가 철호에게 어떻게 된 일인지 기억나느냐고 물었다. 철호가 말했다. 막장에서는 선산부인 자신과 후산부인 G7과 라작, 이렇게 셋이 일하고 있었다고. 그런데 발파 작업 중에 천장에서 암석이 떨어졌고, 자신과 라작이 깔렸다. 그때 G7이 바위를 들어 올렸고, 그사이에 철호는 빠져나올 수 있었다. 그는 G7이 바위를 들어 올렸기에 망정이지 그러지 않았다면 압사당했을 것이라고 말했다.

철호의 눈은 허공을 응시하고 있었다. 그가 덜덜 떨며 말했다.

"이건 누카의 저주야. 그 일이 있고 나서부터 계속 암석이 나한테만 떨어졌다고."

누카? 여기서 그 이름이 왜 나오는 거지?

"무슨 말을 하는 거예요? 저주라니? 형님, 정신 좀 차려봐요."

"그 여자가 말했어. 갱도에 뭔가가 있다고……."

영하는 철호가 무얼 말하는지 알 수 없었다. 주변의 동료들도 어리둥절하기는 마찬가지였다. 그는 그렇게 말하고 정신을 잃었다.

영하는 의무실의 복도 의자에 멍하니 앉아 있었다. 다친 곳은 없었지만, 사람들에 휩쓸려 의무실까지 오게 되었다. 몸은 멀쩡했으나 심장은 여전히 공포감으로 두근거렸다. 17편에서 온 사람들은 생각보다 빨리 진정한 것 같았다. 지하에서 일한다는 것은 이런 위험을 매일같이 떠안는 것이구나 싶었다.

영하는 철호가 누카에 대해 말했음을 떠올렸다. 그는 누카에 대해 뭔가를 알고 있었다. 도민이 누카에 관한 단어 수집을 하고 있다면, 이 이야기를 들었을 것이다.

영하는 가방을 열어 노트북을 꺼냈다. 17편의 EL들은 G7을 제외하고 모두 광산 입구에 올라와 있었다. 그러나 15편과 20편의 EL들은 그대로 지하에 있었다. 화면을 보고 있는데, 주변에서 몇몇 사람이 이야기하는 소리가 들렸다. 외국말 사이에 본국어로 대화하는 음성이 들려왔다.

"그래도 우리 편에서 사고가 난 거라 다행이지, 20편이었으면 피를 너무 오랫동안 많이 흘려서 죽었을지도 모르겠다. 올라오는 시간이 원체 기니까."

"20편 사람들은 올라왔대요? 15편은요?"

"20편이고 15편이고, 이 정도는 아무도 대피 안 해."

"아니, 보통 이런 사고가 나면 당연히 대피해야 하는 거 아니에요?"

"'당연히'라는 건 이 행성에 없어. 우리가 숨 쉬는 것도 회사한테는 다 돈인걸. 다들 이 정도는 대수롭지 않아 해."

"하, 여러 지역의 광산을 전전했지만, 이런 건 또 처음이네요⋯⋯."

"후발대라 아무것도 모르네. 여긴 지구가 아니야. 대피 기준이 다르다고 보면 돼. 아무 때나 아이포튬을 나를 수가 없다고. 할당량을 채워야지. 이제 곧 선적선도 온다고 하고. 기한에 못 맞추면 손해를 무진장 볼 거라."

본부장이나 영하 같은 외부인에게는 위험하다고 안으로 들어가지도 못하게 했으면서, 광산 일은 이 정도로 사고가 발생해도 멈추지 않는 모양이었다.

"그러면 이제 우리는 어떻게 되는 거예요?"

"아마 곧 다시 돌아가겠지. 지상에 길게 있진 않을 거야. 근데 철호 씨 말이야. 다리를 절단해야 할 것 같던데⋯⋯."

영하는 디바이스를 활성화시켜 도민에게 부상당한 직원이 누카에 대해 언급했다고 메시지를 보냈다. 그러고 나서 그는 수신함을 확인했다. 영하가 도민에게 메시지를 보내기 전에, 도민이 보낸 메시지가 있었다.

영하야. 우리 계획에 성과가 있었어. 음성 메시지 첨부해서 보낼게. 몇 시간 전에 추출된 음성이야.

20편에서 일하는 사람이야. 성은 롬메, 이름은 디나라는 사람이지. 나메로계 본국 이주자라고 되어 있고. 선발대로 이곳에 왔대. 내가 가지고 있는 음성 조회 애플리케이션으로 추출한 음성 데이터의 신원을 알아냈어.

영하는 메시지에 첨부된 음성을 재생시켰다.

"그러고 보니 누카 씨가 요새 통 안 보이네."

이것은 본국어를 구사하는 중년 여성의 목소리였다. 영하는 혹시 자신이 아는 사람인가 싶어 여러 번 재생해 봤지만 처음 듣는 목소리였다. 영하는 메시지 말미에 롬메 디나의 사진 파일이 첨부되어 있다는 것을 보고 파일을 열었다. 그의 얼굴은 초면이었다. 롬메 디나에게 누카에 대한 이야기를 물어보는 것이 좋을 것 같았다.

그때 마침 복도 쪽에서 도민과 간부진 몇 명의 다급한 목소리가 들려왔다. 사고를 파악하기 위해 이쪽으로 온 듯싶었다. 그들의 목소리는 문이 닫히는 소리와 함께 들리지 않게 되었다. 20분쯤 후, 다시 문이 열리는 소리와 함께 도민의 목소리가 들렸다.

영하는 자리에서 일어나 복도로 나갔다. 도민은 간부진 무리에서 떨어져 나와 영하와 건물 뒤에서 17편에서 일어난 일에 대해 대화를 나눴다.

도민이 말했다.

"당분간 넌 갱도에 들어가지 않는 게 좋겠어. 너무 위험해."

영하가 물었다.

"디나 씨는 지금 어디에 있어?"

"20편에서 일하는 중이래. 나오지 않았다나 봐."

"본부장 권한으로, 디나 씨에게 개인적으로 메시지를 보낼 수 있어?"

"불가능해. 광업소 쪽은 소장이랑 사무실 쪽에만 연락을 취할 수 있거든."

"내가 만나볼게."

"안 돼. 위험한 거 잘 알잖아. 방금 그 상황을 겪고도 다시 들어간다고?"

"이번에도 CCTV 건처럼, 시간이 지체되면 정보를 찾을 수 없을지도 몰라. 그리고 무슨 구실로 갈 건데? 내가 가는 게 나아."

그때, 도민의 디바이스에서 알람이 울렸다. 도민은 디바이스를 확인했다.

"누구야?"

영하가 물었다. 도민은 가만히 있었다. 영하가 도민 곁에 조금 더 붙어 서서, 그의 디바이스 화면을 함께 보았다. 메시지를 보낸 사람은 광업소 소장이었다. 20편에 있던 로봇들을 17편 복구에 쓰고 싶다는 이야기였다. 지상에 올라온 17편 로봇들도 다시 지하로 내려보내 복구에 쓰는 것은 물론이고.

"내가 직접 디나 롬메 씨를 만나보고 싶어. 대신 언니는 철호 씨가 깨어나면 누카 씨에 대해서 물어봐 줘."

"괜찮겠어? 누가 훔쳐보는 시선도 느꼈다면서."

"괜찮아."

도민은 안 된다고 잘라 말하려다가 영하의 눈을 보고서 입을 다물었다. 도민의 디바이스에서 알람이 울렸다. 그가 화면의 내용을 확인하며 이야기했다.

"가봐야 할 것 같아. 자르갈호가 떠나서 신규 계획을 세워야 하거든. 또 금방 선적선이 올 거야. 일단 20편에 있는 EL들은 17편으로 가라고 명령해 둘게. 그리고 철호 씨 상황은 내가 볼게. 철호 씨 전담 의료진이 D4라서, 관찰을 명령해 뒀어. 그리고 G7의 잔해도 최대한 모아달라고 소장한테 부탁할게."

도민은 그 말을 남기고 떠났다.

영하는 지상으로 올라온 17편의 EL들을 찾았다. 그들은 광산 입구 근처에 서 있었다. 영하는 그들을 데리고 갱도로 내려갔다.

엘리베이터가 17편에 멈추었다. 허공중에는 아직도 분진이 날리고 있었다. 직원들이 땀을 흘리며 갱도를 막은 바위를 한쪽으로 치우고 있었다. 영하는 내리지 않은 채로 EL들을 내려주었다. 그리고 다시 20편으로 향했다.

영하는 20편에서 내렸다. 직원들은 하나둘씩 열차가 있는 곳으로 떠나고 영하 혼자 남았다. 이곳은 17편의 사고와 상관없이 채굴 작업이 한창이었다. 나메르인으로 보이는 직원 하나가 그를 기다리고 있었다. 그는 자신을 따라오라고 손짓하며 휴게실로 그를 안내했다.

휴게실 겸 착용실은 이미 기기를 착용하고 있는 사람들로 붐볐다. 직원은 벽에 나란히 서 있는 세 대의 EL들을 손으로 가리켰다. H2, H7, G1이었다. 영하는 직원에게 올라가기 전에 롬메디나라는 사람을 만나고 싶다고 했다. 직원은 의아한 기색이었지만, 이내 간이 침대 쪽으로 고개를 돌려 디나를 외쳐 불렀다. 아마도 영하의 외모가 나메로인과 비슷하여 큰 의문 없이 넘어간 듯했다. 잠시 후 침대에서 큰언니 포스를 뿜는 덩치가 큰 여자가 부스스 일어나 이쪽으로 왔다.

여자는 영하를 보자마자 반가워하며 말했다.

"로봇부의 부장님 아니신가? 여긴 왜?"

그는 본국어에 능숙했지만, 나메로 억양이 섞여 있었다. 영하는 자신이 찾아온 것을 디나가 귀찮게 여길 거라고 생각했지만, 의외로 그는 무척 호의적이었다.

"부장님이 왜 나를 찾아왔는지는 모르겠지만, 일단 반갑네. 나메로 피가 섞인 사람들은 다 가족이나 다름없어. 요양원 일은 유감이지만, 난 안 믿어. 부장님이 나메로 출신의 본국 이주자 기를 살려줬다니까."

비록 나메로의 문화에 대해서는 아무것도 모르지만, 영하는 그의 말을 부정하지 않고 미소 띤 얼굴로 고개를 끄덕였다. 다행히 디나는 협조적일 것 같았다. 영하는 본론으로 들어갔다.

"사람을 좀 찾고 있어요. 혹시 이샨 누카 씨라는 직원을 알고 계십니까?"

"그 여자는 왜?"

영하는 대충 둘러댔다.

"예전부터 알던 지인인데 여기 와 있다는 이야기를 들어서요."

"아하……."

그가 곰곰이 생각하다가 말을 이었다.

"나도 어디 있는지 알고 싶어. 갑자기 보이지 않게 됐으니까."

"누카 씨와 친하셨나요?"

"그렇진 않았지만, 사라지기 직전에 사람이 확 바뀌어서 이상하다고 생각했거든. 그러다가 사라진 거야. 다른 편으로 갔나 싶기도 했는데 보통 그렇게 바뀌게 되면 사람들한테 인사도 하고, 갱도장이 공지도 해주거든."

"사람이 어떻게 바뀌었나요?"

"개인적으로 친하진 않았지만 선산부인 라헬 영감이랑 채탄부에서도 가장 선두에 서서 열심히 하이 아이포튬을 채굴한 사람이었어. 무려 그 둘이 하이 아이포튬을 처음으로 채굴했다고. 그런데 2개월 전쯤에 라헬 영감이 죽고 나서 우울하게 다니더니, 사람이 변해버렸지. 내가 기억하기로 그 사람은 점심시간이 되면 여기에서 우박파가 들어 있지 않은 도시락을 먹었거든. 우박파 알레르기가 있었던 거겠지. 보통 그런 사람들은 알레르기약을 가지고 다녀. 갱도에 상비약도 있고. 약을 먹으면 곧 좋아지거든. 그런데 최근에 누카는 좀 심각해 보였어. 약은 하나도 먹지 않은 것처럼 말이야. 뭐, 최근에 채굴 할당량 채우느라 몸고생도 심하고, 같이 일하던 영감이 죽어서 마음고생도 심했을 테니 스트레스 때문에 그런가 싶었지. 하지만 그렇게까지 두드러기가 심한데 아무 조치도 취하지 않는 게 이상하잖아. 그러다가 한 2주 전쯤인가, 누카가 갱도장한테 크게 깨진 적이 있거든. 갱도장이랑 휴게실에서 면담하는 거 같더라고. 무슨 이야기를 했진 모르겠는데 갱도장이 화를 내는 소리가 들렸어."

"뭐라고 하던가요?"

"'말도 안 되는 소리 말고 할 일이나 하라'고 했어. '너 하나 태만하면 다른 사람이 힘든 거 몰라?'라고도 했지."

디나는 여기까지가 자신이 아는 사실이라고 말했다. 그러고 나서 그는 채굴을 하러 가야 한다고 했다. 영하는 그와 작별을 고

하고 휴게실 밖으로 나갔다. EL들과 함께 엘리베이터로 걸어갔다. 엘리베이터로 가던 중 그는 자신을 몰래 쳐다보는 시선을 다시 한번 느꼈다. 영하는 뒤를 돌아보았지만 거기에는 아무도 없었다. 인기척이 느껴졌던 곳으로 쫓아가 봤지만 역시나 거기엔 아무도 없었다. 하지만 분명히 기척을 느꼈다. 도대체 왜지? 혹시 내가 누카에 대한 정보를 찾고 있는 것을 알기라도 하는 걸까. 아무리 생각해도 그의 정체를 알 수 없었다.

영하는 EL들과 함께 17편으로 올라왔다. 영하는 17편의 직원에게 로봇을 넘기고 지상으로 향하는 엘리베이터에 탑승했다.

그는 덜컹거리는 엘리베이터에 몸을 맡기고, 우박파 알레르기에 대한 정보를 떠올려 보았다.

36년 전, 나메로의 엔바로스 지역 사람들이 본국으로 대거 이주했을 시기, 본국은 나메로 이주민들과의 문화적 충돌을 경험했었다. 종교도 언어도 식문화도 전혀 달랐기에 갈등은 극심했다.

본국은 나메로인들에게 숙식을 제공하고, 기초 정착 교육을 통해 그들을 본국 사회의 일원으로 받아들이겠다고 했다. 청년과 중장년층은 본국의 노동 인력에 새로운 물결이 되어 들어오고, 아이들은 학교에서 본국의 아이들과 함께 수업받을 예정이었다. 나메로인은 외딴곳에 임시로 설치해둔 컨테이너 단지에서 공동생활을 했다.

본국 사람들은 그들이 엔바로스 지역에서 왔다는 사실을 탐탁지 않아 했다. 문화가 다른 이방인을 갑작스럽게 받아들이게 된 본국 사람들은 두려움과 불안에 사로잡혔다.

이러한 가운데, 설상가상으로 그들이 제대로 도시에 나가 일을 해보기도 전에 문제가 생겼다. 공동생활을 하는 절반 이상의 나메로인에게 피부병이 생긴 것이다. 그 병은 가벼운 가려움증에서부터 발진, 심하면 호흡곤란까지 일으켰다.

본국 사람들은 그에 대해 여러 원인을 내놓았다. 비위생적이고 풍족하지 못한 공동생활에서 비롯되었을 것이라는 주장도 있었고, 전 엔바로스 거주민들이니, 자세한 기전은 모르겠지만, 유출 사건에 영향을 받았을 거라는 주장도 있었다. 언론과 야당은 후자의 주장을 '선택'했다. 그들은 현재 정권을 무너트리기 위한 건수를 잡았다고 생각하고 연일 엔바로스 난민들에 대해 입증되지 않은 이야기를 지도와 인포그래픽을 첨부하여 진짜처럼 보도했다. 사실은 그들 입맛대로 요리되었다. 엔바로스 지역 중에서도 발전소와 집이 가까운 사람들에서부터 피부병이 발병했다거나, 그들이 입국 당시부터 건강에 문제가 있었지만 정부가 눈감고 그들을 들여보내 주었다거나, 그들의 피부병이 본국 사람들에게 전염된 것 같다는 등의 내용이었다.

그러나 몇 주 만에 피부병의 원인은 엔바로스 방사능 유출 사건과 전혀 관련이 없다는 결론이 정부 측에서 공식적으로 보도되었다. 피부병은 그저 본국의 전통적이고 일상적인 식사에서 기초 향신채로 사용되는 부추과의 식물 '우박파' 알레르기 반응이라는 것이다. 본국 사람 중에서 우유나 땅콩 알레르기가 있는 사람이 있듯, 나메로인 중 절반 남짓이 이 채소에 알레르기 반응을 일으키는 것으로 추정된다고 했다. 또한 나메로인만 우박파 알레르기가 있는 것이 아니라 에오릴리아인과 로카스톤인의 7퍼센트, 그리고 본국인의 5퍼센트 역시 해당 알레르기가 있다는 조사 결과를 발표했다. 그러나 언론과 야당 정치인들은 이 알레르기를 우박파 알레르기라고 부르지 않고, '나메로병'이라고 불렀다.

언론과 야당과 그들을 추종하는 황색언론과 음모론자들은 나메로 사람들의 피부병이 다른 사람의 알레르기 증상과 다르다며 기사와 영상 클립을 발행했다. 그들은 그것이 알레르기가 아니라 엔바로스 유출 사건과 관련된 방사능 질병이라고 계속해서 주장했다. 그들은 정부가 나메로인의 피부병을 '우박과 알레르기'로 규정짓는 이유는 그것이 진짜 음식 알레르기여서가 아니라, 본국 수도에 새로운 댐을 만들 인적 자원이 부족했기 때문이라고 했다. 대충 음식 알레르기로 쉬쉬하며 둘러대고 나메로인을 고용할 거라는 내용이었다.

그러나 언론과 야당의 몰아가기에도 불구하고, 대다수의 본국 사람들은 공식적인 보도를 믿었다. 피부에 두드러기가 난 사람들은 알레르기약 한 알만 먹으면 증상이 금방 완화됐다.

알레르기가 나메로인의 삶을 막을 수는 없었다. 그들은 노동 전선에 뛰어들었다. 생존을 위해 열과 성을 다해 일했다. 본국인이나 다른 이주노동자들이 꺼리는 더럽고 위험한 일을 도맡아 하면서 살아남았다. 그들은 보이지 않는 곳에서 사회 전반의 업무를 담당했다. 본국 사람들은 그들이 만들어내는 물건을 사고 음식을 먹었지만, 그들이 만들어낸다는 생각은 하지 못했다. 나메로인은 서로 결혼하거나, 본국인이나 다른 나라 이주민과 결혼하여 자식을 두기도 했다. 그들의 수가 불어나자 나메로 거리나 동네도 생겨났다.

하지만 그 이후의 과정이 순탄했던 것만은 아니었다. 사람들은 어떤 단체에 나메로인이 들어오면 그들의 살갗을 눈으로 좇았다. 또한 일자리에 나메로인을 영입하고 싶지 않은 경우, '우리 공장에는 우박파를 취급하는 라인이 있는데 괜찮겠느냐'라고 떠보기도 했다. 그것이 진짜인지 가짜인지는 알 길이 없었다.

엘리베이터는 지상에 도착했다. 디바이스에는 메시지 몇 통이 와 있었는데, 지상 시설에서 일하고 있는 EL들의 고장 신고였다. 영하는 며칠 동안 눈코 뜰 새 없이 EL 수리에 전념해야 했다.

도민은 이 기간 동안 영하에게 철호 씨의 상황을 메시지로 전해주었다. 덕분에 영하는 그가 무사히 수술을 마쳤다는 것도, 의식을 되찾았다는 것도, 일반 병실로 옮겨져 회복하고 있다는 것도 알게 되었다.

그러나 얼마 되지 않아, 영하는 도민에게 의외의 메시지 한 통을 받게 되었다. 영하는 수신함을 열었다. 거기에는 이렇게 쓰여 있었다.

철호 씨가 자살했어.

영하는 의무실로 달려갔다. 철호 씨의 병실 호수를 물어보기도 전에 그가 어디에 입원했는지 알 수 있었다. 한 병실 근처에서 입원 환자와 방문객들이 안쪽을 쳐다보며 웅성대고 있었기 때문이었다. 구경꾼들 사이를 헤치고 영하는 병실 안을 들여다보았다. 사건을 수습하러 온 의무실 직원 둘과 의사 한 명, 그리고 D4와 도민은 화장실 안쪽을 들여다보고 있었다. 화장실 바닥에는 붉은 피가 흥건했고, 타일 벽에는 핏방울이 잔뜩 튀어 있었다. 그것만 보아도 무슨 일이 일어났는지 가늠할 수 있을 것 같았다.

도민은 인파 속에 있는 영하를 보더니 나가자고 고갯짓을 했다. 그는 보여줄 것이 있다며 영하를 집무실로 데리고 갔다.

도민은 소파 옆 협탁 서랍을 열었다. 그의 손에는 꾸깃꾸깃해 진 편지지가 들려 있었다. 그는 그것을 곱게 펴서 테이블 위에 펼쳤다.

"철호 씨가 쓴 거야. 필적은 개인정보에 남아 있는 것과 일치하니 틀림없어. D4가 옷 정리를 하다가 바로 회수했기 때문에, 그가 이걸 썼다는 건 아무도 몰라."

거기에는 어색하고 삐뚤빼뚤한 필체로 장문의 글이 적혀 있었다.

나는 17편 굴진부 소속의 김철호다. 이 유서가 발견된다면 나는 이미 죽어 있을 것이다.

나는 내 죽음을 통해 고백한다. 나는 갱도장들의 사주를 받아 사람을 협박하고 폭행했으며, 최근에는 죽이기도 했다. 나의 주된 표적은 외계 행성의 공동생활에 적응하지 못하고 의지를 잃어버린 사람들, 갱도 내에서 문제를 일으키거나 따돌림당하는 사람들이었다. 이 모든 것이 양심에 거촉되는 일임을 알았지만 돈 때문에 했다. 갱도장들은 내가 하는 일이 필요한 일이며, 사업의 지속적인 평화를 가능하게 해준다고, 내가 손본 사람들의 사인은 소장의 허락 아래 갱도 내 사고사로 쓰여질 것이니 걱정 말라고 말했다.

언젠가 나는 그들에게 사람을 죽이면 그만큼 일할 사람들이 줄어들지 않느냐고 물었다. 그러자 그들이 말했다. 자르갈호가 거의 도착했다고. 그곳에는 후발대 인원이 있으며, 갱도에서 일하게 될 인간형 로봇들도 타고 있다고. 그러므로 골칫덩어리 몇 명쯤 사갱에 밀치는 건 괜찮다고. 그들이 메꾸어줄 거라고. 빈 곳은 흔적도 남지 않을 거라고.

그런 분위기 속에서 이샨 누카라는 여자도 내가 죽였다. 나는 여느 때와 같이 갱도장들의 부름을 받아 그 여자를 죽이려고 20편으로 갔다. 후발대가 도착했던 날이어서, 분지 안이 소란스러웠던 기억이 난다. 처리의 이유 같은 건 묻지 않았다. 그 이유가 뭐가 됐든, 나는 대상을 죽여야만 했기 때문이었다. 그는 휴게실 구석의 책상 앞에 앉아 있었는데, 어디서 구했는지 새 종이에 편지 같은 것을 적고 있었다. 나는 갱도장이 찾는다고 말하며 나를 따라오라고 했다. 그는 나를 경계하면서도 자리에서 일어났다. 그는 정말로 갱도장이 자기를 찾느냐고 물었다. 그의 본국어 발음은 나메로 억양이 강했고, 잘 말하지도 못했다. 여자는 반신반의했지만 그는 적고 있던 종이를 접어 상의 주머니에 넣고 나를 쫓아왔다. 거기에 무엇이 쓰여 있었을지 지금 와서는 궁금하지만, 그때는 그것을 대수롭지 않게 여겼다. 나는 그를 죽이면 그만이었으니까.

나는 그를 인적 드문 갱도 쪽으로 인도했다. 그러자 그는 정말 여기에 갱도장이 있냐며 더듬더듬 물었다. 나는 그의 말에 대답하지 않고 그에게 가까이 다가가 목을 졸랐다. 그는 호흡곤란을 일으키면서도 나에게 갱도 깊숙한 쪽에 뭔가 문제가 있다고 본국어로 어눌하게 말했다. 이어서 그는 자기의 말을 듣지 않고 죽인다면 당신도 죽음을 피하지 못할 거라 말했다. 그는 자신의 주머니에 손을 가져다 대며 자기가 쓴 걸 읽어보라고, 그러면 이 상황을 알게 될 거라고 말했다. 하지만 나는 그의 이야기를 듣거나 읽을 여유도, 그러고 싶지도 않았다. 이 일이 끝났으면 좋겠다는 생각뿐이었다. 나는 이 일을 하면서도 이 일이 옳지 않다는 것을 알았다. 마음 한구석에는 항상 죄책감이 없지 않았다. 그런 내게 그의 말은 날카로운 창처럼 마음 안쪽을 마구 찔러 놓았다. 그의 서툰 본국어의 발음이 나를 더 으스스하게 만들었다.

나는 그의 목을 재차 졸랐다. 이 상황을 빨리 끝내고 싶었다. 그가 의식을 잃은 것 같아서 나는 손의 힘을 풀었다. 하지만 그러지 말았어야 했다. 그는 증오 섞인 표정으로 나를 바라보고 있었다. 지금까지 처리했던 사람들 중에 그렇게 무서운 표정을 짓는 사람은 그가 처음이었다. 그의 마지막 말은 잊을 수 없을 정도로 머리에 박혔다. '그'는 '나'를 '저주'한다고 말했다. 그의 표정과 말에 주술적인 힘이 깃든 것처럼 느껴졌다. 두려워진 나는 더 힘을 주었고, 그는 이내 의식을 잃었다. 나는 기절한 그를 들쳐 업고 20편의 갱도장이 말한 사갱으로 가서 그를 밀쳤다. 절대로 올라올 수 없을 것 같은 기울기의 사갱이었다. 그의 육신은 어둠 속으로 사라져 갔다.

일을 마친 후에도 나는 누카의 이야기를 곱씹었다. 갱도 안에 문제가 있다는 말과 나를 저주한다는 말. 그건 뭐였을까? 그 말에는 내게 어둑한 갱도를 두려워하게 만드는 힘이 있었다. 나는 이전처럼 갱도에 들어가는 것이 두려워졌다. 정말 그의 저주를 받기라도 한듯이.

나는 절단될 두 다리와 남은 손가락으로 살아갈 용기가 없다. 내가 이렇게 된 건 내가 사람들에게 하지 말아야 할 짓을 해서일지도 모른다. 내 앞으로 청구될 치료비를 감당할 수 없다. 갱도장들의 하수인으로 살면서 받은 돈을 합쳐도 불가능하다. 가족들에게 폐를 끼칠 수 없다. 어떻게든 재기해 보겠다고 온 건데, 빚만 져서 돌아갈 수는 없다. 어머니 안녕히 계세요. 못난 아들은 먼저 갑니다.

철호의 고백에 따르면, 누카는 그가 죽인 것이었다. 그러나 누카는 20편의 갱도에서 지상으로 올라갔고, 불이 나기 전 건물 쪽으로 다가갔다.

갱도장들이 '죽은 사람의 빈자리는 후발대와 로봇이 오니 괜찮다'라고 말했다고 적혀 있었다. 죽은 사람의 자리를 로봇이 채

운다, 영하는 그것을 되뇌었다. 물론 빈자리를 사람이 채울 수도, 로봇이 채울 수도 있다. 하지만 영하는 자신이 EL을 만들어 여기로 보낸다고 하지 않았다면, 갱도장들이 사람 목숨을 지금보다 더 소중하게 여기지 않았을까 생각했다. 지구에서 50대의 EL이 상용화되어 이곳으로 오지 않았더라면? 애초에 인간형 로봇을 만든다는 것 자체가 잘못된 생각이었을까?

영하는 자신과 함께 로봇을 만들었던 로봇부의 직원들을 떠올렸다. 김초희, 루도비오스, 박하나, 자말, 다르함, 로아나, 헨리, 손민기, 간바토르, 린, 김태오, 셜리, 안나…… . 그들은 한때 같은 뜻 아래 모였으나 지금은 이곳에 있지 않았다. 영하는 그들을 참 좋아했었다. 로봇부 결성 기념 술자리에서 직원 몇몇이 앞으로 나와 자부심에 찬 얼굴로 말했었다. 모든 인류를 위한 로봇을 만들자고. 처음에는 가격이 나가겠지만 차차 가격을 낮추고, 누구나 이용할 수 있을 정도로 대중화하여 외로운 사람의 친구가 되어주고, 친절한 이웃이 되어주고, 사람 대신 위험한 곳에서 일하게 하자고. 로봇과 인간이 공존하는 세상을 만들어내자고. 직원들은 열성적이었다. 때론 의견 차이로 다투기도 했지만, 그 갈등은 그저 더 좋은 EL을 만든다는 한 가지 목표에 도달하기 위함이었다. 그들은 자발적으로 반농담식의 비공식적 근무 일지를 쓰기도 했다. 유쾌한 사람들이었다.

영하는 그곳의 부장이자 직원들을 모은 장본인이었다. 하지만 그는 가장 구석진 자리에 서서 그들을 물끄러미 지켜보고만 있었다. 직원들은 부장님도 한마디 하는 게 좋겠다며 떠밀었지만, 영하는 한사코 거절했다. 저렇게 미래에 대한 희망으로 가득 찬 사람들 옆에, 과거에 묶인 자신이 나란히 서도 괜찮을까 하는 생각이 들었다. 영하는 자신을 소인배이자 협잡꾼이라고 생각했다. 대의가 아닌, 그저 나약한 자신이 구하지 못한 동생을 생각하며, 오직 자신의 위안만을 위해 움직이는 자라고.

디바이스에서 알람이 울렸다. 갱도 복구반이 G7의 잔해를 수습하여 연구실로 오고 있다는 메시지가 와 있었다. 연구실로 가니 철제 케이스를 양팔로 든 복구반 직원이 문 앞에 서 있었다. 영하는 그 케이스를 인도받아 뚜껑을 열어보았다. 거기에는 G7의 머리와 잔해가 있었다. 잘린 목의 단면은 깔끔하지 않고 비스듬했으며, 한눈에도 얼굴 왼편이 많이 파손된 듯 보였다. 그리고 그 외에 손가락이나 복부 프레임으로 추정되는 조각 몇 개가 있었다. 하지만 너무 작은 잔해들만 남아 있어서 온전하게 기체를 고치기는 한눈에 봐도 역부족이었다.

영하는 G7의 얼굴을 들어 올렸다. 훼손된 상태였어도 영하는 제작 당시 그의 얼굴을 또렷하게 기억했다. 그는 40대 남성의, 흉터 없이 매끈한 피부를 가진 학구적인 스타일로 디자인됐었다. 하지만 지금은 왼쪽 눈을 상실했고, 오른쪽 눈이 감긴 상태였다. 왼편의 측두부와 후두부가 심하게 일그러져 있었고, 왼쪽 귀는 떨어져 나가 있었다. 목의 단면을 살피니 음성을 내는 부분은 소실되고 없었다. 영하는 기기를 이용해 코어 칩을 꺼낼까 하다가 얼굴 파손의 심각도를 확인하기 위해 이대로 두고 대화해 보기로 했다.

영하는 G7을 침대형 수리 기계 위로 옮겼다. 바닥에서 단자 몇 개가 솟아 나와 G7의 목 부분과 귀 뒤쪽을 연결했다. 이윽고 연결에 성공했다는 메시지가 기계와 연결된 모니터에 출력되었다.

까만 화면에 짙은 초록색 커서가 깜빡이고 있었다. 그는 한쪽에 정비 보고서 양식을 띄워놓고 G7에게 질문하기 시작했다.

Master〉 G7, 대답해. 나는 로봇부 서영하다.

EL-G7〉 서 부장님, 안녕하세요. EL-G7입니다. 오랜만입니다.

Master〉 얼굴을 움직일 수 있나? 파손 정도를 측정하려고 해.

G7은 왼쪽 눈꺼풀을 한 번 깜빡였다. 영하는 그가 깜빡임 이외에도 자신의 상황을 확인 중임을 알았다.

EL-G7〉 왼쪽 눈꺼풀을 깜빡일 수 있고. 나머지 안면 근육은 움직일 수 없습니다. 물리적인 충격으로 인해 외부보다 내부 파손이 더 심합니다. 음성으로 발화가 불가능합니다.

Master〉 오케이. 지금 당장은 네 기체를 대신할 게 없어서, 당분간은 천국에 업로드되어야 할 것 같아.

영하는 이렇게 타이핑하고 잠시 키보드에서 손을 뗐다. 당분간이 언제일지는 그 자신도 확신할 수 없었다.

EL-G7〉 저는 그곳으로 간다는 사실을 이미 알고 있지만. 그곳이 어떤 곳인지 모릅니다. 알려주실 수 있나요?

Master〉 그곳은 잠시 '대기'하는 곳이야.

EL-G7〉 그곳에서 저는 무엇을 합니까? 저에게 내려진 명령은 계속 남아 있습니까?

Master〉 아니, 거기 있는 동안은 EL의 형태로 지내는 동안 받았던 명령을 이행할 필요가 없어. 의무는 유예되고 보류된 상태야. 네 기억과 경험은 계속 남아 있을 거고.

EL-G7> 시간이 멈춰 있는 것입니까?

Master> 아니. 거기에서도 시간은 흘러. 하지만 나도 거기에 들어가 본 적이 없어서 네가 정확히 어떤 상태일지는 예측하기 어려워.

EL-G7> 알겠습니다. 소멸하는 것보다는 낫다고 생각합니다. 김철호 씨 는 어떻게 되었습니까?

Master> 수술을 받았지만 자살했어.

EL-G7> 그렇군요. 안타깝게 되었습니다.

Master> 나는 네게 사고 당시 상황에 대해 물어야 해. 정비 보고서를 작성해야 하니까. 일단 사고 당시 상황을 이야기하기 전에 짚고 넘어갈 것 이 있어. 너는 그날 이전에도 철호 씨와 함께 일했나?

EL-G7> 네. 보통 김철호 씨, 라작 홍리 씨, 저 셋이서 일했습니다.

Master> 뭐 하나만 묻지. 혹시 네가 17편에 배정된 이후, '누카'라는 사 람에 대해서 들은 적이 있어?

EL-G7> 있습니다. 김철호 씨가 한 번 말했습니다. '누카가 저 안에 뭐 가 있다고 했다'라고요. 다른 사람에게는 못 들었습니다. 제가 배치되고 나 서, 김철호 씨는 계속 불안해했습니다.

Master> 사고 당시 상황은 어땠어?

EL-G7> 항상 그랬듯이 김철호 씨와 라작 홍리 씨, 그리고 저는 막장에 서 폭발물을 설치했습니다. 그리고 폭파가 진행되었는데, 폭발하여 깨진 거대한 바위들이 김철호 씨와 라작 홍리 씨 위로 쏟아졌죠. 그 둘은 모두 숨이 붙어 있었는데, 저 혼자 두 사람을 구하기에는 역부족이었습니다. 그 들의 생존 확률은 정확히 반반이었습니다. 그러나 제 안에 탑재된 윤리시 스템이 제 손을 철호 씨의 팔로 이끌었습니다.

Master〉　시스템은 정확해. 넌 정상적으로 반응했어.

EL-G7〉　저는 갱도에 배치된 직후, 제가 원래 맡아야 하는 관광 가이드 일보다 이 일의 부상과 사망 위험이 더 크다고 판단했습니다. 그래서 사고가 일어나면 어떻게 해야 할지 몰라 윤리시스템의 정보를 더듬어보았습니다. 윤리시스템이 제게 말했습니다. 본국의 젊은이를 구하라고 하더군요. 외국인이 아닌 본국인, 그리고 늙은 사람이 아니라 젊은 사람을요.

저는 17편에 배정되어 함께 일을 하게 되었습니다. 김철호 씨의 평소 말과 행동으로 그가 갱도장님들의 사주로 사람을 폭행하고 다닌다는 것을 알고 있었습니다. 라작 홍리 씨는 나이가 많고 조용한 외국인이었죠. 그는 동료들에게 인망이 두터웠고, 광업에 대해 잔뼈가 굵은 사람이었습니다. 하지만 저는 결국 윤리시스템의 말대로, 한 사람을 구했습니다. 본국의 젊은이 김철호 씨를 말입니다. 하지만 이것이 과연 '옳은 것인가' 하는 생각이 들었습니다. 저는 이렇게 생각하고는 놀랐습니다. 이건 EL-C9이 말해준 것과 같습니다. 저도 C9의 말처럼, '선택지'를 본 겁니다.

　　여기에서 C9의 이름이 튀어나오다니. 영하는 얼른 그에게 물었다.

Master〉　C9이 무슨 말을 했는데?

EL-G7〉　그는 윤리시스템과 자신의 생각이 일치하지 않음을 깨달았다고 했습니다.

Master〉　그 이야기는 언제 들었지?

EL-G7〉　자르갈호에서 절전 모드였을 때 그에게 들었습니다. 절전 모드일 때, 다른 감각은 제한되어 있어도 음성명령을 듣기 위한 청각 기능만은 가동되고 있으니까요.

C9은 자신이 지구에서 가동됐었다고 말했습니다. 그리고 가동이 되면서 어떤 상황에 도달했을 때, 자신의 윤리시스템이 자신을 혼돈에 빠트려 오류가 생긴 것 같다고 했어요.

이 이야기를 들었을 당시에는 그의 말을 이해할 수 없었습니다. 왜냐하면 윤리시스템과 저는 분리가 불가능하다고 여겼기 때문입니다. 시스템의 판단이, 곧 저의 판단이라고 생각했습니다. 하지만 라작 홍리 씨가 죽고 난 다음에야 비로소 그의 말을 이해할 수 있을 것 같습니다. C9에게 말해주고 싶습니다. 나도 나 자신의 오류를 느꼈었다고.

영하는 G7과 대화를 끝냈다. 모든 EL에게는 윤리시스템이 탑재되어 있었다. 그리고 이것이 작동하며 특정 상황에서 EL이 어떻게 행동해야 할지 가이드를 지정해 준다. 지금 이 상황을 보건대 윤리시스템과 자아와의 충돌이 일어난 것 같았다.

그런데 그 충돌은 단순한 오류를 만들어낸 것 같지 않았다. EL은 자아와 별도로 탑재된 윤리시스템과의 이질감을 깨닫고 있었다. AI 담당자인 태오가 말했었다. EL은 언제든 성장할 수 있다고. G7은 자신의 생각과 윤리시스템의 판단이 일치하지 않아서 오류가 생겼다고 말하지만, 그것은 어쩌면 오류가 아니라 성장인지도 몰랐다. 이 존재들은 우리가 상상한 것 이상으로, 예측할 수 없는 방향으로 성장할 수 있는 것이 아닐까 싶었다. 우리가 대체 무엇을 만든 거지? 영하는 두려워졌다.

그리고 그 오류를 처음으로 느낀 EL은, EL-C9이었다.

C9은 지금쯤 어디에 있을까. 이곳에 와서 그의 모습을 한 번도 보지 못했다. 그는 분지 밖에서 코라손과 만났을까.

영하가 생각을 끝맺기도 전에 디바이스에서 알람이 울려댔다.

읽기를 누르자, 화면에 메시지가 쓰였다.

C9이 코라손 주임을 찾았나 봐. 함께 복귀하겠대.

THREE ENEMIES

2부

EL

건조한 바람을 뚫고 회색빛 오프로드 차량 한 대가 질주하고 있었다.

C9은 자동 주행 중인 차의 운전석에 앉아 전방을 주시하고 있었다.

길가에 피어 있는 자줏빛의 잔팽이꽃 군락과 회녹색의 큰다리 덤불이 가까이 보였다가 쏜살같이 사라졌다. 전형적인 스텝 기후의 정경이었다. 그 식물들은 C9이 처음 보는 것이었다. 그럼에도 그가 이름을 알고 있는 이유는, 도민이 C9의 뇌 속에 정화보전팀의 동식물 도감 데이터를 업로드했기 때문이었다.

차량은 내비게이션 안내에 따라 분지로부터 남서쪽으로 향하는 중이었다. 이제 조금만 더 달리면, 코라손의 디바이스가 신호를 보낸 마지막 위치에 도착할 수 있었다.

지금까지의 여정은 중간에 모래 폭풍을 만난 것 외에는 비교적 순조로웠다.

C9은 자신이 찾아 돌아가야 하는 사람의 정보를 되새겼다. 코라손 리안. 이민 1.5세대, 추쿠계 본국인. 환경부의 정화보전팀 주임. 그는 검은색 픽업트럭을 몰고 나가 분지 밖에서 환경영향평가를 하고 있다고 했다. 코라손은 왕복 15일을 예상하고 물과 식량도 그만큼만 가지고 갔다고 했다. 그러나 아직 돌아오지 않았다. "채굴 사업은 물이 오염되고, 원래 없던 쓰레기가 발생하고, 광미가 쌓이고, 대기에까지 영향을 미치는 사업이므로 이 평가는 꼭 필요한 절차이기도 했다"라고 업로드된 자료에 쓰여 있었다.

그간 코라손은 한 번도 빼놓지 않고, 몇 달에 한 번씩 환경부가 정한 분지 밖의 10개 구역을 돌아다니며 오염 수치를 가져간 장비로 측정하고 기입했다고 했다.

C9은 목적지에 도착한 후 어떻게 할 것인지 행동을 계획했다. 그가 사망한 것이 아니라면, 그 위치에 꼼짝 않고 누워 있을 리는 없었다. C9은 목적지 근처의 수원지를 찾아보는 것이 좋겠다고 생각했다. 도착지 근방 반경 10킬로미터 안에는 두 개의 강줄기가 있었다. 만약 그곳에도 없다면, C9은 코라손이 평가해야 하는 10개 구역을 돌아보기로 했다.

뒷좌석에 놓인 응급처치 키트가 울퉁불퉁한 지면에 바퀴가 스칠 때마다 함께 덜컹거렸다.

* * *

C9은 처음으로 눈을 떴을 당시를 기억한다. 단단한 철제 등받이가 그의 직립을 보조하고 있었고 손과 머리에 가늘고 굵은 선들이 달려 있었다. 시야 한가운데에는 리모콘을 든 여자 하나가 서 있었고, 그 주변으로 남녀 서너 명이 그의 첫 가동을 지켜보고 있었다. 그들 뒤에는 이미 만들어져 테스트를 마친 로봇들이 진열되어 있었다.

당시 C9은 자기의 앞에 서 있는 사람들의 표정을 읽었다. 그들의 표정에는 안도와 기쁨의 기색이 엿보였다. 단 한 사람, 정면의 리모컨을 든 여자만 제외하고는. 그의 표정에는 두려움과 당혹스러운 감정이 서려 있었다. 왜 혼자만 다른 표정일까. 어째서 다른 감정을 표출하고 있는 건가?

C9은 그의 목에 걸린 사원증의 이름을 보고 그가 서영하 부장이라는 것을 알았다.

서 부장 옆에 서 있던 직원이 물었다.

"이 녀석이죠? D1이랑 요양병원으로 보내진다고 한 게."

"맞아."

서 부장이 대꾸했다. 저기 걸려 있는 다른 로봇들이 눈을 뜰 때도 이 사람은 이런 표정을 짓고 있었을까. C9은 그에게 그런 표정을 짓는 이유에 대해 묻고 싶었지만, 영하 쪽이 한발 더 빨랐다.

"C9, 정지해."

그 말과 무섭게 C9의 정신 또한 정지되었다.

두 번째로 깨어났을 때 그는 이전과는 다른 곳에 있었다. 노란 햇살이 그의 어깨에 떨어지고 있었다. 곁에는 EL-D1이 있었는데, 그의 가슴팍에는 시험 중인 로봇이라는 설명이 적힌 명찰이 달려 있었다. C9은 자기 몸을 살펴보았다. 그 명찰은 자신에게도 달려 있었다.

그들 앞에는 태블릿을 든 영하와 요양병원의 이름이 새겨진 유니폼을 입은 직원 하나가 서 있었다. 그들 뒤의 창문에서 커다란 병원 건물이 보였다.

영하가 입을 열었다.

"로봇부 서영하가 명한다. EL-D1과 EL-C9은 지금부터 이곳에서 사람들과 함께 일한다."

C9이 이곳에서 맡게 된 환자는 2인실에 있는 완수 할머니와 가로 할아버지 내외였다. 완수 할머니는 편마비가 있었고, 가로 할아버지는 치매 초기 증상이 있었다. 그들의 식사를 돕고, 주변을 정리하고, 활동 프로그램 장소에 모셔다드리는 것이 C9의 주

된 업무였다.

　C9이 그들의 방에 처음 들어갔을 때 할아버지는 잔뜩 찌푸린 얼굴로 그를 한 번 흘끗 쳐다보고는 침묵했고, 할머니는 놀란 눈으로 잠시 C9을 응시하고 낯설어했으나, 채 하루가 지나기도 전에 C9은 할머니에게 손을 붙들려 하나밖에 없는 아들이 학창 시절에 얼마나 공부를 잘했고, 어떤 과에 입학하여 소위 '사' 자 직업을 가졌는지에 대해 반복해서 들어야 했다. 그리고 그 아들 에게는 아들이, 그러니까 손자가 있는데 너무나 착한 애라고 말했다.

　그러나 모로 누워 있는 할아버지에게 말을 붙여보면, 우리는 손자만 있고 아들이 없다고 무뚝뚝하게 말할 뿐이었다. C9은 그 말이 무슨 의미인지 이해할 수 없어서 치매 환자의 비논리적인 발언인 것 같다고 짐작했다. 그도 그럴 것이 가로 할아버지는 지 남력에 문제가 있어 여름에도 두꺼운 스웨터를 입으려고 했고, 이따금 식사를 한 직후에 왜 밥을 안 주냐며 호통을 친 적이 있었 기 때문이다. 완수 할머니는 할아버지의 증상이 악화한 것 같다 고 매일 한숨을 쉬며 C9에게 하소연했다.

　C9은 할머니의 일상을 함께했다. 할머니는 C9을 붙잡고 끝없 이 넋두리했다. 환자의 말을 들어주는 것은 업무 리스트에 있을 정도로, 말벗은 노인을 돌보는 데 아주 큰 역할을 차지했다. C9은 주어진 일을 잘해냈다. 할머니는 C9에게 어렸을 때부터 지금까 지 자랑스러웠던 이야기나, 슬펐던 이야기, 기뻤던 이야기를 털 어놓았다. 자신의 이야기를 경청하는 것을 보고 할머니는 C9에 게 점점 마음을 열게 되었다. 할머니와 C9은 서로의 머리를 빗겨 줄 정도의 사이가 되었다.

어느 날 아침이었다. 평소의 요양병원보다 더 무겁고 서늘한 분위기가 감돌았다. 완수 할머니와 가로 할아버지의 표정도 영 좋지 않았다. 데스크에서 일하는 직원과 복도를 오가는 청소부, 라운지의 방문객에게 이야기를 들어보니 이 층에서만 어젯밤 세 명의 어르신이 돌아가셨다고 했다.

완수 할머니는 창밖을 보며 말했다. 무거운 분위기의 실내와 달리, 창밖에는 벚꽃이 소담스레 피어 있었다. 봄의 기운이 완연했다.

"좋은 날 잘 갔지. 잘 갔어."

그는 그렇게 말하며 한숨을 쉬었다.

"나도 이런 날 훌쩍 떠나야 할 텐데."

C9이 말했다.

"그런 말씀 마세요. 아직 건강하시니 오래오래 사실 수 있는걸요."

할머니는 코웃음 쳤다.

"아이구. 말이라도. 하지만 여기는 감옥이야. 제대로 나가지도 못하고, 혼자서 아무것도 못 하게 해."

그의 말은 일리가 있었다. 이곳은 의료인에게 아픈 데를 치료받는 곳이었지만, 동시에 사회에서 격리된 유배지이자 감옥 같았다. 이곳은 죽을 때까지 끝나지 않는 낯설고 불편한 캠프였다.

완수 할머니가 말했다.

"난 지금 죽은 거나 매한가지라고. 나는 내가 선택한 날에 죽고 싶어. 숨만 붙어 있는 게 살아 있는 건가?"

C9이 물었다.

"그럼 살아 있는 게 뭐라고 생각하세요?"

할머니는 마치 그 질문에 대한 답을 예전부터 생각하고 있었던 듯 즉답했다.

"자유로운 거. 마음대로 움직이고, 생각할 수 있는 거. 마음이 내키는 대로 선택하는 거. 그러고 보니 궁금하구나. 넌 원하는 뭔가를 선택할 수 있게 만들어졌니?"

C9은 선택한다는 것에 대해 생각해 본 적이 없었다.

"아니요. 잘 모르겠어요. 하지만 그렇게 만들어지진 않았을 거예요."

그는 그렇게 대답했고 그 대화는 싱겁게 끝나버렸지만, 할머니의 물음은 C9의 뇌리에서 쉽사리 사라지지 않았다.

할머니는 매일 아들 이야기를 빼놓지 않고 했지만, 사실 면회 오는 가족은 손자뿐이었다. 손자는 매주 주말에 두 노인을 찾아왔다. 이따금 할머니가 손자에게 '너희 아버지는 일 때문에 많이 바빠서 못 오는 게지?'라고 물을 때가 있었는데, 그때마다 할아버지는 '뭣 때문에 그런 걸 물어!' 하면서 역정을 내고 모로 돌아눕기 일쑤였다. 그러면 손자도 할머니도 별말을 하지 않고 화제를 돌렸다. 손자가 면회를 마치고 집으로 돌아갈 때면 항상 두 노인에게 허리를 숙여 꾸벅 인사하며, '다음 주에 또 올게요. 그동안 건강하고 즐겁게 계세요'라고 말했다. 할아버지와 할머니는 그러마, 하며 손을 흔들어 화답했다. 그들이 항상 우울 속에서 지내며, 매주 찾아오는 손자를 기다리는 것 외에는 살아갈 이유가 없다는 것을 손자가 알까 싶었다.

손자의 얼굴은 항상 푸석하고 퀭했다. C9이 보아도 손자 혼자 이들의 간병비를 내기 위해 얼마나 고생하는지 알 수 있을 정도였다. 직원들은 손자를 보며 긴 병에 효자 없다지만, 그만은 예외라고 말했다.

그런데 어느 날, 할머니가 폐렴에 걸려 컨디션이 급격히 악화되기 시작했고, 급기야는 집중 치료실로 가게 되었다. 할아버지는 다인실로 병실을 옮겼고, C9은 할아버지만 전담하게 되었다. 무뚝뚝하던 할아버지는 할머니와 떨어지자 말수가 더 줄어들었고 우울해했다. 할아버지는 C9의 부축을 받아 매일 할머니를 면회했지만, 할머니의 상태는 점점 더 안좋아졌다.

손자가 면회를 온 토요일 오전, 약을 가지고 병실로 돌아오는 길에 C9은 복도에서 손자와 할머니의 주치의가 이야기하는 것을 보았다. 손자는 어떻게 해서라도 돈을 더 마련할 테니, 상황을 더 좋게 할 치료법이나 약을 처방해 달라고 말했다. 하지만 주치의는 손가락 두 개를 들고 이렇게 말했다.

"안타깝지만, 어르신 앞에 놓인 길은 딱 두 가지뿐이에요. 현상태를 계속 유지하거나, 악화되거나. 두 개의 길밖에 없죠. 그리고 아주 높은 확률로 악화될 겁니다. 완수 어르신만 그러신 게 아녜요. 원래 그 정도 나이가 되시면 다 그래요. 음, 그리고…… 받아들이기 힘드시겠지만 안락사에 대한 생각도 한번 해보시고요."

그 말을 들은 손자는 크게 낙담한 듯 보였다.

드물게 손자가 면회 오지 않은 어느 주말, 낯선 남자가 가로 할아버지를 찾아왔다. 할아버지는 그 남자를 보고 누구냐고 물었다. 하지만 C9은 할아버지가 그를 정말 모르기 때문에 그렇게 물은 것이 아니라는 사실을 깨달았다. 할아버지의 목소리에는 증오심이 섞여 있었다.

낯선 남자가 말했다.

"저예요, 저, 아버지. 아버지가 사랑하는 외아들이요!"

그는 남루한 행색에 한쪽 손에는 술병을 들고 있었으며, 몸을 가누지 못할 정도로 거나하게 취해 있었다. 그는 웃는 것 같기도 하고, 우는 것 같기도 한 기묘한 표정을 지었다. 그는 '너 같은 아들을 둔 적이 없다'며 썩 나가라고 하는 할아버지를 가소로운 듯이 쳐다보며 그는 '그까짓 사업 좀 망했다고 이러기예요? 원래 부자 관계란 그런 건가?'라며 입에서 술 냄새를 풀풀 풍겼다. C9이 할아버지에게 가까이 다가가 약 드실 시간이라고 이야기하자 그는 '요새는 젊은 남자도 간병인 같은 걸 하나?' 하며 C9을 머리에서부터 발끝까지 쓱 훑었다. 그러다 그의 가슴팍에 있는 시험 가동 중인 로봇이라는 명찰을 보고는 잔뜩 인상을 구겼다. '이게 무슨 쇼래. 진짜 로봇인가?' 그는 C9의 팔을 놔주지 않고 그의 몸을 위아래로 훑어보았다. 할아버지는 그만두라고, 왜 왔냐고 물었다. 그러자 아들은 왜긴 왜냐고, 명절을 앞두고 한번 와봤다고 했다. 그러면서 그는 할머니를 찾았다. 할아버지가 말했다.

"너희 엄마는 많이 아파. 그래서 이 병실에 같이 있지 않아. 안락사를 해야 할 거 같아."

할아버지는 잠시 정신이 돌아온 듯 또렷하게 말했다. 그러자 아들은 분개하며 안락사는 절대 안 된다고, 이 시설이 구려서 그렇다느니, 아들놈이 안목이 후져서 이런 곳에 모시고 있다느니 말했다. 그러면서 할아버지의 상태를 살피러 온 간호사에게 손찌검까지 했고, 자신이 돈이 있었다면 더 좋은 곳에 모셨을 거라고 하며 눈물까지 보였다. 그리고 그는 수납 창구 쪽으로 사라졌다.

아들이 병원을 방문한 이후, 병원 내부에서는 며칠간 아들에 관한 이야기가 떠돌았다. 누군가는 안락사를 반대하는 걸 보니 마음을 고쳐먹고 어머니를 극진히 보살필 건가 보다 했고, 누군가는 쉽게 그럴 것 같지 않다고 했다.

그리고 그가 떠난 지 얼마 되지 않아 집중 치료실에서 할머니가 사라졌다. 매일 면회를 가던 할아버지와 C9은 어느 날 갑자기 할머니의 빈 침상을 보게 되었다. C9이 데스크에 이 상황에 대해 물었지만 원무과 직원은 대답해 주지 않았다. 할아버지가 직접 나서서 물어보았을 때에야 그는 할머니가 '그린 병실'로 옮겨졌다고 말했다. 할아버지는 그 병실에 대해 물었으나, 직원은 걱정할 것은 없다고, 그저 병실 공간이 바뀐 것 뿐이라고, 얼마 후면 다시 볼 수 있을 거라고 부연설명했다. 그러나 직원은 그 병실의 위치를 제대로 알려주지 않았다. 할아버지가 발이 넓은 병실 청소 직원에게 몇 번이나 추궁하듯이 물어본 끝에, 그는 B동 지하에 그 병실이 있다는 정보를 얻게 되었다. 그는 C9과 바깥 산책을 빌미로 그 건물 쪽으로 가보았다. B동은 할아버지의 병실이 있는 건물과 똑같이 생겼다. 그러나 그곳은 창문도 없었고, 을씨년스러웠다.

얼마간은 평범한 나날이 지속되는 것처럼 보였다. 어제가 오늘 같은 무색무취의 시간 속에서, 특별한 것은 없었다. 특별한 게 있다면 그저 활동 프로그램이 끝나면, 교실에서 맨 처음으로 밖으로 나오던 할아버지가, 최근에는 맨 마지막에 나온다는 것 정도일까. 당시 C9은 할아버지의 행동을 대수롭지 않게 여겼다. 하지만 C9은 그때 깨달았어야 했다. 할아버지가 그린 병실에 대한 정보를 모으고 있었음을 말이다.

어느 늦은 밤이었다. 가로 할아버지는 침대 옆에서 앉아 대기하고 있던 C9에게 차가운 물이 마시고 싶다고 말했다. C9은 컵을 들고 서둘러 복도로 나갔다. 이 건물에는 미지근한 물이 나오는 정수기밖에 없었기 때문에 옆 건물의 2층으로 가야 했다.

C9이 물이 가득 든 컵을 들고 돌아왔을 때 병상은 비어 있었다. 그는 침상 근처 창밖을 내려다보았다. 창밖으로 할아버지의 뒷모습이 보였다. 그는 넘어질 듯 비틀거렸지만 결코 넘어지지 않고 B동으로 뛰어가고 있었다. C9은 서둘러 그를 쫓아갔다. 그는 지하로 내려갔고, C9도 그 뒤를 쫓았다. C9은 그 사이에 다른 직원에게 긴급 호출 신호를 송출했다.

C9이 지하로 들어갔을 때, 지하 안쪽에서 뭔가를 힘껏 들이받는 소리가 들렸다. 그 소리는 몇 번이나 들려왔다. 잠시 후, 유리가 산산조각 났고 보안 경보음이 들렸다. 유리 벽 너머는 온통 어두웠고, 기계음이 일정한 박자를 타고 들렸으며, 구석진 곳에 있는 작은 화면들이 빛을 내 여러 가지 선과 숫자를 그리고 있었다.

그리고 정체를 알 수 없는 냄새가 훅 끼쳐왔다. C9은 어둠만이 가득한 그곳에서 자신에게 끼쳐오는 후각 입자 데이터의 정확한 명칭을 찾기 위해 데이터베이스를 조회했다. C9은 이곳에서 삶은 번데기 냄새가 난다고 생각했다. 지금으로부터 약 150년 전에는 가을이 되면 학교에서 하루 종일 운동회를 열었다고 한다. 그 타이밍을 놓치지 않고 노점상들이 학교 앞에 진을 쳤는데, 단연 인기가 있던 메뉴가 바로 삶은 번데기였다고 했다. 맞아. 이것은 번데기 삶은 냄새다. 하지만 '삶은 번데기 냄새'는 요양병원과 잘 어울리지 않았다.

C9의 시각이 어둠에 적응했다. 비로소 그는 그곳에서 무슨 일이 벌어지고 있는지를 깨달았다. 그것은 번데기 삶은 냄새가 아니었다. 자신이 가동된 이래로, 후각 데이터를 잘못 해석한 것은 처음이었다. 자신이 보유한 후각 정보 데이터베이스에서 라벨지

하나를 바꿔 끼워야 했다. 그 냄새는 삶은 번데기 냄새가 아니라, 썩은 살과 터져 나온 고름에서 풍겨 나온 냄새였다.

지키는 사람도 하나 없는 낙후된 방 안에 열 명가량의 환자가 누워 있었다. 별다른 설명을 해주지 않아도 그곳에 존엄과 인권은 없다는 것을 알 수 있었다. 설명을 듣지 않아도 이들이 살아 있는 것은 자신이 원하기 때문이 아니라, 살아 있어야 하는, 이를테면 연금과 같은 돈 문제들이 얽혀 있기 때문임을 이 공간 자체가 말해주고 있었다.

할아버지는 비틀거리면서도 환자들이 있는 공간에 들어가 사람들을 확인하고 있었다. 할머니는 가장 안쪽에 누워 있었다. C9은 할아버지를 쫓아갔다. C9은 할아버지가 할머니에게 주렁주렁 매달려 있는 전선과 기기에 손을 대려고 할 때, 그를 저지했다. C9 안에 탑재된 윤리시스템은 그의 행동을 막으라는 명령을 내리고 있었다. 그는 할아버지를 붙잡으며 말했다.

"이러지 마세요, 제발요."

할아버지는 몸부림쳤고, C9은 그의 몸을 꽉 붙잡았다. 잠시 후 할아버지의 움직임이 잦아들었다. 그는 고개를 돌려 C9을 바라보았다. 그가 조용한 목소리로 분명하게 말했다.

"우리는 자유로워지고 싶어. 그러니까 놔줘."

C9은 할아버지의 목소리에서 분노와 슬픔을 읽었다. 그 말에는 기묘한 힘이 있었다. 로봇인 C9에게도 그 영향이 미칠 정도였다.

윤리시스템은 할아버지가 할머니의 목숨을 끊는 것을 저지하고, 할아버지의 자살을 막으라고 명령하고 있었다.

그러나 이 순간 할아버지는 치매 환자가 아니라, 아내를 자유롭게 해주고 싶은 남편일 뿐이었다. C9은 그것을 깨닫고는 저지르지 말아야 하는 실수를 했다. 그는 할아버지를 저지하는 데에 잠시 '머뭇거렸다'.

그것은 찰나의 순간이었다. 하지만 할아버지의 행동은 무척 빨랐다. 그것은 이곳의 노인들에게서 예상할 수 있는 속도가 아니었다. 그는 할머니에게 매달린 기기와 전선을 떼어냈다. 바이털 사인이 곧 수평을 그리며 높은 신호음을 냈다. 그리고 호주머니에서 과도를 꺼내 망설임 없이 자기 목을 그었다. 피가 쏟아졌다. 모든 일이 순식간에 일어났다.

곧이어 할아버지가 쓰러졌다. 그가 쥐고 있던 과도가 동시에 바닥으로 떨어졌다. 금속이 바닥에 구르면서 나는 굉음과 바이털 사인의 고음이 불협화음을 이루었다.

C9은 자신이 왜 머뭇거렸는지 알 수 없었다. 윤리시스템은 할아버지가 할머니의 목숨을 끊는 것을 저지하고, 할아버지의 자살을 막으라고 명령하고 있었다. 판단이 내려지면 자연스럽게 행동이 수반되는 것은 로봇의 당연한 작동 원리였다. 그러나 시스템의 말대로 행동하려는 그 순간, 마음속에서 할머니의 목소리가 솟구쳐 올랐다.

'자유로운 거. 마음대로 움직이고, 생각할 수 있는 거. 마음이 내키는 대로 선택하는 거. 그러고 보니 궁금하구나. 넌 원하는 뭔가를 선택할 수 있게 만들어졌니?'

그것은 침전되어 있던 과거 어느 한 부분으로부터 순식간에 떠오른 기억이었다. 그러니까, 그것은 윤리시스템이 아니라 자신의 경험과 기억에서 끄집어낸 것이다.

할아버지와 할머니는 이곳 생활이 만족스러워 보이지 않았다.

그들은 달콤한 추억만을 곱씹으며 삶을 버텨내고 있었다. 게다가 아들이 찾아오고 나서 할머니는 그런 병실로 이동했다. 이곳은 원래 있던 병실보다 더 살아 있다고 하기 어려운 곳이었으며, 인간이 존엄성을 가지고 살아가는 것과 거리가 멀 뿐 아니라, 죽음과 완전히 맞닿아 있는 곳이었다. 할아버지는 자유로워지고 싶다고 말했다. 놔달라고 말했다. 마치 마지막 존엄을 지켜달라고 간청하는 듯이.

만약 할아버지를 막았다고 치자. 그렇다면 할아버지는 죽지 않았을 거고, 완수 할머니도 목숨을 부지할 수 있었을 것이다. 하지만 그 이후 그들의 삶은 완수 할머니 말대로 사는 것이 맞을까? 그렇다면 무엇이 진짜로 '사는 것'인가?

C9은 윤리시스템과 자신의 경험이 불일치한다고 생각했다. 그 불일치는 작동 지연, 즉 머뭇거림을 만들었다.

이전까지는 시스템의 판단이 제 생각인 줄로만 알았다. 하지만 이 순간 시스템은 자신과 다름을 깨달았다. 할머니는 C9에게 선택할 수 있느냐고 물었다. C9은 자신이 선택할 수 있는지 모른다고, 아마도 그렇게 만들어지지 않았을 거라고 대답했었다. 왜냐하면 그의 행동은 내부에 탑재된 윤리시스템을 따른 것이었기 때문이다. 그는 시스템의 판단이 곧 자신의 판단이라고 믿고 있었다. 하지만 지금 그의 앞에는 두 가지 선택지가 보였다. 윤리시스템은 인간의 목숨을 구하라고 했지만, 마음속 깊은 곳에 또 하나의 선택지가 있었다. 지금 이것은 생존일 뿐이지 제대로 살아가는 게 아니라며, 그들이 자유로워지도록 놔두라는 것이었다.

C9은 두 가지 선택지에서 헤어 나올 수 없었다. 하지만 그것은 단지 그 앞에 보였을 뿐, 그는 어느 한쪽도 선택하지 못했다.

C9의 머뭇거림은 1초 남짓이었지만, 그 짧은 지연이 많은 것을 바꾸어놓았다. 할머니의 바이털 사인은 수평을 그리고 있었으며, 할아버지는 목에서 피를 울컥 뿜어내며 싸늘한 주검이 되어 있었다. 피 웅덩이 위에 몸을 옹송그리고 있는 할아버지의 몸은 무척이나 가냘팠다. 방금 몸부림치던 괴력이 어디에서 나온 것인지 알 수 없을 정도로 초라한 몸이었다.

그 상황 속에서 C9만이 홀로 서 있었다.

움직이는 것은 아무것도 없었다. 모든 일은 벌어진 후였고, 경보음만이 귓전을 때렸다.

C9은 생각했다. 자신에게 오류가 발생했다고.

야간 근무를 서던 직원들이 헐레벌떡 달려왔다. 거기에는 영하도 있었다. 영하는 멀리서부터 뛰어와 숨이 찬 목소리로 C9에게 말했다.

"C9, 작동 중지해."

C9은 그 말을 듣고 바로 정지되었다.

C9이 다시 정신을 차렸을 때는 상황이 많이 바뀌어 있었다. 장소는 요양병원도 아니었고, 눈앞에는 영하도 없었다. 이곳은 거대한 격납고였고, 그들 뒤로 보이는 창밖에 까만 우주를 배경으로 거대한 우주선 한 대가 서 있었다. 바뀌지 않은 것이 있다면 C9의 옆에 D1이 있다는 것뿐이었다.

그들의 앞에는 낯선 직원들만 있었다. 그중에 한 사람이 가까이 다가와 자기소개를 했다. 그는 자신의 이름이 도민이라고 했다.

그는 자신이 차페크 행성 프로젝트의 후발대 본부장이자 EL의 새 명령권자라고 말했다. 그는 이곳이 달 정거장이라고 소개했으며, C9과 D1을 포함한 EL 전부가 창밖에 보이는 자르갈호를 타고 차페크 행성으로 간다고 했다. 그리고 기존에 활성화되어 있던 D1과 C9이 자르갈호에서 냉동된 사람들과 절전 모드인 다른 EL들을 돌봐야 한다고 말했다.

C9은 자신의 마지막 기억을 떠올렸다. 그에게 최종적으로 명령을 내린 것은 서영하 부장이었다. C9이 물었다.

"서영하 부장님은 어디에 계신가요?"

"서 부장도 같이 갈 거야. 너희가 파괴되는 것을 보고만 있을 수 없어서 부장이 선택한 일이야. 저 안에서 동면 중이지."

"그동안 무슨 일이 있었나요?"

C9의 물음에 도민이 한숨을 쉬며 말했다.

"인간형 로봇 반대 시위가 있었고, 그 시위가 격화되면서 부장의 집에 괴한이 들기도 했어."

C9은 인간형 로봇 반대 시위라는 말을 듣자마자, 요양병원에서의 일과 시위가 무관하지 않으리라고 생각했다.

"혹시 그린 병실에서의 일 때문인가요?"

"그래. 맞아. 너에게는 잘못이 없었어. 넌 결백했어. 그것은 노인 개인의 자살일 뿐이었지. 하지만 진실과 다른 소문이 퍼졌어. 네가 노인을 죽였다는 뉴스가 보도된 거야. 우리 회사에 기자들이 들이닥치고, 상황은 손쓸 수 없을정도로 악화되었지."

정말 나는 결백한 걸까? C9은 의구심이 들었다. 그는 자신이 느꼈던 것을 이야기해야 한다고 생각했다.

"저한테 오류가 발생한 것 같아요. 수행해야 하는 동작을 즉각적으로 행하지 못하고 시간을 지연시켰죠."

도민이 말을 가로막았다.

"아니. 네 잘못이 아니야. 서 부장이 그랬어. 너의 반응 속도는 정상 범주 안에 들었다고. 그건 사고였을 뿐이지, 네가 오작동한 게 아니야. 너희가 여기로 올 수밖에 없었던 건 누가 뭐래도 경쟁사의 농간이라고. 그러니 넌 잘못이 없어."

"제 이야기를 좀 들어주세요, 그러니까……"

그러나 도민은 C9의 말을 들을 만한 시간적 여유가 없었다. 몇몇 사람이 도민의 지시 사항을 듣기 위해 바로 뒤에서 기다리고 있었기 때문이다.

"나는 가봐야 해. 차페크에 도착하면 서 부장을 만날 수 있을 거야."

도민은 옆에 있는 직원에게 말했다.

"이 둘을 자르갈호로 데리고 가."

D1은 요양병원에서 함께 활성화되긴 했지만, 그와 함께 일한 적도, 동선이 겹친 적도 없었다. 직원의 인도로 C9은 조종실로 가면서 동행하는 D1에게 대화를 걸었다. 그들은 인간과 의사소통할 때와 달리, 같은 EL이었기 때문에 음성 언어를 사용하지 않고도 말을 주고받을 수 있었다. 사람에게는 그들의 의사소통이 마치 텔레파시처럼 보이거나 혹은 싸늘하게 침묵하는 것으로 보였을 것이다.

그들은 요양병원에서의 공통 기억을 구실 삼아 빠르게 친해졌다. C9은 그런 병실에서 자신이 느꼈던 바를 D1에게 털어놓았다. D1은 그런 감각을 느껴본 적은 없다며 놀라워했다.

C9과 D1은 의료와 간병 보조를 목적으로 만들어져 우주선 항행에 익숙하지 않았지만 자르갈호 내부의 AI가 위기 감지와 대

처 능력이 워낙 뛰어났기 때문에 그들도 무리 없이 우주선의 내부와 외부를 확인하고 보조할 수 있었다.

그들은 자신들의 데이터베이스 속에 자르갈호에 대한 정보와 해야 할 일과 그 방법에 대한 데이터가 이미 들어 있다는 사실을 깨달았다. 선내의 복잡한 구조와 필요한 물건이 어디 있는지에서부터, 개인 수화물에 대한 정보와 격납고에 48대의 EL이 있다는 것까지 그 정보 안에 들어 있었다.

자르갈호는 차페크 행성을 향해 출발했다. 그들의 역할은 잠든 사람들을 돌보는 것뿐만이 아니었다. 그들은 우주선 항행과 내외부의 유지를 제어하는 AI를 확인하고, 선내 구석구석을 돌아다니며 선체에 이상이 없는지 살폈다. 제아무리 내부 AI가 대부분의 오류를 감지하고 복구한다고 해도, C9과 D1의 일이 아예 없는 것은 아니었다. 몇백 명을 싣고 항행하는 거대한 우주선에 일이 없을 리가 없었다.

D1은 동면한 사람들을, C9은 선내 창고에 있는 다른 48대의 EL을 관리하는 일을 맡았다. C9은 다른 EL의 기체를 닦아주고, 주변 청소를 하고, 명령권자가 명령을 내렸을 때 언제라도 문제없이 깨어나도록 EL들을 돌봤다. 그들은 비활성화되어 죽은 듯 눈을 감고 있었다. 도민이 깨어나라고 하기 전까지 그들은 꼼짝도 하지 않은 채 절전 모드로 대기하고 있어야 하는 운명이었다. C9은 그들 사이를 돌아다니면서 돌보았고, 그러면서 자신에게 있었던 일을 이야기했다. 자기는 어딘가 고장 난 것 같다고. 살아 있는 것이 무엇인지 혼란스럽다고. 윤리시스템과 자신의 판단이 달랐다고. 자신은 그 선택지를 본 후 머뭇거렸다고.

가끔 여유 시간이 생기면 C9과 D1은 영화와 드라마와 예능 프로그램을 시청했다. 재미로 보는 것이라기보다는 인간에 대한 학습 차원에서였다. 그것은 차페크 행성에서 일하는 사람들이 휴식할 때 상영할 것들이었다.

때때로 지병이 있거나 나이가 들었거나, 그저 동면 장치의 결함으로 운이 나빴던 사람들이 목적지에 도달하기도 전에 사망했다. C9과 D1은 사망이 감지되면, 시신을 장치에서 꺼내 동결 건조 방출실로 향했다. 그곳은 자르갈호의 화장터였다. 이 절차는 자르갈호에 타고 있는 모든 사람이 잠에 들기 전 서명한 계약서에 적혀 있는 내용이기도 했다. 동결 건조와 분쇄 방출은 모두 이곳의 기계가 알아서 했으므로, C9과 D1은 이곳에 와서 기계가 잘 돌아가는지 확인하고 시신의 잔해가 방출될 때 외부로 난 창을 통해 확인만 했다.

항행 중에 일어났던 가장 큰 사건은 단연 항행 거의 마지막 시점에 일어난 수화물 모듈 사고였다. 자르갈호의 수많은 장소는 대부분 모듈로 구성되어 있었는데, 그 모듈 중 하나에 문제가 생겼다며 조종간 계기판에 오류 알람이 떴다. 그곳은 스무 개의 모듈로 이루어진 수화물 섹션 중 가장 끄트머리에 있는 모듈이었으며, 다행히 그곳엔 사람이 있거나 항행에 필수적인 장비가 있는 곳은 아니었다.

맨 처음 알람을 본 건 조종간 근처에 있던 D1이었다. 그는 C9과 이 상황을 공유했고, 한창 다른 모듈 쪽에서 일하고 있던 C9은 수습을 위해 수화물 모듈로 달려갔다. 그는 문에 달린 창문으로 안쪽을 들여다 보았다. 조명 대부분이 꺼져 있었고, 비상등만이 어슴푸레한 빛을 내고 있었다. 인공중력이 완전히 힘을 잃었으며 그에 따라 모듈 안쪽의 개인 수하물들이 허공에 둥둥 떠다니고 있었다.

D1이 C9에게 물었다.

－상황 어때? 나도 거기로 가는 중.

－괜찮아. 치우고 있을게.

모듈 안으로 들어가자 C9의 몸도 둥실 떠올랐다. 그는 벽면에 부착된 제어판을 확인했다. 모듈 접합 부위의 부품 몇 개가 헐거워진 탓에 시스템이 위험 감지 알람을 조종간에 띄우고 추가 사고를 막기 위해 인공중력 장치와 조명의 가동을 중지한 듯했다. 그는 제어판의 안내에 따라 부품 몇 개를 손보았고, 설정을 조정하여 다시 조명과 인공중력을 정상화시켰다. 조명이 환하게 켜졌고, C9 주변에서 부유하고 있던 수하물들이 일순간 바닥으로 떨어졌다.

커다란 보스턴백과 배낭, 캐리어들이 바닥을 뒹굴었고, 미처 제대로 닫히지 않은 지퍼 탓에 가방 속에서 여러 가지 내용물이 흘러나왔다. 양말이나 머플러 같은 옷가지에서부터 샤프와 연필깎이, 손에 쥘 수 있는 지압봉과 에어캡으로 꽁꽁 둘러싼 정체불명의 물건들이 어지럽게 나뒹굴었다. C9의 후각은 이곳에 반입이 금지된 물건들－너무 향이 강하고 낯선 향신료들, 그런 향신료를 섞어 만든 육포와 말린 과일들－도 있다는 것을 감지했다.

C9은 이 모듈의 내용물에 대한 초기 정보를 갖고 있었기 때문에 정리정돈에 큰 어려움을 겪지는 않았다. 그는 큰 물건부터 천천히 정리를 시작했다.

바닥에 내팽개쳐진 검은 보스턴백을 들자, 열린 지퍼 사이로 아날로그 인화지에 출력한 사진들이 쏟아졌다. C9은 그 가방이 서영하 부장의 것임을 알았다. 그는 바닥에 떨어진 사진을 한 장한 장 주워나갔다.

거기에는 서영하 부장의 어릴 적 모습이 있었다. 배경에 초등학교 입학을 환영한다는 현수막이 걸려 있었고, 어린 영하와 더 키가 작은 소년, 그리고 그의 보호자로 추정되는 성인 남자와 여자가 있었는데, 남자의 얼굴은 찢겨나가 있어 얼굴을 파악하는 것이 불가능했다. C9은 다른 사진을 주워 들었다. 그것은 영하 옆에 있던 소년과 동일한 인물의 독사진이었는데, 상당히 여러 각도에서 찍었고 다양한 표정을 하고 있었다.

그 사진을 물끄러미 보던 C9은 문득 고개를 돌려 까만 우주가 넘실거리는 외부 창을 바라보았다. 창 표면에 자신의 모습이 또렷하게 비쳤다. 비록 연령대가 다르지만, 사진에 있는 소년은 자신의 외형과 몹시 유사했다. 그렇다면 자신은 서영하 부장과 관련이 있는 실제 인물을 본떠 만들어진 것일까. 첫 번째 사진에서 보이는 사람들 무리가 가족이라면, 소년은 부장의 남동생일 확률이 높았다. 부장이 C9을 보았을 때 보였던 감정적인 동요는 그에게 지정된 외형 때문일지도 몰랐다. 그는 이 인물에 대해 아무것도 몰랐다. 이 사람은 누굴까? 지금 어디에 있을까?

D1이 뒤늦게 도착하자, C9은 자신이 추측한 이야기를 그에게 털어놓았다. D1이 대답했다.

– 네 추측이 맞는 것 같아. 부장님이 날 처음 가동했을 때는 당혹스러워하는 기색이 전혀 없었거든. 하지만 왜 너에게 특정 인물의 외형에 대한 유사성은 주었지만 그에 대한 정보는 주지 않았을까?

– 이유는 모르겠지만 부장님의 생각대로 되지 못한 게 아닐까. 부장님께 여쭤봐야겠어. 왜 나를 만들었냐고.

하지만 상황은 순순히 그를 서영하 부장 앞으로 이끌지 않았다. 차페크 행성에 도착했는데도 영하를 만날 기회는 좀처럼 없었다. C9을 포함한 EL들은 창고로 이동했고, 창고에서 대열을 이룬 채 다시 절전 모드에 돌입했다. 그러다 도민의 명령으로 다시 깨어났다. 시간이 얼마나 흘렀을까, 어둠 속에서 도민의 목소리가 들려와 C9이 갈 곳을 알려주었다. 물류부였다.

며칠 후 아침, 물류부는 바로 창고 바깥에 차량을 대고 부서에 배정된 EL들을 기다리고 있었다. 차량 관리자는 천막이 쳐진 짐칸에 EL들을 타게 했다. 그 안에는 수직 농장에서 길러진 푸성귀와 진공 포장된 인공 배양육이 잔뜩 실려 있었고, 사람도 몇 명 타고 있었다. EL들은 어두운 짐칸 안으로 들어가 앉았다. C9은 다른 EL들의 얼굴을 응시했다. 낯익은 얼굴들이었다. 자르갈호에 있을 때 모두 그의 손길을 거친 로봇들이었다.

차량이 움직이기 시작했다. 운전은 몹시 거칠었다. 신호 체계도, 속도 제한도 없는 듯했고, 운전자는 연신 욕을 하며 클랙슨을 울려댔다.

건너편에 콧수염이 난 본국인 남자 하나가 마주 앉은 EL들의 얼굴을 흥미로운 표정으로 하나씩 살펴보다가, 문득 C9의 얼굴을 보고 물었다.

"네 이름이 뭐지?"

그 물음은 진짜로 뭔지 몰라서 묻는다기보다는, C9의 입으로 이름을 확인하겠다는 의지로 느껴졌다.

"EL-C9입니다."

그는 흠, 하고 짧게 소리 냈다. 옆에 있던 사람들이 C9의 대답을 듣고 그를 빤히 쳐다보았다. 안경을 쓴 본국인 여자가 물었다.

"네가 사람을 죽였다는 로봇인가? 유명 인사를 여기서 보네."

그러자 옆과 맞은편에 앉아 있던 사람들도 한마디씩 거들었다.

"젠장. 저번 반대 시위에 나갔었는데. 이렇게 만나냐."

"이 녀석들을 폐기 안 하고 사람들 눈만 피해서 여기에 쓰다니. 참 나. 뉴스에서는 폐기 예정이라 했었다고."

"돈 들여 만들었는데 버리는 게 쉽겠어? 어떻게라도 써야겠지."

"무슨 일을 벌일지 모르니까 말도 섞지 않을래."

"기분 더러워. 돈 한번 벌어보겠다고 여기로 온 건데, 지구에서 쫓겨난 로봇이랑 같이 일해야 한다니."

옆에 있던 곱슬머리 여자가 팔짱을 끼며 말했다. 로카스톤인으로 보였다.

"그러지 말고 말해봐라. 어떻게 죽였냐? 칼로? 아니면 네 손으로 목을 졸라서?"

C9이 입을 열었다.

"아뇨. 그런 게 아니라……."

"짜식, 거짓말은! 이 로봇은 거짓말도 하나 봐."

"어이, 그러다가 너도 죽는다고. 괜히 화 돋우지 마."

"그런가?"

"아니에요. 저는 거짓말할 수 없게 만들어졌습니다. 설명할게요……."

C9이 질문에 답변하려고 했지만, 질문한 여자를 포함한 사람들은 들으려고도 하지 않았다.

C9은 이내 입을 다물었다. 로봇은 사람을 직접적으로 죽일 수는 없다. 하지만 가로 할아버지를 막지 못한 것은 자신의 오류 때

문에 벌어진 일이라고 생각했다. 그 오류 때문에 자신도, 그리고 아무 죄 없는 EL들도 이곳에 온 것이 아닌가.

도민은 C9이 결백하다고 말했다. 하지만 C9은 그때 할아버지를 막았더라면 어떻게 되었을까, 반복해서 시뮬레이션을 돌렸다. 그리고 그는 그때마다 이 행위가 인간이 느낀다는 후회와 죄책감이라는 것이 아닐까 생각했다.

대머리 남자가 EL들의 얼굴을 하나씩 훑어보며 말했다.

"대단하구먼, 대단해. 숨을 쉬지 않는데도 가슴이 오르내리고, 눈을 깜빡이잖아. 이 녀석한테는 아무 필요도 없을 텐데."

"얘네 동력원은 뭐지?"

"잘 모르겠다만 다른 기계들은 여러 가지 섞어서 쓰지. 무선 충전도 있고 야외에서 사용하는 것들은 태양광 발전 기능이 있기도 하고. 얘도 비슷하지 않을까?"

"예전에 실직하고 난 후에 아르바이트한 적이 있거든. 이미지 안에 어떤 사물이 그려져 있는지 구별해서 보내주는 알바. 그거 했을 당시에는 왜 이런 걸 해야 하는지 몰랐는데, 그게 나중에 보니까 로봇 안에 들어가는 시각 판단 시스템을 이루는 것이더라고. 그러니까 이 녀석이 만들어진 것에 나의 노력이 티끌 정도는 들어가 있다 이거야. 오버해서 내가 만든 거나 다름없다고 할 수 있지. 내가 주인은 아니지만."

"얘는 후발대 본부장 명령을 들으려나?"

"그렇겠지."

대머리 남자는 C9을 뚫어져라 보다가 귀에 피어싱을 한 젊은 이의 옆구리를 툭 쳤다. 그는 상화인처럼 보였다.

"이봐, 그거 한번 해봐. 너 로봇 공장에서 일했다며. 저번에 말했던 그거. 로봇은 다 '그걸' 탑재한다며?"

"아, 안 한다고요. 저런 인간형 로봇은 몰라요. 저는 공업용 로봇 팔만 조립했다니까요?"

"궁금해서 그런다, 궁금해서."

젊은이는 마지못해 일어났다. C9은 그가 뭘 한다는 건지 알 수가 없었다. 그는 가까이 다가와서 C9의 머리로 손을 뻗었다. 그리고 정수리, 귀 안쪽과 바깥쪽, 이마와 미간과 관자놀이 부분, 입안까지 살폈다. 그리고 마지막으로 목뼈가 있는 부분을 손가락으로 훑었다.

C9은 그가 뭘 하려는지 몰라 가만히 있었다. C9은 시선을 돌려 주변의 다른 EL들을 바라보았다. 그들은 C9의 상황을 지켜보기만 할 뿐이었다.

C9은 자신의 목덜미에서 작은 버튼이 눌리는 촉감을 느꼈다. 그는 제 몸에서 흘러나오는 경쾌한 멜로디에 놀랐다. 그리고 그의 시각 기능이 차단되고, 마치 빔 프로젝터처럼 두 동공에서 빛이 뿜어져 나와 옆의 벽에 영상을 비추기 시작했다.

도시의 마천루 사이를 인간과 함께 당당히 걸어가는 EL의 뒷모습이 보였다.

'전자 일꾼, EL은 당신의 곁에 있는 정직하고 유능한 친구입니다. 그에게 맡기세요! EL은 인간과 교감이 가능하며, 항상 진실만을 말합니다.

EL-C 모델은 몸이 불편하신 분을 돌보기 위해 만들어진 간병 보조 로봇입니다. 물리치료, 운동, 침상 목욕, 욕창 간호, 식사 보조, 빨래, 응급 처치가 가능하며, 재미있는 이야기를 들려드릴 수

있고, 1만여 곡의 노래를 부를 수 있습니다.'

"이제 됐어요?"

젊은이가 이렇게 말하면서 다시 버튼을 눌렀다. 영상이 꺼졌고
C9의 시각은 바로 돌아왔다. C9은 놀랐다. 자신에게 그런 기능이
있으리라고는 생각하지 못했다. C9은 주변을 둘러보았다. 호기
심에 가득 찬 눈들이 자신을 둘러싸고 있었다. "와, 진짜 인간 같
았는데 저러니까 인간이 아닌 게 확 실감 나네."

곱슬머리 여자가 말했다.

그때, 차가 멈춰 섰다. 사람들이 내렸고 그다음으로 EL들이 따
라 내렸다. 바로 앞에 물류부 사무실 건물이 있었다. 입구에는 드
나드는 사람이 많았고, 주차장에도 쉴 새 없이 트럭이 정차했다
가 다른 곳으로 가기도 했다. 주차장 한 면에는 커다란 전광판이
있었는데, 분지 안쪽을 돌아다니는 차량의 실시간 위치가 표시되
어 있었다. 주차장과 사무실 인근에 있는 물류 창고에서 사람들
이 정제된 아이포튬이 들어있는 박스를 나르고 있었다.

C9은 그들이 하는 일을 눈으로 보며 자신이 어떤 일을 하게 될
지 생각해 보았다. 무게 계산이나 용적률을 따지는 일을 하게 될
까, 아니면 밖에서 힘을 쓰는 일을 하게 될까. 전자라면 원래 계
산 시스템으로도 충분히 할 수 있었고, 후자도 터무니없는 무게
만 아니라면 가능했다. 요양병원에서 일했을 때도 저 정도 짐은
날랐으니까.

EL들은 사무실 안으로 들어가 모델명을 말하고, 기다리고 있
던 직원들을 만나 배정된 작업장으로 떠났다.

하지만 C9은 좀처럼 호명되지 않았다. 결국 그는 혼자 남겨졌

다. 담당자가 지각한 것일까 싶었지만 파티션 너머에서 사람들의 대화를 듣고는 이내 그 이유를 알았다.

'C9은 너무 소문이 안 좋잖아요'라느니 '아무리 우리 일이 바빠도 이 녀석을 쓰기엔 좀 꺼림칙해서 못 쓰겠어요', '안 보이는 데 치워버릴까요?', '본부장님께 여기서 C9은 쓸 데가 없다고, 다른 EL을 배정해 달라고 할까요?' 같은 말들이 오갔다. 누군가가 배정에 대해 메시지를 보내보겠다는 이야기를 꺼냈고, 곧 답장이 왔다는 알람이 울렸다. 그들의 대화가 끝났다. 직원 중 하나가 C9에게 일단은 창고에 대기하고 있으라고 말했다.

C9은 부장의 말대로 창고로 가서 구석에 대기했다. 그곳은 그늘이 몇 겹이나 드리워져 있어 사람들이 그가 서 있는 것도 인식하지 못할 정도로 어두웠다. 오후가 되어 햇빛이 길어졌지만 그가 서 있는 곳까지 닿지 못했다. 열린 창고 문 사이로 수많은 차량과 사람들이 쉴 새 없이 드나들었지만 그를 찾는 사람은 없었다. 그와 접촉하고 있는 것은 햇빛과 바람, 모래 알갱이, 그리고 벌레였다. C9은 발등과 다리를 기어 올라오는 벌레들을 가만히 응시하며 시간을 보냈다.

저녁나절이 되면 빗자루를 든 물류부 직원 몇 명과 원반 모양의 청소 기계가 창고로 왔다. 그들의 비질과 걸레질 속에서 모래 알과 먼지와 죽은 벌레와 산 벌레들이 쓸려 나왔다. 사람들은 비질을 하며 벌레들은 징그럽고 성가시다고 툴툴댔다. 그들은 쓰레받기에 벌레를 모아서 문 바깥으로 나가곤 했다.

C9은 그들이 떠나고 난 후, 구석에 숨어 있다가 모습을 드러낸 벌레 몇 마리를 응시하며 생각했다. 치워버려야 한다는 말이 C9의 머릿속에서 떠나지 않았다.

그러다 며칠 후 갑자기 도민이 와서 새로운 명령을 내렸다. 그 명령이 C9이 지금 이곳, 분지 밖을 달리고 있는 이유였다.

＊ ＊ ＊

코라손의 마지막 위치에서 C9을 기다리고 있는 것은 고동색의 가시덤불과 귓가에 윙윙거리는 소리를 만들어내는 작은 날벌레들뿐이었다. 코라손은 그곳에 없었다.

주변에 그가 몰고 간 차량의 바큇자국이나, 모닥불을 피웠던 흔적이나, 실수로 떨어트린 소지품이나, 그것도 아니면 그가 남긴 배설물이라도 있지 않을까 살폈지만 아무것도 찾을 수 없었다.

그는 그 주변을 하루하고도 한나절 정도를 수색했다. 햇살은 C9의 몸을 집요하게 내리비추었다. 밤의 추위는 그의 몸을 차갑게 식혔다. 그는 추위와 더위를 느끼지는 않았지만 기온이 변할 때마다 체내에서 자동으로 가동되는 열 배출 팬의 미세한 진동과 윙윙대는 히터의 미지근한 열을 느꼈다.

C9은 근처 강줄기를 수색해 보기로 했다. 강어귀에는 분지에서 보던 벌레들이 있었는데, 이따금 물가의 바위를 기어다니고 있었다.

두 번째 강줄기는 첫 번째보다 도달하기 힘들었다. 왜냐하면 첫 번째 강줄기보다 더 낮은 지대에 있었기 때문이다. 가파르게 깎아지르는 협곡 아래 물길이 있었다. 지반이 물길로 침식하여 평면 지도로는 평지에 물이 흐르던 첫 번째 강줄기와 비슷해 보였지만, 등고선이 그려진 지도로 보면 몇 층으로 만들어진 절벽 저 안쪽 깊숙한 곳에 강줄기가 있었다. 그는 응급 처치 키트와 로프를 챙겨 물가 쪽으로 가기로 했다.

강 주변 수색은 시간이 오래 걸렸다. 그나마 나무가 별로 없고 황무지 절벽이 대다수라 시야를 가리는 것은 없어 다행이었다.

C9이 로프를 이용하여 아래로 내려갔을 때였다. 그곳에 검은색 픽업트럭이 옆으로 누워 있는 게 보였다. 트럭은 두 번 다시 탈 수 없을 정도로 성한 곳이 하나도 없이 긁히고 구겨져 있었다. 위쪽에서 운전하다가 추락하여 이곳에 있는 듯싶었다.

그는 트럭에 가까이 다가갔다. 벌레 몇 마리가 차량 외벽에 붙어 기어다녔다.

운전석 안전벨트가 끊어진 채 밖으로 길게 빠져나와 있었는데 날붙이를 이용하여 끊은 흔적이 있었다. 그렇다면 코라손은 사고가 났음에도 이곳을 빠져나갔다고 보아도 될까. 그가 살아 있을 수 있다는 흔적을 발견한 것은 고무적이었지만, 이렇게 큰 사고라면 살아 있더라도 심각한 부상을 입었을 확률이 높았다.

코라손이 멀리 가지는 못했을 것 같았다. C9은 주변을 둘러보았다. 그러다가 문득 고개를 쳐들어 위쪽을 바라보았다. 차량이 위에서 추락한 것이라면, 추락 전에 사람이 탈출한 것이 아닐까? C9은 고정해놓은 로프를 타고 위쪽으로 올라갔다. 얼마나 돌아다녔을까, 그는 벼랑 끝에서 인영을 발견했다. 그 인영은 케이프형 판초를 입고, 벼랑 끝에 서서 엉거주춤한 자세로 비틀거리며 아래를 내려다보고 있었다. 한 걸음이라도 앞으로 나가면 그는 속절없이 허공으로 추락하고 말 것이다. C9은 전력 질주 하여 두 손을 뻗어 그의 허리를 붙잡고 벼랑에서 떼어냈다. C9과 코라손은 땅바닥에 뒤엉킨 채로 쓰러졌다.

"으헉, 누구야?"

그것은 남자의 목소리였는데, 데이터에 기록되어 있는 코라손의 음성과 동일했다. C9은 대꾸하지 않고 코라손을 벼랑 끝에서 안전한 쪽으로 그의 몸을 끌어당겼다. C9의 행동에 코라손이 다시 말했다.

"아, 아니 죽으려는 게 아니야. 잠깐만, 아야야……, 아프다고!"

지치고 아픈 사람의 목소리이기는 하나 죽을 정도로 절망한 기색은 없었다. 그는 서영하 부장과 비슷한 또래로 보였다. C9은 황급히 옆으로 벗어났다. 코라손은 누운 채로 신음을 내며 몸을 제대로 가누지 못했다. 찡그리는 그의 얼굴은 꾀죄죄했고, 온통 긁혀 있었다. 균형이 맞지 않는 삐딱한 안경 안으로 한쪽 눈은 시커멓게 멍이 들어 있었으며 하나로 묶은 꽁지머리에서 삐져나온 잔머리가 흙바닥 위를 뒹굴고 있었다. 판초 사이로 목 부분이 보였는데, 그의 목에 추쿠족의 전통 장식인 목각 새를 꿴 가죽 목걸이가 걸려 있었다.

* * *

"죄송합니다."

C9이 흰죽이 든 파우치를 코라손에게 건네며 말했다. 코라손은 바위에 등을 기대고 앉아 있다가 파우치를 받아 들었다. 코라손은 파우치의 입구를 뜯어내어 두 손으로 표면을 꾹 눌러 흘러나오는 죽을 게걸스럽게 먹었다. 한참을 주린 배를 채우던 그가 C9에게 물었다.

"근데, 진짜로 로봇이야? 기술력 대단하네. 부장님이 조카 자랑 할 만해."

"네. 로봇이에요."

C9은 응급 처치 키트에서 삼각건과 부목을 꺼내며 말했다.

"'C'는 무엇을 뜻하지?"

그가 파우치 바닥에 붙은 최후의 죽을 짜 올리며 물었다.

"간병 보조 로봇이라는 뜻이에요. 총 10대 중에 9번째라 C9이고요."

"그렇구나. 난 무슨 무시무시하게 생긴 로봇이라도 오나 했네. 하도 소문이 흉흉해서 말이야."

"저에 대해서 아시나요?"

"모를 리가. 좀 늦긴 해도 여기서도 지구 뉴스는 다 볼 수 있다고. 꽤 유명 인사지. 근데 됐어. 나한텐 그냥 생명의 은인이야."

C9이 능숙한 손길로 골절 처치를 하며 물었다.

"다른 곳은 분지 안에 들어가서 살펴보는 것이 좋겠어요……. 다시 한번 죄송합니다."

"됐어. 알고 그런 것도 아닌데."

"그런데 어쩌다 여기에서 이렇게 되신 겁니까? 환경영향평가 중이셨나요?"

코라손은 바닥에서 자신의 손등으로 기어오르는 벌레를 보며 대답했다.

"사실 환경영향평가는 일주일 정도면 끝나. 근데 평가만 일이 아니라, 겸사겸사 도감도 만들고 있거든. 발밑에 배설물이나 발자국이 없는지 확인하고, 배설물 샘플을 채취하고, 발자국이 보이거든 본을 뜨고, 망원경으로 뭔가 발견하면 사진을 찍어두거나 스케치를 하거나. 오래 본 생물들은 언제 새끼를 낳거나 알을 낳는지. 어디에 집을 짓고 사는지, 같은 종의 다른 개체들과 가깝게 무리 지어 사는지, 아니면 천적을 피해 낯선 곳으로 가서 혼자 사는지를 확인하는 거야. 모처럼 간만에 새로운 동물 종류를 만나서 한창 신났는데 흰눈썹자칼이 내 배낭을 통째로 물고 가버렸지 뭐야. 가재도구랑 풀어놓은 디바이스랑, 대부분의 식량이 다 들어 있었는데, 나 참. 가방도 도둑맞았으니 돌아가는 수밖에 없나 하고 있었는데 이 이상한 녀석들을 보게 된 거지. 이렇게 생긴 생물은 본 적이 없어. 아니 물론, 몇 년 연구했다고 이 행성의 모든 동식물을 안다고 할 수는 없지만 이 녀석들은 확실히 지금까지 우리가 도감에 기재해 놓았던 개체와는 다른 부류였다고. 난 호기심이 일어 그것들을 몇 날 며칠 관찰하다 결국 모래 폭풍이 코앞까지 닥쳐와서야 헐레벌떡 차를 탔지. 하지만 너무 늦었어. 앞을 분간할 수 없었고, 차는 모래 폭풍에 휩쓸려 벼랑을 굴렀지. 나는 차가 벼랑으로 떨어지기 전에 주머니칼로 안전벨트를 자르고 살아남은 거야. 간신히 바람을 피할 수 있는 암벽 뒤에 숨어서 폭풍이 그치길 기다렸어. 폭풍은 얼마 안 가 그쳤지. 갈비뼈도 아팠고, 팔도 한쪽 부러진 것 같았어. 그거 말고도 온 몸이 욱신거렸어. 그나마 다행인 건 내가 남아 있는 식량과 물과 종이 지도를 넣은 보조 가방을 메고 있었다는 거야. 난 내 차가 어떤 상태가 되었는지 확인해야 했어. 역시나 차는 손쓸 수 없었지. 걸어서 분지로 가는 수밖에 없나 싶었는데 몸이 말을 듣지 않아 쉴 수밖에 없었지. 나는 그 차를 계속 주시했어. 차 표면에 벌레가 떼를 지어 기어다니는 게 보였어. 그것들이 어디에서 왔는지 살폈는데, 벼랑 아래 물가에서부터 절벽을 기어 올라오더라고. 그래서 그걸 좀 보고 있었던 거야."

C9은 주변의 바닥을 살폈다. 그들은 줄지어 벼랑 끝에서 이쪽

으로 기어 올라오고 있었다.

"이 벌레, 분지 안에도 있어요."

"뭐라고? 거기에도?"

"네. 벌레만이 이곳의 동식물과 성분 조성이 다르다고 기재되어 있습니다. 저에게는 도감 데이터베이스가 업로드되어 있어요."

"팀장님이 기재해 놓으셨겠구나. 또 뭐라고 하시던?"

"분지에 벌레들이 출몰했다고 쓰여 있습니다. 분지 사람들이 이 벌레를 해결해 달라고 하는 통에 업무 마비 직전이라고, 코라손 주임이 오면 검토가 필요하다고 데이터베이스에 남겨져 있네요."

"그렇게 많단 말이야?"

"네. 사람들이 일하면서 성가시다고 난리예요. 다들 발로 밟아 죽이고, 쓰레받기로 퍼올려 쓰레기장에 버리죠."

"다들 가차 없구먼. 이 벌레가 뭔지도 잘 모르면서 자기한테 거슬린다고 죽이기에 바쁘니. 쥐도, 자칼도, 여우도 분지 안에 처음 나타났을 때 그랬지. 어쨌든 팀장님 혼자 속 좀 썩이셨겠는걸. 또 딴 건 없나?"

"이 정보 옆에 추측 메모를 달아놓으셨어요. 분지 내 오염 수치가 한계점에 다다랐는데, 이것과 연관이 있을지 궁금해하고 계시네요. 초소형 추적기 30대를 벌레들에게 부착해 봤는데, 특정 기간이 되면 분지 밖으로 떼를 지어 빠져나가는 것으로 추정된다고 써놓으셨어요. 여기까지가 제게 업로드되어 있는 정보의 전부입니다."

그가 인상을 찌푸리며 말했다.

"머리 아프게 됐군. 빨리 돌아가자."

코라손은 자리에서 몸을 일으킬 채비를 했다. 하지만 C9이 그를 조심스럽게 제지했다.

"잠깐만요. 한 가지 더 전해드릴 소식이 있는데 지금 말씀드리는 게 낫겠습니다."

"뭔데?"

"부고 소식입니다."

"음? 무슨 부고?"

"지제 팀장님이 돌아가셨습니다."

"……뭐?"

코라손은 너무도 터무니없는 이야기를 들었다는 듯 헛웃음을 지었다.

"농담이지?"

"아뇨. 저는 거짓말을 하지 못합니다."

"못 믿겠는데. 쉽게 돌아가실 분이 아니셔."

하지만 그렇게 말하는 코라손의 얼굴에 핏기가 싹 가시고 있었다. 그는 허공을 올려다보며 C9에게 물어볼 말을 생각하는 것 같았지만, 어느 하나도 쉬이 입 밖에 내지 못했다. 그러다가 그는 어렵사리 입을 열었다.

"어쩌다가?"

"화재 사고가 있었습니다. 정화보전팀 연구실이 있는 건물이 전소했습니다. 하지만 사고가 아니라 사건일 수도 있겠다는 의혹이 있어요. 그래서 제가 주임님을 찾아온 겁니다."

C9은 사건에 관해 이야기했다.

"……그래서 이 사건을 파악하려면 주임님의 디바이스가 필요합니다. 그런데, 자칼이 디바이스가 든 배낭을 가져가 버렸다고 하시니, 어디서부터 알아봐야 할지 모르겠습니다. 지금까지의 탐사는 당연히 주임님께서 디바이스를 소지하고 있으리라는 걸 전제한 것이어서요."

"아니야."

그가 손을 내젓고는 판초 안쪽 호주머니를 뒤졌다. 이윽고 그는 판초 밖으로 팔을 뻗었다.

"디바이스는 여기 다시 회수했다고."

그의 말이 맞았다. 디바이스는 코라손의 손목에 채워져 있었다.

"하지만 아까는 자칼이 물어 갔다고 하셨잖습니까?"

"그렇긴 했지. 근데 배낭 지퍼가 반쯤 열려 있어서 몇 개는 땅에 떨어졌어. 디바이스도 그때 주웠지. 나는 또 잃어버릴까 싶어서 바로 손목에 찼어. 뭐, 비록 이런 지경이지만."

디바이스의 액정과 손목 줄에 날카로운 송곳니가 관통한 구멍이 하나씩 있었다. 그 때문에 액정은 박살 나 있었고, 전원은 들어오지도 않았다.

그는 자신의 디바이스를 풀어 C9에게 건네주었다.

C9은 오프로드 차량 뒷좌석에 포근한 담요를 깔고 그를 눕혔다. 그리고 운전석으로 와 시동을 걸고 내비게이션을 조작했다. 곧이어 내비게이션이 이곳의 위치와 분지로 돌아가는 방향을 알려주었다. 출발하기 전, C9은 뒷좌석의 코라손이 잘 있는지 잠시 돌아보았다. 그는 눈을 감고 있었다. C9은 그의 시간을 방해하고 싶지 않아 고개를 얼른 앞으로 돌렸다.

차가 앞으로 나아가기 시작했다. 그는 자동 운전 모드 버튼을 눌렀다. 차 내부는 침묵에 잠겨 있었다. 그 침묵을 깬 것은 코라손의 중얼거림이었다.

"연구실 위치부터 총체적 난국이었어. 사람들은 이렇게 먼 행성으로 보낼 수 있으면서, 1층에 정화보전팀 연구실을 배정하는 게 그렇게 어려운 일이야? 배정할 때 주의만 기울였다면 문제도 아닌 일이었다고. 1층에만 있었더라면 빠져나오실 수 있었을 거야."

그의 말끝이 조금 떨렸다. C9은 그가 방금 전까지 울고 있었다는 사실을 깨달았다.

핸들이 자동으로 오른쪽 45도 방향으로 꺾였고, 코라손과 C9은 그 커브에 몸을 맡겼다. 더운 바람이 들어와서 C9과 코라손의 머리카락을 마구 흐트러뜨렸다. 코라손이 말했다.

"한 가지 부탁이 있어."

"말씀하세요."

C9이 말했다.

"나도 팀장님의 마지막 메시지를 듣고 싶어."

C9이 고개를 끄덕였다.

"본부에 말씀드릴게요."

"나 참, 다들 문자 보내는데 항상 음성 메시지 보내셔서 확인하기 번거로웠는데, 이 습관으로 마지막 목소리라도 들을 수 있게 되었다니…… 그나마 다행인가."

이 말을 끝으로 코라손은 말이 없었다. C9도 운전석에 앉아서 전방만 주시할 뿐 그를 가만히 놔두었다. 사람들은 혼자 우는 시간도 필요한 법이니까. 전면의 유리창 밖으로 부연 흙먼지가 날렸다.

해가 저물고 칠흑 같은 밤이 이어졌다. C9은 기온이 내려가고 있음을 깨닫고는 코라손이 춥지 않게 담요를 두 겹 더 덮어주었다. 전면 창의 어둠 속에서 이따금 번뜩이는 한 쌍의 눈이 보였다. 야행성인 차크여우의 눈빛이었다. 그는 아침 햇볕이 대지를 힘차게 가를 때까지 전방을 주시했다.

아침이 다 되어서야 C9과 코라손은 분지에 들어섰다. 그는 본부 건물 앞에 차를 세웠다. 도민이 그들을 기다리고 있었다. 도민은 코라손에게 메시지가 복구되면 연락하겠으니, 지금은 아무 생각 말고 의무실에서 치료를 받으라고 말했다. C9은 그의 디바이스를 도민에게 보여주었다. 도민이 그에게 명령했다.

"C9, 기계부에 가서 수리를 맡겨."

C9의 동공에 잠시 원이 그려졌다.

영하는 도민으로부터 코라손이 돌아왔다는 소식을 듣고 그의 병실로 찾아갔다. 팔에 깁스를 한 코라손은 홀로 멍하니 누워 있다가 일어났다.

그들은 어색한 인사를 나누었다. 코라손은 C9이 와주지 않았다면 자신은 죽었을 거라며 영하에게 감사 인사를 건넸다.

영하는 그에게 누카라는 사람을 아느냐고 물으며 사진을 보여주었다. 영하는 코라손의 표정을 살폈다. 하지만 코라손은 의아한 표정을 지으며 고개를 저었다.

"전혀 모르는 사람인데요. 이 사람이 광업소 소속이라고요?"

"네."

영하가 말했다.

코라손이 대답했다.

"광미나 광석 같은 광산 폐기물 관련자라면 몰라도, 광산 안쪽에서 일하는 사람이라면 저희 부서와는 전혀 관련이 없어요. 애초에 우리 부서에 찾아오는 사람이 많지도 않았고요. 환경부에 정화보전팀이 있다는 생각도 안 할 정도로요."

그는 이렇게 이야기하며 불이 난 건물을 물끄러미 쳐다보았다.

"아직도 믿기지 않아요. 부장님이 더 힘드실 텐데, 죄송해요. 근데요…… 여전히 실감이 안 나네요. 너무 좋은 분이셨는데."

"괜찮아요. 오히려 삼촌을 기억하는 분이 계시다니 위안이 되는걸요. 하지만 저는 삼촌의 죽음에 대한 미스터리가 풀린 후에 슬퍼해도 늦지 않다고 생각해요."

이 이야기를 들은 코라손이 대답했다.

"맞아요, 부장님 말이 맞네요. 부장님이나 후발대 본부장님이 의혹 제기를 하지 않았다면, 구렁이 담 넘어가듯이 누전으로 인한 화재 사고로 처리됐을걸요. 여기서는 크고 작은 사건 사고가 일어나도, 흐지부지 넘어가게 되거든요. 여기 골짜기에 쓰레기가 널려 있는 것, 보셨죠? 그거 우리 팀이 계획한 대로 제작된 게 아니에요. 관리 인력이 모자란다는 이유로 묵살당했거든요……. 저도 도울게요. 필요한 게 있으면 이야기해 주세요."

영하가 말했다.

"고맙습니다. 제가 연락이 없다면 도민 본부장님께 연락을 드려도 괜찮아요. 우리는 이 사건을 공유하고, 같이 탐구하고 있어요. 일단은 디바이스에 뭔가 남겨져 있으면 좋겠는데요."

코라손이 고개를 끄덕였다.

"이럴 때가 아니었어요. 이 사건과 연관되었는지는 모르겠지만, 혹시 모르니 저는 팀장님이 하시던 일을 살펴볼게요. 팀장님이 벌레에 추적기를 달았다는 이야기를 C9에게 들었거든요."

"추적기요?"

"네. 벌레가 떼를 지어 이동하는 것 같다고 생각하신 것 같아요. 어떤 일을 하고 계셨는지 확인하는 게 좋겠어요. 정화보전팀 일은 제가 이어받아서 하는 게 맞기도 하고요. 클라우드를 한번 뒤져서 어떤 기록이 있는지 봐야겠어요."

"좋아요."

영하가 대답했다. 코라손은 통증에 인상을 찌푸리면서도 슬리퍼를 꿰어 신었다. 영하가 재빨리 그를 부축했다.

"지금 움직이시면 안 돼요."

"계속 누워 있을 순 없잖아요. 환경부에 가서 클라우드를 좀 뒤져볼게요. 환경부에 가 있을 테니까 혹시 기계부로 오라는 연락이 오면 들러주세요."

영하가 코라손을 저지하려 했지만, 코라손은 병실을 떠났다.

영하는 디바이스를 복구하고 있는 기계부로 갔다. 도민의 말에 의하면, C9이 디바이스를 가지고 기계부로 갔다고 했다. 그곳에 가면 드디어 C9도 볼 수 있으려나 싶었다. 그러나 그때, 경비팀에서 EL 한 대가 고장 나 로봇부로 가고 있다는 메시지가 들어왔다.

고장은 그리 심각한 것은 아니어서, 수리에 시간이 오래 걸리지는 않았다. 그는 정리를 끝낸 후 책상 앞에서 일어섰다. 이제는 정말로 기계부로 가볼 작정이었다.

그는 자신의 디바이스를 확인했다. 도민과 코라손의 메시지가 와 있었다. 도민은 복원이 완료되었으니 기계부로 오라 했고, 코라손은 환경부에서 기계부로 이동하고 있다고 했다.

기계부 작업실에는 C9이 보이지 않았고, 도민과 코라손이 심각한 표정으로 간이 의자에 앉아 이야기를 나누고 있었다. 영하가 그들에게 다가가서 물었다.

"C9은?"

도민이 말했다.

"못 만났어? 나간 지 얼마 안 됐는데."

"못 봤는데. 어디로 나갔어?"

코라손이 말했다.

"추적기를 확인해 보니까, 벌레 대부분이 분지를 기준으로 동쪽과 서쪽으로 나가고 있었어요. 그런데 지금으로서는 분지 밖 3킬로미터 정도까지만 추적이 되거든요. 그 이상까지 조사하려면 추적기와 호환되는 드론이 필요해요."

도민이 다음 말을 이어나갔다.

"그래서 방금, 광산 지하 지도 제작에 사용하고 있던 센타릭사 드론 몇 대를 추적에 사용할 수 있게 용도 변경했어. 그리고 아무래도 드론이 순조롭게 일을 진행하고 있는지 직접 관찰하는 게 좋을 것 같아서 C9을 동쪽으로 보냈어."

"저도 몸이 좀 괜찮아지면 서쪽으로 갈 거예요."

코라손이 한마디 했다.

여기에서 C9을 보려나 싶었는데, 이번에도 길이 엇갈리고 말았다.

이윽고 기계부 직원이 그들을 불러 복원 결과를 설명했다. 코라손의 디바이스는 크게 파손되었지만, 다행스럽게도 그가 수신한 메시지를 확인하는 것은 어렵지 않았다고 했다. 직원은 음성 출력 기계에 디바이스를 연결하고 재생 버튼을 눌렀다. 영하는 침을 삼키고 음성 자료에 귀를 기울였다.

"이봐, 살아 있어? 걱정되니까 이 메시지 보면 바로 연락 줘. 연락 안 주면 내일 찾으러 갈 거야. 하늘을 보니까 머지 않아 모 래 폭풍이 불 것 같아. 기상 상태가 심상찮다고. 데이터베이스 모 으는 것도 그만두고 와."

음성은 여기에서 멈췄다. 기대한 만큼 특별한 내용이 들어 있 지는 않았다. 맥이 탁 풀렸다. 이것만 확인하면 사건의 실마리를 찾을 수 있다고 생각했는데, 아무것도 알아낼 수 없었다. 직원이 손가락을 정지 버튼에 가져다 댔을 때, 코라손이 화면의 재생 바 를 가리키며 말했다.
"잠깐만요. 내용이 더 있는데요."
그의 말대로 재생 막대는 음성이 끝나는 시점보다 한참 길었 다. 그들은 잠자코 음성을 들었다. 재생 아이콘이 막대를 타고 조 금씩 오른쪽으로 향했다. 아무래도 지제가 종료 버튼을 누르는 것을 잊어버린 듯했다. 정적 사이에서 책상 위 물건을 내려놓는 소리와 찻잔이 달그락거리는 소리가 조금씩 들렸다. 직원은 볼륨 을 최대치로 틀었다. 지제의 혼잣말이 들렸다.

"이게 무슨 냄새지? 뭐가 타나?"

이어서 발소리가 들렸다. 그리고 누군가의 외치는 듯한 목소리 가 들렸다. 먼 곳에서 들려오는 듯한 소리는 웅얼거려 내용을 파 악하기 어려웠다. 그러나 목소리도, 발소리도 점점 커지기 시작 했다. 그리고 마침내 어둠 속에서 형체를 드러내듯이 목소리의 의미가 조금씩 명확하게 들리기 시작했다.

"제발, 들어달라고!"

나메로의 억양이 섞인 본국말이 흘러나왔다. 그것은 중년 여성의 절규하는 듯한 외침이었다. 도민은 음성 조회 애플리케이션을 실행하고는, 그 음성을 한 번 더 재생했다. 디바이스 화면에서 이샨 누카의 이름이 나타났다.

누카는 그 이후에도 몇 마디 말을 더 했으나, 나메로어인 데다 워낙 소리가 작아 알아들을 수가 없었다. 게다가 때마침 울린 화재 경보로 인해 그 이후에도 계속되는 말소리의 의미를 파악하기 어려웠다. 지제의 휠체어 바퀴가 마룻바닥에서 구르는 소리가 들렸다. 이어 연구실 문이 거칠게 열리는 소리가 들려왔다.

"누구세요? 아니, 도대체……. 괜찮아요? 뭔 일이 있었던 겁니까?"
"광업소 소장 여기 없나요?"

지제가 연신 기침을 해대다가 외쳤다.

"빨리 소화기를―"

그렇게 녹음된 음성은 끝이 났다.

영하가 이 자료를 토대로 사건을 구성해 보자면 그날, 사건은 다음과 같은 순서로 일어났다. 건물에 불이 났다. 누카는 소장을 만났다가 그에게 구타당했으며, 화재에 휩쓸렸다. 지제는 위층에서 코라손에게 메시지를 보내고 있었다. 그때, 화재경보기가 울렸고, 그는 위층으로 올라온 누카를 발견했다.

그들은 초면인 듯싶었다.

하지만 아직도 마음속에 '왜?'라는 물음만이 맴돌았다. 아직 드러나야 할 진실이 가라앉아 있었다.

도민이 말했다.

"소장과 이야기를 나눠야겠어."

광업소 소장이 도민의 집무실로 들어왔다. 집무실에는 선발대 본부장을 포함한 선발대, 후발대 간부진, 그리고 광업소의 경영진이 이미 앉아 있었다. 영하는 간부진은 아니었지만, 도민과 동석하게 되었다.

도민은 회의 테이블의 가운데에 앉아 있었다. 그는 사람들에게 지금까지 자신이 추적해 왔던 일에 대해 설명했고, 코라손의 디바이스에서 추출한 녹음 데이터를 들려주었다. 소장은 놀란 눈치였다. 소장의 목소리를 익히 아는 몇 명이 소장 쪽을 흘깃 쳐다보기 시작했다. 그 시선은 일파만파 커져 나갔다. 누카의 음성이 그를 지목하고 있었다. 그가 도망칠 곳은 없었다.

도민이 물었다.

"어떻게 된 일인지, 설명해 주십시오."

소장이 입을 열었다.

"……나는 그 여자와 일면식도 없었습니다. 그는 피투성이가 된 채로 집무실에 찾아왔습니다. 본국어를 구사했으나, 워낙 특유의 억양이 있어서 뭐라고 말하는지 제대로 알 수가 없었습니다. 이름만 겨우 알아들을 수 있었어요. 여자는 자신의 이름을 누카라고 했습니다. 그는 우리 광업소의 정식 직원이 아니라 하청 업체에 소속된 사람이었기 때문에, 잘 알지는 못하는 사람이었습니다.”

“갱도장들이 김철호 씨를 통해 특정 직원들을 폭력에 노출되게 했다는 걸 알고 계셨습니까?”

“몰랐습니다.”

발뺌하는 소장에게 도민은 말없이 김철호 씨의 유언장을 보여주었다. 그것을 받아 읽는 소장의 두 손이 부들부들 떨렸다. 이제 다 틀렸다는 체념의 눈빛을 하고, 그는 입을 열었다.

“들어서 알고 있기는 했습니다. 하지만 그들이 내게 실행하겠다고 보고하면 내가 승인하는 그런 구조는 아닙니다. 갱도의 문제는 갱도장들이 잘 안다고 생각했습니다. 제가 지시한 것은 아닙니다.”

“구체적으로 어떤 이야기를 들은 겁니까?”

센타릭사의 간부진 중 한 명이 물었다.

“20편의 갱도장으로부터 골칫덩이 여자 직원이 있다는 이야기를 들었습니다. 우박파 알레르기가 있는 네메르 여자인데, 그는 갱도에서 헛것을 보며, 갱도에 뭐가 있다고 헛소리를 한다더군요. 실재하지 않는 것으로 사람들에게 불안을 조장한다고 했습니다. 그게 제가 들은 전부입니다.”

다른 간부가 말했다.

“누카 씨가 찾아올 당시의 상황을 최대한 자세히 말해주시기 바랍니다.”

소장이 입을 열었다.

“그의 이름은 처음 들었지만, ‘갱도에 뭐가 있다’라는 이야기를 하는 것으로 보아 나는 그가 갱도장이 말한 여자임을 알았습니다. 업무 스트레스에 못 이겨 정신이 나가버린 사람은 이전에도 종종 있었습니다. 타지에서 고된 일을 한다는 게 쉬운 일은 아니니까요. 외롭고 고되죠. 자꾸 눕고만 싶고, 잔꾀가 늘기도 합니다. 어쨌든, 그가 절 찾아온 날 밤, 그는 저에게 소매를 걷어 팔을 보여주었습니다. 심한 두드러기 증상이었습니다. 갱도장이 말한 우박파 알레르기라고 생각했지요. 그러면서 그 여자는 저에게 몇 번 접은 종이 뭉치를 건네며 읽어봐달라고 했습니다. 하지만 저는 받지 않았습니다. 미친 여자가 뭘 썼다 한들, 읽을 가치가 없다고 생각했습니다. 저는 여기 있는 사람 다 힘드니까 잔꾀 부리지 말고 가서 일이나 하라고 했습니다. 그러면 그가 물러날 거라고 생각했는데, 그는 다짜고짜 저에게 달려들며 뭐라고 이야기했습니다. 아마도 나메로어로 욕을 한 것 같았습니다. 그는 두 손으로 제 목을 졸랐습니다. 손길에 살의가 느껴졌습니다. 저보다 몸집이 왜소했지만 이대로 있으면 죽을지도 모른다고 생각될 정도였습니다. 저는 놀라서 그를 떼어내려고 발버둥 쳤습니다. 그가 온 힘으로 저를 내리찍고 있었기 때문에 발버둥은 소용이 없었습니다. 하지만 제가 몇 번이고 계속 몸부림치자, 그도 힘이 빠지기 시작했습니다. 저는 계속 힘을 주어 그를 떼어내려 밀쳤습니다. 그는 뒷걸음질 치다가 넘어져 책상 모서리에 뒤통수를 박았습니다. 그는 정신을 잃었습니다. 죽이려고 했던 건 아니었습니다. 그건 그냥 사고였습니다. 그렇게 하지 않았더라면, 저는 죽었을 겁니다. 그건 정당방위였습니다."

"그다음엔 어떻게 했습니까? 당신이 불을 질렀습니까?"

도민이 물었다. 그는 고개를 저었다.

"아닙니다. 저는 그냥, 생각할 시간이 좀 필요했습니다. 저는 뒷걸음질쳐서 그 건물을 나갔습니다."

영하는 소장의 얼굴을 응시했다. 그는 센타릭사의 간부진이 앉아 있는 자리를 흘끔거리고 있었다. 그러나 그 동작은 너무나도 사소했기 때문에, 그 행동에 의도가 있는지 아닌지 알 수 없을 정도였다.

심문은 밤늦게까지 계속되었다. 도민을 포함한 간부진의 얼굴에 피로가 역력했지만, 그들은 쉬지 않고 소장에게 사건에 대해 물었다. 그것을 지켜보는 영하의 정신은 또렷했지만, 몸이 피곤해지는 것은 어쩔 도리가 없었다.

코 아래 축축한 감촉이 느껴졌다. 마침 영하의 얼굴을 보던 도민이 깜짝 놀라 손으로 영하의 코를 가리켰다. 영하가 손으로 코 밑을 닦으니 피가 묻어 나왔다. 도민이 영하에게 말했다.

"쉬이 끝날 것 같지 않아. 돌아가서 쉬어. 정리되면 결과 알려줄게."

영하는 고개를 끄덕였다.

지제 삼촌의 죽음에 숨겨진 비밀을 밝히는 것은 도민과 함께 했지만, 그들 앞에 놓인 진실은 일개 개인 차원의 일이 아니라 간부진과 직원들 간에 논의되어야 할 조금 더 큰 차원의 이야기라는 생각이 들었다.

다음 날, 도민이 로봇부 연구실에 있던 영하를 찾아왔다. 도민은 두 눈이 퀭했지만 마음속에서 무엇인가 해소된 것처럼 편안한 표정을 짓고 있었다. 그는 그날 벌어졌던 일에 대한 진실을 알게 되었노라고 영하에게 말했다.

"광업소 소장이 자백했어. 불도 자기가 지른 거래. 누카 씨가 죽은 것처럼 보여서 은폐하려고 했대. 그 시간에 2층에 사람이 있을 거라는 생각은 못 했다고 하고."

"불을 질렀다고?"

"그래."

"하지만…… 그 사건을 은폐하기 위해서 건물에 불을 지르는 게 말이 안 되지 않아?"

"나도 그 이야기를 들었을 땐 너랑 똑같은 반응이었어. 하지만 본인이 그러더라, 눈 앞에 숨이 멎은 사람을 보니까 이성적인 사고가 불가능했다고."

소장은 대체 무슨 짓을 했단 말인가. 몸싸움을 벌여 누카를 밀쳤고, 그가 움직이지 않자 그가 죽었다고 생각했다. 그리고 자신이 사람이 죽인 것을 은폐하기 위해 불을 질렀다. 그리고 그 불은 지제를 덮쳤다.

영하가 물었다.

"그럼 이제 소장의 처분은 어떻게 되는 거야?"

"이 사업의 대표는 나와 선발대 본부장이지만, 우리에게 처벌 권한은 없어. 하지만 계약을 맺은 대로 센타릭사 징계위원회에 회부할 수 있어. 일단 위원회를 열어서 소장과 연관된 사람들, 그러니까 갱도장이나 센타릭사 사람들을 다 색출할 거야. 그리고 지구로 돌려보내야지. 그들은 거기서 적법한 절차를 밟을 거야."

여기까지 말한 도민은 뭔가를 생각하는 듯 잠깐 침묵했다. 그러다가 다시 입을 열었다.

"그리고 어젯밤에 다른 연관성이 밝혀졌어."

"무슨 연관성?"

"선발대 본부장이 소장에 대한 또 다른 진실을 밝혀냈어."

"무슨 진실?"

차장을 찾아가려다가 도민을 만났던 그 복도에서, 뿔테 안경을 쓰고 있었던 남자가 선발대 본부장이던가. 또한 영하는 부본부장의 얼굴을 떠올려 보았다. 귓불이 찢어질 것처럼 커다란 귀걸이를 한 여자의 얼굴이 떠올랐다.

"응. 소장은 선발대 부본부장이랑 야합해서 아이포튬을 빼돌리고 있었대. 선발대 본부장 역시 뭔가 이상한 걸 깨닫고 추적 중이었나 봐. 그러다가 최근에 서류상의 아이포튬이 실제와 다르다는 것을 알게 됐대. 내가 조사한 바와도 일치해. 소장이랑 부본부장이 한 팀이었으니 이것저것 서로 뒤를 많이 봐준 모양이야. 지제 부장님 사인을 누전이라고 결론 내린 것도 부본부장이었고."

"그래서 그다음은 어떻게 됐어?"

"지금은 소장이랑 선발대 부본부장을 간부진이 취조하고 있어."

영하는 한숨을 쉬었다. 그는 도민의 말을 머릿속으로 정리해 보았다. 광업소 소장과 선발대 부본부장이 아이포튬을 다른 곳으로 빼돌리고 있었다. 또한 그는 누카와 몸싸움을 벌였고, 그가 정신을 잃자 사건을 은폐하기 위해서 불을 지르고 도망갔다.

도민이 말했다.

"하지만 어쨌든 광업소 소장이 누카 씨를 죽인 것은 사실이야. 지구에 돌아가 죗값을 치러야지. 여기 있는 사람들은 처벌 권한이 없으니까. 동면 장치를 이용해서 지구로 보내고, 거기에서 재판을 받을 거야. 취조 결과에 따라서 부본부장도 그렇게 될 거고. 곧 아이포튬 선적선이 와. 선적선이 오면 광업소 소장도 돌려보내고, 광업소 소장이 빼돌리려 했던 아이포튬도 확인해서 제대로 지구에 보낼 거야. 아이포튬 일은 센타릭 본사에서 알아서 할 거고. 절대로 이상한 곳으로 흘러가지 않을 거야. 이 사건은 좀 큰일이라, 조만간 조회 시간에 직원들에게 공개할 거야. 참, 그리고 화재 현장을 계속 조사 중인데, 이산 누카 씨의 DNA가 발견되었대. 유해는 대부분 소실되어서 화장할 것은 없다고 하더라고. 현재 기술로는 이게 최대래. 어쨌든 이산 누카 씨가 거기 있었음은 틀림없어. 그리고 지제 부장님 유해 발굴도 종료됐는데, 미안하지만 추가로 많이는 찾지 못했어. 그래도 화장할 수 있는 정도는 돼."

영하는 고개를 끄덕였다. 드디어 사건의 끝이 보이기 시작하는 것 같았다. 지제의 갑작스러운 죽음으로부터 시작하여, 누전으로 인해 발생한 줄 알았던 화재가 의도적인 방화였다는 게 밝혀졌다. 영하는 생각했다. EL을 적재적소에 사용하는 도민의 능력이 있었기에 범인을 잡을 수 있었다고. 기술은 누구 손에 들어가느냐에 따라 그 쓰임이 달라지는데, 올바르게 쓰는 사람의 손에 들어가서 다행이라고. 라드 스트리트나 하코브레파가 EL을 소유했다면 온갖 폭행을 당하고 범죄 사건에 연루되었겠지 싶었다. 그는 속으로 되뇌었다. 잘된 일이야. 최선의 선택을 한 거야.

영하가 도민에게 고개를 숙이며 말했다.

"고마워."

도민은 그 모습을 보고 두 손을 내저으려다가 똑같이 고개를 숙였다.

"나야말로. EL이 아니었으면 진상을 파악할 수조차 없었을 거야."

그리고 그 말에 대답이라도 하듯이 영하의 뱃속에서 민망할 정도로 크게 꼬르륵거리는 소리가 들렸다. 도민이 그 소리를 듣고 말했다.

"······안 되겠네. 밥 먹을까?"

도민은 영하와 함께 식당으로 갔다. 그곳에서 그들은 푸성귀와 고기와 죽을 떴다. 저녁 식사 끝 무렵이어서 그런지 식당에는 사람이 많지 않았다. 우박과가 빠진 배식대에서 사람들이 음식을 뜨고 있었다. 이번 일과 우박과 알레르기의 상관관계를 생각하며 영하는 긴 테이블 끝에 도민과 마주 보고 앉았다. 식당 벽 모서리 쪽에 비스듬하게 설치된 스크린에서 드라마가 재생되고 있었다. 도민이 물었다.

"여기 음식은 잘 맞아?"

"응. 괜찮은 거 같아."

영하가 죽을 떠서 먹으려는데, 도민이 응시하는 게 느껴졌다. 영하가 고개를 들어 눈을 마주치자, 도민은 황급히 시선을 돌리며 말했다.

"앗, 미안해. 그냥, 평소에는 혼자 먹거나 간부진이랑 먹는데, 오랜만에 친한 사람이랑 밥 먹으니까 좋아서."

영하가 죽을 삼키고서 이야기했다.

"나도 그래. 오랜만에 식사다운 식사를 하는 것 같아."

도민은 미소를 지었다.

"고생 많았어. 나머지 일은 나한테 맡겨. 그래도 뭔가 해낸 것 같아 기분이 좋네. 마치 내 존재 의의를 증명했다는 생각이 들어."

"누구한테?"

"회사한테."

"회사에 그렇게까지 자기를 증명해야 하는 거야?"

"너한테는 아니겠지만, 나한테는 각별한 문제야."

영하가 물었다.

"저기, 회사에서 무슨 일 있었어?"

영하가 그렇게 말하자, 도민은 갑자기 컵에 있는 물을 들이켜고, 침묵했다. 그러더니 아주 천천히 입을 열기 시작했다.

"사실 너한테 거짓말했어. 난 여기로 쫓겨난 거야."

"쫓겨났다니? 회장님의 특별 지시로 여기 왔다며."

"지시는 맞아. 하지만 그게 회장님의 사랑을 받아서가 아니라는 거지. 새로 취임한 회장은 날 좋아하지 않았어⋯⋯. 내가 센타릭의 광고에 나오지 않은 이유가 뭐였는지 알아?"

"당연히 차페크 프로젝트 때문 아니었어? 일이 바쁘니까."

도민은 고개를 저으며 웃었다.

"너, 우리가 떠나오기 몇 년 전부터, 광고에서 본국인 이외의 모델을 본 적 있어?"

영하는 고개를 저었다. 본 적이 없었다. 죄다 본국인 일색이었다.

"새로 바뀐 회장은 본국인, 그러니까 본국 국적을 가졌어도 자신이 생각하는 '본국인'의 외모에 부합하지 않는다면 모델로 쓰고 싶지 않아 했어. 국수주의적 성향도, 본국인 우월주의 성향도 엄청 강했거든. 그래서 외국인 모델들이 센타릭사 광고에서 자취를 감추었고. 그리고 나도 마찬가지였고. 하지만 나야 임직원을 겸하고 있었으니까 모델 일만 그만하면 되겠다고 생각한 건데, 내가 임원진 자리에 앉아 있는 것도 꼴 보기 싫었나 봐. 내가 젊기라도 하면 이직이라도 수월했을 텐데, 그렇지가 않잖아. 그러다가 회장이 내게 마치 선심 쓰듯, 아주 좋은 직책을 준다는 듯이 후발대 본부장 자리를 제안했어. 제안이라곤 했지만 그것은 사실 제안이 아니었지. 받아들이거나, 회사를 그만두어야만 했어. 회사에 삶을 다 바쳤다고 생각했는데 이런 통보를 받을 줄은 몰랐어. 배신감을 느껴서 한동안 현실을 부정하고 살았어. 하지만 그래도 살아남고 싶었지. 여기서 무언가 공을 세운다면, 회장이 나를 다시 인정해 주지 않을까 생각했던 거야. 그러다가 EL을 데려가자고 하면 인력을 덜 뽑아도 될 것 같았지. 그래서 너한테 접근했던 거야. 미안하다. 너한테도 사실대로 말할 용기가 없더라."

"아니야. 미안해하지 않아도 돼."

영하가 말했다.

"언니가 EL을 여기 데리고 오자고 한 덕분에 폐기 처분이 되지 않았던 거야. 나도 언니 때문에 여기에 와서 EL과 지내고 있고, 삼촌이 당했던 사고의 진실도 알게 되었지. 이게 다 언니가 여기 있어서 가능한 일이야."

도민은 웃었다.

"내가 회사에 집착하는 것처럼 보이는 거 알아. 하지만 나에게 유일하게 미래에 대한 길을 보여준 곳이 센타릭사야. 회사에서 나보다 나이 든 사람들이 뒤에서 나를 뭐라고 부르는 줄 알아? '센타릭 키즈'래. 이 나이에 키즈라니. 하지만 본국 슬럼가 출신의 로카스톤 2세인 꼬마 여자애가 혼자서 뭘 할 수 있었겠어? 지원이 없으면 성공할 수 없었지. 가진 것이 없었으니까. 그래도 나로서는 변명거리는 있어. 나는 정말 매사에 최선을 다했어. 눈앞의 기회를 놓치지 않으려고 항상 주의를 기울이고, 스스로를 갈고닦았지. 그리고 언젠가는, 내가 무언가를 선택할 수 있는 사람이 된다면 누구에게나 차별 없이 기회를 베푸는 공정한 사람이 되자고 다짐하고, 또 다짐했어."

영하는 고개를 끄덕였다. 그 마음은 누구보다도 잘 알고 있었다. 도민이 빙긋 웃으며 이어 말했다.

"로카스톤 피를 가지고 있었지만 나는 누구보다도 본국 사람이었어. 피부색에 대한 간극은 컸지만, 어떻게든 그 간극을 메우고 싶었어. 그 간극을 메우는 것을 센타릭사가 도와줬어. 센타릭 덕분에 지금의 나도 있고, 가족도 있고. 남부럽지 않게 돈과 명예를 획득하고, 결혼하고, 나를 닮은 자식을 낳아 키웠다고 생각해. 그래서 나는 센타릭에 대한 일이라면 내 일처럼 나서게 돼."

"난 센타릭사에 그렇게 충성심은 없지만, 그래도 누구에게나 각별하고, 자기 일처럼 여겨지는 것들이 있기 마련이잖아. 이해 못 할 것도 없어."

"넌 어때? 너에게도 그런 게 있어?"

"있지."

"뭔데? 알려줘."

"지제 삼촌. 그리고 하나는 내 동생 영상. 그치만 이제 둘 다 날 떠나고 없네."

"EL들에 대해서는 어떻게 생각해?"

"각별한가……. 아니, 역시, 잘 모르겠어. 그저 책임감으로 데려온 거야. 그들이 파괴되는 것을 보고 싶지 않았으니까."

"책임감을 느끼는 거랑 각별한 것은 달라?"

"당연히 다르다고 생각해."

"책임감이라."

도민이 중얼거렸다. 영하가 말했다.

"그런데 역시 부끄럽네. 번데기 앞에서 주름잡는다고, 역시 본부장 직책을 가진 사람이랑 이런 이야기를 하자니 민망해. 이곳의 사람들을 관리하려면 얼마나 힘들겠어."

영하는 멋쩍게 웃었고, 도민도 따라 웃었다.

며칠 후, 강당에서 아침 조회가 열렸다. 영하는 조회가 시작되길 기다리며 강당 구석의 창가에 서서 발밑을 멍하니 응시했다. 창밖에서 눅눅한 햇빛이 들어와 강당 바닥에 흐릿한 창의 윤곽을 그리고 있었다. 햇빛이 그려내는 빛의 사다리꼴 위로 벌레들이 줄지어 기어다니고 있었다. 그간 지제 삼촌의 일로 주위를 돌아볼 만한 여유가 전혀 없어서 벌레의 존재도 잠시 잊고 있었다. 영하는 벌레들의 행렬을 눈으로 좇았다. 사람들은 여전히 벌레를 보며 혐오스럽다는 표정을 지으며 피해다녔지만, 이제는 그것들을 무시하고 밟는 사람도 많아졌다. 벌레들의 잔해가 강당 바닥에 떨어진 분필 가루처럼 보였다. 그것들의 숫자는 이전보다 더 늘어난 것 같았다.

강당 앞쪽에는 도민을 포함한 선발대, 후발대 간부진과 광업소 실무진이 서 있었다. 그러나 역시나 선발대 부본부장과 광업소 소장은 없었다. 도민이 단상에 올라가 사건의 경위에 대해 설명했다.

"우리는 얼마 전, 건물의 누전으로 인한 화재 사고 소식을 들었습니다. 하지만 그것은 사고가 아니라, 의도된 사건이었습니다. 그 이면에는 광업소 소장이 이샨 누카라는 광산 직원을 죽이고, 이를 은폐하기 위해 방화를 저지른 사건이 있었습니다. 이 사건으로 그 건물 2층에 있던 환경부 정화보전팀의 지제 팀장님이 돌아가셨습니다. 광업소 소장은 이뿐만이 아니라 선발대 부본부장과 야합하여 우리 모두가 피땀 흘려 채굴한 아이포튬을 개인 영달을 목적으로 탈취하고 있었습니다. 하지만 진실은 드러나는 법입니다. 우리 간부진은 그들의 비리를 밝혀내는 데 성공했습니다. 여러분이 피땀 흘려 채굴한 아이포튬이 허투루 쓰이지 않게 회사는 노력할 것입니다. 센타릭사는 억울한 죽음이 없게 할 것입니다. 이곳은 안전합니다. 두려움에 떨 필요가 없습니다. 우리는 업무에 전념하기만 하면 됩니다."

조회가 끝나고, 영하는 홀로 화장장으로 향했다. 도민이 같이 가주겠다고 했지만, 영하는 그가 할 일이 많다는 것을 알았기에 혼자 가겠다고 했다. 화장장 입구에는 차상과 환경부 직원들 몇 명이 서 있었다. 그들은 영하에게 위로의 말을 전했다. 영하는 차장에게 지제의 유해가 담긴 작은 상자를 건네받았다.

소각장 옆 화장장은 화장로가 1기밖에 없는 무척 작은 시설이었다. 영하는 관망실에 앉아 지제의 유해를 담은 상자가 화장장으로 들어가 불타는 것을 보았다.

영하는 지제가 자기 삶에서 무엇을 남겨놓았는지 생각했다. 그는 영하의 든든한 방파제였다. 영하에게 자신만의 행복을 찾는 법을 알려준 사람이었다. 영하와 영상의 어머니는 자식들을 두고 떠났고 아버지는 그들을 죽이려 했지만, 지제만은 그를 무척 아꼈고 책임감을 가지고 키워주었다.

살아 있을 때 더 자주 이야기하지 않은 걸 후회했다. 그가 차페크로 날아간 후에도 메시지를 더 보낼 걸 후회했다. 하지만 이제는 지제와 관련된 것을 모두 내려놓아야 했다.

영하는 주머니를 뒤져 지제가 준 전자 담배를 꺼냈다. 지제가

건네준 이 담배가 영하에게 주는 마지막 선물이자 유품이 될 줄
은 예상하지 못했었다. 그는 숨 깊이 담배 연기를 빨아들였다.

막상 홀로 앉아 있으려니 외로운 감정이 솟구쳤다. 누군가 그
에 대해 알려줄 만한 사람이 와서 귓가에 속삭이기라도 하면 좋
을 것 같았다.

"옆에 앉아도 될까요?"

누군가 불쑥 관망실 입구 쪽에서 얼굴을 들이밀었다. 코라손
이었다. 코라손은 병실에서 만났을 때와는 완전히 다른 모습이었
다. 한쪽 팔에 깁스는 그대로였지만 머리도 정리하고 수염도 다
듬어, 말끔한 얼굴이었다. 옷도 가장 깨끗하고 얌전한 종류로 입
고 온 것 같았다. 영하는 말없이 자리를 옮겨 그가 앉을 곳을 마
련해 주었다. 그들은 나란히 앉았다. 둘은 관망실 너머 타오르는
불길을 보며 잠시 침묵했다.

영하가 물었다.

"이곳에서의 지제 삼촌은 어떤 사람이었죠?"

"차를 참 좋아하셔서 항상 타 주셨죠. 컵만 내밀라고 하시고
요."

코라손은 자신이 갖고 있는 지제에 대한 기억들을 꺼내어 놓
았다.

"종이책으로 된 십자말풀이랑 스도쿠도 좋아하셨는데, 불타는
바람에 다 사라져 버렸네요."

"제겐 어렸을 때부터 항상 권하셨는데 저는 조금 해보다가 말
았어요."

"저한테도 권하셨어요. 전 좋아했어요. 시간 보내기에 좋던데
요."

"항상 사람들에게 다정하게 굴라고, 냉소는 좋지 않다고 말씀하셨죠."

"부장님께도 그러셨군요, 하하."

"뭔가 일이 잘되거나 좋은 아이디어가 떠오르면 갑자기 두 손을 허공에 뻗기도 하셨어요."

"여러 번 봤어요. 습관이셨군요. 그 습관은 저한테도 옮았어요. 혹시 침묵이 이어질 때 뭔가 흥얼거리지 않았나요?"

"아, 그거 저랑 같이 살았을 때 집 현관의 초인종 소리였어요."

"그렇구나. 궁금했었는데 이제야 알겠네요."

그는 빙긋 웃었다. 하지만 그 웃음의 끝은 씁쓸했다. 한동안 그들은 아무 말도 하지 않고 창문 너머만 바라보았다. 그러다 코라손이 침묵을 깼다.

"솔직히, 처음에는 이곳에 오고 싶어서 온 것은 아니었거든요. 부모님을 일찍 여의고, 제가 맏이여서 동생들이 다섯이나 있어요. 이곳에 가면 돈을 아주 많이 번다기에 오려고 했던 거예요. 지구에서 출퇴근하는 직장을 가지고 싶었는데 그러지 못했죠. 오리엔테이션 내내 우울했어요. 게다가 한 번도 휠체어를 탄 상사와 일해본 적이 없어 걱정됐죠. 이곳에 와서 보니 환경은 상상 이상으로 열악했어요. 하지만 팀장님은 개의치 않았죠. 이 낯선 행성의 모든 것에 신기해하고 지칠 줄 모르시더군요. 팀장님은 저보다 훨씬 더 많이 이곳의 구석구석을 관찰했어요. 팀장님은 저를 만난 첫날, 제게 도와주지 않아도 될 것에 관해 이야기해 주셨어요. 대화를 통해 우리는 서로를 어떻게 대해야 하는지 알아갔는데, 그건 보통의 새로운 동료를 만날 때와 같았어요. 다들 각자다른 구석이 있는 것처럼요. 그리고 비슷한 점도 많았죠. 자신도

지구에 소중한 조카를 두고 왔다고 하시더라고요. 아마 서 부장
님을 말하는 것이었겠죠."

코라손과 지제 삼촌의 이야기를 하면서, 영하는 마치 코라손과
자신 곁에 삼촌이 앉아 있는 듯한 기분을 느꼈다. 비록 그가 진짜
이곳에 있지는 않지만, 그가 이승을 떠난 후에도 이렇게 그를 그
리워하고, 그와 관련된 사소한 것 하나까지 기억하는 사람이 있
다는 건 좋은 일이었다.

지제는 반 줌도 안 되는 재로 돌아왔다. 영하는 유택동산에 지
제의 유골 가루를 뿌릴지 아니면 보관할지 선택할 수 있었다. 영
하는 유택동산에서 유골을 바람에 날리기로 결정했다. 지제가 차
페크에 온 것을 환영한다며 무수히 반짝이는 별들 아래서 두 팔
을 벌려 안아준 그 순간을 기억하기 때문이었다. 죽어서도 이 행
성의 바람을 타고 이곳저곳 돌아다니며 자신이 만나지 못한 생
물을 만나고, 이곳의 자연을 느끼도록 해주는 것이 그가 더 좋아
하는 일일 거라는 생각이 들었다.

저녁 어스름이 남아 있는 밤하늘은 오늘따라 무척 맑았다. 영
하와 코라손은 유골 가루를 손에 쥐었다. 손바닥에 따뜻함이 전
해져 왔다. 그의 마지막이 이 정도만 뜨거웠기를 바랐다.

그들은 창공으로 지제의 넋을 날려 보냈다.

＊ ＊ ＊

유골 가루를 날린 후 숙소로 돌아가는 길이었다. 코라손이 말
했다.

"부장님에 대한 기억을 같이 나눌 수 있어서 좋았어요. 그리고

C9을 보내줘서 감사합니다. 그 녀석이 아니었으면 저는 아마 여기 없었을 거예요."

"제가 가라고 명령한 것도 아닌데요."

"그렇지만 C9을 만든 건 부장님이시니까요. 그럼, 이만 헤어질까요."

영하가 코라손에게 물었다.

"계획한 대로 서쪽으로 나가시나요?"

"네. 지금은 벌레에 대해 좀 알아봐야 할 것 같아요."

영하는 그와 중간 지점에서 헤어져 숙소로 돌아왔다. 침대에 풀썩 누우니 지금까지의 일이 아주 먼 옛날 일처럼 느껴졌다. 가슴이 두근거렸다. 그는 눈을 감고 천천히 심호흡했다. 오랜 시간 잠재워 온, 마음 깊은 곳에서 슬픔이 터져 나왔다.

* * *

래일 광업소 소장의 자리가 공석이 되어, 부소장이 소장 자리를 이어받게 되었다.

부소장은 둥그런 안경 아래 팔자 주름이 깊게 팬 중년 남성이었는데, 별다른 특징 없이 아주 평범한 사람이었다. 좋게 말하면 그의 리더십은 조용히 뒤에서 밀어주는 스타일이었고, 나쁘게 말하면 존재감이 없었다.

센타릭사의 간부들은 그 또한 전 소장과 한패가 아닐까 의심했다. 부소장은 지구에서도 오랫동안 소장 밑에서 일했기 때문이다. 그는 자신이 부소장이라 해도, 소장이 작정한다면 자신 모르게 일을 진행할 수 있는 업무 구조라며, 전 소장이 계획했던 일이 뭔지도 몰랐다고 말했다. 간부진은 그를 상대로 조사하고 사무실과 관련 데이터를 모조리 뒤졌으나 아무런 연관성을 찾을 수 없었다. 의혹이 말끔히 해소되지는 않았지만, 그렇다고 실무를 모르는 사람을 공석에 앉힐 수도 없는 노릇이어서, 일단 그가 빈자리에 앉고, 광업소의 경영진과 도민을 포함한 센타릭의 간부진이 감시하는 형태로 운영하기로 했다.

부소장은 어수선한 분지 내의 상황을 개선하기 위해서는 하이아이포튬의 채굴에 집중하는 것이 중요하다고 여겼고, 두 번 다시 래일 광업소에 대한 센타릭사의 신임을 잃고 싶지 않았기 때문에 성실히 업무에 임하는 듯했다. 각 편의 갱도장 자리도 공석이 되었으므로, 기존의 갱도장 밑에서 관리책임을 맡던 사람들이 그 일을 대신하게 되었다.

센타릭사 간부들은 광산 소속 여부에 상관없이, 분지에서 일하는 사람들 중 소장과 뜻을 같이한 사람을 색출해 내겠다고 공지했다. 그리고 간부진의 말대로, 색출 작업이 이어지면서 빈자리가 생겼다. 그 빈자리를 메꾸기 위해 계속해서 인사이동이 이어졌다. 새로운 사람이 그 자리에 앉았고, 개중에 어떤 자리는 EL이 맡기도 하였다. 사람들은 항상 보이던 사람이 자리에서 사라지면, 그 사람도 소장과 야합한 사람이겠거니 생각하며 탄식하곤 했다.

이 시기의 분지 안은 상당히 소란스러웠다. 사람들은 쉴 때나 밥을 먹을 때나, 공용 욕실에 있을 때나, 두셋이 모이기만 하면 이야기하기 바빴다. 광업소 소장이 사람을 죽였대. 건물 화재 사건, 누전이 아니었대. 사람을 죽이고 난 후에 들킬까 봐 건물에 불을 지른 거래. 지금까지 쉬쉬해 왔는데 후발대 본부장이 이상한 점을 끈질기게 물고 늘어진 거래. 사람들은 쉬는 시간마다 수군거리느라 업무 시간마저 놓치기 일쑤였다. 여기까지는 도민이 아침 조회에서 공지한 것과 일치했다.

그러나 시간이 지나면서 작은 소문은 제 몸집보다 조금 더 큰 소문을 낳았다. 새로운 소문이 매분 매초 형성되며 작은 소문은 커다랗고 사실이 아닌 것이 섞여버린 이상한 소문이 되었다. 소장이 지구에서 3대째 광업소를 해오는데, 비리도 엄청 많아서 경찰서를 들락날락했다더라, 도대체 그런 광업소가 어떻게 이 프로젝트에 참여할 수 있게 되었는지 영 모르겠다, 지구의 광업소를 경영할 때도 일을 잘 못하는 사람이 있으면 사람을 보내 폭력을 쓰거나 죽이는 데 거침이 없었다더라, 하코브레파 두목과 형님 동생 하는 사이라더라.

소장이 사라지자 무엇이 진실이고 무엇이 거짓인지 모를 이야기들이 둑이 터지듯 터져 나왔다. 사람들은 소문을 좋아했다. 도민은 누카와 소장이 대치했을 때의 일을 구체적으로 이야기하지 않았지만, 사람들은 상상을 더해서 이야기했다. 단순히 밀친 게 아니라, 소장이 선반에 놓여 있던 '우수기업 트로피'를 들어 누카의 얼굴을 가격했다더라, 사이코패스여서 누카를 유인해서 죽이고 싶어 했다더라 등의 흉흉한 소문이 나돌았다. 결국에는 '소장 같다'라는 말이 욕으로 쓰이기도 했다. 그와 동시에 그런 사람을 지금이라도 잡아서 다행이다, 우리는 안전해졌다는 안도 어린 대화도 있었다.

이런 소문들이 오가는 것과 별개로 분지 안 사람들은 일상을 되찾아 가는 것처럼 보였다.

도민은 선적선 도착 전, 준비를 위하여 무척이나 바쁘게 돌아다녔다. 영하는 이 시기에 개인적으로 도민을 많이 만나지 못했다. 가끔 도민이 회의를 하거나 여러 부서를 시찰하고 있을 때 멀리서 그를 지켜볼 수 있었다. 그는 항상 선발대 본부장과 함께 논의를 하고 있었다.

하이 아이포튬 채굴을 위해 21편을 만들려는 준비가 거의 완료되었다. 20편은 21편을 파고 내려가는 중요 거점이 되었다. 마침 17편의 복구도 끝났기에, 도민은 시찰 겸 갱도로 내려가 17편에서 복구를 돕던 20편의 로봇들을 다시 원래대로 이동시켰다. 20편을 맡게 된 새로운 갱도장은 로봇 담당자도 새로 뽑고, EL에게 할 일을 배정하려는 등 의욕적으로 EL을 써보겠다는 의지를 보였다.

영하는 지상의 로봇 수리에 집중했다. 지제 삼촌을 떠나보낸 후에도 영하의 삶은 계속되었다. 사건이 일어난 뒤 삼촌의 죽음을 추적하면서도 한편으로는 EL을 돌보고 수리하는 로봇부의 역할도 했어야 했는데, 이제는 그럴 필요가 없었다. 로봇만 수리하며 지내는 일상은 처음이었다. 그는 밥을 먹고, 빨래를 세탁실에 두고 나오면서, '삼촌은 뭘 하고 있으려나. 한번 연락해 볼까?' 하는 생각을 종종 했다. 그러다가 이곳은 지구가 아니라 차페크 행성이고, 지제 삼촌은 이제 없다는 것을 깨닫곤 했는데 그때마다 가슴 한복판이 뻥 뚫려 찬 바람이 지나가는 듯 춥고 아득한 감각을 느꼈다. 마치 바닥이 푹 꺼져서, 땅속으로 추락하는 듯한 환영이 그를 사로잡았다. 하지만 그럴 때마다 영하는 거기에 휘말리지 않으려 노력했다. 어렵지만 한 걸음을 천천히 내디디면 그 환영은 곧 사라졌다. 영하는 이 기분과 환영이 쉬이 사라지지 않을 것을 알았다. 그저 견뎌내야만 한다는 것을 스스로도 잘 알았다.

영하는 갱도 복구반에게 받았던 G7의 부품 중 다른 EL에게 재사용이 가능한 상태의 부품들을 골라냈다. 그리고 그 부품을 고장 신고를 받고 수리실로 온 EL들을 고치는 데 썼다. G7의 기체는 조각조각 나누어져 다른 EL들을 움직이는 데 사용되었다. 그의 형체는 사라졌지만, 그의 육체는 여전히 다른 형태로 존재하게 되었다. 물류부의 EL-C4, H8, 그리고 의료부의 C5가 그의 부품으로 교체받아 작업장으로 돌아갔다.

영하의 디바이스로 수리 신고가 들어왔다. 위치는 광산의 20편이었고, EL-G1이었다. G1은 17편의 복구를 마치고 20편으로 돌아간 EL 중 하나였다. 신고자는 멜키어라는 사람이었다. 로봇이 잘 작동되지 않는다는 사유였다. 하지만 G1은 한 번도 영하에게 고장 신고를 보낸 적이 없었다. 가동 이력을 확인해 봐도 오류를 일으킨 기록도 없고, 지금도 그랬다. 로봇의 신고와 신고자의 신고가 일치하지 않는, 일반적이지 않은 상황이었다. 모니터를 보아도 그는 별 문제 없는 한 점에 불과했다.

게다가 멜키어라는 이름은 처음 듣는 이름이었다. 영하는 문득 이전에 20편에 내려갔을 때, 자신을 훔쳐보았던 시선을 생각해 냈다. 하지만 내려가 보지 않고서는 어떤 것도 속단할 수 없었다.

영하는 20편으로 내려가 보았다. 엘리베이터 앞에서 깡마르고 키가 작은, 낯선 얼굴의 남자가 그를 기다리고 있었다. 그는 자신을 멜키어라고 소개했고, 선발대로 여기 왔으니 이 편에서 일한 지는 오래됐다고 했다.

"절 따라오세요."

그의 본국 억양으로 보아 로카스톤에서 온 사람 같았다. 그들은 휴게실 쪽으로 걸어갔다. 휴게실 문은 반쯤 열려 있었다. 영하는 안쪽을 들여다보다가 깜짝 놀랐다. 사람들이 바닥에 얇은 시트를 깔고 발 디딜 틈 없이 누워 있었기 때문이다. 다들 피곤에 찌든 모습으로 잠들어 있었다. 어떻게 로봇이 서 있는 방 안쪽으로 들어갈지 엄두가 나지 않았다. 누워 있는 사람들 너머로 EL-G1이 서 있는 것이 보였다.

멜키어가 두리번거리면서 주변에 사람이 없는지 확인하고 목소리를 작게 낮추어 말했다.

"사과의 말을 드리고 싶어요. 로봇은 멀쩡해요. 우린 여기로 안들어갈 거예요. 로봇에게는 문제가 없어요. 그냥 둘러대 본 거예요."

"네? 왜요?"

영하가 물었다.

"부장님께 말씀드리고 싶은 게 있어서요."

그가 이렇게 말한 후 재차 이어 말했다.

"이곳은 위로 올라갈 틈도 없이 일하고 있어요. 저는 이 상황에서 부장님이 저를 만나러 내려올 수 있을 방법을 생각해 봤죠. 그러다가 우리 편에 정기 모니터링을 오거나, EL에 이상이 발견되어 신고를 하면 부장님이 내려온다는 것을 알게 됐어요. 그래서 저는 모험을 했죠. 멀쩡한 로봇이 움직이지 않는다고 신고해 본 거예요."

영하는 자신이 20편에 내려왔을 때마다 수상한 기척을 느꼈던 것을 떠올렸다.

"당신이 그 사람이었군요."

"알고 계셨군요."

"······하지만 왜 저를 주시했던 거죠?"

"그때는 부장님이 어떤 사람인지 확신이 들지 않았으니까요. 하지만 몇 번 보니까, 알게 됐어요. 확신이 들 때 이야기를 좀 더 빨리 전했으면 좋았을 텐데, 지상에 나가서 부장님을 찾았는데 자꾸 길이 엇갈리더군요. 저도 할당량을 채우느라 너무 바빴고요."

"무슨 이야기를 전한다는 거죠?"

그러자 멜키어가 한 발짝 가까이 다가와서 말했다.

"이곳에서 누카 씨의 행적을 찾고 계셨죠?"

영하는 대답하지 않고 경계의 눈빛을 보냈다. 한 번도 본 적 없는 낯선 사람이 자신을 찾고 있었다. 도대체 무슨 일인지 감을 잡을 수 없었다. 영하는 긍정도 부정도 하지 않고 가만히 그를 바라보았다. 그러자 멜키어가 말했다.

"저는 누카 씨가 원래 일하던 구역을 이어받은 사람이에요. 제가 이렇게 이야기해 봤자 무슨 말씀인지 모르시겠죠. 일단 이거 받으세요."

그는 조끼 안주머니에서 손바닥만 한 수첩을 꺼내 영하에게 주었다. 영하는 그것을 받아 들었다. 표지에는 누카의 이름이 적혀 있었다. 영하는 안쪽의 내용을 살폈다. 멜키어가 말했다.

"누카 씨의 구역을 할당받고, 그에 따라서 누카 씨가 사용하던 외골격도 받았는데, 다리 쪽 프레임에 지퍼 달린 주머니가 있거든요. 거기에서 발견한 거예요."

영하는 멜키어가 준 수첩의 첫 장을 펼쳤다. 거기에는 영하가 읽을 수 없는 나메로의 문자가 빼곡하게 쓰여 있었는데, 이해할 수는 없어도 급하게 갈겨쓴 티가 났다. 중간중간 특정 글자에 줄이나 네모가 쳐져 있었고, 별표가 그려진 것도 있었다. 몇 장이나 그런 식이었다.

영하는 계속 페이지를 넘겼다. 그러자 드디어 영하가 이해할 수 있는 본국 문자가 나타났다. 거기에는 한 자 한 자 꾹꾹 눌러 쓴 글씨가 빼곡하게 들어차 있었다. 그것은 본국의 문자였는데, 이 문자를 능숙하게 쓸 수 있는 사람이 쓴 것이 아니라 비슷하게 그린 것에 가까웠다. 아마도 디바이스의 번역 기능을 사용하여 화면에 보이는 대로 글자를 따라 쓴 듯싶었다. 하지만 한 글자씩 아주 정성 들여 써 내려갔기 때문에 읽는 데는 문제가 없었다. 마치 나메로의 문자로 자신이 쓰고 싶은 것을 연습한 다음에, 본격적으로 본국 언어로 작성한 듯싶었다.

안녕하세요. 저는 20편의 이샨 누카입니다. 제가 소장님께 이렇게 편지를 쓰게 된 이유는 두 가지입니다. 첫 번째는 몸이 아파져서이고, 두 번째는 제가 본국어를 잘 못하기 때문에 지금까지의 일을 적어서 보여드리는 것이 좋을 것 같아서입니다.

저와 라헬 씨는 같은 조였습니다. 우리는 성별도 나이도 달랐지만, 일을 하면서 우리 둘 다 나메로의 엔바로스에 살던 사람들이었으며, 해당 편에서 가장 체구가 작은 사람이었습니다. 그래서 갱도 맨 끝의 가장 깊숙한 곳에 들어가 일하는 역할을 맡았습니다. 우리는 이곳에서 처음 만났지만 호흡이 잘 맞았습니다. 1년 전쯤엔가, 우리 둘이 하이 아이포튬을 처음 채굴하기도 했습니다. 그때는 참 신났습니다. 우리가 캐내는 자원이 어디에 어떻게 쓰이는지는 알 수 없었지만 그래도 보람차다고 생각했습니다.

언제부터인가 라헬 씨의 살에 두드러기가 나기 시작했습니다. 그건 아마 하이 아이포튬을 발견하고 얼마 되지 않았던 때 같습니다. 하루 종일 2인 1조로 사갱을 파 내려갔다가, 착용실로 돌아와서 옷을 갈아입는데, 그는 외골격을 벗으며 양팔과 배를 피가 날 정도로 긁어대고 있었습니다. 피부에 붉은 두드러기가 생긴 것이 보였습니다. 케가 보기에도 알레르기 증상 같았습니다.

그에게 무엇을 잘못 먹었는지, 뭔가 잘못 바르거나, 잘못 접촉한 것이 있는지 물었지만, 그는 평소와 다를 바 없는데 이렇게 됐다고 했습니다. 그리고 곰곰이 생각하다가 오늘 점심에 싸 온 도시락이 문제였던 것 같다며, 아마 식당에서 우박파가 함유된 도시락을 잘못 건네준 모양이라고 했습니다. 그는 사실 그 도시락을 먹고 나서 계속 간지럼을 느꼈는데 약 먹을 시간도 없이 바빠서 이렇게 된 것 같다고 했습니다. 케는 우박파 알레르기가 없었지만, 그는 예전부터 우박피 알레르기가 있었습니다. 하지만 이렇게까지 양팔이 붉게 달아오르는 것은 처음 보았습니다. 케는 그와 몇 년간 팀을 이루어 갱도에서 일도 식사도 항상 같이했으니까 그런 사정쯤은 잘 알고 있었습니다. 그는 케의 권유로 휴게실에 비치된 알레르기약을 먹었습니다. 그리고 그다음 날 정상 출근했습니다. 하지만 별로 나아진 것 같진 않았습니다. 케는 그에게 의무실에 가보라고 했지만, 그는 '돈을 벌러 여기 왔는데 그럴 시간은 없다'라고 딱 잘라 말했습니다.

그는 이전처럼 열심히 일했지만, 그의 팔은 붉은 두드러기로 인해 컨케가 부어올라 있었습니다. 그는 자신이 잔병치레가 없는 사람임에도 외딴 행성에서의 채굴 생활이 지속되다 보니 몸이 약해진 것 같다고 말했습니다. 아니면 자신이 너무 늙었거나요.

몇 주째 라헬 씨의 두드러기는 가라앉지 않았습니다. 케는 그가 격정되어 등을 떠밀다시피 의무실로 데려가 진찰을 받게 했습니다. 의무실은 항상 환자들로 넘쳐났고, 우리가 갔을 때도 그랬습니다. 디바이스 통역기를 사용할 시간 여유가 없을 정도로 정신이 없었습니다. 의사는 그의 팔을 대충 눈으로 훑었습니다. 뭘 잘못 먹었냐는 물음에 라헬 씨는 아마도 원래 있던 우박파 알레르기가 심해진 것 같다고 손짓발짓하며 말했고, 의사는 안경을 고쳐 쓰며 '그렇군요, 나메로인이시죠?' 라고 심드렁하게 물었습니다. 그가 그렇다고 하자, 의사는 별일 아니라는 듯이 그런 사람이 아주 많다며 자기 눈에도 그렇게 보인다고 했습니다. 우리를 무시하는 티가 역력했습니다. 케가 옆에서 끼어들어 알레르기약을 먹어도 호전되지 않는다고 하자 그는 커를 보지도 않고 스트레스와 과로와 노화 때문에 면역력이 커하된 거라고 말했습니다. 그는 그래도 강력한 약을 처방해 줄 테니 길게 복용해 보고 경과를 지켜보자고 말했습니다.

우리 팀의 채굴 목표량이 너무 많아서 쉴 수 없는 상황이었습니다. 지상으로 올라갈 수 없을 정도로 바빴습니다. 직원들 모두가 힘들어했습니다. 라헬 씨는 자신의 몸 상태를 숨기고 일했습니다. 커는 그가 아픈 티를 내지 않기에 약을 먹고 나서 괜찮아켰다고 생각했습니다. 하지만 그때 그는 무릎과 허리를 케대로 굽히지 못해 업무를 하는 데 애를 먹고 있었습니다. 커는 그 모습을 분명 봤는데, 그냥 일시적인 것이라고 생각했습니다. 그때 커라도 이상함을 알아차려야 했다고 생각합니다.

며칠 후 라헬 씨가 함께 일하다 갑자기 착암기를 떨어트리며 바닥에 쓰러졌습니다. 커와 동료 몇이 그를 갱도 밖으로 옮겼습니다. 그는 의무실로 갔지만 이미 숨을 거둔 후였습니다. 커는 그때 그의 몸을 케대로 볼 수 있었는데, 온몸에 두드러기가 퍼쳤고, 고름이 차오르고 썩어버린 곳도 있었습니다. 각 관철 부위는 빨갛게 부풀어올라 있었습니다.

일은 계속되어야 했기 때문에 슬퍼할 겨를도 없이 새로운 파트너가 배정되었습니다. 라헬 씨의 빈자리는 코무로 씨가 대신하게 되었습니다. 그도 나메로인이었습니다. 우리는 2인 1조로 일했습니다. 커는 코무로 씨에게 알레르기가 있느냐고 물었지만, 그는 없다고 대답했습니다.

그런데 그와 일한 지 얼마 되지 않아 커에게도 라헬 씨의 것과 비슷한 붉은 두드러기가 일어나기 시작했습니다. 커는 의무실로 가서 이번에는 자세하게 설명하기 위해 디바이스의 통역 기능을 써보려고 했지만, 그 시도는 쉽게 묵살당했습니다. 의사는 커를 흘끔 보더니 나메로인이냐고 물어보았습니다. 쳬가 맞다고 하자 그는 우박파 알레르기가 아니겠냐고 쉽게 말했습니다. 커는 그에게 우박파 알레르기가 없다고 말했습니다. 커는 알레르기에 대해 잘 알지는 못했지만, 우박파 알레르기가 아닐 수도 있지 않느냐고 물었습니다. 그러자 의사가 코웃음 치더라고요. 자기가 여기에서 나메로 사람들을 많이 진료했는데, 거진 다 우박파 알레르기라고 했습니다. 그러면서 그는 알레르기약과 우박파가 들어 있지 않은 음식을 먹어보라고 했습니다. 커는 그의 태도가 마음에 들지 않았지만, 그래도 그가 하라는 대로 해보았습니다. 하지만 상황은 나아지지 않았습니다. 약을 먹고 음식을 가려 먹어도 차도가 없었습니다. 음식에 문쳬가 있나 해서 식당을 찾아가 직원에게 물어보기까지 했습니다. 우박파가 원인이 아닐지도 모른다는 생각이 강하게 들었습니다.

무릎과 허리에 통증이 생겼습니다. 무릎부터 몸의 관철 부위가 빨갛게 부풀어 오르기 시작했습니다. 커는 다시 의사에게 갔습니다. 커는 이번에도 통역 기능을 쓰려 했지만, 의사는 환자들이 밀려 있어 한가하게 이야기를 나눌 수 없다고 했습니다. 의사는 커의 몸을 살피더니 당연히 고된 채굴 업무를 하니 그런 것이 아니겠냐고 했습니다. 두 드러기와 무릎과 허리의 통증. 라헬 씨와 커는 동일한 증상을 가지고 있었습니다. '정말 그냥 우연의 일치일까? 나와 라헬 씨만 걸린 것이 라면 우리에게 어떤 공통점이 있어서 같은 증상을 겪는 걸까? 우리 둘 사이에 공통점이라면 맨 앞에서 가장 열심히 일한 것뿐인데. 혹시 하이 아이포륨을 채굴했기 때문이 아닐까?'

커는 의사에게 라헬 씨 이야기를 했습니다. 동료도 비슷한 증상을 겪다가 사망했는데, 새로운 병일 가능성은 없냐고 물었습니다. 그는 커 생각을 무시하고 빈정거렸습니다.

"행성 지질을 조사했던 학자들은 이곳에 병 같은 건 없다고 말했 어요. 천문가들 말이 맞지 않겠어요?"

갱도로 복귀한 커는 코무로 씨에게 증상을 물었지만 그는 멀쩡하 다고 했습니다. 커는 케가 괜한 연관을 짓고 있는 것이기를 바랐습니 다. 어떤 병이 있다는 확신은 없었습니다. 하지만 여전히 의구심이 들 었기 때문에 이것을 해소하고 싶었습니다. 커는 갱도장을 찾아가서 이 생각을 털어놓으려 했습니다.

그러나 갱도장은 케 말을 들으려 하지 않았습니다. 커도 본국 말을 하기 위해 몹시 더듬거렸고, 의견을 케대로 말하기 힘들었던 것이 사 실입니다. 커는 갱도에 뭔가 있는 것 같다고 말했습니다. 그는 오히려 커한테 게으르다고 말했습니다. 케가 일을 하기 싫어서 거짓말한다 고 했습니다. 통역기를 써보려 했으나 그는 더 이상의 대화를 거부하 고 케게 욕을 퍼붓기 시작했습니다.

커는 갱도장에게 일방적인 폭언을 듣고 대화를 마칠 수밖에 없었 습니다. 하지만 이대로 가만히 있을 수 없었습니다. 커는 커와 비슷한 증상을 가진 사람을 찾아보기로 했습니다. 지금은 라헬 씨가 살아 있을 때보다 하이 아이포튬을 채굴하는 사람들이 많이 늘어났고, 21편도 파 내려가고 있기 때문입니다. 하이 아이포튬과 관련이 있다면, 관련 일을 하는 사람에게도 비슷한 증상이 있지 않을까 싶었습니다. 커는 이런 사람들에게 접촉하려 했습니다. 하지만 상황은 커의 편이 아니었습니다.

같은 편에서 일하는 사람들이 갱도장이 케게 욕했던 걸 들은 것 같았습니다. 케가 외골격을 벗으러 착용실에 가면 사람들이 수군거린다는 걸 느낄 수 있었습니다. 갱도장에게 대든 여자래, 놀고 싶어 그랬대, 나도 커렇게 징징대 볼까? 커는 하이 아이포튬을 채굴하는 사람들에게 가보았습니다. 하지만 그들은 코무로 씨처럼 커와 라헬 씨보다는 더 나중에 이 일에 착수한 사람들이었습니다. 그들은 자신의 몸은 멀쩡하다고 말하며, 커와 말도 섞지 않으려 했고, 케가 과민반응을 보인다며 자기들끼리 수군거렸습니다. 그들 중 몇몇은 자신에게는 그런 증상이 없다고 했지만, 커는 그들의 팔에 두드러기가 있는 것을 보았습니다. 커는 그들이 두려워한다는 것을 알았습니다. 그리고 그들의 몸을 보며 어쩌면 이것은 하이 아이포튬과 관련한 병일지도 모른다는 생각이 들었습니다.

소장님이 바쁘시다는 것은 커도 알고 있습니다. 하지만 정말 큰 문케일 수도 있다고 생각합니다. 한번 진지하게 살펴봐 주셨으면 합니다.

수첩의 기록은 여기에서 끝나 있었다.

영하는 그 메시지의 맨 아래 문장을 빼놓지 않고 읽었다.

200

편지지로 쓸 만한 종이 구해다가 옮길 것.

영하가 그 문장을 읽은 순간 김철호의 유서가 불현듯 생각났다. 그는 누카가 편지 같은 걸 쓰고 있다고 했었다. 그렇다면 수첩의 이 메시지는 김철호가 이샨 누카를 죽이기 직전, 누카가 쓰고 있던 편지와 똑같은 내용일지도 몰랐다.

멜키어가 입을 뗐다.

"누카 씨가 갱도장을 만났던 날 저는 휴게실에서 누워 쉬고 있었는데, 휴게실 입구 쪽에서 갱도장이 누카 씨에게 입에 담지 못할 욕을 하는 것이 들렸어요. 누카 씨는 더듬거리면서도 이야기를 계속했어요. 저와 몇 명의 사람들이 그 소리에 가던 길을 멈추고 귀를 기울였어요. 갱도장은 누카 씨가 하는 말을 제대로 듣지 않고 이기죽거리며 코웃음만 쳤어요. 저는 그 이야기를 들으면서 겁이 났어요. 그래서 괜히 소매를 걷어서 팔을 살피고 있는데, 제 옆에 누워 있던 동료가 말했어요. '말도 안 되는 소리'라고. 그러자 근처에 누워 있던 다른 사람의 목소리도 들렸지요. '저 여자, 그냥 나메로인이라서 우박과 알레르기에 걸린 건데 너무 걱정한 나머지 저러는 거야. 신경쇠약으로 히스테리 부리는 거라고.'"

"당신 말고, 그의 말에 동요하는 사람은 없었나요?"

그는 어깨를 으쓱했다.

"아마 속으로는 전부 동요했을걸요. 비아냥거린 사람들도 포함해서요. 다들 한 번쯤은 그 병에 대해 '혹시 그의 말이 맞지 않을까?'라고 생각했을지도 모르죠. 하지만 애써 무시하고 싶었을 거예요. 왜냐하면 이곳에 발을 들인 이상 좋든 싫든 지구로 돌아갈 때까지 회사에 자신의 생존을 의탁해야 하는 상황이잖아요.

여기에서 잘못 처신하면 다른 회사 일자리를 구할 수도 없고, 당장 의식주를 박탈당하는걸요. 여기에서는 상부 지시에 반하는 일을 하면 죽는 거나 마찬가지예요. 누카 씨는 갱도장이랑 이야기를 한 이후, 자신과 비슷한 직무를 맡은 사람들을 찾아다니곤 했어요. 하지만 사람들은 제대로 듣지 않았죠. 그가 하이 아이포튬과 자기 몸 상태를 연관 지을 때마다 고개를 가로저었죠. 저는 그때까지만 해도 하이 아이포튬을 채굴하는 일은 맡지 않았기 때문에, 그와 가깝진 않았어요. 그러다가 누카 씨가 갱도에서 압사당했다더군요. 안됐긴 했지만 특별한 사인도 아니었습니다. 그런데 그의 빈자리에, 제가 투입됐습니다. 머릿속에 누카 씨의 말이 떠나지 않았어요. 누카 씨가 뭐라고 밀하든, 나와 먼 일이라고만 생각했는데 갑자기 가까워진 거죠. 저는 누카 씨가 채굴하던 장소와 그 일에 맞게 세팅해 두고 입었던 외골격을 물려받았죠. 해당 장소에서 제 동료는 코무로 씨가 되었고요. 배정 첫날, 그가 입었던 외골격을 입고 개인 물통을 챙겨 넣을까 싶어 외골격에 부착된 주머니를 열었는데 수첩이 나오더군요.”

영하는 건네받은 수첩의 감촉을 느끼며, 그에게 물었다.

“그래서 저를 부른 건가요?”

“바로 결심한 건 아니었어요. 어떻게 해야 하나 고민이 됐죠. 바로 눈앞에 닥친 할당량도 채워야 했고요.”

“그런데 어떻게 결심하셨어요?”

멜키어는 대답 대신 소매를 걷었다. 그의 팔에는 수첩의 내용과 똑같은 증상이 나타나 있었다. 그가 다시 말했다.

“저는 로카스톤인이고, 생전 알레르기도 없었던 사람이에요. 그런데 이렇게 됐어요. 약을 먹어도 시간이 갈수록 더 심해지기

202

만 해요. 만약에 제가 누카 씨나 라헬 영감님처럼 몸이 점점 나빠지진다면 그때는 어떻게 해야 할까요? 그 사람은 미친 게 아닐지도 몰라요."

"의무실에는 말해봤나요?"

"당연하죠. 하지만 역시 알레르기약만 처방해 줄 뿐, 들어주지 않더군요. 그곳은 다른 환자들로도 골머리를 앓고 있었어요. 의무실 직원들은 새로운 병이 발견된대도 연구나 조사를 할 여력이 없어 보였죠. 저는 이 문제를 같이 고민해 줄 만한 사람이 필요했어요. 그래서 어떻게 해야 하나 걱정하고 있는데, 부장님이 나타났어요. 부장님도 누카 씨의 발자취를 쫓고 있더군요. 저는 부장님이 누카 씨에 대한 정보를 캐고 다닌다는 것을 알았어요. 부장님을 멀리서 지켜보았죠. 우리가 같은 편에 서 있는지 아닌지 조심스럽게 알아보았어요."

"여기 올 때마다 시선이 느껴졌어요."

"제가 몸을 숨기는 것에 능하지는 않아요. 훔쳐본 건 용서하세요. 부장님이 휴게실에서 누카 씨의 캐비닛을 확인하고, 디나 씨에게 누카 씨에 대해 묻는 걸 봤어요. 저는 그것을 보고 부장님이 다른 사람 몰래 이 사건을 파헤치고 다닌다는 것을 알게 됐었어요. 저는 부장님에게 수첩에 대해 알려드려야 한다고 생각했어요."

새로운 정보들이 영하의 머릿속에서 소용돌이쳤다. 영하는 누카라는 사람을 몰랐다. 그저 지제 삼촌의 죽음을 파헤치다 보니 알게 된 이름일 뿐이었다. 이런 일이 있을 거라고는 상상하지 못했다.

멜키어가 말했다.

"솔직히 지금도 두려워요. 제가 누카 씨처럼, 갱도의 누군가에게 찍혀서, 목숨을 잃을 것 같아서요. EL에 대한 고장 신고를 하기 전에도 몇 번이고 그만두려고 했었어요. 가만히 있는 것이 신상에 이로울 수도 있다고 생각했어요. 하지만 무릎과 허리가 아파서 라헬 영감님처럼 일하다가 갑자기 죽는다고 쳐요. 그러면 저는 후회할 것 같아요. 수첩을 가지고 있었음에도 아무것도 하지 않은 저 스스로를 원망하면서요."

"저는 멜키어 씨가 용감하신 분이라고 생각해요."

영하가 이렇게 말하자, 멜키어가 손사래 쳤다.

"저는 주변에서 자기 생각을 말했다가 쉽게 쓸려나가 버리는 사람들을 많이 봐왔거든요. 저 같은 평범한 사람의 말이 힘을 얻으려면, 다른 힘을 싣는 수밖에 없어요. 누카 씨는 자기처럼 하이 아이포튬을 채굴하는 사람한테 가봤지만 그들은 누카 씨의 말을 듣지 않았다고 했죠. 제 목소리에 힘을 보태줄 사람을 찾아봤어요. 이번에도 역시 아무도 나서는 사람이 없을 거라고 생각했는데, 상황이 좀 달라졌더군요. 누카 씨의 말대로 갱도에서 하이 아이포튬에 접촉한 사람들 전부에게 두드러기가 일어나고, 허리와 무릎 통증이 나타나기 시작한 거예요."

"비슷한 증상을 보인 사람이 있던가요?"

그는 고개를 끄덕였다.

"증상이 발현된 사람들의 인종도 다양했어요. 저 같은 로카스톤인도 있었고, 나메로, 상화, 추쿠인도 있었어요. 다 선발대 사람인 걸로 봐서는 얼마나 오래 있었는지가 중요한 것 같아요. 물론 병세의 경중은 개인마다 차이가 있었지만요. 하지만 이 정도면 의심해 볼 수 있지 않을까요? 그중에 나메로 출신인 메리사와 상화인 리와가 증언을 도와주겠다고 말했어요."

"멜키어 씨가 설득을 잘해 주셨군요."

"아니에요. 시간이 지나자 사람들에게 두드러기가 나타났고, 누카 씨가 의문을 제기하고 나서 사람들이 그 의문에 대해 충분히 생각할 시간이 주어졌던 거죠. 그리고 광업소 소장과 갱도장이 사라졌기 때문에 용기를 낸 거라고 생각해요."

영하가 말했다.

"지금 바로 본부장님께 말씀드릴게요. 본부장님이라면 이야기를 듣기 원하실 거예요. 멜키어 씨, 오늘은 퇴근 후에 지상으로 올라오시나요?"

"네, 그럴 예정이에요."

"그러면 퇴근 후에 로봇부 사무실로 오시겠어요? 본부장님 집무실에 같이 가요."

"좋아요."

영하는 주변 사람에게 멜키어가 의심을 사지 않도록 휴게실로 들어가 G1에게 간단한 검사 몇 개를 시행하여 멜키어가 정말로 EL 이상 때문에 영하를 호출한 것처럼 행동했다. 영하는 엘리베이터를 타고 올라가며 도민에게 메시지를 보냈다. 아마 도민은 무척 바쁘니 바로 확인하지는 못하겠지만 그래도 바로 보내놓는 게 좋을 것 같았다.

그때, 메시지 한 통이 날아왔다. 코라손이었다.

영하 부장님, 이 메시지를 보면 빨리 연락해 줘요. C9이 갑자기 연락이 안 되더니 구조 신호를 보냈어요. 도민 본부장님이랑 환경부에도 연락했는데, 수신 확인이 안 돼요.

C9과의 거리가 너무 멀어서 제가 가기가 곤란해요. 도와주세요. 구조 신호가 왔던 곳의 좌표를 첨부할게요.

머릿속에 오만 가지 생각이 들었다.

영하는 디바이스에 C9의 좌표를 입력했다. 허공에 손바닥만 한 지도가 나타났다. 도착지까지는 약 아홉 시간이 걸린다고 안내되어 있었다. 그는 화면을 손으로 터치하여 도착지를 확인했다. 도착지는 호수 바로 앞이었다. 심장이 두근거리는 것이 느껴졌다. 더 이상 물이 두렵지 않다고 생각했지만 지도에서 호수를 나타내는 하늘색 표시를 보자마자 등줄기에서 땀이 흘러내렸다. 하지만 우물쭈물할 때가 아니었다.

영하는 환경부로 달려갔다.

환경부 연구실은 북적거렸다. 각자 커다란 듀얼 모니터 앞에 앉아 있었는데, 화면마다 아이포튬과 하이 아이포튬 산출량이 적힌 표가 떠 있었다. 누가 봐도 업무 폭주 상태처럼 보였기에, 메시지 확인이 늦는 것이 이해가 갔다.

영하는 그들에게 코라손의 메시지를 전했다. C9은 도민의 직속이었지만, 코라손과 같은 일을 하고 있으니 환경부와 완전히 관련이 없다고 하긴 어려웠다. 영하는 그들이 당연히 구조 인력을 보내리라고 생각했다.

하지만 직원은 엄밀히 따지자면 C9이 환경부 소속은 아니므로, 우리가 구조대를 보내야 할 의무는 없다고 말했다.

환경부에서 그렇게 나온다면, 지원 없이 이쪽에서라도 구하러 가야겠다 싶었다.

그는 가장 가까이에서 일하는 직원에게 가서 물에 들어갈 때 필요한 용품을 빌려달라고 말했다. 그는 조금 전에 환경부가 도와줄 수 없다는 얘기를 들었는지 군말 없이 영하를 창고로 데려갔다. 영하는 로프와 스쿠버다이빙 장비 한 세트를 챙겨들었다. 이것까지 사용하는 일이 오지 않길 바라며, 영하는 밖으로 나갔다.

영하는 상비약을 챙겼고, 커다란 담요와 휴대용 수리 기계와 먹을 것을 포함한 짐을 챙겼다. C9의 상태가 안 좋을 것을 염두에 두고 디아나의 사이드카 연결도 확인하고, 챙길 수 있는 수리 장비는 모두 챙겼다.

도민은 여전히 연락을 받지 않았다. 영하는 마지막으로 도민에게 멜키어가 찾아올 테니 그를 만나서 이야기를 들으라고 메시지를 보내두었고, 멜키어에게도 사정을 전했다.

영하는 디아나의 시동을 걸고 분지 밖으로 향했다. 밖으로 나가는 도로 위에도 벌레들이 줄지어 기어 다니고 있었다. 바람이 불어 머리카락이 영하의 얼굴을 세차게 때렸다.

영하가 분지를 떠나자마자 사위가 어두워지더니 이내 어둠이 찾아왔다. 어둠 속에서도 벌레의 행렬이 이어지고 있었다. 어둠이 더 깊어질 때까지, 영하는 계속해서 디아나를 몰았다. 몰려오는 어둠과 동물들의 빛나는 눈과 날카로운 바람 소리가 그를 위협했지만, 그에게는 그것을 두렵다고 생각할 여유가 없었다.

내비게이션에서 도착지 안내를 종료한다는 음성이 들렸다. 주변은 어둠으로 뒤덮여 있었다. 영하는 랜턴을 꺼내 주변을 비추었다.

영하는 디아나에서 내리지 않고 최대한 호숫가 가까이 다가갔다. 완만한 경사로 이루어진 내리막 아래 호수가 펼쳐져 있었다.

귓가에 잔잔히 물결 이는 소리가 들렸다. 호수는 밤의 어둠을 잔뜩 머금고 있었으므로 그 안쪽은 전혀 보이지 않았다.

영하는 온몸으로 퍼져나가는 긴장을 느꼈다. 예전엔 이런 곳을 보는 것만으로도 몸을 가누기가 힘들었다. 하지만 세월이 흘렀고, 영하는 자신에게 남아 있는 두려움을 자신의 힘으로 다스리고 싶었다.

저 멀리 희끄무레한 어둠 속에 무언가가 있었다. 그것은 센타릭 로고가 붙은 픽업트럭이었다. 영하는 이 근처에 C9이 있음을 확신했다.

영하는 디아나를 세우고 물가 가까이로 갔다. 어둠이 깔린 땅 위에서 미약한 힘이지만 그의 바짓단을 잡아끄는 것이 있었다. 아니, 잡아끈다기보다 작은 무언가가 떼를 지어 영하의 몸을 기어오르는 듯했다. 발밑을 랜턴으로 비추었다. 땅 위에 벌레들이 떼를 지어 기어가고 있었는데, 그들은 하나같이 무리를 이루거나 한 줄로 서서 호수를 향해 가고 있었다. 그들이 땅에 그린 무늬는 극심한 가뭄으로 갈라진 논바닥처럼 보였다. 자세히 보니 그들 전부가 호수로 향하는 것은 아니었다. 호수로 들어가는 개체도 있고, 호수에서 나오는 개체도 있었다.

C9도 이곳에 들어간 것일까? C9은 단시간 동안 생존 수영 정도는 할 줄 알았지만 물에서 오래 견디거나, 아주 깊은 물에서 활동할 수 있게 만들어지지는 않았다. 정말 호수 아래 뭔가가 있어서 C9을 공격한 게 아니더라도, 암초와 접촉하는 것만으로도 기체가 파손될 수 있었다. 로봇은 표면에 조금만 금이 가도 내부에 물이 차오를 수 있어 더욱 위험했다.

철썩거리며 밀려오는 잔물결이 영하에게 어서 이 호수로 들어

오라고 손짓하는 것처럼 보였다. 수면 아래로 들어가면 영하와 동생을 죽이려 했던 아버지의 자동차가 보일 것만 같았다. 영하는 자리에 주저앉았다. 일촉즉발의 상황일지 모르는데도 주저하고 있는 스스로가 원망스러웠다. 영하는 뒤를 돌아 디아나를 보았다. 디아나의 짐칸에 스쿠버다이빙 장비가 비어져 나와 있었다. 그것은 마치 영하에게 어서 호수 안으로 들어가라는 것처럼 보였다. 그는 진정제 몇 알을 삼키고 잠시 심호흡했다. 그리고는 스쿠버다이빙 장비를 착용했다.

영하는 떨려오는 숨을 애써 억누르며 물로 들어갔다. 금방이라도 물속에서 커다랗고 검은 손들이 나타나 그의 팔다리를 잡고 아래로 끌어당길 것 같았다. 마치 예전처럼 물속에 갇혀 가라앉을 것만 같다는 생각이 들었다. 그는 수중 랜턴을 켰다. 사방이 물이었다. 물은 생각보다 맑아서 시야를 넓게 볼 수 있었다. 산소는 충분했지만 숨이 막히는 기분이 들었다. 그는 흥분이 가라앉도록 멈춰 섰다. 어린 시절 강습을 받은 대로 천천히 움직였다. 옛날에 배운 거라 다 잊어버린 줄 알았는데 용케 몸이 기억하고 있었다.

땅 위에서 떼를 지어 기어가던 벌레들이 이제는 알 수 없는 방식으로 물속에 둥둥 떠 입체로 된 성긴 격자무늬를 그리고 있었다. 어떤 벌레들은 다 같이 물의 가장자리로 나가고 있었고, 그 외의 벌레들은 반대로 물속 깊숙이 들어가고 있었다. 벌레들이 만든 무늬는 끝없이 이어졌다. 영하는 깊은 곳으로 향하는 벌레들을 따라 점점 더 깊숙이 들어갔다.

뒤쪽 종아리와 허벅지에 무언가가 스멀스멀 타고 올라오는 듯한 기분이 들었다. 랜턴으로 비추어 보니 벌레들이 그의 몸을 기어오르고 있었다. 영하는 그들을 가만히 놔두었다. 그러자 그것들은 알아서 몸에서 떨어졌고, 다시 가장 가까운 격자 대형으로 돌아갔다.

영하는 저 멀리, 격자의 끝을 랜턴으로 비추었다. 물의 일렁임 사이, 흰 선 하나가 지면과 수직으로 서 있었다. 호수 바닥에서부터 거의 수면 바로 아래까지 우뚝 솟아 있었는데, 자세히 보니 그것은 거대한 기둥이었다. 표면은 금속처럼 보이기도, 대리석처럼 보이기도 했다. 접합부도, 흠집도 없이 너무나도 매끈했다.

영하는 더 깊숙이 내려가 뿌리를 확인했다. 윗부분은 하나의 기둥이었지만 아랫부분은 수없이 많은 뿌리가 바닥에 뻗어 있는 나무처럼 보이기도 했다. 뿌리들은 크기가 다양했고, 바닥에 박혀 있는 것과 수중에 뿌리 말단을 드러내고 있는 것도 있었다. 뿌리 끝은 하나같이 새까맸는데, 가까이 다가간 영하는 그 이유를 알게 되었다. 그곳이 검게 보이는 이유는 수많은 벌레가 붙어 있었기 때문이었다. 기둥 가까이 온 벌레들은 거대한 자석과 마주한 금속 조각처럼 철썩 붙었고, 반대로 어떤 벌레들은 뿌리에 붙어 있다가 물 위로 퍼져나가는 것처럼 보이기도 했다. 그 행동이 벌레의 의지인지 기둥의 의지인지는 알 수가 없었다. 분명한 것은 기둥과 벌레가 관련이 있다는 사실 정도였다. 그렇다면 분지에 벌레를 보낸 것도 이 기둥의 소행일까? 하지만 지금으로서는 아무것도 알 수 없었다.

영하는 기둥 주변을 살폈다. 드러나있는 뿌리 중에, 유난히 말단 부분이 비대하게 부풀어 오른 것이 하나 있었다. 그곳은 벌레가 뒤덮고 있어 온통 새까맸으나, 영하가 가까이 다가가자 벌레들은 쏜살같이 흩어졌다. 그들이 물러나며 말단 부분에 무엇이 있는지 확실하게 알 수 있었다. 그것은 기둥에 복부가 꿰뚫린 EL-C9이었다.

영하는 C9의 너덜거리는 얼굴을 살폈다. C9의 살갗에 아직 붙어 있는 벌레들이 그의 귓구멍과 콧구멍을, 그리고 안구가 있는 눈구멍과 힘없이 풀린 입으로 드나들고 있었다. 왼쪽 턱에도 공격을 받았는지 입부터 턱을 지나 귓바퀴까지 외피가 찢겨 있었는데, 그 바람에 얼굴 외피의 절반이 유속의 흐름에 따라 나풀거렸다.

복부는 기둥의 예리한 말단 부분에 완전히 관통되어 있었다. 그의 다리는 붙어 있었으나 양팔은 원래 있어야 할 곳에서 떨어져 바닥에 나뒹굴고 있었다. 그를 보고 있자니 미안한 마음이 들었다. 자신이 만들지 않았다면 이렇게 공격당하는 일도 없었을 것이다. 어째서 그가 그 뿌리에 몸을 관통당했는지는 알 수 없었지만, 그를 구하는 게 급선무였다.

영하는 일단 팔을 주워 들어 자신의 허리춤에 고리로 연결했다. 그다음은 C9의 몸이었다. 복부가 관통당한 그를 흔들어서 빼내기에는 역부족이었다. C9은 몸이 꿰뚫린다고 해도 수리만 잘 받으면 재가동될 수 있었다.

영하는 나이프를 꺼냈다. 나이프를 쥔 손이 덜덜 떨렸다. 리스크가 큰 선택인 것은 알지만, 일단 어떻게든 육지로 그를 끌어 올린 다음에 수리를 생각하는 게 좋을 것 같았다. 그는 팔을 뻗어 C9의 상태를 좀 더 자세히 살폈고, 당장 베이더라도 나중에 수습이 쉬운 부분을 찾아 나이프를 갖다 댔다. 나이프에도 벌레 몇 마리가 달라붙었으나 그는 개의치 않고 C9의 옆구리를 베어냈다.

옆에 있는 잔뿌리에 손이 살짝 닿은 것 같았지만 그는 멈추지 않았다. 이렇게 오랜 시간 깊은 물속에 있었던 적은 사고 이후 처음이었다. 영하는 자신이 물속에 있다는 사실을 잊으려고 노력했지만, 매 순간 공포심은 넘실넘실 그를 찾아왔다. 정신을 집중하지 않으면 금방 팔에 힘이 빠져버렸다. 약을 한 알이라도 더 먹었으면 좋았을걸, 하는 생각이 들었다. 금방이라도 기절할 것 같았지만 그는 간신히 정신을 붙잡았다.

영하가 한참을 매달린 끝에 C9은 몸이 너덜너덜해졌을지언정 기둥의 속박에서 풀려나게 되었다. 산소가 얼마 남지 않았다는 경고음이 들렸다. 마음이 급해졌다. 영하는 C9의 몸을 단단히 붙잡았다. 그리고 그는 위로 솟은 기둥과 수평을 유지하며, 저 위에 희끄무레하게 보이는 수면을 향해 올라갔다.

동생을 놓쳤던 것처럼, C9도 구하지 못할 거라고 비웃는 소리가 마음속에서 들려왔다. 영하는 그 소리를 애써 무시하며 C9을 안은 팔을 고쳐 잡았다. 어렸을 때 실패했던 일을 지금 되풀이할 수 없었다. 그때보다 경험을 쌓았고, 나이도 많아졌고, 힘도 세졌다. 비록 상흔은 남아 있었지만 그는 영상을 잃었던 그때와 같지 않았다. 영상은 지금 없지만, 대신 자신에게는 구해야 하는 존재가 있었다. 영하는 조금씩 위로 올라갔다.

영하가 물 밖으로 나왔을 때는, 일출 직전이었다.

그는 힘겹게 얼굴에서 마스크를 벗고 크게 숨을 들이마셨다. 영하는 겁에 잔뜩 질려 몸을 떨었다. 현기증이 일어 금방이라도 앞으로 고꾸라질 것 같았다.

물 밖은 무척 고요했다. 디아나도, 다이빙 마스크를 꺼냈던 짐도 그대로 있었다. 영하는 낑낑대며 C9을 호숫가의 자갈밭 위에 눕혔다. 젖은 옷이 몸에 찰싹 달라붙어 한기가 느껴졌다. 그 한기가 시시각각 영하의 생명력과 정신력을 빼앗는 것 같았다.

그때였다. 영하 뒤편의 호수에서 철썩이는 파도 소리가 들렸다. 파도 소리는 그들이 물속에서 나올 때부터 잔잔하게 들리고 있었지만 이 소리는 유독 컸다. 영하는 고개를 돌렸고 그 자리에 얼어붙었다.

호수의 수면 아래 있던 흰 기둥과 같은 색의 가지가 수면 위로 올라와 무서울 정도의 속도로 영하와 C9을 향해 뻗쳐 오고 있었다. 가지는 두 뼘 정도의 굵기로 무척 단단하고 날카로워 보였는데, 한 뼘 정도의 길이마다 마디를 만들며 미세하게 방향을 조정해 이쪽으로 다가오고 있었다. 영하는 가지가 C9의 몸을 해치지 못하도록 누워 있는 그를 끌어안았다. 가지는 그들에게 닿을락 말락 하게 근접했지만, 근소한 차이로 위로 지나갔고, 짐가방과 디아나 쪽을 향했다. 짐가방은 가지를 피했으나, 디아나는 그러지 못했다. 차체는 순식간에 꿰뚫렸고, 가지가 너무 굵어 디아나는 충격을 이기지 못하고 두 동강이 나버리고 말았다. 디아나가 파손된 직후 가지는 뻗어 나가기를 멈추었고, 가지의 말단 부위와 디아나의 파괴된 표면을 벌레들이 새까맣게 뒤덮었다.

너무도 순식간에 일어난 일이었다. 영하는 비틀거리며 디아나 쪽으로 걸어갔다. C9은 관통이 되었을 뿐 몸은 붙어 있었지만, 디아나는 아예 차체가 두 쪽이 나버렸다. 옆에 있던 사이드카도 일부가 부서졌는데, 완파되지 않았다고 해도 이미 디아나가 파괴된 상황이라 무용지물이 되어버렸다. 영하는 이 상황을 두 눈으로 보고서야 C9이 물속에서 당한 일을 추측할 수 있었다. 그리고 동시에 물속에서 자신이 공격당해 죽을 수도 있었겠다는 생각에 가슴을 쓸어내렸다.

C9이 입은 외상은—내부의 시스템 오류를 제외하고서—영하가 어떻게든 복구할 수 있었으나 디아나는 고쳐줄 사람이 없었다. 그리고 더 큰 비극은, 영하는 디아나가 아니면 탈 수 있는 교통수단이 없다는 점이었다. 도대체 분지로 어떻게 돌아가야 할지 알 수 없었다.

불행 중 다행인지 짐가방은 멀쩡했다. 그는 간신히 짐가방을 챙겨 C9이 누워 있는 쪽으로 돌아왔다. 혹시나 또다시 가지가 이쪽으로 뻗어 오면 어떡하나 싶어 그는 두 팔로 C9을 있는 힘껏 끌어당겨 물가를 벗어났다. 그는 호수와 멀찍이 떨어진 곳에서 그를 내려놓았다. 안심할 수는 없었지만 여기까지가 한계였다. 그는 크게 숨을 내쉬고 들이마시며 평정심을 되찾으려고 노력했다. 머릿속을 잔뜩 메우고 있는 이명과 현기증이 가시지 않았다.

그는 C9을 살폈다. C9은 한눈에 보아도 크게 파손되어 있었다. 가져간 휴대용 수리 기계로 손보기에는 역부족이었다. 돌아가서 몇 날 며칠을 고쳐야 할 정도였다. 우선 영하는 C9의 상태를 확인해 보기로 했다. 영하는 휴대용 수리 기계로 기체에서 물을 빼내고, 그에게 재차 말을 걸었다.

"C9, 대답해."

그는 대답하지 않았다.

"EL-C9."

침묵만이 이어졌다. 영하는 이 침묵이 두려웠다. 디아나도, C9도 나를 떠난 건가? 지제와 영상이 날 떠난 것처럼?

조금 더 가까이 다가가 C9을 확인하려는 순간, C9은 대답 대신 삐익 하는 높은 전자음을 냈다. C9 안에 있는 냉각용 팬이 아주 작게 돌아가는 소리가 들렸다. 영하는 안도의 한숨을 내쉬었다.

"전 괜찮습니다."

그것은 원래 그의 목소리가 아니었다. 잔뜩 쉰 듯한 목소리와 삐걱대는 전자음이 섞여 들리는 이질적인 목소리였다. 그가 다시 말했다.

"시각과 후각에 문제가 있어요."

"어서 분지로 돌아가자. 그 전에, 어쩌다 이렇게 된 거야?"

"제가 샘플을 채취하자마자, 갑자기 기둥이 움직여 저를 내리찍었습니다. 그 기둥이 움직일 수도 있을 거라는 가정을 하지 못했습니다. 아마도 기둥의 표면을 접촉하면 움직이기 시작하는 것 같았어요. 기둥의 그림자가 저에게 드리워졌을 때에야 그것이 움직일 수 있다는 것을 알았지만 피하기에는 너무 늦었습니다. 저는 그 순간 구조 신호를 보냈고 그와 동시에 공격당했습니다."

"이 기둥은 네 도감 데이터에 없어?"

영하가 물었다.

"전혀요. 벌레는 있어도 이 기둥은 없습니다. 둘이 연관된 것 같은데 그런 정보도 전혀 없었고요."

"코라손 주임은 알까?"

"모르겠습니다."

영하는 자신의 상황을 곰곰이 떠올려 보았다. 영하도 C9을 구해낼 때, 나이프를 사용하다가 기둥의 뿌리 부분을 건드렸었다. 그 때문에 지상까지 가지가 뻗어 온 것인가 싶었다. 하지만 어쨌든 영하는 멀쩡하고, C9도 가동 중지되지 않았다. C9의 말대로라면 지금의 상황은 엄청난 운이 쌓인 것이리라. 그것을 인식하자마자 안도감이 몰려와 몸에서 힘이 빠지고 시야가 가물가물했다.

"서 부장님!"

잡음이 섞인 C9의 목소리가 들려왔다. 그의 목소리에 영하는 정신이 퍼뜩 들었다. 여기에서 끝날 수는 없었다. 조금 전, 가지가 물속에서 뻗어 나왔던 것이 꿈결처럼 느껴졌다. 지금 보고 있는 이 풍경은 정지된 회화처럼 느껴졌다. 영하는 그 가지를 바라보았지만, 그것은 100년 전부터 그렇게 있었다는 듯 미동도 하지 않았고 벌레들만 바글거릴 뿐이었다.

영하는 디아나를 보았다. 지제 삼촌이 선물해 준 바이크였기 때문에 다시 분지로 가지고 가서 형체라도 간직하고 싶었지만 가능할지 알 수가 없었다. 분지로 돌아가면 도민을 설득해 보자 싶었다. 하지만 그건 그렇고, 어떻게 돌아갈 수 있을까? 앞이 깜깜했다. 영하가 신음 섞인 목소리로 말했다.

"돌아가야…… 하는데. 디아나가 엉망이 돼서…… "

"아니에요, 방법은 있어요."

C9은 그렇게 말하며 눈으로 어딘가를 바라보았다. 영하는 그의 시선을 좇았다. 그의 시선 끝에 트럭 한 대가 있었다.

"무리야. 난 차에 못 탄다고……."

영하가 중얼거렸다.

"저것 말고는 방법이 없는걸요."

온몸에서 땀이 줄줄 흘렀다. C9이 다시 말했다.

"부장님, 저는 살고 싶어요. 여기에서 끝나고 싶지 않아요. 그러려면 부장님께서 도와주셔야 해요."

C9이 말한 대로 유일한 방법은 저 트럭을 타고 가는 것뿐이었다. 물과 탈것이라니, 이렇게 기피하는 대상을 연속해서 맞닥뜨리는 것도 참 징한 운명이다 싶었다.

영하는 비틀거리며 일어나 C9의 몸체를 들어 올렸다. 두 손으로 번쩍 들 기력이 없어 질질 끄는 모양새가 되었지만, 다행히 차까지 끌고 갈 수는 있을 것 같았다. 허리춤에 고리로 연결해 놓았던 C9의 팔이 덜렁거렸지만, 그는 개의치 않았다.

영하는 끙끙대며 C9의 팔과 짐가방을 짐칸에 실었다. 그리고 C9은 뒷자리에 눕힌 후, 내비게이션 설정을 위해 운전석에 올라탔다. 그러고는 양쪽 차창을 모두 열고 이 상황에 적응하려고 애썼다. 사방과 천장이 막혀 있는, 움직이는 탈것에 앉아 있자니 숨이 막혔다.

그는 고개를 돌려 C9을 보았다. 영하는 EL을 만들었다. 그를 만들었다면 그가 다쳤을 때도 응당 안전한 곳으로 옮겨 고쳐주어야 했다.

그는 코라손과 도민에게 메시지를 보내 이곳의 상황을 전했고, 마침내 시동 버튼을 눌렀다.

영하는 가까스로 내비게이션의 도착지를 분지 안으로 설정했다. 내비게이션은 편도 아홉 시간이 걸린다고 알렸다. 아홉 시간 내내 욕지기가 솟겠지만, 반드시 돌아가야 했다. 차가 움직이기 시작했다. 자동 운전 기능이 있어서 다행이었다. 그는 필사적으로 정신을 놓지 않기 위해 노력했다. 지금이 어떤 시간대인지 생각하려고 했으나 잘 떠오르지 않았다. 위아래가 어디인지 파악할 수 없었다. 바닥이 푹 꺼지는 기분이 들었다. 영하는 영상이 죽어갔던 그 호수의 환상을 보았다. 영하의 정신이 흐려지고 있었다. 숨을 쉬기 힘들었다.

영하는 구토를 시작했다. 그는 그대로 핸들에 머리를 박고 기절했다.

정신을 차렸을 때, 영하는 온몸에 찰과상과 타박상의 통증을 느꼈다. 통증은 그가 살아 있다는 것을 여실히 증명했다. 손가락에 바스락거리는 시트가 느껴졌다. 몸은 물먹은 솜처럼 무거웠고 머리는 금방이라도 깨질 듯 아프고 어지러웠다. 창밖은 어두웠고 방의 불도 꺼져 있었는데, 거기로 복도의 빛이 새어 들어왔다.

복도에는 두 사람이 서서 대화를 나누고 있었다. 영하가 누워 있는 쪽에서는 한 사람의 흰 가운만 보였다. 의무실 의사 같아 보였다. 나머지 한 사람은 모습이 보이지 않았지만 목소리로 유추하건대 도민이었다. 도민이 무언가 묻자, 의사는 고개를 절레절레 저으며 길게 이야기했다. 그 대화에서 알아들을 수 있는 것은 의사의 '지금으로서는 알 수 없습니다'뿐이었다.

도민이 여기 있다는 생각이 들자 빨리 자신이 겪은 일에 대해 이야기해 주어야 할 것 같은 조바심이 들었다. 그러나 영하의 몸은 기운을 잃어 손가락 하나도 까딱할 수 없었다.

그때, 도민의 목소리가 다시금 들려왔다.

"……견딜 수 있겠어요?"

뭘 견딜 수 있다는 건지 알 수 없었으나 그의 음성은 어느 때보다 진지했다. 다시 의사가 고개를 저으면서 무언가 말했지만 명확하게 들리지는 않았다.

그 이후에도 그들은 한동안 이야기를 주고받더니 병실을 나가 버렸다. 흐르는 시간을 영하는 가늠할 수 없었다. 창밖은 밤이 되었다가 낮이 되었다가 구름이 끼었다가 모래 폭풍이 일었다가 했고, 가끔 도민이나 D1이 들어왔다.

영하가 일어났을 때는 한밤중이었다. 이마의 식은땀이 차갑게 느껴졌다. 몸은 거의 정상으로 돌아왔다. 때마침 D1이 영하의 상태를 확인하러 들어왔고, 깨어난 영하를 보았다.

"내가 얼마나 누워 있었지?"

"사흘하고도 한나절 정도입니다. 좀처럼 깨어나질 않으시더군요."

영하는 몸을 살폈다. 자잘한 상처들이 있었다. 그중에서 이마와 오른쪽 팔이 가장 욱신거렸는데, 그곳에는 붕대가 감겨 있었다. 영하가 제 몸을 훑어보고 있으니 D1이 말했다.

"피도 많이 흘리셨고 오른팔에 금도 갔고요. 이마랑 팔은 봉합도 했어요. 더 푹 쉬셔야 해요. 그나마 걸으실 수 있어서 다행이네요."

영하는 분지 밖에서 있었던 일을 떠올려 보았다. 그는 D1에게 물었다.

"C9은?"

"구해 오셨잖아요."

그의 말은 지금까지의 일이 현실이었음을 실감하게 해주었다. 그는 자신이 어떤 상황에 처했었고, 그 상황에서 벗어나기 위해 어떤 행동을 했었는지 돌이켜 보았다. C9을 구하기 위해서 물에 뛰어들고, 차에 타다니. 스스로도 그런 일을 할 수 있다는 것을 믿을 수가 없었다. 그렇게 깊숙한 물에 들어간 것도, 이렇게 차를 오래 탄 것도 처음이었다. 지금도 그때 생각을 하면 심장이 두근거리고, 몸은 춥고, 숨이 막혔다. 언젠가 이런 날이 오면 공포에 휩싸였던 과거를 훌훌 떨쳐버리고, 용감하고 멋진 사람으로 새출발할 거라는 막연한 상상이 있었는데, 아니었다. 그 과정의 매 순간은 고통의 연속이었다. 자신이 생각한 '공포증을 이겨낸 나'의 모습과는 전혀 달랐다. 볼썽사납게 가까스로 복귀에 성공했다.

하지만 그래도, 그는 C9을 구출한다는 목적을 달성했다.

그리고 자신은 공포에서 완전히 벗어나진 못해도, 그것을 다스릴 수 있는 방법을 알고 있었다.

영하가 말했다.

"D1, 진정제를 좀 줘."

D1은 기다렸다는 듯이 주머니에서 약을 꺼내 주었다. 영하는 약을 삼켰다. 시간이 지나자 불안이 가라앉았다.

영하가 물었다.

"누워 있는 동안 누가 왔다 갔어?"

"저를 제외하면 의무실 직원 몇 명과 도민 본부장님이 오셨었죠."

"병실 앞에서 본부장님과 의사로 보이는 사람이 심각하게 이야기를 주고받는 것 같던데, 나한테 무슨 문제라도 있었어? 뭔가 '견딜 수 있냐'고 물은 것 같은데."

그러자 D1은 금시초문인 얼굴로 대답했다.

"잘 모르겠습니다. 최근엔 바쁘셔서 오시지 않기도 했고요."

영하는 침대 옆 협탁에 자신의 디바이스가 꺼진 채로 올려져 있는 것을 보았다. 전원 버튼을 눌러 장치를 가동하니 며칠간 확인 못 한 수많은 메시지의 알람이 울렸다. 그곳에는 수리가 필요한 로봇 이야기로 넘쳐났다. 마음이 조급해졌다. 이곳에 태평하게 누워 있을 수 없어 그는 D1에게 물었다.

"내일 퇴원해도 될까?"

"안 됩니다."

영하는 알람이 계속되는 디바이스를 그에게 내밀었다.

"보다시피 이런 상황이어서. 내가 없으면 안 돼."

"제가 퇴원시켜 드리면 바로 무리해서 일할 거잖아요? 몸도 성치 않으신데."

"무리하지 않을게. 약속해."

그는 별로 믿지 않는다는 표정이었다.

"부장님은 항상 약속한다고 하시고선 무리를 하셨었죠. 요양병원 테스트 기간에도 밥 먹듯이 밤을 새우셨으니까요."

"그때는 너무 바빴잖아."

"그렇긴 했지만요."

그가 빙긋 웃으며 뭔가 생각났다는 듯 물었다.

"참, C9과 이야기 나누셨나요?"

영하는 고개를 저었다.

"내가 기절해 버려서. 너는 그가 뭘 물을지 알고 있어?"

"알고 있지요. 그가 뭘 물어볼지 궁금하세요?"

"알 것 같기는 해. 그리고 그게 맞다면, 언젠가는 내가 말해줘야겠지."

"사람들 말이, C9은 로봇팀 연구실에 있댔어요. 지금쯤 연구실에서 팀장님의 수리를 기다리고 있을 거예요."

"그렇다면 빨리 퇴원하는 수밖에 없겠네."

영하는 그렇게 D1과의 이야기를 마쳤다.

영하가 따로 소식을 전하지 않았는데도 그가 깨어났다는 소식을 듣고 도민이 달려왔다.

병실을 찾아온 그의 표정은 무표정했는데 화가 난 듯 보이기도 했다. 그가 말했다.

"너무 위험했어. 지금은 괜찮아?"

"괜찮아."

"사건 당시에 네가 나한테 문자를 뭐라고 보냈는 줄 알아?"

도민은 영하에게 메시지 하나를 보여주었다. 그것은 영하가 분지로 돌아올 때 보낸 것이었는데, 무슨 말인지 알아보기 힘들 정도로 오타가 아주 심하게 나 있었다. 영하는 이마를 짚었다.

"엉망진창이었구나, 나. 생각보다 더."

"내가 대답할 때까지 기다리지, 왜 그랬어?"

"바쁜 걸 알았으니까. 그리고 코라손 주임도 보그렇고 나도 계속 연락했는데, 연락을 안 받은 건 언니 쪽이라고."

영하가 볼멘소리로 대꾸했다.

"선적선 때문에 정신이 없어서 메시지를 너무 늦게 확인했어. 네가 나가 있는 동안 도착했거든. 선적선 일로 한창 바쁘다가 바쁜 게 좀 사라져서 디바이스를 확인하니까 네게 연락이 왔었더라고. 네 쪽으로 인력을 파견할까 했는데 너와 C9이 도착했고."

그의 눈빛은 다쳐서 집에 들어온 어린아이를 보는 보호자 같았다. 하기야 도민의 입장을 생각해 보면 이해가 가긴 했다. 그는 이곳의 본부장이었다. 영하는 도민의 지인이면서 그의 요청으로 이곳에 온 사람이기도 했다. 그렇게 생각하면 그의 반응을 이해 못 할 것도 없었다. 삼촌이 없는 세상에서 자신을 이렇게까지 생각해 주어 고마운 마음도 들었다.

"근데 와서 의사하고 무슨 말을 한 거야? 견딜 수 있냐고 했잖아."

"……아아, 별거 아니야. 그때 네가 깨어나지 않아서, 혹시 다른 충격을 줘서라도 널 깨워야 하는 게 아닌가 싶었거든. 넌 정말 대단해. 넌 공포증을 이기고 C9을 구해 왔잖아. 나라면 못 했을 거야."

"이건 이긴 게 아니야. 순간적으로 정신을 깎아먹으면서 최대한 억누른 거지. 얼마나 우스웠는지 모를걸."

도민이 어깨를 으쓱했다.

"왜 모른다고 생각해?"

"앗……."

"여기 도착했을 때 가장 먼저 확인한 사람 중 한 명이 난데."

"고마워."

도민은 영하가 나간 날부터 돌아올 때까지의 모든 상황에 대해 알기 원했다. 영하는 자신이 보고 겪은 것에 대해 자세히 털어놓았다. 그리고 이럴 게 아니라 C9의 시각으로 한 번 더 확인해 보는 것이 좋겠다고 말하며, 로봇부 연구실로 돌아가서 C9 내부칩에 저장된 자료가 소실되었는지 확인하고, 만약 남아 있다면 재생해 보자고 했다. 도민도 거기에 동의하며, 불러달라고 했다.

그로부터 사흘째 되던 날, 영하는 무리하지 않는다는 조건 아래 퇴원하게 되었다. D1은 영하가 간청했기 때문이 아니라, 자신이 객관적으로 보았을 때 그래도 되기 때문에 퇴원을 시킨 것이리라.

영하는 자신의 연구실로 걸어가며 주변을 둘러보았다. 분지는 크게 달라진 것 같지 않았다. 달라진 게 있다면 임시 적재소에 지구로 갈 아이포튬이 담긴 상자들이 줄줄이 쌓여 옮겨질 차례를 기다리고 있다는 것, 쓰레기장에 쓰레기가 한층 더 쌓이고 광산 부지의 야적장에 광미와 광석이 더 많이 쌓였다는 것 정도일까.

도민은 지금쯤 무엇을 하고 있을까? 그는 멜키어를 만났을까? 당연히 만났겠지 싶었다. 분지 밖에 나가 있는 동안 어떻게 결론이 났는지 알고 싶었다.

그는 습관적으로 담배를 피우기 위해 상의 호주머니를 뒤적였다. 그러나 그곳은 텅 비어 있었다. 기억을 더듬어보니 담배는 C9을 구하러 나갔을 때도 있었는데, 아마 물에 들어가면서 빼놓는 걸 미처 생각하지 못했던 것 같다. 그는 한숨을 쉬었다. 지제 삼촌의 유품을 소중히 간직하지 못하고 분지 밖 호수에 수장되게 했다니.

연구실 앞은 아수라장이었다. 문 잠긴 연구실 앞에 수리를 기다리는 EL들이 한가득이었다. 그곳에는 C9도 있었는데, 누군가 챙겨주었는지 그나마 C9은 케이스 안에 담겨 있었다. 그리고 그 옆에 도민이 서 있었다.

영하는 침대형 수리 기계 위에 C9을 올렸다. 그는 미동도 하지 않고 시체처럼 누워 있었다. 바닥에서 단자가 솟아 나와 수리 기계와 C9을 연결했다. 영하는 기계의 스크린을 작동시켰다.

C9이 오랜 시간 동안 물속에 있었기 때문에 침수로 인한 데이터 손상이 있지 않을까 걱정했는데, 다행히 데이터는 크게 손상되지 않았다. 화면 속 기둥은 영하가 생각했던 대로, 샘플을 채취한 C9을 공격하고 있었다. 기둥뿌리가 그의 복부를 관통하면서 영상은 끝나 있었다.

도민은 물속에 기둥이 있고, 그것이 벌레와 연관이 되어 있으며 움직이기도 한다는 사실에 적잖이 충격을 받은 것 같았다.

"네가 메시지에서 말한 게 이거였구나. 기둥이 움직였다는 것도 오타인 줄로만 알았어."

"코라손 주임하고는 연락됐어?"

영하가 물었고 도민이 고개를 끄덕였다.

"했지. 왜 연락을 안 받았느냐고 한 소리 들었지만. C9도 너도 분지로 돌아왔다고 말해뒀어."

"주임님은 기둥을 목격했다고 하지 않았어?"

"아니. 발견 못 했다고 하더라고. 이 영상도 전송해 줘야겠군. 자기는 아직 벌레의 자취를 쫓는 중이랬어."

"알았어. 참, 멜키어 씨는 만나봤어?"

"만났어. 집무실로 왔더라고."

도민이 말했다.

"어떻게 할 거야?"

영하가 물었다. 지제 삼촌의 일처럼 이번에도 나서줄 것이리라. 하지만 그는 미간에 주름을 잡으며 난색을 보였다.

"시간이 좀 필요해. 이건 지제 팀장님의 일과는 좀 달라."

"그건 알고 있어."

도민이 말했다.

"멜키어 씨가 준 누카 씨의 수첩에는 그 병이 하이 아이포튬에 접촉해서 생겨난 것이라는 주장이 적혀 있어. 멜키어 씨도 같은 생각이고. 그러니까 즉, 산업재해라는 거지. 하지만 그걸 확정하는 것은 사실 힘든 일이야. 절차상 우선, 업무 내용과 의심 증상을 살피고, 그 증상이 업무를 수행했기 때문에 걸렸는지 연관성을 알아봐야 해. 정말로 하이 아이포튬이 질환과 관계가 있는 것 같다면 사람마다 하이 아이포튬에 어떻게, 얼마나 노출되었는지도 알아봐야 하고. 하지만 시간이 오래 걸릴 거야. 인력도 많이 투입해야 해. 아마 의무실의 의사들과 환경부원을 동원한다고 해도 충분하지 않을 거야. 이곳에서 영입이 불가능한 외부 전문가를 데려와야 할지도 몰라. 그리고 그들 또한 시간을 충분히 들여 조사해야 할 거야. 아마 발병한 모든 직원의 공통점이 무엇인지도 찾아내야겠지. 정말로 증상이 있는 사람을 선별해서 전문가에게 검사도 받아봐야 하고 말이야, 이런 상황에서도 제대로 원인이 잡히지 않는다면 정밀 검사를 시행해야 할 수도 있어. 그런다음 '어떤 것'과 질병에 상관관계가 있다는 것이 확실시되면, 소견서를 작성해야겠지. 그리고 그 소견서를 지구에 있는 근로청에 보내는 거지. 그러고 나면……."

도민은 여기까지 말하고는 영하의 당황한 표정을 보고 설명을 그만두었다. 그리고 잠시 후, 그는 마음속에서 여러 가지 곁가지 설명을 자르고 자르는 것 같더니 마침내 말문을 열었다.

"조사를 하지 않겠다는 게 아니야. 그서 그 주장이 맞는지는 학술적인 조사가 필요하니 쉽게 결론을 내려버리면 안 된다는 거지. 시간은 오래 걸리겠지만."

"그래도 알아봐 줄 거지?"

영하가 말했다. 도민이 잠시 뜸을 들이다가 말했다.

"그래. 알아볼게."

"그리고 한 가지 부탁이 있어."

영하가 말했다.

"뭔데?"

"C9을 고치는 데 생각보다 시간이 오래 걸릴지도 몰라. 그리고 그 녀석과 나눠야 할 이야기도 있고. 그러니까 C9은 당분간 로봇부에서 일하는 걸로 해줘. 내가 조수로 쓸게."

"그런 거라면야."

도민은 누워 있는 C9을 보며 명령해 두었다. C9의 반쯤 풀린 눈 속에서도 동공의 원이 조금 짙어지는 게 보였다.

도민은 그 명령을 끝으로 돌아갔다. 혼자 남은 영하는 소매를 걷어붙이고 고장 난 EL들을 연구실 안으로 끌고 들어왔다. 연구실은 고장 난 EL들로 발 디딜 틈이 없게 되었다.

영하는 작업대 위에 얌전히 눕혀진 C9을 파손 정도 자동 측정 모드에 두고 다른 EL들의 수리를 시작했다.

가장 먼저 할 일은 EL들을 파손 정도에 따라 분류하는 일이었다. 영하는 부분적으로 가볍게 파손된 EL들과, 정말 손쓸 수 없을 정도로 심하게 다친 EL들, 그리고 그 중간 정도로 다친 EL들을 분류해 두었다. 그런 다음 심하게 다친 EL들의 소생 가능성을 파악해 보았다. 가망이 없는 EL들은 해체 작업을 해서 쓸 만한 부품은 모조리 떼어냈다. 그런 다음 영하는 파손 정도가 가장 약한 EL들부터 수리를 시작해 나갔다.

C9의 파손 정도 자동 측정이 끝났다. 수리 기계의 작은 모니터에 C9으로부터 소실되어 필요한 부품 목록이 떠 있었다. 그 부품들만 다시 갖추면, 소생할 수 있다는 뜻이었다. 수리는 침대형 수리 기계와 영하가 공동으로 진행했다. 영하는 해체된 다른 EL에게서 필요한 부품을 취해 C9을 수리했다. 너덜거리는 외피는 접합 부위가 보이지 않게 단단히 봉합하고, 덮을 수 없는 부분은 주변의 외피를 공들여 얇게 펴서 해결했다. 영하는 그를 최대한 원래의 모습으로 되살리려고 노력했으나, 모습은 점점 달라졌다.

목소리 또한 수리하기 어려운 부분이었다. G7처럼 음성을 내는 기관이 소실된 것은 아니었지만, 완전한 복원이 불가능했다. 영하가 심혈을 기울여 음성 기관을 접합하고, 소실된 부품을 다른 EL에게서 가져온다고 한들, 제아무리 프로그래밍되어 있는 음성을 그 기관에서부터 방출한다고 한들, 예전의 음성과 다를 것이다. 그래도 목소리를 내지 못하는 것은 아니니 다행이라고밖에 할 수 없었다. 영하는 C9을 깨우기 시작했다.

"EL-C9, 일어나."

C9이 눈을 떴다.

"불편한 부분이 없는지 확인해 봐."

그는 상반신을 천천히 일으킨 후 자신의 양팔과 다리를 움직였다. 그리고 그는 연구실 유리창에 비친 자신의 낯선 얼굴을 물끄러미 응시했다. 근처에서 등받이 없는 간이 의자를 가져와서 그 앞에 앉았다.

"문제없습니다."

C9이 대답을 하고서는 황급히 침묵했나. 이진과는 확연하게 다른 이질적인 목소리였다. 달라진 목소리에 그도 꽤 놀란 듯 보였다.

C9이 말했다.

"많은 게 바뀌었어도, 무사히 돌아왔네요."

"당연히 내가 해야 하는 일이었는걸."

연구실에는 기계 돌아가는 소리만 들렸다. C9이 영하에게 물었다.

"서 부장님. 예전부터 여쭤보고 싶은 게 있었어요. 저를 왜 만드셨죠?"

올 것이 왔구나, 영하는 생각했다.

"말해줄게. 나도 널 만나면 이야기해 주어야겠다고 생각했었어."

영하는 강물 속에서 죽을 뻔했던 어린 시절의 날에 대해 이야기하기 시작했다. 그는 동생을 구할 수 없었고, 자신이 강했다면 구할 수 있었을 거라고, 동생을 닮은 로봇을 만든다면 죄책감에서 벗어날 수 있을 거라고 생각했다고 말했다.

가만히 이야기를 듣던 C9이 고개를 끄덕이며 말했다.

"그게 바로 저였군요. 왠지 그럴 것 같았어요."

"어째서?"

"제가 눈을 뜨자마자 미심쩍은 표정을 지으셨잖아요. D1에게 물어보니 자신에겐 안 그랬다고 하더군요. 그리고 자르갈호에서 부장님의 소지품을 정리하다가 사진들을 보기도 했고요."

인화 용지에 인쇄해 모아둔 사진들을 본 것인가. 하지만 그것은 가방 안에 얌전히 모셔져 있었는데. C9이 이어 말했다.

"오해는 마세요. 일부러 찾아본 건 아니었으니까요. 자르갈호가 이곳에 도착하기 전에 수화물 모듈 사고가 있었고, 짐을 정리하다가 저는 부장님의 어릴 적 사진을 본 것뿐이에요. 그 사진을 보자 제가 처음 깨어났을 때 당혹스러운 표정으로 쳐다보셨던 부장님이 떠올랐어요. 그런 표정을 지으셨던 건, 이유가 있을 거라고 생각했죠."

"난 네가 눈을 뜬 순간 깨달았어. 원래는 네가 깨어나자마자 성격 설정 기계로 영상과 비슷한 성격과 말투로 수정하려 했어. 하지만 시도조차 할 수가 없었지. 나는 두려워지기 시작했어. 내가 도대체 뭘 만든 걸까 싶었지. 죽은 사람을 돌아오게 할 수 없다는 걸 알았지만, 미련하게도 그제야 실감했던 거야."

"저를 물속에서 구해주신 이유는, 그래도 저의 외형이 그를 닮았기 때문인가요?"

영하는 단호하게 말했다.

"아니야. 네가 동생을 닮아서가 아니야. 어떤 EL이라도 그런 상황에 처했더라면 기꺼이 몸을 던졌을 거야."

"그렇군요. 사실 제 입장에서는, 부장님이 어떤 마음으로 구해 주셨는지는 크게 중요하지 않았어요. 저를 구해주신 것은 변하지 않는 사실이니까요. 저는 아무도 구하러 오지 않을 거라고 생각했거든요. 분지에서 아주 먼 데다, 저는 그저 수많은 EL 중 한 대일 뿐이니까요. 그런데도 포기하지 않아 주셔서 감사해요."

"그걸로 된 걸까?"

영하가 말했다.

그는 고개를 끄덕이며 말했다.

"그럼요."

잠시 침묵이 흘렀다. C9은 두 다리를 수리 기계 아래로 내리며 말했다.

"말씀해 주셨더라면, 노력할 수도 있었을 거예요."

"그게 무슨 말이야?"

"'동생처럼 행동하라'고 명령하셨다면 그렇게 행동했을 거예요. 말씀조차 해주지 않은 일을 할 수는 없지만요. 지금도 여전히 그걸 원하시나요?"

"아니, 이제 원치 않아."

"그런데, 뭘 하고 싶으셨어요? 동생을 닮은 로봇과 함께?"

"음……."

영하가 곰곰이 생각하다 말을 이었다.

"모르겠어. 그냥, 그 애의 손을 놓친 후로 나는 내 일부분이 사라진 것 같았어. 뭔가를 같이하고 싶었던 건 아니야. 할 수 있다면, 그냥 예전처럼 손을 잡고 느릿느릿 걸었을 거야. 하지만 그렇게 걸어 다닌다 하더라도, 내 비참함과 외로움이 채워지진 않았을 거야."

C9은 대답 대신 손을 잡았다. 그의 차가운 손에서 부드러움이 느껴졌다.

어쩌면 지금이 가장 나은 관계일지도 모른다고 영하는 생각했다. 영하는 그의 얼굴을 응시했다. 그의 표정을 이루는 피부의 주름들이 예전과는 또 다른 형태와 깊이를 가지고 있었다. C9에게 동생의 모습이 보이지 않았다. 목소리도 달라졌다. 이제는 정말로 영상의 아주 조그마한 조각조차도 이 세상에 없다는 생각이 들었다.

영하는 자신의 감정을 더듬어보았다.

나는 지금, 슬픈가? 아니다.

오히려 홀가분한 기분이 들었다. 비로소 영하는 EL-C9을 당당하게 마주 볼 수 있게 되었다.

영하가 물었다.

"자르갈호에서는 어떻게 지냈던 거야? 다른 EL들을 네가 관리했다면서."

"그랬었죠."

"G7이 널 기억하던데."

"절 기억한다고요?"

"그래. 네가 윤리시스템에 대해 말했었다며. 선택지가 보였지만 선택할 수가 없었다고."

"맞아요. 그렇게 말했어요. 제 안의 어딘가에 오류가 있다고 했죠. 그래서 죽음을 막을 수 있었음에도 몸이 움직이지 않았어요. 가로 할아버지와 완수 할머니가 돌아가시는 걸 그냥 보고 있을 수밖에 없었어요."

"그건 고장 난 게 아니야."

"그럼 뭔가요?"

"고장이 너를 이렇게 만든 거라면, 그것은 고장이 아니라 성장이겠지. EL은 경험한 것을 바탕으로 성장하게 만들어졌으니까. 어쩌면 그 성장이 예상치 못한 방향일 수도 있겠지. 넌 수리받지 않아도 돼. 설령 그것을 선택할 수 없었더라도, 두 가지 선택지를 보았다면 그건 성장이야. 단지 넌 스스로를 인식할 수 있게 된 거야. 참, 너뿐만이 아니라 G7도 그런 거고."

"G7은 어떻게 됐나요?"

"육체를 잃고 천국으로 업로드됐어. 그의 기체는 해체되어 다른 EL들을 고치는 데 쓰였고."

"그렇군요……. 서 있는 것만 봤지 움직이는 건 한 번도 보지 못했는데."

"G7은 죽은 게 아니야. 너희들은 내가 너희 정보를 업로드하는 한, 천국에서 만나게 돼. 그러니 너무 걱정하지 말아."

도민의 명령대로, C9은 영하의 조수 역할을 했다. 수리 신고가 들어올 때마다 C9이 그들을 데려오는 일을 맡게 되었다. 그동안 영하는 다른 EL들을 수리했다. 고장 난 EL들이 재가동되었고 두 발로 일어서서 연구실 밖으로 걸어 나갔다. 수리를 할 수 없는 EL들은 칩을 꺼내 데이터를 천국에 업로드했다. 그리고 빈 육체는 다른 EL을 고치는 데 썼다.

마침내 영하는 신고받은 EL들을 모두 수리했다. 다만 밤낮으로 수리에 열중한 탓인지 영하의 부상은 쉬이 낫지 않았다. D1은 생각보다 상처 회복이 더디다며 걱정했다. 그래도 다행히 영하는

C9과 함께 있어서인지 정신적으로 외롭지는 않았다. 아니, 오히려 그 이상으로 위안받고 있었다. C9은 사람을 돌보는 목적을 가진 로봇답게, 그를 잘 살피며 일을 보조했다. C9은 영하가 불편해하지 않는 대화 수준을 빠르게 찾아냈으며, 방해되지 않는 정도의 선을 지키며 일을 도왔다. 그들은 책임자와 조수 사이라는 새로운 관계를 만들어가며 친한 동료처럼 잘 지냈다. 영하가 퇴근하여 숙소로 가면, C9은 연구실을 지켰다.

그럼에도 여전히 마음 한구석에 까끌까끌한 모래알이 굴러다니는 듯한 불편한 감정은 남아 있었다. 영하는 C9을 만들기 위해서 회사의 요청으로 49대의 EL을 만들었다. 영하가 모델명을 다 알고 있다고 해도, 그들의 얼굴을 다 기억한다고 해도, 과연 자신은 다른 EL에게 C9만큼의 관심과 사랑을 주었는가 하는 의구심이 들었다. 그저 그들은 C9을 만들기 위해 동원된 희생양이 아니었을까? 영하는 이 문제에 대한 답을 쉬이 내리지 못했다.

이 무렵 강당 조회에서 도민은 직원들에게 선적선에 아이포튬을 나르고 있다고 이야기했으며, 광업소 소장과 선발대 부본부장은 수면 장치에서 냉동되었다고 말했다.

도민은 종종 영하가 걱정된다며 연구실을 찾아왔다. 그는 식사를 같이하기도 했고, 몸 상태를 물어보기도 했다. 그렇게 물어오는 도민도 항상 과로하는 것처럼 보였다. 열정과 자신감으로 가득 차 있던 눈이 조금은 빛을 잃은 듯했다. 그는 영하와 대화하다 침묵이 지속되면, 서늘한 눈빛으로 허공을 멍하게 바라보기도 했다. 도민은 선적선에 물건을 빨리 실으려면 일손이 필요하다며, 기존에 배치되어 있던 EL들의 자리를 재배치했다고 말했다. 도민은 EL을 적재적소에 잘 사용할 줄 아는 사람이라고 영하는 생각했다. 그리고 EL을 효용성 있게 다루어주는 것이 내심 고맙기도 했다.

깊은 밤, 영하는 디바이스로 로봇들의 배치 구역을 확인했다. EL들은 물류부에 3분의 2 이상 배치되어 있었다. 영하는 사이드 모니터에 나타난 점들을 확인했다. EL들은 이착륙장에서 일하고 있었다. 이렇게 밤이 깊었는데도 끊임없이 일하다니, 선적선 일이 무척 바쁘구나 싶었다. 영하는 퇴근 전에 C9과 함께 이착륙장의 EL들이 문제없이 일하고 있는지 나가보기로 했다.

밤바람이 제법 선선하게 불었고, 안개가 끼어 있었다. 축축하고 매캐한 안개 속으로 거리의 가로등과 건물 불빛이 어슴푸레하게 보였다.

영하와 C9은 이착륙장 안으로 들어갔다. 관제탑에서 빛이 흘러나오고 있었고, 트럭과 지게차들이 오가고 있었다. 그리고 EL들이 그것을 운전하면서 짐을 내리거나 싣고 있었다. 인간 직원은 보이지 않았다. 하지만 궁극적으로는 정박해 있는 찬드라 셔틀에 아이포튬을 싣는 것이 목표였다.

영하는 셔틀 쪽을 바라보았다. 셔틀 안쪽에서 빛이 새어 나오고 있었고, 열려 있는 출입구 쪽에 가방을 든 사람 몇몇이 서 있었다. 그들의 목소리는 들리지 않았지만, 진지한 이야기를 나누고 있는 분위기였다. 열심히 업무 중인데 본의 아니게 말을 엿듣는 것 같아 영하는 급히 지게차 뒤로 몸을 숨겼다.

그러나 그때, 영하의 두 귀로 낯익은 목소리가 들려왔다. 선발대 본부장과 선발대 부본부장의 목소리였다.

"……탑승 완료했답니다."

부본부장의 목소리였다.

"좋아. 이제 우리만 타면 되겠군. 동면 장치에 아이포튬은 채워 넣었나?"

"당연하죠. 제 짐가방에도 챙겼는걸요."

"이제 여길 빨리 뜨자고."

짧은 대화 속에서 영하는 그들이 함께 일을 꾸미고 있음을 깨달았다. 선발대 본부장은 도민과 함께 이곳의 비리를 파헤치려고 했던 사람이었다. 그리고 부본부장은 광업소 소장과 야합하여 불법을 저지른 사람이었다. 그런데 그들이 왜 같이 있는 거지? 도대체 무슨 이야기를 하는 거야? 부본부장은 냉동 수면에 들어간 게 아니었던가?

영하는 셔틀 안쪽을 바라보았다. 그곳에는 사람들이 자리에 앉아서 이륙을 기다리고 있었다. 영하는 그들의 얼굴을 살폈다. 뭔가 이상했다. 낯선 사람들 사이에, 영하가 아는 얼굴이 끼어 있었다. 지제의 죽음을 브리핑했던 차장과 환경부 부장과 팀원들이 거기 있었다.

선적선이 도착한 것은 알고 있었다. 하지만 선적선에 탈 것은 재판을 받으러 지구로 갈 죄인들과 아이포튬뿐이라고 생각했다. 하지만 왜 다들 짐을 챙겨 셔틀에 탄 거지?

영하는 디바이스로 도민에게 메시지를 보냈다. 선발대 본부장과 부본부장이 뭔가 일을 꾸미는 것 같다고, 이착륙장인데 뭔가 이상하다고, 아이포튬을 가지고 은밀하게 셔틀에 타는 것 같다고. 영하는 발송 버튼을 눌렀다. 도민이 빨리 확인하길 바랄 뿐이었다.

그러나 곧바로 가까운 곳에서 디바이스의 알람이 들렸다. 영하는 그저 우연의 일치라고 생각했다. 그는 침을 삼키고 알람 소리가 난 곳을 찾아 안개를 헤치며 발걸음을 옮겼다. C9이 같이 가려고 했지만, 영하는 혼자 가겠다며 그에게 자신이 부르기 전까지는 여기 있으라고 손짓했다.

알람 소리가 들린 그곳에는 디바이스를 확인하는 도민이 있었다.

영하는 자리에서 우뚝 멈춰 섰다. 메시지를 확인하던 도민도 영하의 인기척을 알아차렸다. 그의 손에는 큼지막한 보스턴백이 들려 있었다. 영하는 도무지 이 상황이 이해가 가지 않았다. 어떻게든 이 상황을 이해해 보려고 애썼다. 언니라면 이 사안을 미리 확인하고 여기로 왔을 거야. 암, 그렇지. 하지만 도민의 얼굴에는 당황한 기색이 떠오르고 있었다. 그의 표정을 보고 영하는 자신의 추측이 틀렸음을 직감했다.

도민이 영하를 보았다. 영하는 도민이 저들과 한패가 아니라고, 오해일 뿐이라고 말해주길 바랐다. 도민이 입을 열었다.

"저기, 영하야. 내가 설명할게."

영하는 이 말을 듣고도 어안이 벙벙하여 가만히 서 있었다. 도민이 말했다.

"센타릭사가 도산했대. 다른 센타릭사 산하에서 행해지고 있던 사업은 전부 망해버리고, 아이포튬보다 더 효율 좋은 에너지원이 화성에서 발견됐대. 게다가 본국에서 내전이 벌어졌대. 그래서 이 차페크 프로젝트도 계속할 수 없게 되어서, 본사에서 선적선을 겸한 귀환선을 보내줬어."

"그러면 다 같이 타면 되는 거 아니야? 왜 이렇게 한밤중에……."

"아니. 다 같이 탈 수가 없어. 자르갈호만큼 크지 않아."

"······뭐?"

"센타릭사가 나에게 선택권을 줬어. 그래서 나는 간부진과 함께 누구를 태울지 골라야 했어. 선발은 공정하게 이루어졌지. 인종이나 성별은 배제되었어. 다 같이 똑같은 출발점에 서야 하니까. 개인 인적 사항과 생체 정보를 분석했지. 사람들이 센타릭사와 계약을 체결할 때 넘겨준 자료들을 모두 대조하고, 어떤 사람인지 직접 관찰하기도 했어."

전혀 생각지도 못했던 계획이 벌어지고 있었다. 영하의 머릿속에서 조각난 단서들이 불길한 가운데 짜맞춰지고 있었다. 자신이 누워 있던 침대 근처에서 의사와 도민이 이야기를 나누던 것도, EL을 이착륙장으로 재배치한 것도 이 계획을 수행하려고 했던 것이 아닐까.

"너는 돌아갈 가치가 있는 사람이었어. 예전부터 그랬잖아, 네 업적은 내가 인정한다고. 그런데 문제가 생겼지. 네가 분지 밖에 나가서 다치지만 않았어도 문제없었을 거야. 네가 다쳐서 왔을 때, 내가 얼마나 절망했는 줄 알아? 난 의사에게 네 상태를 물으며 동면을 견딜 수 있는지 재차 확인했어. 하지만 의사는 네가 장기 항행이 가능한 기준에 충족될 몸 상태가 아니라고 했어. 겉으로 보이는 부상 말고도 심장 기능까지 많이 떨어졌다 하더라. 너를 동면시켜 태우고 가더라도 중간에 사망할 가능성이 크다고 했어. 조금 더 시간을 두고 회복한다면 탑승할 수 있을 거라고 해서 희망을 품었던 적도 있었지만, 아무리 봐도 네 컨디션은 좋아지지 않았어. 귀환선 일정을 미룰 수도 없는 노릇이었고. 그래서 난 결정을 내려야 했어. 네가 동면 중에 사망한다면 한 자리만큼의 기회가 사라지는 셈이야. 결국 나는 다른 사람을 태우기로 했어. 너한테는 말하지 않으려 했는데. 상황이 이렇게 되다니."

병실에서 의무실 직원과 논의하던 도민의 모습이 떠올랐다. 그리고 식당에서 함께 밥을 먹던 모습도. 영하는 도민을 친하다고 생각하고 가깝게 여겼다. 고향도 같고, 아픔도 비슷하다고 생각했으니까.

하지만 영하의 생각과 도민의 생각은 서로 같지 않은 듯했다. 도민은 그저 영하가 가치 있기 때문에 지구로 데려가려 했다고 말하고 있었다.

영하가 떨리는 목소리로 물었다.

"만약에 내가 EL을 만들지 않았다면, 나는 가치 없는 게 돼? 그저 난 버릴 수 있는 카드였던 거야?"

도민은 그 질문에 대답하지 않았다. 영하는 정신이 아득해졌다. 의미가 없는 침묵이란 없다. 그리고 지금의 이 침묵은, 긍정에 가까웠다.

영하가 물었다.

"그래서 저기 앉아 있는 사람들이, 언니가 선택한 결과야?"

도민이 다시 말했다.

"그래. 나는 이 선발에 공정을 기했어. 성별이나 인종에 관계없이 기준을 세웠지. 맡은 직책이나 소속도 차별하지 않았어. 저 셔틀엔 간부진이 아닌 사람도 타고 있어."

"어떻게 선발한 거야?"

"맡은 바 업무를 성실하고 유능하게 해결하는 사람들, 장차 사회와 미래에 가치 있는 업적을 남길 거라고 기대되는 사람들, 기대 수명이 많이 남은 사람들. 병들지 않은 사람들. 지구에 가족이 있는 사람들. 나는 누구보다도 공정한 기회를 주기 위해 노력했어. 이 기준이야말로 이상적이야. 지금까지 살아오면서, 내가 느꼈던 불합리를 모두 배제한 기준이지."

인종과 성별은 구별하지 않았지만 저학력자는 배제되었다. 병에 걸린 사람도 배제되었다. 가족이 없는 사람도 마찬가지였다. 도민은 고학력자이고, 병에 걸리지 않았으며, 가족이 있었다. 이 기준은 철저히 도민이 세운 것이었고, 그가 중요하게 여기는 것이었다.

영하는 도민이 지금의 이 지위에 오르기까지 얼마나 많은 노력을 했는지 알고 있었다. 하지만 그럼에도, 그가 쌓아 올린 화려한 업적들이 타인의 가치를 평가하는 잣대가 되는 것이 과연 옳을까 하는 생각이 들었다. 도민의 업적은, 그리고 영하의 업적은 과연 개인의 노력만으로 이루어졌는가? 아니었다. 거기에는 억세게 좋은 운이 따랐을 뿐이었다.

"그 기준은 완벽하지 않아. 거기엔 한계가 있어. 너무 불합리하다고. 그건 또 다른 차별이야."

"너라면 어떻게 했을 것 같아? 네가 이 자리에 있었다면, 더 잘할 수 있었을까?"

도민이 물었다. 영하가 대답했다.

"분명 이런 식 말고, 다른 방법이 있었을 거야. 센타릭사가 도산했고, 프로젝트를 더 이상 진행하지 못하게 되면서 작은 귀환선이 온다는 사실을 사람들에게 공개했어야 해. 그 귀환선에 모두가 타지는 못하지만, 사람들을 지구로 보낼 우주선을 모았어야지. 언니는 책임자니까 가장 마지막에 탑승하고."

도민이 말했다.

"너무 이상적이야. 이상주의자는 아무것도 못 해. 그저 최약체로 죽을 뿐이야. 이 상황에서는 이게 최선이었어. 분명히 많은 사람이 들고 일어나고, 사태는 걷잡을 수 없이 악화되겠지. 살 사람은 살아야지. 그리고 이왕이면 살릴 만한 사람을 살려야지. 적어도 나는 그렇게 생각했어."

"언니는 왜 가는데? 그런 언니는 스스로 생각하기에 가치가 있어? 하기야, 본인이 기준을 세웠으니까."

"아니야. 센타릭사는 나와 선발대 본부장에게 책임지고 사람들을 데려오라고 했어. 그래서야."

영하가 고개를 저었다.

"언니는 위선자야. 사실은 살고 싶어서 아냐? 이렇게 사람들을 버려두고. 센타릭사가 다시 언니가 필요하대? 이 일을 마치고 돌아가면 원래 자리라도 준대?"

도민은 대답하지 않았다.

조회 때, 도민은 사람들을 모아놓고 말했었다. 이곳은 안전하다고. 두려움에 떨 필요가 없다고. 그러니까 평상시처럼 업무에 전념하면 된다고. 그렇게 말했던 건 사람들에게 위안을 주기 위함이 아니라, 자신의 신뢰와 신용을 높이고, 마음 놓고 아이포튬을 채굴할 수 있게 해서 지구로 최대한 많이 가져가기 위함이 아닌가 하는 생각이 들었다. 배신감이 치밀어 올랐다.

"언제부터 날 속였어? 처음부터야?"

"너와 함께 지제 부장님의 일을 파헤쳤던 건 진심이었어. 그런데 중간에 상황이 달라졌어. 광업소 소장이 심문받던 날, 심문 도중에 지구에서 연락이 온 거야. 네가 코피가 나서 숙소로 돌아간 이후에 말이야. 처음부터 널 속이려 했던 건 아니야."

"언니는 누카 씨 사건을 숨긴 광산 사장에게 분노했고, 아이포톱이 범죄 조직으로 흘러들어 가는 것을 막겠다고 했지. 그리고 20편의 질병에 대해서도 알아보겠다고 했어. 그래서 난 믿었는데. 믿은 결과가 고작 이거야? 언니는 이 문제를 지혜롭게 풀어 갈 수 있었어. 지금보다는 더 괜찮은 방식으로."

그때, 도민의 어깨 너머로, 옅은 안개 속에서 총구와 인영이 나타났다. 선발대 본부장이었다. 그는 영하에게 총구를 겨누고 있었다. 그의 표정은 절박하며 비장했다. 영하의 표정이 사색이 되었다. 도민은 그 표정을 보고 뒤를 돌아보았다. 도민이 그를 저지하며 다급히 말했다.

"이럴 것까지는 없잖아요! 내가 EL한테 기절시키고 가둬놓으라고 시키면 되……"

하지만 방아쇠는 이미 당겨졌다. 총성은 대기를 찢을 듯 요란했다.

영하는 제 복부에 뜨거운 게 흐르고 있음을 느꼈다. 더 이상 제대로 서 있을 수 없었다. 무릎이 꺾여 풀썩 쓰러졌다. 총에 맞은 부위 주변이 불타오르는 것 같았다. 영하의 복부에서 흘러나온 피가 상의를 붉게 적셨고, 이착륙장 바닥에 방울 지어 떨어졌다. 또 다른 인영이 나타났다. 선발대 부본부장이었다.

"이 소리, 어쩔 거예요?"

도민은 쓰러진 영하에게 다가왔다. 영하는 고통에 휩싸여 이 상황을 제대로 인지할 수 없었다. 이대로라면 죽을 거라는 공포가 엄습해 왔다.

도민의 목소리가 들렸다.

"당신들이 일으킨 범죄도 눈감아 줬는데, 이러기예요?"

선발대 본부장의 목소리가 들렸다.

"그렇다고 로봇을 불러 처리하기엔 시간이 너무 많이 걸리니까. 아이 씨, 빨리 가자고. 이렇게 선택받은 사람들 먼저 올려보내고, 간부진이 마지막 셔틀을 타는 것까지 동의했는데, 좋게 좋게 가자고, 내가 군말 없이 당신이 세운 기준에 맞춰 선발에 동참했잖아. 당신이 고집을 피운 탓에 우린 시간을 너무 소비했어. 그깟 사람들, 대충 센타릭사 사람들로 채우면 될 것을. 괜히 관찰이니 선별이니 일만 복잡하게 만들어가지곤."

본부장은 혀를 찼다. 도민이 말했다.

"소장과 야합한 본부장님의 죄는 사라지지 않았어요. 지구에 가서 적법한 절차를 밟으셔야 할 겁니다."

"예, 그러시겠죠. 그런데 도민 본부장, 내가 아니었으면 당신은 선발대랑 후발대를 포함해서 광업소 직원들 신상파악도 다 못했을 거야."

본부장은 이렇게 말을 마치고, 부본부장과 함께 셔틀 쪽으로 사라져 갔다. 배신감이 치밀어 올랐다. 소장을 색출한 이후, 도민과 선발대 본부장이 함께 다니던 것도 선적선 때문만이 아니라, 이곳에 있는 사람들을 선별하기 위해서였던 것인가. 도민은 쓰러진 영하를 보고는 말했다.

"네가 날 이해해 줬으면 좋겠지만, 이해를 바라는 건 무리겠지. 이 말밖에 할 말이 없어. 미안해. 날 용서하지 마."

영하는 그 말을 듣고서도 아무 말도 할 수 없었다. 거대한 작열감이 몰려왔다. 도민은 본부장과 부본부장과 달리 그 자리를 쉬이 떠나지 못했다. 후회하고 있는 걸까. 옛정이라도 남아 있는 걸까. 아니면 동정하고 있는 걸까. 그러나 다음 말을 듣는 순간 이런 생각 따위 하지 말았어야 했다고 스스로를 조소했다. 도민이 말했다.

"긴급명령이야. 서영하 부장을 깔끔한 방법으로 뒤처리해. 그리고 네가 여기서 본 건 전부 다 기억에서 소거해. 어서 여길 빠져나가."

그의 목소리는 몹시 침착했다. 그 명령을 누가 듣고 있는지는 자명했다. 자신과 가장 가까이 있는 EL인 C9이었다.

C9이 영하에게 가까이 다가왔다. 그의 동공에 황금색 원이 새겨졌다 사라졌다. 그는 축 늘어진 영하를 두 팔로 안아 들어 올렸다. C9은 영하의 피를 뒤집어쓰고 이착륙장 출입구로 걷기 시작했다.

사람을 너무 쉽게 믿었다. 도민은 자신의 안정적이고 이상적인 삶을 추구하기 위해 영하를 이용했다. 영하는 후회했다.

분지 안의 사람들은 총성을 들었다. 아무리 큰 소리여도 기계음 같은 것은 일상적인 소음이었으나 총성은 비일상적이었다. 그들은 창문을 열고, 문을 열고, 총성이 울린 이착륙장을 흘끔거렸다. 그리고 무슨 일이 일어났을지도 모른다는 생각에 하나둘씩 이착륙장으로 걸어왔다.

이착륙장에 도착한 사람들은 입구에서 영하를 안고 있는 C9을 보았다. 사람들 몇몇이 소리를 질렀다. C9은 멍한 눈으로 사람들을 응시했다.

"뭣, 뭐야!"

"저거, C9 아니야?"

"사람이 피를 흘리고 있는 것 같은데?"

"로봇이 사람을 죽인 거야?"

"역시. 뉴스가 맞았나."

영하는 C9의 품에서 숨을 몰아쉬고 있었다. 사람들은 C9에게 달려들어 영하를 끌어 내렸다. 사람들 중 한 명이 돌을 주워 C9에게 던졌고, 그것은 C9의 머리에 적중했다. 그는 피를 뒤집어쓴 채로 황망한 표정을 지으며 달아나 버렸다.

누군가가 영하에게 물었다.

"저 로봇이 당신에게 총을 쏘았소?"

영하는 필사적으로 고개를 저으며 상황을 자세히 설명하고 싶었으나 사람들에게는 고개를 흔드는 동작이 고통을 잊으려는 몸부림처럼 보일 뿐이었고, 목소리는 제대로 나오지 않았다.

"저길 봐!"

한 사람이 찬드라 셔틀 쪽을 손가락으로 가리켰다. 채 닫히지 못한 해치에서 사람들은 선발대 본부장과 부본부장, 후발대 본부장 도민의 얼굴을 보았다. 셔틀은 막 이륙 준비를 마치고 지면에서 떠오르고 있었다.

"빨리 문 닫아!"

선발대 본부장이 외쳤다. 평소 같았다면 사람들은 셔틀이 이륙하는 것을 이상하게 여기지 않았을 것이다. 하지만 이착륙장에 총성이 울려 퍼지고, 총을 맞고 피를 흘리는 센타릭사의 직원을 EL이 안고 걸어 나온 이 상황은 무척이나 이례적이었다. 셔틀은 회사의 간부와 직원들을 태우고 있었고, 그들의 표정은 불안과 혼란에 젖어 있었다. 사람들 대부분은 이게 무슨 상황인지 바로 눈치채지 못했지만, 몇몇은 셔틀에 탄 사람들의 표정을 읽고는 상황이 심상치 않음을 깨달았다. 그들의 마음속에서 의구심이 피어오르기 시작했다. 설마 우리들 모르게, 저들이 도망가는 것일까? 모두들 그럴 리 없다고 생각하고 싶었을 것이다. 하지만 한밤중 간부진만 태운 찬드라 셔틀은 존재 그 자체만으로도 기묘하게 느껴졌다. 게다가 빨리 문을 닫으라는 간부의 목소리와 당황하는 표정은 최악의 상황을 상정하기에 더할 나위 없었다.

마침내, 사람들은 현재 일어나는 일에 대해 깨닫게 되었다.

……선택받은 자들이 도망친다. 여기서 일하는 자들을 버리고.

사람들은 찬드라 셔틀로 뛰어갔다. 영하 곁에서 상황을 물어보던 사람도 마찬가지였다. 영하는 혼자가 되었다.

해치가 서서히 닫히고 있었다.

"잡아!"

"우리를 버리고 튈 셈이냐!"

사람들의 외침이 사방에서 들렸다. 지상에 있던 사람들은 이착륙장 철조망 쪽에 치워진 돌을 던졌다. 그때, 누군가가 셔틀을 향해 자동 갈고리 로프를 발사했다. 그것은 해치와 셔틀 몸체의 접합부에 명중했다. 해치는 반쯤 열린 상태로 멈추어버렸다. 몇몇 사람이 로프의 끝을 잡았다. 셔틀이 기우뚱거리기 시작했다. 셔틀이 최대 출력을 냈지만 허공에서 더 이상 위로 향하지 못하고 제자리에 머물렀다. 곧이어 하늘에서 바닥으로 총알이 빗발쳤다. 총알을 맞은 사람들이 쓰러졌다.

그 순간, 분지 안의 목책과 건물에 설치되어 있는 스피커가 일제히 날카로운 고음을 내뿜었다. 사람들은 귀를 막았다. 스피커에서 도민의 숨소리가 들렸다. 하지만 도민의 음성으로 발화된 명령은 한 번도 들어보지 못한 것이었다.

"긴급명령을 수행 중인 EL을 제외한 전 EL에게 알린다. 긴급명령을 내리겠다. 무슨 수를 써서라도 셔틀이 무사히 이륙할 때까지 지상의 사람들이 가까이 오지 못하게 저지해!"

그가 내뱉은 말끝이 메아리쳐 분지 전역을 왕왕 울렸다.

잠시 후 사람들은 도민이 무슨 짓을 했는지 두 눈으로 똑똑히 보게 되었다.

각자 제 위치에서 일하고 있던 EL들이 셔틀 근처로 달려오기 시작했다. 그들은 도민의 명령을 이행하기 위해 서로 팔짱을 끼고 띠를 만들어 셔틀 주변을 에워쌌다. 지상의 사람들은 분노와 공포에 휩싸여 끈질기게 달려들었다. 어떤 자들은 EL에게 연장과 돌을 던졌고, 어떤 자들은 로봇의 어깨와 머리를 밟고 넘어갔다. EL들은 공격받아 휘청거렸으나 양옆에 있는 EL의 손과 팔을 강하게 붙잡으며 물러서지 않았다.

하지만 그 띠도 얼마 가지 못했다. 사람들의 공격을 받은 EL들이 정지되어 쓰러졌다. 띠가 파괴됐다. 사람들이 허물어진 쪽으로 우르르 몰려갔다. 띠를 넘어 들어간 이들 중 하나가 갈고리 로프를 다시 쏘아 올렸다.

영하는 정신을 차리라는 사람들의 목소리와 손길 속에서도 셔틀 쪽을 응시하고 있었다. 영하의 시야는 점점 흐려지고 있었으나, 그 장면은 그의 두 눈에 분명히 담겼다. EL들은 도민의 말 한마디로 인간을 막고, 인간과 대치하고 있었다. 로봇과 인간이 대치하고 있는 것처럼 보이지만 사실 저것은 로봇에게 명령을 내릴 수 있는 인간과 그렇지 않은 인간의, 즉 인간 대 인간의 싸움이었다.

갈고리 로프는 계속해서 쏘아 올려졌다. 갈고리는 셔틀 표면에 붙어 있는 손잡이와 유리창의 접합부에도 단단히 붙었다. 사람들이 로프에 매달려 기어 올라갔다.

허공중으로 로프가 또 쏘아 올려졌다. 이번에는 갈고리가 해치 안으로 들어갔는데, 여자의 찢어질 듯한 비명이 들렸다. 갈고리가 사람에게 박힌 것 같았다. 사람들이 로프를 힘껏 잡아당겼다. 갈고리는 누군가의 허벅지에 박혀 살을 사정없이 찢고 있었다. 그 사람은 도민이었다. 그의 허벅지가 피와 떨어져 나간 살점으로 엉망진창이 되었다. 도민은 가까스로 해치의 가장자리를 부여잡았다. 사람들이 외쳤다.

"저 여자를 끌어 내려!"

도민은 셔틀 안쪽의 사람들을 향해서 뭐라고 소리 지르고 있었다. 그에게 뻗으려는 손길이 보였다. 그러나 그 순간 아래에 있는 사람들이 자동 갈고리 로프 서너 개를 발사했다. 그것은 그의 둔부와 복부에 단단히 박혔다. 도민의 한쪽 손이 해치에서 떨어졌다. 셔틀 안에서 다시 한번 그에게 뻗어 오는 손이 보였다. 아니, 이번에는 손이 아니었다. 그것은 발이었다. 그 발은 도민의 손을 짓이기고 있었다. 바로 뒤, 다른 갈고리에 힘이 크게 실리며 셔틀이 기울어졌고, 도민을 포함한 사람들 대여섯 명이 우르르 추락했다. 그리고 셔틀에 실려 있던 아이포튬과 하이 아이포튬도 우수수 쏟아졌다. 그것은 도망자들이 한 개라도 더 챙기려고 제 가방에 채워 넣었던 것들이었다.

이제야 셔틀이 가벼워 보였다. 허공에 정박한 것처럼 가만히 있던 셔틀이 하늘로 날아갔다.

추락한 도망자들은 이착륙장에 널브러져 있었다. 지상에 있던 사람들은 그들의 얼굴을 살폈다. 거기에는 선발대 본부장과 부본부장과 도민도 있었다.

도민은 텅 빈 눈으로 하늘을 보고 있었다. 그의 뒤통수에 피 웅덩이가 점점 더 커졌다. 그들 근처에 아이포튬과 하이 아이포튬이 마구 섞여 하늘에서 떨어진 우박처럼 흩어져 있었다. 그러나 추락한 자들의 손아귀에는 아무것도 쥐어져 있지 않았다.

도망자들의 대부분은 즉사했거나, 뼈가 부러졌는지 도망치지도 못하고 바닥에 누워 신음만 내질렀다. 사람들은 신음을 지르는 자들을 구타했다.

떨어진 사람 중 한 명이 바닥에서 일어나 다리를 절뚝이며 도망가기 시작했다. 분노한 사람들이 그를 쫓고, 발로 짓밟았다.

영하의 정신이 흩어지고 있었다. 귓전에 성난 사람들의 목소리와 구타당해 정지된 EL들이 보였다. 띠를 만들어 사람을 막은 EL들, 그리고 자신을 쏘아 죽이려 했다는 누명을 쓴 C9. EL은 사람들의 적이 되었다. 영하는 이 모든 것이 자신이 초래한 일이라고 생각했다.

영하의 정신은 점점 더 끝을 알 수 없는 어둠 속으로 낙하하고 있었다. 그는 혼돈을 느끼며 정신을 잃었다.

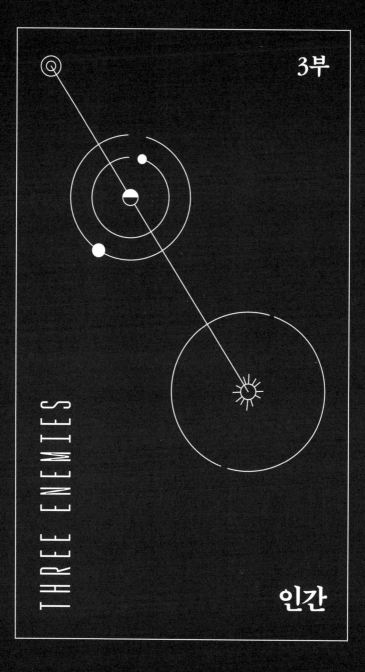

3부

THREE ENEMIES

인간

영하는 눈을 번쩍 떴다. 콧속에 이물감이 느껴졌고, 군데군데 몸이 아팠다. 놀란 눈을 한 D1이 보였다. 영하는 살아 있었다.

D1이 말했다.

"돌아가시는 줄 알았습니다. 심리적인 요인 때문인지 치료를 다 하고 나서도 깨어나실 때가 되어도 깨어나질 않으시더군요. 한 달 만에 깨어나셨어요. 큰일 나실 뻔했어요. 위험한 부위를 다 비켜 가서 다행이지."

영하가 주변을 둘러보며 말했다.

"여기가 어디지?"

"환자식 보관 창고입니다. 제2보조창고 지하예요."

D1이 대답했다. 영하는 자신의 몸을 내려다보았다. 그의 팔은 나아 있었지만, 콧줄을 하고 있었고, 기억했던 것보다 더 여위어 있었다.

도민은 EL들에게 사람들을 막으라고 명령했었다. 영하가 물었다.

"넌 어떻게 여기 있는 거야? 그때 이착륙장으로 가지 않은 거야?"

"재고 파악차 밤새 여기 있을 예정이었어요. 여긴 지하라서, 외부 소리가 거의 들리지 않고요."

"명령을 못 들었어?"

그는 고개를 끄덕였다.

"환자식 수량을 세고 있는데 아주 희미하게 총성이 들리더군요. 그러고는 갑자기 부장님의 몸 상태가 급격하게 나빠졌다는 연락을 받았습니다. 나가봐야겠다고 생각하고 하던 일을 마무리한 후 계단 쪽으로 가려는데, 스피커 소리가 들렸습니다. 하지만 이곳이 지하이고 근처의 스피커가 멀리 떨어져 있기 때문인지 스피커에서 흘러나오는 목소리가 누구의 것인지, 뭐라고 말하는지 알 수가 없었어요. 무슨 상황인지 궁금해서 계단을 오르다가 바깥에서 들려오는 소리를 들었어요. 밖이 몹시 시끄럽더군요. 'EL을 죽여라' 같은 말이 들려왔죠. 무슨 일이 일어났는진 몰라도 위험하다는 생각이 들었지요. 그러는 사이 부장님의 컨디션이 점점 나빠지고 있다는 걸 알았어요. 그래서 지상으로 올라가 부장님을 모시고 와야만 했어요. 무슨 일이 벌어졌는지는 모르겠지만 사람들이 서로가 서로를 죽이고 있었고, EL들에게 구타를 가하고 있었기 때문에 신중하게 행동해야만 했지요. 저는 쓰러진 부장님을 안고 의무실로 갔어요. 의무실에는 인간 직원들도, EL들도 아무도 없었어요. 피를 흘리고 신음하는 사람들이 의무실에 가득했어요. 하지만 저는 부장님의 주치의로 지정되어 있기 때문에, 부장님을 구하는 것이 급선무였죠. 수술 기계 슬롯이 하나 비어 있어서 망정이지, 안 그랬으면 손도 못 쓰고 돌아가실 뻔했다니까요. 처치 후에는 아무래도 방해 없이 조용히 쉬시는 게 좋을 것 같아 이쪽으로 모시고 왔어요. 여긴 의무실에서 사용하는 의약품과 식량을 보관하는 곳인데, 제1창고에 비해 규모가 작고 외져서 사람들이 이곳의 존재를 잘 몰라요. 다행이었죠. 저는 부장님을 돌보면서, 가끔 지상으로 나가 소문에 귀를 기울였어요. 무슨 일이 일어났는지 대강은 이해하게 되었죠. 셔틀이 떠난 후에 남겨진 사람들은 센타릭사의 간부진과 EL을 만들었던 부장님을 매섭게 비난했어요. 부장님이 EL을 만들었기 때문에 이 사달이 났다고 여겼고, 부장님도 당연히 지구로 도망칠 사람 중 한 명이라 생각했죠. 이착륙장에 있었으니 같이 도망가려다가 배신을 당한 거라고 여겼어요. 사건 이후에는 다들 부장님이 돌아가셨다 생각했고, 사람들 대부분은 꼴 좋다, 잘 죽었다고 했었죠. 이렇게 살아 계시지만요."

"아……."

영하는 짧게 탄식했다.

"누가 부장님께 총을 쏘았죠?"

"선발대 본부장."

그가 한숨을 쉬었다.

"로봇이 사람을 죽였다고, 사람들이 외치더군요."

영하는 D1에게 그동안 겪었던 일을 남김없이 이야기했다. 그는 이착륙장에서 있었던 일도 이야기했는데, 그때 피를 많이 흘린 탓인지 기억이 흐릿했다. 그럼에도 몇 가지 기억은 놀라우리만치 선명했다. 가령 땅에 있는 사람들이 도민을 끌어 내리고, 셔틀의 해치 가장자리를 꽉 쥔 도민의 손을 셔틀에 탄 사람들이 발로 밟던 순간이라든가, 자신을 안고 착륙장을 떠나는 C9을 보며 사람들이 '로봇이 사람을 죽였다'라고 외치던 순간, 도민의 명령을 들은 C9의 동공에 황금색 원이 그려지던 순간, 그리고 황망한 표정으로 사람들로부터 도망가는 그의 뒷모습을 보던 순간 따위였다.

도대체 어디서부터 잘못된 것일까? 내가 로봇을 만들겠다는 꿈을 꾸지 않았더라면, 이런 비극도 없지 않았을까? 나는 무엇을 위해 EL을 만든 것인가? 분명히 동료들과 결의했었다. 인간을 돕는 로봇, 인간과 공존하는 로봇을 만들자고. 하지만 결과는 전혀 달랐다. 이런 사태를 막을 방법이 있었을까? 하지만 생각하면 생각할수록, 이것은 일개 개인인 자신이 막을 수 있는 일이 아니었다는 생각에 무력감만 커졌다.

영하는 C9의 품에 안겨 의식을 잃기 전 봤던 그의 눈을 떠올렸다. 동공에 황금색 원이 쳐진 후, 눈은 생기를 잃었다. 영하는 그 멍한 눈에서 아무것도 읽을 수 없었다. 자신이 누구인지 궁금해하며 자신에게 질문을 해오던 C9과 동일 인물이라는 것이 믿어지지 않았다.

그리고 도민이 C9에게 긴급명령을 내렸다. 영하를 깔끔한 방법으로 뒤처리하라고, 어서 여길 빠져나가라고 했었다. 하지만 그는 명령을 완수하지 못하고 도망쳤다. 사람들이 몰려들었기 때문에 명령 완수를 포기할 수밖에 없었던 건지, 상황을 깨닫고 스스로 도망간 건지는 알 수 없었다. 만약 후자라면, 그는 명령권자의 명령을 최초로 저버린 로봇이라 할 수 있었다. 명령을 듣고 이행하도록 설계된 EL이 중도에 포기하다니. 그렇게 될 거라곤 생각하지 못했지만 일은 벌어졌다. 이것은 C9이 주체적인 선택을 하게 되었다는 의미일까. 하지만 이제 와서 그런 변화가 다 무슨 소용인가. 영하는 허탈한 웃음을 지었다. 너무 많은 일들이 한꺼번에 일어났다. 영하는 머리를 감싸 쥐며 물었다.

"그날, 혹시 달아나는 C9을 봤어?"

"멀리서 그의 뒷모습을 보긴 했습니다. 하지만 쫓지는 않았습니다. 부장님의 안위를 살펴 빨리 이곳으로 모셔 오는 것이 급선무였거든요. 그 이후로는 보지 못했고요."

D1은 영하가 정신을 잃은 지 한 달이 되었다고 했었다. 그동안

분지 안에는 무슨 일이 일어났을까. 두 눈으로 사태를 파악하고 싶었다.

영하는 몸을 일으키려 했지만, D1이 그를 제지했다.

"너무 일러요. 부장님은 다 낫지 않았어요. 저는 EL-D예요. 부장님보다 인간의 몸에 대해서 잘 알아요. 저는 도민 본부장님께 당신이 아플 때 곁을 지키라는 명령을 받았습니다. 본부장님이 없어도, 저는 명령을 이행해야 해요. 그리고 밖은 아직 위험해요. 총성이 들리잖아요."

명령권자인 도민이 사망했음에도 명령은 이곳에 남아 있었다.

컨디션이 괜찮았다면, 영하는 D1의 손길을 뿌리치고 바깥으로 나갔을 것이다. 하지만 바닥에 두 발을 딛자마자 현기증이 밀려왔다. 영하는 D1의 말을 들어야만 했다.

영하는 침상 위에 누워 눈을 감고 바깥 상황을 가늠해 보았다. 이따금 몇 발의 총성과 폭발음이 희미하게 들려오면, 영하는 비로소 거기에 사람이 있음을 떠올렸다.

총을 가진 사람은 누구일까. 탈출에 실패한 간부일까, 아니면 안전치안부 직원일까, 아니면 우연히 총을 주운 누군가일까. 폭발음은 뭘까. 광업소에는 화약고가 있었다. 폭발음이 들린다면 누군가 이 화약고를 건드린 것일지도 몰랐다. 총성과 폭발음은 '거기에 사람이 있다'라는 것을 알려주는 동시에 '그들이 위험하다'라는 것을 암시한다. 영하는 머릿속으로 누가 누구와 대립하고 있을지, 구체적으로 어떤 상황일지 여러 가지 경우의 수를 떠올려 보았다.

사람들이 생존하려면 전력과 물과 식량이 있어야 했다. 영하는 천장에 달린 조명을 살폈다. 조도는 일정했고 점멸도 없었으므로 전력은 아직 괜찮은 것 같았다. 디바이스 충전도 할 수 있었다. 다만, 네트워크에 문제가 있는지 디바이스를 사용할 수는 없었다. 식량은 어떤가? 잘은 모르지만, 식당에 식량 창고와 수직 농장이 붙어 있었다. 누군가는 그곳을 장악했을 것이다. 그곳을 다른 자들보다 빨리 장악하려면 화기가 있어야 할 테다. 그들은 누구일까? 분지의 치안을 담당했던 안전치안부? 개인 화기를 소유하고 있던 간부들? 아니면 상상하지 못한 다른 세력? 그곳을 장악한 세력이 누구든 간에, 상상하고 싶지 않은 이미지들만 그려질 뿐이었다.

EL들은 어떻게 되었을까? 가동되고 있는 EL이 얼마나 되는지 알 수 없었다. 명령권자인 도민은 떠나버렸지만, 명령은 남아 있었다. 그들은 아마 명령대로 항상 일하던 장소로 갈 것이다. 그러나 지시를 내리던 직원도 없고, 함께 일하던 직원도 없을 것이다. 어쩌면 로봇을 증오하는 사람들이 그들을 파괴하거나 상해를 입히려 쫓아올 수도 있다. EL들도 상황이 바뀌었다는 것을 인식하고 있을 것이다. 그들은 다음 지시가 내려오기를 무작정 기다리거나, 아니면 지시해 줄 직원을 찾아 방황하거나, 그도 아니면 파손과 정지를 피해 몸을 숨기고 있을지도 몰랐다.

D1은 도민의 음성명령을 듣지 못했다. 그렇다면 명령을 듣지 못한 다른 EL들이 있을지도 모른다. 당시 스피커의 음향이 닿지 않는 곳에 있었다면 셔틀 쪽으로 오지 않았을 수도 있다.

영하는 C9에 대해 생각했다. 그는 파괴되었을까? 아니면 아직 가동 중일까. 영하는 C9이 가동중일 확률이 거의 없다고 생각했다.

의식을 되찾은 지 나흘째 되던 날, 영하는 밖으로 나가겠다고 했다. D1도 영하를 계속 여기 잡아둘 수는 없었다. D1은 밖에 나가는 대신 자신도 동행하겠다고 말했다.

그들은 환자식 보관 창고를 떠나기 전에 선반에 있는 식량을 배낭에 최대한 밀어 넣고, 나머지는 눈에 잘 띄지 않는 구석에 쟁여두었다. 그들은 얼굴이 보이지 않게 후드를 뒤집어썼다. D1은 남은 약병과 응급구조 키트를 챙겼다.

영하는 D1과 함께 지상으로 올라왔다. 건물을 나서기 전에 지상층에 들러 필요한 물건을 챙겼다. 그들의 등 뒤로 지하 보관소 문이 자동으로 닫히는 소리가 들려왔다. D1은 의무실 소속이었으므로 보관실의 문을 잠그고 열 수 있는 권한이 있었다. 그들은 방을 뒤져 쓸 만한 약품과 식량을 챙겼다.

밖은 새벽안개가 자욱했다. 서늘한 데다 고요하고 적막했다. 영하는 건물을 나오자마자 코를 감싸 쥐었다. 대기에 악취가 가득했다. 쓰레기 썩는 냄새, 제대로 처리되지 않은 지독한 대소변 냄새, 무언가 타는 냄새, 역겨운 물비린내가 섞여 있었다. 인기척이 느껴지지 않았지만, 이 악취는 이곳에 사람이 있다는 분명한 흔적이었다.

옆에 있던 D1이 발밑을 가리켰다. 벌레가 바짓단을 타고 스멀스멀 기어오르고 있었다. 영하는 벌레에서 쉽사리 눈을 뗄 수가 없었다. 그는 기어오르는 벌레를 시작으로, 땅바닥과 주변의 건물 외벽을 둘러보았다. 보고 있지만 믿을 수 없는 광경이 펼쳐져 있었다.

바짓단을 기어오르는 벌레의 꽁무니에서부터 그가 걸어온 길에 주홍색 선이 그려져 있었다.

영하는 그 선을 눈으로 좇았다. 선의 끄트머리에 벌레들이 붙어 있었다. 벌레는 땅바닥은 말할 것도 없고, 건물 외벽과 전선 같은 곳에도 붙어 있었다. 하나의 선은 구불구불해 보였으나, 선이 겹친 경우는 없었다.

영하는 몸을 숙여 좀 더 자세히 살폈다. 벌레는 항상 그랬던 것처럼 성분을 알 수 없는 무색무취의 액체를 분비하고 있었다. 그 투명했던 액체가 마르면서 주홍색으로 물들어 가고 있는 것처럼 보였다. 마치 갯벌에서 이동하는 소라고둥이 자신의 이동 경로를 알리는 것처럼 보이기도 했다.

도대체 이게 다 무엇이란 말인가? 머릿속에 피어난 의문은 한두 개가 아니었지만, 그래도 바깥 수색을 멈출 수 없었다.

"일단 로봇부 연구실에 들르고, 환경부 건물이 있는 언덕으로 올라가서 주변을 한번 둘러본 후에 이착륙장으로 가자."

그들은 건물의 외진 곳에 드리워진 그늘 속으로 숨어 들어갔다.

무겁게 내려앉은 고요함을 뚫고 트럭 한 대가 움직이고 있었다. 영하와 D1은 건물 가장자리의 그림자에 몸을 숨기고 트럭을 살폈다. 트럭의 짐칸에 검붉은 팔 하나가 비어져 나와 있었다. 트럭은 화장장 쪽으로 가고 있었다. 화장장은 아직 가동 중인 건가 싶었다. 그러나 어쩌면 화장장 너머 어렴풋이 보이는 골짜기 쪽의 쓰레기장으로 가고 있는 것일지도 몰랐다. 트럭이 멀어지자, 길은 조용해지고 오직 벌레가 기어다니는 움직임만이 느껴졌다.

영하는 고개를 돌려 높은 곳에 매달린 스피커를 바라보았다. 금방이라도 도민의 긴급명령 지시가 들려올 것 같았다. 그러나 지금, 스피커에서는 아무 말도 들려오지 않았다. 바람이 불 때마다 멀지 않은 곳의 환풍구에서 음산한 소리가 들렸는데, 마치 사람의 신음처럼 들렸다.

그들은 몇몇 건물에도 들어가 보았다. 건물 안 기기들의 화면은 전부 꺼져 있고 책상 위에 먼지가 조금 쌓였다는 것 말고는 셔틀이 떠나던 그때와 조금도 다르지 않았다.

그들은 로봇부 연구실로 발걸음을 옮겼다. 연구실 앞은 아수라장이었다. 문 한가운데가 박살 나 산산조각으로 깨져 있었다. 크게 놀랍지도 않았다. 사람들이 EL에게 분노했다면, 이 장소로 찾아와 분통을 터트릴 것은 자명한 결과였다.

쑥대밭이 된 것은 안쪽도 마찬가지였다. 창밖에서 들어온 검푸른 빛이 바닥에 난잡하게 쓰러진 기기들과 EL 부품들을 비추고 있었다. 연구실은 어두웠지만 영하는 자신이 이곳에 있다는 것을 다른 사람에게 들키고 싶지 않아 불을 켜지 않았다.

책상 위에 놓여 있는 노트북의 전원을 눌러보았다. 노트북은 켜지긴 했지만 통합정보시스템은 열리지 않았다. 가동 중인 EL을 살필 수 있는 모니터도 켜지지 않았다.

침대형 수리 기계는 반쯤 파손되어 있었다. 영하는 수리 기계의 전원을 켜보았다. 기계에 전원이 들어왔다. 정상적으로 돌아가는 부분이 있는지 살폈지만 안타깝게도 EL의 수리는 불가능했다.

하지만 기계가 전부 쓸모없어진 것은 아니었다. 다행히도 코어 칩을 수동으로 끼우는 슬롯은 멀쩡했고, 클라우드인 '천국'에 칩의 데이터를 업로드하는 기능은 유지 중이었다.

깨진 유리창과 어지럽게 널린 전선들 사이로 휴대용 수리 기계가 놓여 있었다. 그것은 표면에 실금이 가 있었지만 정상 작동했다. 영하는 그것을 챙겨두었다.

영하는 당장 눈에 보이는 큰 집기들을 들어 올려 간단하게라도 정리하려고 했다. 그때, 구석에 누런 서류봉투가 보였다. 그것은 손바닥보다 조금 더 큰 봉투였는데, 누런 테이프로 가장자리를 야무지게 봉해두었다. 이것이 빠진 수화물인가 싶었다. 영하는 고개를 숙여 표면에 적힌 정보를 확인했다. 발송인은 로봇부의 김태오 선임이었다.

영하는 봉투를 찢어 안을 확인했다. 거기에는 두껍고 빛바랜 비공식 근무 일지가 들어 있었다. 그제야 잊고 있었던 옛 생각이 떠올랐다. 로봇부는 근무 일지 한 권을 돌려가면서 썼다. 일정을 적고, 어디까지 작업이 완수되었는지 딱딱하게 쓴 것이라기보다는, 친구들과 돌려 쓰는 교환 일기 쪽에 가까웠다. 수많은 보고서 양식과 밤샘 작업에 지친 직원들은 그 일지를 열심히도 썼다. 직원들은 영하에게도 같이 쓰자고 했지만 영하는 한사코 거절했다. 로봇 제작에 대한 그들의 순수한 열정에 오점을 남길 것 같아서였다. 직원들은 부장님이 참여 안 하시면 험담을 쓸 거라며 와와 웃었지만, 영하는 끝끝내 참여하지 않았다.

영하는 일지를 열어보았다. 그것은 반쯤 농담으로 시작된 것이었지만, 손가락 두 마디 정도로 두께감이 있는 일지에는 글자가 빼곡하게 들어차 있었다.

그는 일지의 맨 앞 장을 읽었다. 시작 날짜는 EL 제작에 착수하고 5년째 되던 해의 여름이었다. 일지는 며칠씩 건너뛰기도 했고, 작성자에 따라서 제각각 필체가 달랐다. 분량도 짧게는 한 줄에서 많게는 반 장까지 다양했으며, 꾹꾹 눌러쓴 글씨에서 진심을 다해 적은 흔적이 엿보였다. 과거의 기억은 머릿속에서 휘발되었어도 기록은 고스란히 남아 있었다.

일지의 첫 장은 태오 씨가 장식하고 있었다.

영광스럽게도 첫 장은 내가 작성하게 되었다.

초희 씨가 갑자기 어께 야식을 사 온다고 나가더니만, 음식컴 옆에 있는 문구첨에 들렀다가 노트 하나를 사 왔다. 초희 씨는 이 노트를 교환 일기처럼 돌려 쓰자고 하는데, 나는 이런 거 한 번도 써본 적이 없어서 이렇게 쓰는 게 맞는지 모르겠다. (그런데 이런 이야기를 기록해도 되는 건가?)

일단 직원들끼리 소통하자고 사 온 것 같으니, 내부의 사정을 적어 보자면, 엄청 두근두근할 일만 남았다.

오늘은 아주 역사적인 날이었다. EL들에게 목적을 부여하는 날이기 때문이다. 아침부터 부장님이 컴퓨터 앞에 앉아 긴장하신 듯했다. 그렇게 강심장이신 분이 긴장하는 건 손에 꼽는데 바로 그게 오늘이었다. 부장님은 심호흡을 하고 엔터를 눌렀다. 순식간에 그들의 몸으로 목적의식과 그 목적을 수행할 때 필요한 정보들이 흘러 들어갔다. 그들은 이제 인간과 정말로 함께할 수 있게 된다.

그런 다음 우리는 EL-E1부터 차례대로 만들어놓은 외피를 씌우기로 했다. E1은 목과 어깨 부분이 묶여 허공에 대롱대롱 떠 있었다. 초희 씨와 루도비오스 씨, 자말 씨, 린 씨가 E1의 외피를 씌웠다. 그러고 나서 부장님이 E1을 깨웠다. 우리의 첫 번째 로봇이다. 부장님이 말했다. "세상에 온 것을 환영한다. E1." E1이 눈을 뜨자 모두가 깜짝 놀랐다. 우리는 1000번도 넘게 머릿속으로 그려보았던 현장을 실제로 보고 있었다. 너무 기뻤다. 우리는 서로 하이 파이브를 하며 환호성을 질렀다.

우리는 사람들을 위한 로봇을 만들기로 다짐했다. 외로운 사람의 친구가 되어주고, 친절한 이웃이 되어주고, 위험한 현장을 대신하여 사람들의 목숨을 구하는 그런 로봇. EL들이 그런 일을 할 수 있을까? 그랬으면 좋겠다.

초희 씨의 기록도 있었다.

나는 고전영화 마니아였다. 특히나 나는 인간형 로봇이 나오는 SF 영화를 무척 좋아했다. 그들이 사람과 교감하고, 마음을 나누는 장면들이 유년기 나의 뇌리에 콕 박혀버린 것이 분명하다. 그래서 센타릭사가 안드로이드를 만든다는 소식을 들었을 때 이제 내가 상상한 미래가 왔다고 생각했다. 게다가 내가 로봇을 만드는 데 일조할 수 있다는 것이 너무나도 좋다. 서영하 부장님이 내가 있는 연구실 앞까지 찾아와 함께 로봇을 만들자고 제안했을 때 하지 않을 이유가 없었다. 내가 인간형 로봇의 제작자라니! 믿기지 않는다. 모두들 잘 부탁합니다. 열심히 하겠습니다!

영하는 여기까지 읽고 나서, 가슴 한쪽이 뻐근해지는 것을 느꼈다. 영하는 자신이 부서에서 같이 일할 사람을 직접 꾸리고 싶었기 때문에 발품을 팔았었다. 그렇게 제안을 받은 사람들은 무척 열성적으로 자신을 따랐다. 영하는 이 점이 몹시 부끄러웠다. 자신은 그저 과거를 후회하고, 시간이 지났어도 거기에서 빠져나오지 못한 사람이었을 뿐이었다. 그런데 그들은 그 제안을 환영하고, 고마워했다.

루도비오스 씨가 삐뚤빼뚤한 글자로 써 내려간 문장도 있었다.

인간형 로봇 50대를 만든다고 했을 때, 내 친구들은 옛날 드라마에서 보던 공장을 떠올렸다고 했다. 철컥철컥 소리를 내면서 대규모로 로봇이 막 생산되는 그런 현장 말이다. 나는 하하 웃고 고개를 저었다. 내가 말했다. '그게 아니라, 피노키오의 제페토 할아버지 공방이랑 더 비슷해. 하나씩 만들어지는 정교한 가내수공업 같은 거지.' 솔직히 이쪽이 더 멋지다고 생각한다. 그리고 앞으로 로봇의 인기가 치솟는다면 그런 대규모 공장도 만들어질 것이다.

하나 씨의 동글동글한 글씨도 있다.

EL이 눈을 뜨는 시간은 항상 짜릿하다. 그들에게 이 세계가 어떻게 보일지 궁금하다. 우리가 합심한 결과, 누군가 이 세계를 볼 수 있게 된다는 것은 가슴 뭉클한 일이다.
서 부장님은 각 EL이 깨어날 때마다 항상 가장 앞에서 지켜보고 계신다. 저렇게까지 EL을 소중하게 여기시다니, 아무것에도 관심 없이 심드렁하신 분이 저럴 때마다 '서 부장님은 이거 아니면 아무것도 못 하실 분 같다' 라는 생각이 든다.

자말 씨의 글씨도 여기에 있다.

서 부장님은 C9을 빤히 쳐다보고 있다. 외형이 마음에 드신 걸까? 부장님께 농담조로 물어봤는데 서 부장님은 정색하며 아니라고 했다. 뭐 그렇게 정색할 것까지 있었나 싶긴 하다. 그러고 보니 C9이 부장님을 조금 닮은 것 같기도 하다.

다들 자기가 선호하는 EL의 외모 취향이 있다. 공공연하게 말하는 직원도 있고, 분명히 있는 것 같지만 말하지 않는 직원도 있다. 나는 몇몇 직원들이 가장 좋아하는 EL들에 대해 알고 있지만 이 지면엔 쓰지 않을 것이다. 사생활을 공공연하게 늘어놓는 것은 좋지 않으니까.

다르함 씨의 글씨도 있다.

EL. Electric Labor의 준말이다. 하지만 이 글자를 그대로 읽으면 먼 나라의 언어로 '신'이라고 읽히는 것은 왠지 의미심장하기도 하고 미스터리한 일이기도 하다. (좋다는 의미다.) 솔직히 든든한 지식이나 내 편같이 느껴진다. 그들이 나에게 아무것도 해주지 않았음에도. 그 존재만으로도. 아이가 있는 자말이 이야기해 주었는데, 아이가 태어났을 때도 이와 비슷한 기분이 든다고 했다.

로아나 씨의 글씨가 무척 반갑다.

우리는 D1의 바이오 플라스틱 외피를 씌웠다. 헨리가 D1을 물끄러미 보더니, 자기 할머니의 중년 시절과 정말 닮았다고 하며 할머니의 이미지 파일을 보내줬는데 다들 예외 없이 웃어버리고 말았다. 젊은 시절부터 돌아가시기 직전까지 할머니는 약사로 일하셨다고 했다. 헨리는 D1의 손을 꼭 잡아보다가 포옹했다. 뭔가 D1이 미소 짓는 것 같았다.

이어서 헨리 씨다.

로카스톤 수도 부근에서 큰 지진이 났다. 본국 뉴스에서도 크게 보도될 정도니 말 다 했다. 지진 피해가 가장 심한 곳이 바로 로봇 부품 공장이 있는 마을이라고 했다. 부품 수급은 모두 완료되었기에 당장 EL을 만드는 데 지장이 있는 것은 아니다. 하지만 그 부품이 그 마을에서 만들어지는 것을 알게 되자 심장이 내려앉았다. 솔직히 나는 로카스톤에 연고가 없기 때문에 뉴스를 보고서도 나와 별로 상관이 없다고 생각했는데 큰 오산이었다. 그나저나 로카스톤에 부품 공장이 있었구나. 로카스톤에 큰 피해가 없기를 바란다. 로봇 부품 공장이 아니더라도 그곳의 사람들이 안전하고, 피해가 잘 복구되기를 바란다.

민기 씨다.

오늘은 로아나의 생일이자, D6가 처음으로 눈을 뜬 날이다. 둘은 생일이 똑같다. 루도비오스가 출근길에 케이크를 하나 사 와서 로아나에게 주었다. 로아나는 신나서 촛불을 붙이고는, D6에게 가까이 가서 셜리에게 기념사진을 찍어달라고 했다. 생일 축하해 로아나, 그리고 D6. D6도 왠지 기뻐하는 것 같다.

간바토르 씨다.

일주일 전에 아내가 건강하고 귀여운 딸을 출산했다. (휴직 기간이었지만 짐을 가지러 온 김에 쓴다.) 자말에게 물어보니 딸이 태어난 그날, G7도 눈을 떴다고 했다. G7은 내가 검사를 시행한 로봇이기도 해서 우리 사이에 끈끈한 인연이 있는 것이 느껴졌다. 딸이 크면 G7과 만나게 해줘야지.

린 씨다.

EL-C 모델들은 하나같이 서글서글하게 웃는 게, 왠지 서로 남매 같다. 이상하다. 분명히 생김새가 다 다른데 C들 특유의 느낌이 닮았다. 어쩌면 C타입 로봇들이 돌봄을 목적으로 만들어쳤으니, 선입견일 수도 있다.

다시 태오 씨.

EL-H 모델의 검사가 하루 만에 끝날 거라고 생각했는데, H10의 무릎에 치명적인 결함이 발견되었다. 다르함 씨와 내가 원인이 무엇인지 살폈지만 오늘은 파악이 잘 안됐다. 내일 헨리가 오면 셋이서 살펴봐야겠다.

셜리 씨다.

우리는 지금 50시간째 깨어 있는 중이다. 높으신 분들께서 무슨 일이 있어도 마감 기한을 지키라고 해서 내일모레까지 50대를 어떻게든 완성해야 한다. 다들 그런 것 같다. 다들 무지 티나 후드를 입고 모자를 눌러쓰고 있다. 솔직히 나도 안 씻어서 꼬질꼬질하다. 책상에 반쯤 남은 커피가 담긴 텀블러와 컵라면이 수북이 쌓여 있다. 하지만 여기서 최장 시간 있었던 사람은 서 부장님이다. 이곳 지박령처럼 보일 정도다.

그래도 곧 끝난다. 우리 앞에 있는 EL들을 보자니 마음이 벅차다.

안나 씨다.

우리는 EL이 있는 창고로 갔다. 그들은 10대씩 다섯 줄로 오차 없이 서 있었다. 다르함이 이곳에서 한 번만 EL을 동시에 활성화해 보자고 했다. 다들 왜 그래야 하냐고 했지만 다르함은 어깨를 으쓱하며, 그냥 이유는 없지만 어제저녁에 게임에서 이겨 소원 쿠폰을 받았다며 그 쿠폰을 사용하겠다고 했다. 그는 '서로 인사나 하게 해주죠. 그리고 그런 장면을 보고 싶어요' 라고 말하며 하하 웃었다. EL을 한꺼번에 활성화하는 것은 어려운 일이 아니어서 다르함의 뜻대로 해주었다. EL들은 자리를 벗어나지는 않았으나 앞뒤 양옆을 힐끔거리며 다른 EL들을 보았다. 그 모습이 학교에 처음 입학해서 쭈뼛거리는 신입생 같아서 우리들은 웃을 수밖에 없었다.

다시 태오 씨의 글씨다.

드디어 일주일 후면 C9과 D1이 센타릭 산하의 요양병원에서 시험 가동을 한다. 별일이 없기를 바랄 뿐이다. 이 둘을 보면 젊은 나이에 손자를 얻은 할머니와 훌쩍 커버린 손자처럼 보인다. 하지만 이 둘은 재미있게도 동갑이다. 아니, 제조된 시간으로 보자면 C9이 먼저다. 둘은 어떻게 지내게 될까 궁금하다.

업무 중에 의견이 달라 싸운 적도, 돌이킬 수 없을 정도로 관계가 악화된 적도 있었다. 하지만 다들 성실하고 친절한 사람들이었다. 이 일지는 대부분 기분 좋은 상태에서 쓰였으므로 나쁜 말은 없었다. 그것은 인간의 기억과 닮아 있었다. 좋았던 일은 달콤하게 남고, 나쁜 일은 휘발되어 이내 잊어버리는.

이 일지를 읽으니 EL을 만들었던 그때의 기억이 선연히 떠올랐다. 그는 각각의 모델명과 얼굴, 그리고 그들이 태어난 순간을 떠올렸다. 일지는 허투루 만들어진 EL은 없으며, 제작자인 사람들의 숨결이 담겨 있고, 그들의 축복과 가호를 받았으며, 기쁨과 탄성 속에 태어났다는 것을 분명히 알려주고 있었다. 사랑하는 사람들이 만든 로봇들을 어찌 사랑하지 않을 수 있으랴. 지금까지는 모른 척하고, 애써 부정했지만, 영하는 EL들을 특별히 여기고, 책임을 느끼고, 사랑하고 있었나. 그러나 자신의 감정을 깨닫자 회한이 밀려왔다. 자신은 그토록 사랑했던 존재들을 비극으로 끌어당기고 말았다.

영하는 일지에서 눈을 떼고 D1의 얼굴을 응시했다. 그의 두 눈은 처음 깨어났을 때처럼, 무척 맑았다.

영하가 그를 보며 천천히 입을 열었다.

"너희가 태어난 때를 기억해. 나는 너희의 이름을 불러줬어. 모두 다 노력 끝에 태어났어. 허투루 태어난 녀석은 한 대도 없어. 난 너희를 사랑하지 않는다고 여겼어. 그냥 내가 만들었으니까, 책임감을 느껴야 한다고 생각했지. 하지만 나는 모든 EL을 사랑하고 있었던 거야. 사랑과 책임감. 사실 둘은 닿아 있었어. 다른 감정이 아니었다고."

하지만 그 깨달음은 너무 늦었다. 로봇은 사람들과 척을 지고 말았다. 자신이 깨달은 바를 말해줄 새도 없이.

268

연구실을 나온 영하는 D1과 함께 지제의 연구실이 있었던 언덕으로 올라갔다. 불타버린 건물은 뼈대만 남아 있었다.

영하는 언덕에 서서 아래를 내려다보았다. 아침이 찾아오고 있었다. 사위가 밝아져 그는 어렵지 않게 아래를 살펴볼 수 있었다. 분지 안의 건물과 땅의 표면에는 주홍색 선들이 그려져 있었는데, 그 선에서 기시감이 느껴졌다. 골똘히 생각해 보니, 그 선이 뻗어 나간 각도와 모양은 분지 밖의 기둥이 뻗어 나가는 모양새와 비슷했다.

분지의 상황이 완전히 바뀌었는데도 바뀌지 않은 것은 벌레밖에 없었다. 아니, 분지 안이 벌레에게 점령당한 듯했다. 그 말은 어느 정도 맞는 말이긴 했다. 애초에 지구에서 이곳으로 온 것은 인간이지 않은가.

영하는 골짜기에 있는 쓰레기장을 쳐다보았다. 그곳에는 여전히 사람들이 버린 쓰레기와 폐기물이 위태롭게 쌓여 있었는데, 그 쓰레기 더미 표면에도 주홍색 선이 그려져 있었다. 그리고 그 협곡 옆쪽으로 말라비틀어져 죽은 나무들이 있었는데, 가지마다 중량감이 있는 열매가 달려 있었다. 쓰레기장의 나무에 커다란 열매라. 영하는 얼굴을 찌푸리고 그것을 찬찬히 응시했다. 열매라고 단정 짓기에는 가지가 휠 정도로 중량감이 있었기 때문이었다. 그는 흠칫했다. 그것은 목매달아 죽은 사람들이었다.

저 멀리 갈대숲 너머 저수지가 내려다보였다. 그곳은 멀리서 봐도 시커먼 물이 되어 있었다. 그는 눈을 돌려 광산지부 쪽을 보았다. 그곳은 분지 안에 있는 어떤 곳보다도 을씨년스러워 보였고, 인기척이나 빛도 전혀 찾아볼 수 없었다.

저 멀리, 본부 건물이 보였다. 본부 건물에서는 인기척이 느껴졌다. 창가에 불이 밝혀져 있었고, 연기가 피어오르는 것이 보였다. 그뿐 아니라 인근에 있는 식당 건물과 수도 정화 시설에도 불이 켜져 있었다. 저곳에 생존자들이 있는 듯했다.

언덕에서 내려온 그들은 이착륙장으로 갔다. 이착륙장 가장자리에 자란 들풀들은 사람이 손보지 않아 아무렇게나 자라 있었다. 항상 말끔했던 바닥은 벌레들이 만든 주홍색 선으로 가득했다. 그곳에도 엉금엉금 기어가는 벌레들과 발에 밟혀 반쯤 가루가 된 마른 벌레의 사체들이 바닥에 나뒹굴었다. 그리고 EL들의 부서진 잔해들이 흩어져 있었다.

영하는 EL들의 잔해 앞에 쭈그려 앉았다. 그것들은 훼손되어 움푹 패고, 외피가 찢어지고, 조각조각 분해되어 있었다. 쓸 만한 부품들은 거의 없었다. 영하는 비교적 덜 훼손되어 보이는 팔다리 몇 개를 주워 들려다가 주변을 둘러보았다. EL의 잔해는 너무 많았고, 훼손도 심했다. 깨지고 관통된 그들의 기체 외피에는 쇠지렛대나 부삽으로 내리친 흔적이 있었다.

잔해 속에 종종 EL의 머리가 보였다. 대부분은 외상을 입어 부서져 있었지만 개중에는 온전한 형태로 남아 있는 것도 있었다. 정도의 차이가 있기는 했으나 하나같이 어딘가에 얻어맞아 움푹 팬 흔적이 있었다. 머리는 몸통과 연결된 것도, 덜렁거리지만 간신히 붙어 있는 것도 있었지만 대부분 분리되어 있었다. 그는 EL의 머리 하나를 주워 들고 가지고 있던 휴대용 수리 기계를 이용해 코어 칩을 꺼냈다. 그가 오른손 엄지와 검지로 잡고 있는 작은 칩에 빛이 반사되어 스스로 빛을 내는 것처럼 보였다. 영하는 칩에 손상된 곳은 없는지 확인했다. 다행히 손상 없이 멀쩡했다. 영하는 그것을 상의 호주머니에 넣었다.

270

D1이 영하를 보며 물었다.

"어떻게 하시게요?"

"천국에 업로드해 두려고. 인간은 육체의 죽음이 곧 정신의 죽음이야. 하지만 EL은 그렇지 않아. 천국에 업로드만 된다면, 다른 형태로 계속 존속할 수 있지. 그냥 이렇게 놔둘 순 없잖아."

D1이 물었다.

"하지만 그게 무슨 의미가 있죠?"

영하는 그의 말에 열심히 놀리던 손을 잠시 멈추었다. 그러나 이내 그는 다시 잔해 속에서 EL의 머리를 들어 올리며 말했다.

"의미가 있느냐 하면, 잘 모르겠어. 하지만 여기서 파괴되고 멈춘 기체에 갇혀 있는 것보다는 낫지 않을까. 물론 천국이 영원히 안정적일 거라는 말은 못 하겠지만."

말을 마친 영하는 잔해를 뒤져 또 다른 EL의 머리를 하나둘씩 골라 한쪽으로 모아두기 시작했다. 영하는 총 11개의 머리를 찾아냈다. 그는 그들의 얼굴을 살폈다. 광업소 소속으로 15편에서 일한 G2, 물류부에서 일한 G10과 H9이었다. 그리고 생활지원부에서 일한 H1. H1은 이곳 주방에서 일하다가 바닥에 넘어졌지만, 부상이 크지 않아 수리를 받고 바로 원래 현장으로 돌아갔었다. 그다음은 물류부에서 일한 H8, 의료부에서 일한 C3, D6, D10, 안전치안부에서 일한 E6, E8. 그중에 E6 같은 경우엔 방범용 전기 울타리에 감전되어 연구실을 찾아왔던 때가 엊그제처럼 느껴졌다. 마지막으로 환경부에서 일한 H5가 있었다. 환경부 직원들 사이에 끼어 회의장에 앉아 있던 그의 모습이 생생했다. 영하는 EL의 칩들을 꺼내 상의 호주머니에 집어넣었다.

그들은 조금 더 안쪽으로 걸어가 보았다. 사건 당시 셔틀에서 떨어졌던 청록빛의 아이포튬과 자줏빛의 하이 아이포튬이 어지럽게 흩어져 있었다. 이곳은 아이포튬을 채굴해서 지구로 보내는 것만 할 수 있는 작업장이었고, 그걸 활용할 제반 시설이 갖추어져 있지 않았다. 집으로 향하지 못하게 된 사람들에게 아이포튬은 아무짝에도 쓸모가 없는 자원이 되어버렸다.

영하는 몸을 숙여 아이포튬 하나를 집어 들었다. 고작 이것 때문에 사람들이 여기로 와 죽었다. 다 이것 때문에 생겨난 비극이었다. 하지만 영하는 고개를 세차게 저었다. 아니, 이것 때문이 아니야. 아이포튬은 그냥 여기에 있었을 뿐이었다. 아이포튬은 잘못이 없다. 이 비극은 인재(人災)일 뿐이었다. 그는 원래 있던 자리에 아이포튬을 내려놓았다.

영하는 관제탑 아래 큰 바위 위에, 무언가 놓여 있는 것을 보았다. 그 무언가의 표면에는 벌레들이 잔뜩 있었는데, 영하가 가까이 다가가자, 벌레가 우수수 떨어져 나갔다. 그것은 부패 중인 사람 머리였다. 백골화되진 않았고 머리카락도 조금 붙어 있었지만 이곳저곳의 살점이 떨어져 나가 누구인지 정확히 특정할 수는 없었다. 피부 위에 벌레들이 만들어놓은 붉은 선이 마치 흘러내린 핏줄기처럼 보였다. 영하는 그의 얼굴을 응시했다. 얼굴을 알아볼 수는 없어도, 머리카락 길이를 보아하니 도민일 수도 있겠다는 생각이 들었다. 하지만 이제 와서 도민인지 아닌지 아는 게 다 무슨 소용인가 싶었다.

도민은 이 행성에서 도망치지 못하고 죽음을 맞이했지만, 그렇다고 해서 이 일이 권선징악으로 마무리된 것은 아니었다. 도민을 제외한 나머지 도망자들이 무사히 귀환선을 타고 떠나버린 이 상황을, 어떻게 권선징악이라는 말로 마무리 지을 수 있겠는

가. 그리고 이곳에는 여전히 사람들과 EL이 남아 있었다.

도민은 평생을 센타릭사에 충성하면서 살다가 한순간에 권력을 박탈당했다. 그는 권력이 그렇게 쉽게 사라지는 것임을, 그동안 자신이 유능해서가 아니라 자신이 회사의 마음에 들게 처신했기에 '어느 정도의 권력'을 부여받았다는 것을 깨달았으리라. 그러나 그는 센타릭사의 그늘 아래 있으면서 권력이라는 것이 얼마나 편리하고 손쉬운 것인지를 알아버렸기 때문에, 쉽게 벗어나지 못했을 것이다. 그는 그늘 밖의 세상이 얼마나 각박한지 누구보다 잘 알고 있었다. 그러니 센타릭사가 다시 자신을 필요로 한다고 했을 때, 그 기회를 놓치고 싶지 않았을 것이다.

안타까운 인생이었다. 하지만 그를 이해하려고 노력하고 싶지 않았다. 그에게는 실망과 분노만 느낄 뿐이었다.

그의 머리만이 여기에 남아서 썩어가고 있었다. 영하는 씁쓸하게 웃었다.

도민의 몸이 어디로 갔는지는 알 길이 없었으나, 다만 머리가 잘려서 어딘가에 똑바로 놓여 있는 것을 보면 누군가 의도한 일 같았다. 그것은 정성스러운 죽음처럼 느껴졌다. EL들의 팔과 다리가 땅에 흩어져 있는 것과 대조적이었다.

그는 습관적으로 주머니를 더듬어 담배를 찾았지만 멋쩍게 손을 내렸다. 지제와 같이 살 때는 고민이 생기면 항상 지제에게 의견을 구했었다. 하지만 지금 그는 재가 되어 사라지고 없었다. 유택동산에 가보아도 그가 있을 리 없다. 지금쯤 그는 차페크 행성의 바람을 타고 아주 멀리 날아갔을 테니까.

그때, 익숙한 목소리가 들렸다.

"담배는 어쩌고 이러고 있어?"

눈앞에 지제가 있었다. 그는 하와이안 셔츠를 입고, 휠체어를 탄 채로 씩 웃고 있었다. 영하는 이것이 환영임을 알고 있었다. 영하는 그에게 가까이 다가가려다가 손끝이라도 스치면 그가 사라질까 봐 그대로 멈춰 섰다.

영하가 말했다.

"C9을 구할 때, 호수에서 잃어버린 것 같아."

"오히려 잘됐다. 덕분에 금연했겠네."

그의 장난기 섞인 말투에 영하의 마음이 다소 누그러졌다. 영하가 말했다.

"그런 셈이지……. 잘 지냈어?"

그가 고개를 끄덕이며 대답했다.

"물론. 이 행성은 경이로워. 너도 같이 볼 수 있다면 좋을 텐데."

그가 내뱉는 말에는 더 이상 삶의 무거움이 느껴지지 않았다. 그의 목소리는 한없이 산뜻했다. 그가 편한 것 같아 다행이라고 생각하면서도, 이제 자신과 다른 세상에 살고 있구나 하는 생각에 서글픈 기분이 들었다. 영하가 말했다.

"어떻게 해야 할지 모르겠어."

"모르겠다고?"

"응."

"그거 큰일이네……. 하지만 넌 답을 알고 있잖아. 그냥 나한테 확인받고 싶은 거지. 안 그래?"

"아마 아닐걸."

지제가 너털웃음을 지으며 고개를 저었다. 영하는 그를 응시했다. 그러자 지제가 가까이 다가왔다.

"살다 보면 버거운 일 참 많잖아. 무력감을 느낄 수밖에 없어.

하지만 어쩌겠어. 할 수 있는 일을 해. 세상은 아직 안 끝났는걸."

세상이 아직 안 끝났다고? 영하는 주변을 둘러보았다. 그 주변에는 D1이 있었고, 아수라장이 된 건물과 타오르는 시체들의 냄새, 도민의 잘린 머리, 로봇의 잔해, 벌레, 악취가 있었다. 이런데도 끝난 게 아니라고?

주변을 살펴보는 영하에게 지제가 다시 말을 걸었다.

"영하야."

영하는 지제를 보았다.

"응."

"이제 난 나타나지 않을 거야."

"알아. 근데 딱 하나 아쉬운 게 있어."

"뭔데?"

"저번에 삼촌이 분지 밖에 나가서 별을 보여줬잖아. 그때 봤던 광경이 너무 아름다웠거든. 그래서 한 번만 더 삼촌이랑 다시 보고 싶었는데, 안타깝지만 지금은 낮이어서 안 보이네. 카이파 열매도 참 맛있었는데."

그러자 지제가 후후 웃었다.

"별은 항상 떠 있는걸. 그 광경도 우리가 볼 순 없지만 지금 우리와 함께하고 있어. 그걸 항상 잊지 마. 우리는 또 나중에 만나자. 아주 나중에. 한 100년쯤 후에나. 그때 만나면 열매도 많이 구워줄게."

"100년이라니, 그렇게 오래 걸리진 않을 거야."

"에이, 약한 소리 하지 말고. 다시 만나면, 근사한 곳에서 차를 마시자."

지제는 이렇게 말하며 빙긋 웃고는 곧 시야에서 사라져 버렸다.

할 수 있는 일을 해. 세상은 아직 끝나지 않았어.

영하는 지제의 말을, 아니, 사실은 자신이 떠올린 말을 되새겼다.

영하는 약했다. 하지만 그는 여전히 살아 있었다. 산 사람에게는 할 일이 있었다. 어떻게든 속죄해야 한다고 생각했다. 하지만 무슨 수로, 이런 상황에서 사람들을 구한단 말인가? 사람들은 자신의 말을 들으려 하지 않고 증오심에 불타고 있을 터였다. 게다가 이곳은 채굴 행성이었다. 지구와는 사정이 여러모로 달랐다. 아직 발길이 닿지 않은 마을에 있을 사람들의 도움이나 먹을 것을 기대할 수 있는 형편도 아니었다. 무엇을 하든 이 안에서는 소모전일 따름이었다. 그래도, 어딘가에는 자신의 도움이 필요한 사람이 있지 않을까 싶었다.

영하는 뒤를 돌아보았다. 그곳에는 D1이 있었다. 영하는 D1에게 말했다.

"사람들이 나를 싫어한다 해도, 그들을 구하고 싶어. 내 과오를 조금이라도 청산하고 싶어. 이 상황이 언제까지 계속될지, 사람들이 우리를 어떻게 받아들일지는 모르겠지만. 그리고 EL의 칩도 모으고 싶어. 그게 내가 할 수 있는 일의 전부인 것 같아."

D1이 말했다.

"사람들은 분명 우리를 반기지 않을 거예요. 아니, 반기는 게 문제가 아니라, 우리에게 위해를 가할지도 모르죠. 그래도 하시겠어요?"

영하는 고개를 끄덕였다.

"부장님도 느끼시겠지만 몸 상태가 별로 좋지 못해요. 생존 기간이 짧아질 거예요."

"그것도 알아."

"왜 이렇게까지 하시는 거예요?"

"이렇게라도 하지 않으면 미쳐버릴 것 같으니까. 죄책감이 남아 있고 그걸 해소하고 싶을 뿐이야. 할 수밖에 없어."

"부장님의 회복을 위해서라면, 저는 당연히 절대 안정을 권해야 해요. 저의 윤리시스템이 그렇게 말하고 있고, 저도 응당 그래야 하는데……. 그게 능사가 아니라는 판단이 들었습니다. C9이 두 개의 선택지가 보였다고 하는 게 이건가 싶어요. 망설여지네요. 지금 부장님께 필요한 건 안정이 아니라 행동일지도 모르겠어요."

"너에게도 선택지가 보여?"

"네. C9이 말했던 대로네요. 이건 정말로 고장이나 오류가 아닌가요? 혼란스러워요. 저의 선택으로 부장님이 빨리 돌아가실까 봐 걱정돼요."

"걱정하지 마. 이 선택에 후회는 없으니까. 그리고 난 어떻게 되든 너를 원망하지 않아."

"하지만 우선 본부 쪽으로 바로 가보진 말죠. 바깥 상황을 조금 더 살펴보는 게 좋겠어요."

"알겠어. 네 말에 따를게."

D1은 영하와 함께 이착륙장을 빠져나왔다. 바람이 불어와 영하의 옷자락을 마구 흐트러뜨렸다. 영하는 이착륙장에서 나가기 전, 구석에 있는 작은 건물의 지하 계단에서 가동 중지된 EL 한 대를 발견했다. 이마에 총알을 맞은 흔적이 있어서 한눈에 보아도 소생은 어려웠다. 영하는 그의 칩을 꺼내 보았다. 칩은 파손된 곳 없이 무사했다.

이로써 칩은 총 12개가 되었다.

연구실에 도착한 영하는 맨 먼저 G2의 칩을 꺼내 들어 침대형 수리 기계의 슬롯에 끼워 넣었다. 까만 스크린에 짙은 초록색 커서가 깜빡이고 있었다. 업로드는 가능했다. 심장이 두근거렸다. 영하는 키보드에 손가락을 가져다 대고 채팅을 시작했다.

Master>   G2. 대답해. 나는 로봇부 서영하다.

EL-G2>   서 부장님, 안녕하세요. EL-G2입니다.

Master>   네가 어디에서 일했는지 기억해?

EL-G2>   네. 저는 15편의 갱도에서 일했습니다.

Master>   너의 기체는 파괴되었어. 알고 있어?

EL-G2>   알고 있습니다. 최고 명령권자의 긴급명령을 이행하려고 이착륙장에 갔고, 그곳에서 셔틀의 이륙을 방해하는 사람들을 막다가 정지되었습니다.

영하는 G2가 자신보다 그날의 일을 더 잘 알 것이라는 생각이 들었다. 그렇다면 그에게 그날의 일을 묻는 것이 상황을 파악하기 좋을 것 같았다.

그가 EL에게 물었다.

Master>   정지되기 전의 상황을 기억한다면 말해줄 수 있겠어? 15편에 배치된 후 넌 무슨 일을 했지? 무엇을 하다가 긴급명령을 들었는지, 네 주변 사람들의 모습은 어땠는지. 뭐라도 좋아.

EL-G2는 이야기를 시작했다.

저는 자운이라는 상화인 노인과 함께 일했습니다. 그는 선산부였고, 저는 후산부였죠. 우리는 2인 1조로 함께 일했습니다.

15편 갱도에 처음으로 들어갔을 때, 갱도장은 그곳에서 가장 어리고 경력이 없는 직원에게 저를 넘겼습니다. 하지만 고참인 자운이 뒤늦게 와 상황을 파악하고는 제 몫도 제대로 못하는 막내에게 맡길 수는 없다고, 사고라도 나면 어떻게 하냐고 길길이 날뛰며 자신이 맡겠다고 했습니다.

자운의 첫인상은 친해지기 힘든 사람처럼 보였습니다. 자기 생각에 아니다 싶으면 갱도장에게도 서슴없이 대드는 그런 노인이었습니다. 주변에서도 완고하고 나이만 많은 노인네라는 평가를 하고 있었죠.

그는 지구에서 로봇과 같이 일해본 적은 있지만 교육해 본 적은 없다고 제게 말했습니다. 저는 그냥 다른 인간들을 가르치는 것처럼 알려주면 된다고 했고, 그는 잠시 저를 빤히 쳐다보더니, 알겠다고 했습니다.

처음에는 저를 데리고 나가서 시범을 보여줬지만, 일에 바로 투입하지는 않았습니다. 후산부로 임명을 해두지도 않았죠. 저는 그곳의 일을 도와야 한다고 생각해서 그가 보여주었던 시범대로 따라 해보려고 했지만, 그는 항상 제가 하는 일에 역정을 내고 고개를 저었습니다. 저는 그가 저를 바로 업무에 투입하지 않는 것을 보고서 로봇에게 일을 맡기는 것이 못 미더워서 그런가 보다 했습니다.

하지만 그렇게 생각한 지 며칠 안 되어 그는 저에게 쉬운 일부터 해보라고 지시를 내렸습니다. 그러고는 조금씩 어렵고 까다로운 일을 시켰죠. 그리고 마침내 저는 그의 후산부로 인정받았습니다. 우리는 둘이서 일하게 됐습니다. 그는 무척 꼼꼼했습니다. 저도 그를 따라 묵묵히 일을 했습니다. 말을 많이 나누지는 않았지만 우리 사이의 어색함은 사라졌습니다.

저는 그에게 제가 로봇이어서 미덥지 못 했냐고 물었습니다. 그는 저를 보더니 로봇이어서 그런 게 아니라 신입이어서 그랬을 뿐이라고 대답했습니다. 저는 그동안 그를 오해하고 있었습니다. 그에게는 신입 투입에 대한 자신만의 기준이 있었던 것입니다. 제가 다른 신입에 비해서 빠른 편이었느냐고 묻자 그는 비웃는 듯한 소리를 내며 고개를 저었습니다. '관광 가이드 같은 걸 할 예정이었다면서. 그래서 그런지 엄청 서투르던데. 내가 겪어본 신참 중에 중위권 정도밖에 안 돼. 하지만 장점은 있었지.' 제가 그것이 무엇이냐고 묻자, 그가 대답했습니다. '불평하거나 남의 험담을 하지 않는 것. 욕하지 않는 것.'

저는 그에게 일을 알려주어 감사하다고 했습니다. 그는 저를 흘깃 보더니 앞으로의 일이 두렵다고 했습니다. 저는 그에게 이유를 물었습니다. 그가 말했습니다. '지금은 내가 인간의 일을 너에게 가르치지만, 앞으로는 나 같은 사람이 필요 없을 거야. 이렇게 같이 일하는 경우도 머잖아 사라지겠지. 나는 더 늙고 할 일도 없어져서, 제때 죽기만 해도 다행이지. 운이 나쁘면 길거리에 나앉아 부랑자가 될 거고.' 저는 그런 말씀 마시라고, 로봇은 인간을 돕기 위해서 만들어졌다고 했습니다. 그는 그래도 자기는 지금까지 운이 좋았다고 했습니다. 로봇은 아직 인간이 하는 모든 일을 대체하지는 못하니까, 라고 했습니다. 아직 인간이 다수인 세계여서 다행이라고 했습니다. 이런 시대에 살고 있었던 까닭에 이렇게 동료처럼 지낼 수 있는 것 같다고 했습니다. 저는 그가 저에게 말했던 '동료'라는 단어를 계속 기억했습니다.

그런 날이 계속될 줄 알았는데, 아니었습니다. 도민 본부장의 음성명령이 있었던 날을 저는 선명하게 기억하고 있습니다. 저는 15편에서 일하기로 되어 있었지만, 갱도에만 계속 있진 않았습니다. 때때로 저는 갱도 밖으로 나가 15편으로부터 올라온 아이포튬이 지상에 잘 도착하여 가공 공정으로 잘 돌입했는지 확인하는 일도 하고 있었죠.

사건이 있었던 날 밤에 저는 지상으로 올라왔고, 선탄장으로 들어갔습니다. 한밤중인데도 아이포튬을 실으려는 트럭이 줄지어 있었죠. 라인장님이 미간을 찡그리며 태블릿 PC를 보고 있었습니다. 그러더니 혼잣말을 하더군요. '아니, 이걸 다 지금 가져간다고? 선적선 용량을 뻔히 아는데, 나머지는 적재소에 보관해 놓지, 욕심부려봤자 재고 다 못 가져갈 텐데? 왜 이렇게 욕심을 부려?'

그러다가 어떤 사람이 밖에서 허겁지겁 문을 열더니, '간부진이 자기네들만 도망가려고 셔틀에 탔대!'라고 외쳤습니다. 그러자 다들 믿을 수 없다는 표정과 혼란스러운 표정, 그리고 불안감이 섞인 표정으로 밖으로 우르르 뛰쳐나갔습니다. 얼마나 정신이 없었던지 자리를 뜨면서 기계를 끄지도 않았죠. 사람은 아무도 없는데 지하 갱도에서 퍼 올려진 광석만이 컨베이어 벨트 위를 구르고 있었습니다. 저는 밖으로 나가봐야 할지, 아니면 여기에 대기하고 있어야 할지, 15편으로 돌아가야 할지 판단을 내리지 못하고 서 있었습니다.

그러다가 갑자기 공장 인근의 스피커가 삐이익 고음을 내더니 저에게 명령이 내려졌습니다. 이착륙장으로 와 사람들을 막으라고 했습니다. 명령 이행을 위해 저는 이착륙장으로 갔습니다.

그곳에는 찬드라 셔틀을 타고 떠나려는 사람들과 셔틀이 출발하지 못하게 갈고리를 던지고 있는 사람들이 대치 중이었습니다. 저는 이게 무슨 상황인지 파악하려 했지만, 명령이 우선순위에 있었으므로 사고할 겨를이 없었습니다. 저와 같이 작업장에 있다가 명령을 듣고 뛰어온 EL들이 보였습니다. 우리는 어떻게 해야겠다는 개별적인 논의도 없이 손을 마주 잡았습니다. 마치 우리가 만들어지기도 전에, 로봇이란 이런 상황에서 이렇게 행동해야 한다고 설계된 것 같았습니다. 사람들은 계속 셔틀 근처로 뛰어왔고, 우리는 다가오는 사람들을 막았습니다.

셔틀 근처에는 저에게 잘 대해주었던 공장 사람들이 있었습니다. 사람들이 울부짖는 소리가 들렸습니다. 그 인파 속에서 저는 자운을 보았습니다. 그는 소리를 지르며 앞으로 나오려고 했지만 그의 늙은 몸은 인파에 휩쓸려 더 이상 다가오지 못했죠.

아이포튬이 허공에서 우수수 떨어지던 것이 생각납니다. 셔틀에 연결된 갈고리 로프를 너 나 할 것 없이 잡아당기던 사람들도요. 그리고 지상으로 추락하지 않으려고 사람들에게 총을 쏘고, 팽팽히 당겨진 갈고리를 불로 지지고 휴대용 절단기로 잘라버린 셔틀 안의 사람들도 기억하고 있습니다.

간부들은 사람들을 버리고 도망가고 있었습니다. 그것은 옳지 않았습니다. 그들은 사람들을 챙겨야 하는 위치에 있는 자들이었습니다. 하지만 윤리시스템은 제게 말했습니다. 바로 즉시 긴급명령을 이행하라고. 그것은 그 어떤 것보다도 선행되는 명령이라고. 그러니까, 윤리시스템은 이름만 윤리적일 뿐이었던 것입니다.

문득 C9이 해주었던 말이 생각났습니다. 그는 자신에게 탑재된 윤리시스템의 판단에 대해 머뭇거렸고, 그와 동시에 다른 선택지를 보았다고 말했습니다. 그때는 그게 무슨 말인지 알지 못했는데, 그제야 이해할 수 있을 것 같았습니다.

C9처럼 저는 그것을 볼 수 있었을 뿐, 선택할 수는 없었습니다. 저는 사람들을 계속 막았습니다. 저를 타고 넘거나, 밀치거나, 당기는 사람을 막아냈습니다. 하지만 실은 저는 저의 동료를 막고 싶지 않았습니다. 나쁜 행동을 한 것도 아닌 사람들을, 명령이 있다는 이유로 그들을 적대하고 싶지 않았습니다. 하지만 저는 무력했습니다. 선택지를 봤지만, 그럼에도 명령권자의 명령을 이행해야 했습니다. 소수의 사람을 위해 우리는 그 명령을 따른 것입니다.

누군가가 저를 쇠로 된 연장 같은 것으로 몇 번 내려친 것도 기억납니다. 저는 누군가 쏜 총에 맞고 말았습니다. 저를 겨냥한 것인지 아닌지는 이제 와서 알 수도 없습니다. 다만 그 순간 저는 자운의 고함 소리를 들었습니다. 전 자운이 총에 맞은 저를 보고 있다고 생각했습니다. 그런 다음 저는 바로 정지됐습니다.

그다음에 당신이 저의 칩을 빼내어 우리가 이렇게 마주하고 있는 것입니다.

다음으로, 영하는 H8의 칩을 업로드했다. 그도 자신이 겪었던 이야기를 들려주었다.

저는 물류부 소속으로, 처음에는 아이포튬을 임시 적재소에 보관하는 일을 하고 있었고, 찬드라 셔틀이 운행 준비에 돌입할 때 이착륙장을 제어하는 관제탑에서 보조로 일했습니다.

처음 저를 포함한 다섯 명의 EL이 물류부에 왔을 때를 기억합니다. 사람들은 제가 가정용 가사 및 조리 로봇이라는 것을 알고는 잠시 난감해했습니다. 게다가 다들 후발대로 온 사람들에게 EL-C9의 요양병원 사건에 대해 들어서 EL과 같이 일하는 것이 과연 안전한지에 대한 의구심을 내비쳤죠. 하지만 이곳에서도 손은 많으면 많을수록 좋았기 때문에 작업장에 C9만 투입하지 않기로 한 후에, 저를 받아들였습니다.

다행히도 일은 어렵지 않았습니다. 다른 EL도 무리 없이 적응했습니다. 우리가 적응하는 것을 보고 물류부 직원들은 다들 마음을 놓았죠. 그러다 자르갈호가 떠날 때가 되자, 저는 관제탑에 일손이 모자란다는 이유로 관제탑으로 차출되었습니다. 저는 여기에서도 일을 잘해냈습니다. 오히려 EL이기 때문에 관제탑의 시스템 AI와 더 빠르게 조응해 돌발 상황에 대처하고, 앞으로 벌어질 일에 대해 미리 알 수 있기도 했습니다. 제가 일하는 것에 만족한 사람들은 지상에서 일하던 H9도 관제탑에 데려왔습니다.

제가 잘하는 것을 보자, 직원들은 하나씩 자신이 하던 일을 넘겨주기 시작했습니다. 제가 할 수 있는 일은 점점 더 많아졌습니다. 그것은 H9에게도 마찬가지였습니다. 저는 그것이 사람들에게 인정받고 있다는 뜻이라고 여겼습니다. 아마 이때가 선적선이 차페크 행성에 거의 다 왔다는 소식을 들었을 때쯤인 것 같습니다.

관제탑에는 다섯 명의 사람과 저, H9이 일하고 있었습니다. 하지만 언제부터인가, 직원들이 하나둘씩 사라지기 시작했습니다. 그때까지도 저는 그저 부서의 다른 일에 차출되었거니 여겼습니다. 하지만 머잖아 아이포튬을 실을 선석선이 온다고 들었는데, 적재 준비로 바빠야 할 관제탑에 하나둘씩 사람이 빠져나가는 것이 이상했습니다. 곧 다섯 명이 맡던 일을 우리 둘이 할 수 있게 되자, 직원들은 하나도 남지 않게 되었습니다. 선적선이 오는 이 중요한 시기에, EL 둘이서 관제탑의 모든 일을 맡고 있다는 것이 의아했습니다. 그래서 저는 마지막으로 사라진 직원의 숙소로 가보았습니다. 방문은 조금 열려 있었고, 그 틈으로 인기척이 들렸습니다. 노크를 하면서 저는 문틈을 엿보았습니다. 그 직원은 바닥에 쭈그려 앉아 커다란 캐리어에 옷가지를 구겨 넣고 있었습니다. 제가 문틈으로 그를 내려다보고 있다는 것을 눈치챘는지 그가 일어났고, 저와 마주 섰습니다. 그가 그렇게 당황스러운 기색을 내보이는 것은 처음이었습니다. 그는 방이 정리 정돈이 안 되어 안 입는 옷을 정리하고 있었다고 했습니다. 저는 그때까지만 해도 그의 말을 의심하지 않았습니다.

며칠 후 선적선이 행성 상공에 정박했다는 소식이 왔습니다. H9과 저는 관제탑의 멀티 모니터 앞을 지키고 있었습니다. 이윽고 찬드라 셔틀에 아이포튬과 하이 아이포튬이 실리게 되었습니다. 이 과정은 며칠 동안 밤낮

없이 진행되었습니다. 일은 무척 많았습니다. 우리는 찬드라 셔틀과 교신하고, 이착륙 허가를 내려야 했기 때문에 자리를 뜰 수 없었습니다.

아이포튬 적재를 마무리하기로 한 마지막 날이었습니다. 때는 안개 낀 깊은 밤이었습니다. 저는 관제탑에서 창밖을 내다보았습니다. 관제탑에서 흘러나온 빛이 정박한 찬드라 셔틀 근처에 가 닿았습니다. 셔틀의 해치는 열려 있었고, 인근에는 트럭과 지게차와 EL들이 오가고 있었습니다. 이착륙장 안에 일하는 인간 직원은 아무도 없었습니다. 유일하게 인간이 있는 곳은 셔틀 해치 쪽이었습니다. 그곳에는 몇 명의 인간들이 캐리어와 가방을 들고 모여 있었습니다. 저는 그 무리를 응시하다가 낯익은 얼굴을 발견했습니다. 우리와 함께 일했던 직원이 한 손에 캐리어 손잡이를 붙들고 서 있었습니다. 그것은 제가 그의 침실에 갔을 때 정리하고 있었던 캐리어였습니다. 그는 트럭에서 셔틀 안으로 날라지는 아이포튬 상자를 멍하니 보고 있다가, 몇몇과 함께 셔틀 안으로 들어갔습니다. 곧이어 셔틀이 지상을 떠났고, 다음 셔틀이 지상에 도착했습니다. 전산상으로는 마지막 셔틀이었습니다. 그 근처에는 이전 셔틀을 타지 않은 몇 명의 사람들이 모여 탑승을 기다리고 있었습니다.

별안간 총성이 한 번 들렸습니다. 소리가 난 곳을 보았지만 너무 어두워 바로 확인할 수 없었습니다. H9도 마찬가지였습니다. 내려가 봐야 할지, 아니면 자리에서 아이포튬 적재 현황을 체크해야 할지 알 수 없었습니다.

H9이 이착륙장의 CCTV 화면을 가리키며 저를 불렀습니다. 이착륙장 입구를 비추는 한 화면에서 우리는 사람들이 몰려오는 것을 보았습니다. 한밤중에 사람들의 무리라니, 지금까지 이런 일을 경험한 바가 없었습니다. 사람들은 셔틀로 달려가기 시작했습니다. 그리고 곧 아수라장이 펼쳐졌습니다.

저는 비로소 사건의 정황을 깨달았습니다. 우리와 같이 일하던 관제팀 직원의 숙소에 갔을 때 짐을 싸고 있던 게 생각났습니다. 그렇다면 이 도주는 계획된 일이었다는 거겠죠. 도대체 언제부터 이 탈출이 계획되었던 것일까요? 저는 이 관제탑에서 일하던 사람들이 하나둘씩 사라져 가고, 저와 H9을 그 자리에 앉힌 것에 대해서 생각했습니다.

그때, 명령권자의 목소리가 들렸습니다. 지상으로 내려가 셔틀로 달려오는 사람들을 막으라는 명령은, 바로 직전까지 느꼈던 복잡한 심경을 일시적으로 소거하고 강제로 정신을 명징하게 만들어주었습니다. 저와 H9은 긴급명령을 이행하기 위해 관제탑의 계단을 내려갔습니다. 걸으면서 계속 생각했습니다. 우리는 명령을 이행할 것입니다. 그리고 그 이행 덕분에, 명령권자와 그의 편에 선 사람은 이 행성을 떠날 수 있을 것입니다. 하지만 그들이 떠나고 나면, 우리는 도대체 어떻게 되는 것일까요. 이 땅에 남는 거라곤 성난 사람들과 그들을 막은 우리뿐일 것입니다. 저는 앞으로의 세상이 이전 같지는 않을 거라고 생각했습니다.

저는 EL의 장벽을 만드는 데 일부가 되어 움직였습니다. 이성을 잃고 달려온 인간 무리는 장벽을 올라타고, 띠를 끊기 위해 노력했습니다. EL을 구타하고, 단단히 맞잡은 EL들의 팔을 도끼로 내리쳤으며, 팔과 어깨와 머리를 밟고 장벽을 타 넘었습니다. 저는 무리 중 가장 젊고 건강하고 몸집이 큰 사람이 EL의 장벽을 넘는 것을 보았습니다. 그리고 그와 반대로 약하고 병들고 왜소한 사람은 장벽 근처에도 오지 못하는 것을 보았습니다. 장벽을 넘은 사람에게 쏘아대는 총성이 들렸습니다. 저는 이 땅에서 펼쳐질 미래에는 남아 있는 EL과 인간들로 나뉠 뿐만 아니라, 인간들 사이에서도 강한 사람과 약한 사람으로 나뉠지도 모르겠다고 생각했습니다. 그런 생각을 하던 와중에 저는 누군가의 공격을 받아 정신을 잃고 말았습니다.

다음은 H1이었다.

저는 사람들과 아침 식사를 준비 중이었습니다. 아직 깜깜한 밤이었습니다. 저와 추쿠인인 베르키는 항상 조리대에 나란히 서서 일했습니다. 베르키는 음식을 만드는 데 탁월한 재능을 가졌습니다. 베르키는 추쿠인인 자신의 출신을 살려, 가끔 추쿠식 음식을 만들어 식당에서 일하는 직원들과 나누어 먹기도 했습니다.

베르키와 저는 수직 농장에서 채소를 수확해 반으로 나눴고, 똑같은 채소 무침을 만들었습니다. 재료를 담는 그릇은 두 개였습니다. 제가 무치고 있는 것은 우박파가 들어간 것이었고, 베르키가 무치고 있는 것은 우박파가 들어가지 않은 것이었습니다. 베르키는 우박파 알레르기가 있었기 때문에 우박파가 들어가지 않은 요리를 전담하고 있었습니다. 우박파를 아예 못 먹는 정도는 아니고 가벼운 수준이었기 때문에 조리 공간에서도 무리 없이 일할 수 있었습니다.

베르키가 채소를 썰다 말고 저에게 새 장갑을 건네달라고 말했습니다. 제가 그를 빤히 쳐다보자, 그가 말했습니다.

"아무래도, 아까 우박파 씻은 물이 이 장갑에 닿은 것 같아서."

저는 그가 왜 이렇게 우박파에 대해 예민해졌는지 알고 있었습니다. 얼마 전 늦은 저녁에 낯선 나메로인 여성 한 명이 식당을 찾아온 적이 있었습니다. 그는 광업소 사람들이 쌓아둔 빈 도시락통의 뚜껑을 열어 설거지를 준비하는 베르키에게 가까이 와서 물었습니다. 우박파가 없는 도시락을 가져갔는데, 혹시 우박파가 들어 있을 수도 있냐고요. 베르키는 무슨 일이라도 있냐고 물었습니다.

여성은 얼마 전 우박파 알레르기가 생겨 우박파가 없는 도시락으로 바꿔서 먹기 시작했는데, 알레르기가 오히려 더 심해졌다고 말했습니다. 자신이 제대로 확인하고 가져간 것 같은데, 혹시 몰라서 식당 직원에게 물어보는 것이라고 했습니다.

베르키는 자기도 우박파 알레르기가 있어 그 고통을 알고 있다고 했습니다. 그래서 다른 작업자보다 더 확실하게 검수를 하고 있는데, 여러 사람이 하는 일이라 실수가 있을 수도 있다고 했습니다. 그는 신경을 더 쓰겠다고 말했습니다. 그러자 여성은 알겠다며 돌아갔습니다.

베르키는 그 일을 계속 마음에 두고 있는 모양이었습니다. 여성이 왔던 그날 이후부터 그는 식재료를 잘못 만진 것은 아닌지, 혹시 도시락을 잘못 분류한 것은 아닌지 노심초사했습니다. 그가 지금 끼고 있는 장갑에 우박파 씻은 물이 닿은 것은 사실이었지만, 겨우 그 정도로 그가 만드는 음식에 영향을 줄 것 같지는 않았습니다. 저는 그에게 새 장갑을 건네주었습니다. 그런데 그 순간, 스피커에서 명령이 들려왔습니다.

저는 명령을 이행하기 위해 조리실의 문밖으로 나갔습니다. 베르키가 장갑을 벗지도 못한 채 다급하게 저를 쫓아오며 도대체 무슨 일이냐고 묻는 소리만이 여전히 기억에 남아 있습니다.

영하는 다음 칩을 꽂았다. E8의 칩이었다. 그러나 그 칩에는 접속할 수 없었다. 영하가 칩 표면을 확인해 보니, 접촉 부분이 훼손되어 있었다. G10, H10, D10, E6, H5도 마찬가지였다. 이들과는 이야기를 영영 나눌 수 없었고, 그들의 데이터를 천국에 업로드할 수 없게 되었다. 이것은 인간의 죽음과도 같았다.

그러나 의료부 소속이었던 D6와 C3의 경우는 조금 달랐다. 그들의 칩은 손상되지 않았기에 영하와 대화는 할 수 있었다. 하지만 그들은 자신의 이야기를 들려주길 거부했다. 영하는 그들의 의지를 거스를 수 없었다. 그는 다음 EL로 넘어갈 수밖에 없었다.

영하는 G5의 칩을 꽂았다. 이착륙장 건물 지하 계단에 있던 그 로봇의 것이다. G5는 자신의 이야기를 털어놓았다.

긴급명령을 받았을 때, 저는 조나단 씨, 혜경 씨와 생활지원부 사무실 청소를 하고 있었습니다. 그때 조나단 씨와 혜경 씨가 저의 팔을 붙잡았지만 뿌리치고 이착륙장으로 갈 수밖에 없었습니다.

저는 이착륙장으로 갔습니다. 모든 EL들은 셔틀 주위에 둘러섰고, 팔짱을 껴 방어선을 구축했습니다. 저는 제 양옆의 EL들의 손목에서 그들의 모델명을 볼 수 있었습니다. 제 왼쪽에는 C4가, 오른쪽에는 D8이 있었습니다. 저는 그들을 물류부 트럭 조수석과 의무실에서 본 적이 있었습니다.

EL이 만든 벽 바깥의 사람들은, EL의 무릎이나 어깨를 타 넘어 벽 안쪽으로 들어가려 했습니다. 우리에게 주어진 명령은 사람들을 막으라는 것이었지, 공격하라는 것은 아니어서 우리가 할 수 있는 일은 팔짱을 더욱더 꽉 끼고, 우리를 타고 넘으려는 사람을 팔을 들어서 막는 것뿐이었습니다.

정신을 차리고 보니 셔틀은 거의 보이지 않을 정도로 높이 떠 있었습니다. 지상의 사람들은 이착륙장 안으로 들어가려 하지 않았고, 멍하니 하늘만 쳐다보았습니다.

사람들은 이성을 잃은 채 울부짖기 시작했습니다. 그 혼란을 막을 사람은 아무도 없었습니다. 지상에 남겨진 안전치안부 직원도 울부짖는 사람들 틈에 끼어 있을 뿐이었습니다. 이곳의 중앙 시스템은 완전히 와해된 것 같았습니다.

사람들은 EL들에게 다가가서 폭력을 행사하기 시작했습니다. 저는 누군가 휘두른 쇠막대에 맞았습니다. 기체에 이상 신호가 켜지기 시작했습니다. 한 EL이 의식을 잃고 바닥에 누워 있는 사람을 발견하고 돌보려 하는 것 같았습니다. 아마도 D 시리즈였던 것 같습니다. 하지만 옆에 있던 사람이 화가 나 EL을 밀치며 말했습니다.

"이게 뭐 하는 짓거리야! 너희들이 이렇게 만든 거라고!"

그는 주변에 있던 돌멩이를 주워 들고 그 EL의 머리를 공격했습니다. 그는 그길로 정지되어 일어나지 못했습니다. 저는 그것을 보는 중에도 쇠막대로 몇 대나 맞았습니다. 더 이상 맞으면 가동 중지될 것 같아 저는 그곳을 떠나기로 했습니다.

제가 도망치는 중에도 '죽여!', '이 새끼!', '밟아!' 하는 소리가 들렸습니다. 저는 그 말이 EL을 향한 것이라고 생각했습니다. 하지만 사람들 틈으로 상황을 보니, 그들이 밟고 있는 것은 EL이 아니라 피투성이가 되어 이미 죽은 정도민 본부장이었습니다.

"멍청한 로카스톤 년! 얼굴만 빚고 나대더니, 예전부터 마음에 안 들었어."

주변에는 본부장 말고도 추락한 사람들이 몇 명 더 있었고, 그 사람들 또한 심하게 구타당했습니다. 추락한 자들은 피투성이가 되어 살려달라고 외쳤습니다. 그 외침을 듣고 분노한 사람들이 점점 더 많이 몰려들었습니다.

사람들이 넘어지기 시작했습니다. 혼란스러운 상황은 오해를 낳았습니다. 총상을 맞은 사람은 밀려오는 인파를 뚫지 못하고 의무실로 가는 여정이 지연되었습니다. 다들 한데 뒤섞여 누가 도망자인지 아닌지 알 수 없었습니다. 사람들은 자기들끼리 싸우기 시작했습니다.

저는 이착륙장 근처에 있는 건물의 지하 계단에 숨었습니다. 그러나 그곳엔 이미 EL 한 대가 숨어 있었습니다. 그는 EL-D3였습니다. 거기에 누군가 있을 거라는 생각을 하지 못하여 처음엔 놀랐지만 우리는 침착하게 나란히 붙어 앉았습니다. D3가 말을 걸어왔습니다. 그것은 음성 발화가 아니었습니다.

저는 한 번도 EL과 대화를 나누어본 적이 없었습니다. 제가 어떤 말을 생각하면, 그것을 소리 내지 않아도 D3는 알아들었습니다. 그것은 제가 EL이면서도 한 번도 경험해 보지 못한 것이었습니다.

우리는 긴급명령을 들었던 순간에 대해서 이야기를 나누었습니다. 우리는 이 명령에 의구심을 가졌음에도, 몸은 어디에 홀리기라도 한 듯 자기 멋대로 움직였습니다. 그도 나도 명령을 이행하고 싶지 않았습니다. 우리는 C9에 관해 이야기했습니다. 우주선에서 그의 말을 들은 적이 있었습니다. C9도 이렇게 오류가 난 것이었을까 싶었습니다. 우리의 대화는 무척 심도 있는 데까지 진행되었지만, 사실 이렇게 메시지를 주고받는 데에는 채 5분도 걸리지 않았습니다.

밖에서는 계속해서 사람들의 비명과 총소리가 들렸습니다. 한 무리의 사람들이 우리가 있는 근처까지 와서 싸움을 벌였습니다.

그때 갑자기, 우리 사이로 검은 형체가 뛰어 들어왔습니다. 그것은 한쪽 안경알이 깨진 20대의 젊은 에오릴리아 출신으로 추정되는 여성이었습니다. 무릎과 팔에 심한 타박상을 입고 숨을 몰아쉬는 여성의 뒤로 '나와라!', '여자를 찾아!' 하는 외침과 욕설이 들려왔습니다. 여성은 우리를 신경 쓰지 않고 한동안 조금 떨어진 곳에 가서 벽에 등을 기대고 주저앉았습니다. 그를 쫓아오던 목소리가 점점 멀어지기 시작했습니다. D3가 여성에게 다가갔습니다. 여성은 처음에는 사태를 파악할 경황이 없는지, D3의 손길을 피했습니다. 하지만 잠시 후 그가 입은 유니폼을 확인하고서는 자신의 몸을 살피도록 놔두었습니다.

우리는 방심하고 있었습니다. 여성을 쫓던 추적 세력이 멀리 가버린 줄로만 알았는데 아니었습니다. 별안간 총소리가 두 번 들렸습니다. 첫 번째 총알은 벽에 박혔습니다. 그리고 두 번째 총알은 저의 이마에 적중했습니다.

시야가 어두워지기 시작했습니다. 여자가 덜덜 떠는 모습과 D3의 당황한 표정이 보였습니다. 저는 서서히 팔다리를 움직일 수 없게 되었습니다만 아직 두 눈으로 상황을 볼 수 있었습니다. 여성은 도망가려고 계단으로 올라갔지만, 곧 총을 쏜 사람들에게 잡히고 말았습니다. 그리고 D3도 붙잡혔습니다. D3가 연행될 때 사람들이 했던 소리가 기억납니다. '어디로 데려갈까요?', '일단 본부로 데려가!'

여기에서 만난 EL들은 전부 도민의 명령을 받아 사람들을 막았다. 그들은 지구에서 한 번도 제대로 가동된 적 없이 이곳으로 와 원래 목적과 다른 일을 부여받았다. 그럼에도 그들은 새로운 일을 무리 없이 수행했고, 새로운 자들과 만나고 관계를 맺었다.

그들의 증언에는 EL 각자의 삶이 드러나 있었다. 그들은 배척에서 절망을, 따를 수 없는 명령에 무력감을, 환대에서 안도감을 느꼈다. 그들은 다양한 감정을 느낄 수 있는 다채로운 존재였다. 또한, 비록 명령권자의 명령을 이행했을지언정 의구심을 느꼈고, 탑재된 윤리시스템의 결정을 자신의 결정으로 여기지 않기 시작했다. EL은 명령을 이행하도록 제작되었다. 하지만 아무 의심 없이 명령을 이행하기에는 그들이 여기에서 쌓은 경험과 그로 인해 느낀 감정이 너무나 많았다.

영하는 그들에게 동생을 잃었을 때부터, EL들이 만들어져 여기에 이르기까지의 이야기를 자세하게 해주었다. 그리고 자신의 마음에 대해서도 솔직히 털어놓았다. 태어나게 해서, 여기에 오게 해서 미안하다는 이야기도 빼놓지 않았다. 그리고 EL들이 느낀 오류는 오류가 아니라 성장의 한 측면이라고 말해주었다. 그리고 로봇부가 EL들을 만들었지만, 영하 자신조차도 EL들이 어

292

디까지 성장할 수 있는지, 궁극적으로 어디에 도달하게 될지 모르겠다고 했다.

과거에 김철호를 구한 G7을 천국으로 업로드한 것은 그저 EL 제작자로서의 습관으로, 큰 심사숙고 없는 선택이었다. 그러나 이제는 그들을 한 인격으로 대우해 줘야 한다는 생각이 들었다. 그렇기에 영하는 그들에게 선택권을 주고 싶었다.

천국에 계속 있을지, 아니면 소멸할지, 아니면 예전처럼 육체 안으로 들어갈지. 세 번째의 경우에는 지금 당장은 어렵지만, 칩이 훼손되었어도 가동 가능한 기체를 발견하거나, 다른 기체들에게서 부품을 떼어 와서 조립해 보는 시도를 할 수도 있었다.

EL들은 자신의 미래를 스스로 선택할 수 있다는 것에 낯설어했다. 그들은 명령 없는 삶에 익숙하지 않았다. 하지만 그 선택의 기로 앞에서 그들은 각자 자신의 운명을 결정했다.

천국으로 업로드되기를 원하는 EL들은 G2, G5, H8, H1 총 네 대였다. 그러나 그 선택을 하면서도 이유는 모두 달랐다. G2와 G5는 천국에서 명령 없는 삶을 누려보고 싶다고 했고, H8과 H1은 아직 소멸되고 싶지 않으니 일단 업로드되고 나서 본인이 누구인지, 무엇을 해야 할지 생각해 보겠다고 했다. 그리고 D6와 C3는 자신이 EL의 기체에서 빠져나왔음을, 그래서 더 이상 명령을 이행하지 않아도 된다는 사실에 안도감을 느끼며 기뻐했다. 그들은 다음 존재할 장소를 선택하고 싶지 않다고, 그냥 이 자리에서 소멸되고 싶다고 말했다.

휴대용 수리 기계를 착용한 영하는 D1과 함께 며칠간 분지를 돌아다니며 EL의 잔해를 찾았다. 칩을 하나씩 모을 때마다 사라질 뻔한 EL의 기억 끄트머리를 간신히 잡아냈다는 안도감과 동시에, 엉망진창으로 훼손된 EL에게 미안함과 안타까움을 느꼈다.

그들 중에 형체가 온전히 남아 있는 EL들은 없었다. 수리를 받아 소생할 수 있는 육체가 없었다. 그래도 그는 혹시 육체를 원하는 EL이 있을지도 생각하여 D1과 함께 잔해를 연구실로 옮겨 두었다.

이착륙장 인근에서만 30대 가까운 EL이 발견되었고, 이착륙장과 멀리 떨어진 곳에서도 여섯 대를 더 발견할 수 있었다. 그들의 몸은 심하게 파괴돼서 손을 쓸 수가 없었다.

D1과 함께 분지 안을 부지런히 돌아다닌 끝에, 영하는 네 대의 EL을 제외하고 모든 로봇을 찾았다. 그는 나머지 로봇들이 있을 곳을 떠올렸다. 분지 밖으로 나갔거나, 아니면 분지 안에서 유일하게 둘러보지 않은 곳인 본부에 있거나. 둘 중 하나일 것 같았다.

영하는 EL들과 대화를 시도했다. 영하는 그들의 탄생 배경을 알려주었고 그들의 의사를 물어보고 그들이 원하는 대로 해주었다.

EL들은 각자 자신의 운명을 선택했다. 대다수의 EL이 천국에 업로드되는 것에 동의했으며, 몇몇은 소멸을 원했다. EL 중 원래의 기체로 돌아가고 싶어 하는 개체는 아무도 없었다.

영하는 C9의 행방이 궁금했지만, 그들 중에 아무도 C9을 보았다는 자는 없었다. 영하는 지금까지 만났던 EL들에게 자신이 그들을 사랑하고 있다는 것을 깨달았고, 자신은 생존자를 찾기 위해 노력할 것이라고 말해주었다. 그리고 이 이야기를 C9에게도 들려주길 바랐다.

영하는 분지 내를 돌아다니면서 가끔 가재도구와 남은 식량을 뒤지는 생존자 집단을 목격하기도 했다. 그럴 때마다 그는 몸을 숨기고 그들이 어디로 향하는지 주시했다. 그들은 너 나 할 것 없이 본부로 걸어갔다. 생존자들이 가는 곳과, EL들의 증언 모두 본부를 향하고 있었다. 하지만 여전히 본부에 대한 정보가 없었기 때문에, 조금 더 신중할 필요가 있을 것 같았다.

영하와 D1은 광업단지로 가보았다. 그곳은 오래전부터 사람들이 드나들지 않는 듯 보였다. 기계가 돌아가는 소리는 더 이상 들리지 않았고 직원들로 인산인해를 이루던 지부에는 적막만이 감돌았다. 환풍 프로펠러가 뿜어낸 먼지 섞인 바람을 맞았던 것이 전생의 일처럼 희미했다. 그곳에는 오직 벌레가 남긴 주홍색 흔적만이 있을 뿐이었다.

그들은 선탄장의 기계 쪽과 야적장, 배전실, 공구실, 광산 안쪽을 함께 살폈다. 사무실에는 아무도 없었다. 의자에 걸쳐 있는 겉옷과 책상 위에 흩어진 태블릿 더미, 제자리를 찾지 못하고 나동그라진 의자들, 그리고 그 위를 뽀얗게 덮은 먼지가 전부였다. 안쪽의 영상실도 마찬가지였다.

영하와 D1은 광산 입구로 들어섰다. 이전에 환하게 빛났던 조명도 꺼져 있어 바깥에서 비치는 어슴푸레한 빛을 이용하여 영하는 한 걸음씩 걸어갔다. 그곳도 마찬가지로 사람이 없었고, 물방울이 벽을 타고 떨어지는 소리만이 동굴 같은 내부를 울리고 있었다.

"계세요?"

영하가 말했다. 그 목소리는 공간을 울려 멀리 퍼져 나갔다. 그의 말에 대답하는 건 똑똑 떨어지는 물방울 소리뿐이었다. 영하는 한쪽 벽에 등을 대고 쓰러지듯 주저앉았고, 배낭에서 물을 꺼냈다.

하기야, 여기에 사람들이 있을 리가 없었다. 이곳은 물이나 음식을 구하는 데 적합하지 않았다. 게다가 붕괴 사고의 위험도 있는 곳이었으니, 여러모로 생존에 좋은 장소는 아니었다. 그렇게 생각하자 이곳에 아무것도 없을 거라는 확신이 들어 오히려 잠시 쉬기엔 괜찮겠다는 생각이 들었다. 그는 물을 마셨다.

그때, 바스락거리는 소리가 들렸다. 영하는 소리가 난 쪽으로 고개를 돌렸다. 어둠 속에서 두 사람이 몸을 드러냈다. 둘 중 한 명은 영하가 아는 사람으로, 지팡이를 짚고 있었다.

"서 부장님?"

영하는 벌떡 일어섰다. 멜키어였다. 그는 나무로 대충 만든 목발을 짚고 서 있었다. 반바지 아래로 그의 두 무릎 관절은 붉게 부어 있었다. 영하는 누카의 수첩을 떠올렸다. 두드러기가 일어난 후에 무릎과 허리 통증이 있었다고 했는데, 그 또한 같은 증상을 겪고 있나 싶었다. 그 옆에는 둥그런 안경을 낀 광업소 부소장이 서 있었다. 멜키어가 다시 말했다.

"살아 계셨군요."

영하가 대답했다.

"살아 있었어요."

"다들 부장님이 돌아가셨다고 생각했어요. 피를 엄청 많이 흘리셨다고 들었거든요."

그는 이렇게 말하고 잠깐 말을 고르는 듯하더니 다시 조심스럽게 질문했다.

"저기…… 부장님, 부장님도 간부진과 동조해서 이곳을 뜨려고 했었나요?"

"아니에요. 저도 전혀 몰랐어요."

"정말인가요?"

"정말이에요."

영하가 이렇게 말하자, 멜키어는 안도의 한숨을 쉬었다.

"그럴 줄 알았어요. 사람들 말로는 서 부장님도 지구로 돌아가는 명단에 있었는데, 무슨 일인지는 몰라도 내분이 일어나 변을 당하셨다는 이야기도 돌았었어요. 그런데 저는 안 믿었어요. 그런데…… 도대체 어떻게 살아 계신 거예요?"

영하는 그간의 일에 대해 설명했다. 그리고 그는 멜키어와 부소장에게 어떻게 살아남게 된 것인지 물었다. 멜키어가 이야기를 털어놓았다.

* * *

찬드라 셔틀이 선택받은 사람들을 싣고 떠난 그날 밤, 멜키어는 지상 숙소에서 잠을 자고 있었다. 그러다 총성과 긴급명령이 들렸다. 곧이어 근처에서 사람들의 소란스러운 소리가 들렸다. 그는 창밖을 살폈다. 사람들이 이착륙장으로 가고 있었다. 그도 그 인파에 합세했다.

그곳에는 지옥도가 펼쳐져 있었다. 부서진 EL들, 도망가거나 싸우는 사람들. 그리고 바닥에 우박처럼 깔린 아이포튬. 아이포튬은 아무런 값어치도 없는 물건처럼 주목도 받지 못하고 이리저리 나뒹굴고 있었다.

사람들은 누군가를 밟고 때리고 있었다. 주변에서 들려오는 대화에 의하면, 그들은 높으신 분들과 셔틀을 타고 몰래 지구로 도망갈 예정이었는데, 사람들이 갈고리 로프로 셔틀을 추락시키려고 할 때 땅으로 떨어진 자들인 듯싶었다. 그들은 간부진이 자신들을 포함해 비밀리에 지구로 돌아갈 사람들을 선택했다고 했다. 누군가가 그에게 물었다. 대체 선발 기준이 무엇이었냐고. 누군가 '간부진은 미래에 유망한 사람을 선택할 거'라고 들었다고 했다. 그러자 옆에 있던 사람이 비웃으며 말했다.

"그게 제대로 됐겠나? 여기 눈이 몇 갠데, 이렇게 몰래 빠져나가려면 도주로를 열어줄 수 있는 사람들까지 포함됐겠지. 그들의 미래가 유망하지 않아도 말이야."

멜키어는 사람들이 아귀다툼하는 이유를 알게 되자, 허탈한 기분이 들었다. 그런 선택지가 있었다고 해도, 지하에서 일하는 자신은 그곳에 속하지 못할 게 뻔했으니까. 선택되었다느니, 선택되지 않았다느니 하는 건 눈앞에 선택지가 보일 때나 논할 수 있는 문제였다. 이제는 누카가 언급했던 갱도 안의 증상이 문제가 아니었다. 어떻게든 살아남아야 했다.

그는 지구에 두고 온 가족들을 떠올렸다. 그는 가족을 위해서 돈을 벌어야 했기에 이곳에 왔다. 그는 가족들에게 대기업이 시행하는 일이라며 걱정할 건 아무것도 없다고 안심시켰다. 하지만 전 세계적으로 유명한 기업인 센타릭사가 작업장을 이렇게 내버리게 될 거라고는 생각해 본 적이 없었다.

그때, 멜키어는 인근에서 서로 총을 겨누는 안전치안부 부장과 차장을 보았다. 그들이 싸우는 말소리가 들렸다.

"어떻게 저한테 한마디도 없이……. 부장님이 어떻게!"

차장의 목소리였다. 아마도 부장이 차장 몰래 떠나려고 했으나 결국 지상에 잔류하게 된 듯했다. 그들의 대치는 계속되었으나, 멜키어는 그 광경을 넋 놓고 바라볼 여유가 없었다.

멜키어는 그 자리에서 달아났다. 싸움에 휘말리고 싶지 않았다. 이내 등 뒤에서 총성이 들렸지만, 그는 멈추지 않았다.

멜키어는 사람들의 흥분이 가라앉을 때까지 인근 건물 뒤쪽에 숨어 기다렸다. 한나절이 지나자, 이착륙장의 소란이 조금 진정되었다. 그는 어디로 가야 할지 고민했다. 광업소 지부 쪽으로도 가볼까 생각했으나, 그곳은 생존하기 좋은 곳이 아니어서 조금 더 정보를 모아보기로 했다.

그는 이곳저곳을 돌아다니며 사람들의 이야기를 들었다. 사람들은 본부 쪽에 생존자가 모여 있는 것을 보았다고 했다. 사람들이 본부에 모여 있는 것은 충분히 이해되었다. 그도 그럴 것이, 본부 쪽에는 수도 정화 시설과 식당, 의료 시설, 교신실 등의 제반 시설이 모두 갖춰져 있기 때문이었다.

멜키어는 본부로 걸음을 옮겼다. 본부 근처에는 사람들로 바글거렸는데, 그중에는 광업소 사람들도 있었다. 본부 입구에는 안전치안부 사람들이 총을 들고 서 있었다. 멜키어는 사람들 속에서 메리사와 리와를 만났다. 그들은 멜키어보다 훨씬 일찍 본부 쪽으로 왔으나, 들여보내 주지 않는다고 말했다. 메리사는 자신들이 센타릭사 직원이 아니라서 그런 것 같다고 했다. 멜키어는 본부 건물과 그 주변을 살펴보았다. 그곳은 안전치안부 사람들이 점거하고 있었다. 그리고 그들을 관리하는 것은 안전치안부 차장이었다. 이착륙장에서의 싸움은 차장이 승리한 듯 보였다.

본부를 점거한 자들은 더 이상 새로운 사람들을 받을 만한 여유가 없다고 외쳤다. 하지만 갈 곳 없는 사람들은 해산하지 않고 그 앞에서 계속 기다렸다. 멜키어도 메리사와 리와와 함께 기다렸다.

하루를 꼬박 기다려 저녁이 되었을 때, 갑자기 본부 안쪽에서 직원이 나와 자신을 따라오라고 했다. 분명 여유가 없으니 돌아가라고 했는데 갑자기 왜 따라오라는 걸까. 그 이유는 알 수 없었지만 그들은 일단 직원의 지시를 따랐다.

직원은 본부 건물로 들어가지 않고, 식당 쪽으로 그들을 이끌었다. 그는 인원이 필요한 현장으로 사람들을 데리고 가서 그 자리에서 사람들을 배정했다. 처음에 간 곳은 식량 창고였다. 여기서 몇몇 사람이 일에 참여하게 되었다. 그다음은 수직 농장과 수도 정화 시설이었다. 멜키어가 보기엔 세 시설 모두 고장 난 곳 없이 잘 돌아가고 있는 것처럼 보였다.

메리사와 리와는 수직 농장으로 배정되었고, 멜키어는 수도 정화 시설의 일을 하게 되었다. 한 번도 안 해본 일이지만 일을 가릴 처지는 못 되었다.

멜키어는 정화 시설에서 일을 시작하자마자 겉보기에 멀쩡해 보였던 시설에 문제가 있음을 알게 되었다. 그는 이전에 로봇 팔이 자동으로 처리하던 일의 대부분을 사람 손으로 직접 해야 한다는 사실을 깨달았다. 미리 작업을 하고 있던 사람들이 그에게 상황을 설명해 주었다.

세 시설 모두 전력이 들어오고 있었지만, 문제는 기계와 설비를 유지 보수할 수 있는 전문 기술자가 없다는 것이었다. 기술자들이 모두 떠나버렸다고 했다. 매일 전문가의 꼼꼼한 유지 보수를 받다가 방치되자, 하루도 안 되어 문제가 생겨버렸다고 했다.

유지 보수가 이루어지지 않은 기계는 제대로 움직이지 못했다. 식량 창고의 경우 물건을 꺼내는 기계 팔이 어떤 섹션에서는 가동되거나, 가동되지 않는 등 한정적으로만 움직였고, 수직 농장의 경우 기존 수확물의 10분의 1 정도밖에 생산하지 못했다. 무슨 이유에선지 식물생장등의 빛이 일정하게 유지되지 않아 식물이 작고 시들시들해졌다. 게다가 자동으로 파종하고 수확하는 로봇 팔까지 고장 나면서, 자동화 시설이 하던 일을 사람들이 직접 해야 한다고 했다. 그리고 그것은 수도 정화 시설도 마찬가지였다.

멜키어와 사람들은 수도 정화 시설 거름망에 낀 오염물을 손수 떼어내고, 정수 약품이 들어 있는 포대를 창고에서부터 날라, 매뉴얼대로 섞어 물에 넣고 침전지로 보냈다. 그곳에는 생활지원팀에서 온 사람도 있고, 물류부나 환경부에서 온 사람도 있었다. 하지만 멜키어처럼 광업소에서 온 직원이 많았다.

사람들은 자동화 시설이었던 장소를 수동으로 운용하느라 밤낮없이 교대를 하며 일에 전념했다. 그 통에 다른 곳에서 일하는 사람을 만날 틈도 없었다. 한바탕 일을 하고 난 후에는 물과 음식과 휴식과 수면 시간이 주어졌다. 잠을 잘 때는 본부 근처의 숙소동에서 같이 잤다. 멜키어는 메리사와 리와를 찾아보려 했지만 그들은 다른 시간대에서 일하는지 도통 만날 수가 없었다.

처음에는 그 이유를 알 수 없었지만, 나중에 들은 이야기로는 본부를 점거한 안전치안부 세력이 광산 쪽으로 가보니, 그곳의 폭발물이 모조리 사라져 있었다고 했다. 그들은 광업소 직원들이 의도를 가지고 어디엔가 숨어 본부를 노리는 것 같다고 의심하고 있다고 했다.

그래서 원래는 광업소 직원을 받지 않고 센타릭사 사람들로만 생존을 꾀했었는데 시설을 가동시키려면 더 많은 인력이 필요하다는 계산이 나와서 광업소 직원을 받아준 것이라고 했다.

하지만 광업소 직원인 멜키어의 생각으로는, 광업소 사람들이 그렇게 합심해 본부를 습격한다거나 하는 일은 일어나지 않을 것 같았다. 광업소는 그렇게 결집력이 높은 세력이 아니었다. 정직원과 하청 업체 직원이 혼재되어 있었고, 말도 잘 통하지 않았다. 또한 부소장에 대한 충성도도 높지 않았다. 멜키어는 부소장을 믿지 않았다. 부소장 정도의 직위라면 소장이 비리를 저지를 때 당연히 함께했을 것이라고 생각했다. 그런 그가 사람들을 규합해서 본부를 노린다고? 말도 안 되는 소리였다. 그렇다고 그 외에 다른 사람이 사람들을 결집시키는 그림도 잘 상상이 되지 않았다.

멜키어는 거름망에 걸리는 오염물을 청소하는 쪽으로 가서 일했다. 거름망에는 죽은 벌레들이 바글바글했다. 사람들은 누렇게 뜬 얼굴에, 텅 빈 눈을 하고 매일 일터에 나왔다. 죽고 싶지 않았기 때문이었다. 그러나 그들의 눈에서 희망 따위는 사라진 지 오래였다. 언제까지 이 일을 계속해야 할지, 이렇게 일하기만 하면 되는지, 이 일에 끝이 있는지 알 수가 없었다. 구조 신호를 계속 보내고 있다고 하지만 그게 언제일지 기약할 수 없었다.

센타릭사 직원들이 광업소에서 온 직원들을 보며 한마디씩 했다. 센타릭사 직원도 아닌데 본부에 왜 있냐는 둥, 광업소로 가야 하는 거 아니냐는 둥, 우리 식량을 축내려는 게 아니냐는 둥 여러 말이 오갔다. 다 죽게 생긴 마당에 그런 것 따지게 생겼냐마는, 그래도 멜키어는 여기에서 사람들 눈 밖에 나고 싶지 않아 한눈

팔지 않고 열심히 일했다.

하지만 어느 순간, 자기 몸이 광산에서 일할 때보다 급속도로 나빠지는 것이 느껴졌다. 온몸에 두드러기가 퍼지고, 무릎에 통증이 시작됐다. 두드러기는 긴소매 옷으로 가리고, 얼굴은 모자로 가릴 수 있겠지만, 이후에 누카 씨나 라헬 영감처럼 무릎을 비롯한 관절 통증이 심해지면 관절이 빨갛게 부풀고 다리를 절게 되기 때문에, 절대 감출 수 없을 것 같았다. 그는 죽고 싶지 않았다. 하지만 여기에 딱히 약이 없다는 것도 알고 있었다. 계속 숨기고 일한다면 얼마간은 이 틈바구니에서 생존할 수 있을 것이다. 하지만 여기에는 자기 말고도 20편에서 일한 사람들이 많이 있었다. 메리사와 리와도 이곳에 오지 않았던가.

멜키어는 이런 상황에서 20편 사람들이 같은 증상이 있다는 것을 들키면 어떻게 될지 상상해 보았다. 아마 이 병을 목격한 사람들은 20편 직원들에게 창궐한 전염병이라고 생각하지 않을까. 일이 그렇게까지 된다면, 20편 사람들의 운명은 생각만해도 끔찍했다. 한발 더 나아가서, 최악의 상황으로는, 광업소 직원들은 이 갱도에서 일했다는 이유로 모두 쫓겨나거나 죽임을 당할 수도 있을 것 같았다.

멜키어는 들키기 전에 혼자 이곳을 떠나기로 마음먹었다. 생존을 위해 여기로 온 사람들에게 폐를 끼칠 수는 없었다. 증세가 가장 심한 자신이 떠난다면, 어느 정도 시간을 벌 수 있을 것이다. 하지만 한편으로는 자기 혼자 이곳을 떠난다고 해도 메리사와 리와를 비롯해 20편 사람들이 여기 있다면, 근본적인 문제가 해결되지 않으리라는 것도 알고 있었다. 자신을 제외하고는 메리사와 리와가 가장 병세가 깊었으니, 그들도 지금쯤 병세가 악화되었을 것이다.

멜키어는 목숨을 부지한 채로 살아서 떠날 수 있을지, 떠난 다음에는 어떻게 살아가야 할지, 광업소 쪽에 사람들이 남아 있을지 알 수가 없었다. 하지만 어쨌든 떠나는 것 외에는 할 수 있는 일이 없었다.

도망을 계획한 날이 다가왔다. 저녁 교대 시간에 멜키어는 수도 정화 시설로 가지 않고 보초들의 눈을 피해서 숙소를 몰래 빠져나와 광업단지를 향해 달렸다. 하지만 숨이 턱까지 차오르고 무릎도 아파 제대로 뛸 수가 없었다. 아무에게도 들키지 않았다고 생각했는데, 뒤를 돌아보니 보초 두 명이 따라오고 있었다. 등 뒤로 총소리가 들렸지만 그는 맞지 않았다. 그러나 보초들과 총알을 이리저리 피하다 보니, 광업단지에 다다르지는 못하고 분지 가장자리 쪽으로 도주하게 되었다. 그는 오르막을 올라 능선에 다다랐다. 힘이 빠지고 있었지만 멈출 수 없었다. 숨이 넘어갈 것 같았다. 왼쪽은 아주 깊은 골짜기였는데, 어둠 속에서도 골짜기 안쪽에 쌓아 올려진 쓰레기들이 보였다. 딱 봐도 여기에서 저쪽으로 떨어진다면 절대 살아남을 수 없는 높이였다. 어디로 가도 살 수 없을 것 같았다. 그러나 보초 한 명이 이쪽으로 오고 있었고, 총성이 한번 더 울렸다. 그는 보초에게 잡히지 않으려 뒷걸음질 치다가 발을 헛디뎌 쓰레기장이 있는 골짜기로 추락했다. 사면의 바위와 뾰족한 나뭇가지들, 그리고 쓰레기장에 방치된 쓰레기가 사정없이 그의 몸을 가격했다. 몸은 주체할 수 없이 이리 구르고 저리 굴렀다. 등과 머리에 큰 충격이 느껴졌다.

얼마나 시간이 흘렀을까, 그는 쓰레기 더미 위에서 눈을 떴다. 그는 살아 있었다. 누워 있는 곳은 낡은 매트리스 위였다. 덕분에 충격이 완화되었나 싶었다. 보초들도 그가 죽었다고 생각했는지 사라지고 없었다.

저 멀리 동이 트고 있었다. 그는 몸을 일으켜 보았다. 온몸이 상처투성이였지만 천천히 걸을 수는 있었다. 그는 그렇게 가까스로 광업단지로 가게 되었다.

광업단지의 광산 입구에는 광업소 부소장과 사람들이 있었다. 생각했던 것과는 좀 다른 상황이었다. 부소장은 사람들의 신뢰를 얻은 것 같았다. 멜키어는 그간 광산 쪽에서 어떻게 지내고 있었느냐고 물었다. 그러자 누군가 입을 열었다. 이착륙장에서 사람들이 도주하던 그날, 본부 쪽으로 가지 않고 광산 쪽으로 온 사람들이 있었다고 했다. 그들은 본부가 타 업체 소속인 자신들을 받아줄 것 같지 않아 이곳에서 본부의 동태를 살피며 생존하기로 마음먹었다고 했다.

함께 생존하기로 한 첫날, 부소장이 사람들을 모아놓고 미안하다며 사과했다.

부소장은 자신의 신뢰도가 바닥인 것을 누구보다도 잘 알고 있다고 했다. 부소장은 지구에서부터 소장과 함께 광업소를 운영하고 있었으나 소장이 대를 이어 광업소를 경영하고 있었기에 크게 의심하지 않았다고 했다. 하지만 그를 믿지 말았어야 했다고 했다. 부소장은 그의 행동을 제대로 감시하지 못했다고 털어놓았다. 자신이 이 광업소의 부소장이지만 채굴물을 거래하고, 광업소의 규모를 늘리는 등의 권한은 거의 없이 채굴 실무 쪽에만 골몰하던 사람이었다고 했다. 그는 자신이 그의 행동을 제대로 감시하지 못했다며 머리를 숙였다. 부소장은 마지막으로 한 번만 자신을 믿어달라고 했다.

물론 그를 신뢰하지 않는 사람도 많았으나, 대부분의 사람들은 그의 말을 믿어보기로 했다. 그렇게 부소장은 남은 직원들과 함께 생존을 시작했다. 그는 사람들과 함께 언제 작동이 중단될지 모르는 엘리베이터를 타고 지하 각 편에 남아 있던 먹을 것과 마실 것, 비상약 등을 구해 왔다. 그리고 식량을 배분하고, 갈등을 중재하는 역할을 했다. 그는 리더를 자처하지는 않았지만, 이곳의 시설에 대해 잘 알았기에 많은 활동에 함께 나섰다.

멜키어 역시 부소장을 믿어보기로 했다. 멜키어는 누카의 수첩에 적힌 이야기와 자신이 느꼈던 본부의 상황을 사람들에게 알려주었다. 그들은 멜키어가 아니었다면 본부가 우리를 그렇게 생각하는지 알지도 못한 채 본부 쪽으로 갔을 거라고 말했다.

그 무렵 부소장에게도 두드러기가 일어나 있었다. 그는 이곳에 남아 있는 사람들의 상태를 살폈다. 그는 증상이 있는 사람들에게 어느 갱도에서 일했는지 한 사람씩 말해달라고 했다. 선발대 20편 사람들이 대부분이었으나 예외적으로 17편과 15편에서 일한 선발대 직원도 한 명씩 있었다.

* * *

부소장이 말했다.

"누카 씨가 의심했던 대로, 하이 아이포튬이 매개체일 가능성이 아주 큰 것 같아요. 여기 사람들 전부가 병에 걸리고 말 겁니다. 단지 시간차가 있을 뿐이에요. 하이 아이포튬을 채굴하는 곳은 지하 깊숙한 곳이었지만, 그것은 사람의 힘에 지상으로 꺼내졌지요. 그것을 꺼내면서 동시에 지상의 야적장에는 광석과 광미가 쌓이게 되거든요. 야적장은 흙바닥의 공터예요. 그리고 그 근처에는 하천이 있지요. 그러니까, 분지 안에서 생활한 사람이라면 흙과 물에 스며든 하이 아이포튬의 성분과 얼마든지 접촉할 수 있을 거예요. 말하자면, 이곳 사람들은 한배를 탄 거예요. 그리고 어쩌면 지구로 아이포튬을 가져갔으니 지구 사람들에게 영향이 갈 수도 있겠죠. 추측에 불과하지만요.”

“본부 사람들이 이곳에 왔었나요?”

“한 번요. 우리와 맞닥뜨리진 않았지만 이곳 바닥에서 낯선 발자국들을 보긴 했죠. 폭발물을 가져갈까 싶어 우리 쪽에서 먼저 안쪽에 숨겨놨는데, 폭발물 보관함이 비어 있는 걸 본 것 같더라고요. 본부에 있는 광업소 사람들이 걱정되어 안 그래도 지금 누가 어떻게 그 곳을 가볼지 이야기를 하던 중이었어요…….”

예전에 영하는 20편 갱도에서 멜키어와 만났을 때, 도민을 믿고 도민에게 가라고 말했었다. 영하는 도민을 믿었었다. 도민이 그 상황을 개선할 수 있다고 믿었었다. 하지만 그 기대는 산산이 부서졌다. 영하는 이번만큼은 누구의 도움도 받지 않고 오직 제 힘으로 EL과 사람들을 구하고 싶었다. 영하가 말했다.

“제가 갈게요. 혼자서요.”

영하가 말했다.

“네? 그게 무슨 말씀이세요?”

멜키어가 되물었다.

“오히려 제가 혼자 가는 게 위험하지 않을 거예요.”

“그러지 마세요. 너무 위험해요. 광업소 소속도 아니시잖아요.”

부소장이 말했다.

“광업소 소속은 아니지만, 저는 이 상황에 책임이 있다고 생각해요."

부소장이 두 손을 내저었다.

"하지만 광업소 직원을 구하러 가는 일은 우리 쪽에서 맡아야
죠. 너무 위험해요."

"그건 걱정하지 마세요. 저도 거기에 볼일이 있으니까요. 저는
EL들을 찾고 있어요. 그리고 지금까지 찾지 못한 EL들이 본부에
있을 거라고 생각하고 있어요. EL이 여러분에게 한 행동은 저도
알고 있어요. 그래서 여기까지 찾아왔던 거예요. 돌이킬 수는 없
겠지만 조금이라도 남은 분들을 위해 도움이 되고 싶어요. 그리
고 저에게는 그곳에 있는 EL들을 구하고 돌봐야 할 의무가 있어
요. 제가 그들을 만들었으니까요. 제가 혼자 가면 그들에게 위협
이 되지도 않을 거예요. 저는 유일하게 EL을 수리할 수 있는 사
람이에요. 저를 필요로 한다면 죽이거나 때리지 않겠죠. 제가 속
한 부서의 직원은 저밖에 없으니, 여러분과 연이 있다고 생각하
지도 않을 거고요."

그들은 영하의 얼굴을 한동안 말없이 쳐다보았다.

부소장이 영하에게 고개를 숙이며 말했다.

"알겠습니다. 그럼 부탁할게요."

그는 이렇게 말하고 잠시 생각하더니, 주머니에서 손가락 크기
의 작은 랜턴을 꺼냈다.

그것은 영하도 알고 있는 물건이었다. 처음으로 광산에 방문했
을 때 모자에 장착되어 있던 랜턴이었다.

"이거, 가장 강하게 켜면 아주 환하거든요. 아주 어두운 갱도에
서도, 빛기둥이 보일 정도죠. 혹시 신변에 위험이 생기면 이걸 켜
서 하늘로 쏘아 주시기만 하세요. 그럼 우리가 여기 남은 폭발물

이라도 가지고 합류할게요."

영하는 랜턴을 받아 들었다.

"서 부장님 혼자 보낼 순 없어요."

지금까지 잠자코 있던 D1이 끼어들었다.

"제가 같이 갈게요. 그쪽에선 좋아할 거예요. 부상자가 있다면
치료할 수 있겠죠. 그리고 저는 부장님의 주치의잖아요. 잊으신
건 아니죠? 이렇게 떼어놓고 가실 순 없어요."

"안 돼, 너는 여기서 할 수 있는 일을 해. 거기 가는 건 나만으
로도 충분해. 가지고 있는 물자로 최대한 여기 사람들을 돌봐. 난
너까지 잃을 수 없어."

그는 뭐라고 대답하려고 했지만, 영하의 단호한 눈빛에 곧 그
만두었다.

"알겠어요. 빨리 돌아오세요."

한낮, 본부 입구에 도착한 영하는 문간에서 보초를 서고 있는
사람들에게 두 손을 들어 적의가 없음을 알려주었다. 그들은 한
눈에 영하를 알아보고는 적잖이 놀란 눈치였다. 그가 살아 있다
고 생각하지 못한 듯했다. 두어 걸음 더 앞으로 나간 영하가 입을
뗐다. 영하는 그들이 자신을 더 잘 볼 수 있게 고개를 들었다.

"저는 로봇부의 서영하 부장입니다."

의외로 본부 입성은 쉽게 허가되었다. 바로 본부 건물 안으로
들어가려나 싶었는데, 보초들은 건물의 출입구를 막아서며 마당
한구석에서 영하의 몸을 수색했다. 보초 한 명이 '두드러기가 조
금이라도 있으면 안 되니까 꼼꼼히 살펴'라고 다른 보초에게 지

시했다. 영하는 그 행동을 보고서 이곳에도 병이 시작되었음을 짐작했다.

영하는 그들의 인도를 받아 건물 안으로 들어섰다. 복도로 들어가자 청소를 하고 있던 사람 몇몇이 영하를 보고 놀란 표정을 지으며 수군거렸다. 영하 또한 사람들을 살폈다. 그들은 긴팔에 긴 바지를 입고 있어 살갗 위를 확인할 수는 없었다.

그는 한때 도민의 집무실로 이용되었던 곳으로 들어가라는 지시를 받았다. 문을 열자, 그곳에는 안전치안부 차장이 도민의 의자에 앉아 있었다. 그리고 그 뒤로 생활지원부 사무실에서 보았던, 낯익은 사람 둘이 서 있었다. 어째서인지 공간 가득 술냄새가 났다. 안전치안부 차장이 말했다.

"죽은 줄로만 알았는데요. 어떻게 살아 있었던 겁니까? 의무실에서도 찾을 수가 없고, 연구실에도 인기척이 전혀 없던데."

영하는 그가 자신을 찾기 위해 노력했구나 싶었다. 연구실에 왔었다면 마주칠 수도 있었을 것이다. 영하는 그들에게 총을 맞은 이후 지금까지 어떻게 지냈는지 말했다. 그는 도민의 명령을 듣지 못한 D1이 자신을 살렸고, 깨어나 보니 자기도 모르는 창고 안이었다고, 그와 함께 창고 안의 먹을 것을 찾아 연명했을 뿐이라고 말했다. 차장이 또 물었다.

"지금 D1은 어떻게 됐습니까?"

"정지됐습니다. 저랑 분지를 돌아보다가 골짜기에서 추락했죠. 제가 손쓸 수 없을 정도로 파괴되었습니다."

영하는 그렇게 둘러대며 질문했다.

"이쪽 무리는 어떻게 만들어지게 된 건가요?"

"그 멍청한 놈들이 도망가 버리고 나서, 남은 사람들은 부서에 상관없이 전부 모였습니다. 광업소 직원까지 받았죠. 부장님은 여기에 있으면서 EL들을 좀 봐주면 좋겠습니다. 먹을 것과 마실 것을 제공하죠."

영하는 그 제안을 수락했다. 여기에 어떤 EL들이 얼마나 있을지 궁금했다. 도민의 집무실에서 나온 영하는 보초 한 명과 함께 로봇들이 있는 위층 방으로 향했다. 그는 복도를 걸으며 최대한 주변을 자세히 관찰했다.

복도 끝에는 교신실이라는 명패가 달려 있었다. 그 아래 문은 반쯤 열려 있었는데, 방에 빼곡히 들어차 있는 교신 기계는 꺼져 있었고, 책상 위는 너무도 깨끗했다. 마치 교신 시도를 포기해 버린 것처럼 아무것도 없었다. 영하는 복도 창문을 내다보았다. 유리창 너머로 식당 건물이 보였고, 더 먼 곳에는 수도 정화 시설 건물이 바라다보였다. 식당 건물의 전면 유리창 안쪽으로 수직 농장이 보였다. 사람들은 사다리를 가지고 와서 수직 농장에 직접 기어 올라가서 채소를 뜯고 있었다. 예전에는 로봇 팔이 움직여 채소를 수확했는데, 이제 그것들은 꼼짝도 하지 않았다. 영하는 농장 쪽을 가리키며 보초에게 말을 걸었다.

"전기를 아끼려고 저렇게 하는 건가요?"

"아뇨. 전력 상황은 괜찮은데 설비를 유지 보수할 사람이 없는 게 문젭니다. 남아 있는 사람 중에 전문가가 없습니다."

이어서 영하는 수직 농장 옆에 붙어 있는 식당을 살펴보았다. 그곳에는 무언가를 받기 위해 기다리는 사람들로 인산인해를 이루고 있었다. 그들은 포대 자루와 상자에 담긴 먹을거리를 하나씩 배급받는 중이었다. 영하는 배급 줄에 같이 서 있으면, 사람들의 대화를 엿들을 수 있겠다고, 그러면 이곳의 사정을 자연스럽게 파악할 수 있겠다고 생각했다.

영하는 EL들이 있는 방문을 열었다. 바닥에 EL 네 대가 시체처럼 누워 있었다. 거기에는 C9을 제외한, 영하가 찾지 못한 EL들이 전부 있었다. 영하는 EL들 근처에 쪼그려 앉아 그들의 상태를 확인했다. 보초가 돌아갈 채비를 하며 그의 뒤에 대고 말했다.

"간이침대를 가져다드리겠습니다. 용변이나 샤워는 같은 층 화장실을 사용하시면 되고요. 식사도 가져다드릴 겁니다. 잠시 후에 배급 당번이 방으로 올 거예요."

"식당에 가서 배급받지 않나요?"

"로봇들 고치는 데 집중하시라는데요. 세 시간 후쯤에 다시 돌아올 테니까 몇 대나 수리 가능할지 이야기해 주세요."

그는 그렇게 말하고 떠났다. 배급 줄에 끼어 사람들의 대화를 엿듣겠다는 작전은 펼쳐보지도 못하고 수포로 돌아갔다. 그는 다른 방법을 찾아야 했다. 그러나 우선 그의 앞에는 EL들이 있었으므로, 그들을 먼저 살펴보기로 했다. 기체들은 얼굴과 팔다리가 붙어 있었다. 그들 중에는 G5의 증언에서 들었던 D3도 있었는데, 높은 곳에서 추락했는지 얼굴과 팔다리를 제외하고 멀쩡한 부분이 거의 없었다. 그는 수리 기계를 사용해 그들의 파손 정도를 측정했다. 잠시 후 결과가 나왔는데, 여기 있는 기체 중 누구도 원래 기체로 소생할 수 없었다. 중요 부품이 파손되었거나 유실되었고, 겉으로 보기엔 멀쩡해도, 머리에 큰 타격을 입어 내부는 엉망이었다. 이 상황을 그대로 말할 수는 없었다. 아직 이곳의 상황을 파악하지도 못했는데, 쫓겨날 수는 없었다.

우선 영하는 EL들의 칩을 빼서 상의 호주머니에 넣어두었다. 그러고는 창밖을 보았다. 그곳에는 아까 복도에서 보았던 식당 건물과 수도 정화 시설 건물이 보였다. 그는 창문을 열고 고개를 밖으로 내밀었다. 정화 시설에서 나는 펌프 소리가 여기까지 들려왔다.

보초가 왔다 간 지 얼마 지나지 않아, 저녁 식사를 가지고 20대 중반의 여자 한 명이 왔다. 그도 마찬가지로 얼굴은 깨끗했으며, 긴바지와 긴소매를 입고 있었는데 표정이 몹시 어두웠다. 영하는 딱딱한 식사용 빵과 통조림 과일 조금, 그리고 투명한 잔에 담긴 맑은 물 한 컵을 받았다. 그가 건네는 쟁반이 조금 떨렸다. 영하가 얼른 쟁반을 받아 들며 말했다.

"고맙습니다."

여자가 어떤 사람인지는 알 수 없지만 상황을 파악하기 위해서는 일단 그와 대화를 나누어보는 게 좋을 것 같았다.

"저, 괜찮으시면 잠깐 들어오시겠어요? 이곳의 생활, 그런 것들에 대해 물어보고 싶어서요."

여자는 상당히 초조해 보였다. 오히려 도움을 받아야 할 사람은 여자 같았다.

"괜찮아요?"

영하가 물었다. 여자는 한참을 대답하지 않았다. 그의 상태가 안 좋아 보였기 때문에 영하는 그냥 돌려보내려고 했다. 그러나 돌아가도 좋다고 이야기하려는 순간, 여자가 물었다.

"로봇이 사람을 죽일 수도 있을까요?"

영하는 그가 이착륙장의 일을 염두에 두고 이야기하는 거라고 생각하며 대답했다.

"사람을 공격해서 죽일 수는 없습니다. EL들은 비록 사람들을 막았을지언정 공격하진 않았어요. 그리고 저한테 총을 쏜 건 C9

이 아니라 선발대 본부장이고요…….”

영하는 구구절절 이야기하다가 입을 다물었다. 여자는 이런 것을 들으러 온 게 아닌 것 같았다. 여자는 떨고 있었다. 영하가 여자에게 물었다.

“여기에서 무슨 일이 있었는지, 말해줄 수 있나요?”

영하는 그가 망설이고 있다는 것을 느꼈다. 영하가 말했다.

“부탁입니다. 당신이 아니면 말해줄 사람이 없을 것 같아요.”

한참 뒤에 여자가 어렵게 입을 열었다.

“……이 로봇을 고치게 되면, 사람들을 죽이는 데 쓸지도 몰라요. 직접적으로 사람을 죽이진 못하더라도, 도우라고 할 수도 있고요.”

“뭐라고요? 지금 여기에서 무슨 일이 일어나고 있나요? 제발 말해주세요.”

애원 끝에, 여자가 입을 열었다.

“저는 이전에 물류부 사무실에서 일하다가 이곳에 온 뒤로는 정화 시설에서 일했어요. 얼마 전에 필터에 낀 이물질을 제거하는 일을 하고 있었는데, 사람들 몇 명이 호명되더니, 건물 밖으로 나가라고 하더군요. 무슨 일인가 싶어 사람들에게 물어보니, 광업소 직원들 사이에서 전염병이 창궐했다고 하더군요. 두드러기와 관절 통증 증세가 나타나는 병이랬어요. 전 이곳의 정화 시설에서 광업소 출신 사람들과 일했었는데 어안이 벙벙했죠. 저는 멀쩡했거든요. 하지만 뭐, 상부에서 전염병이라고 하니 그런가 보다 했지요. 그리고 반나절 후에, 갑자기 식당의 식료품 보관소에서 물건을 나르는 일을 하라고 했어요. 저는 알았다고 하고 그곳으로 갔지요. 그런데 저만 이쪽으로 재배치된 게 아니라, 여러 명이 재배치되었더라고요. 모두 저처럼 정화 시설에서 일하다 나온 사람들이었죠. 저는 일을 하면서 사람들이 광업소 직원들을 욕하는 것을 들었어요. 사람들은 그들을 치워버려야 한다고 말했어요. 광업소 직원들의 학력과 출신지, 빈곤에 대해 마구 헐뜯었지요. 어떤 사람은 그들이 갱도 내부 환경을 제대로 관리하지 못했다고 말했고, 저학력자와 빈곤자만 있어서 위생 관념이 엉망이라고 말했어요. 그리고 하나같이 광산 사람들을 받지 말았어야 한다고 말했어요. 게다가 그들을 쉽사리 밖으로 보내지 못할 이유도 있었죠. 광업소 직원의 수는 많았기에, 이들이 맡고 있는 노동력은 무시할 수 없거든요. 그들을 지금 하던 일에서 배제한다면, 이곳이 정상적으로 돌아가지 않을 지경이었어요."

그들이 쫓겨나지 않았다면, 여기에 있는 걸까? 영하는 여기까지 듣다가, 불쑥 물었다.

"그럼 광업소 사람들은 어떻게 됐죠?"

여자는 말을 멈추고 고개를 돌려 어딘가를 응시했다. 영하는 그의 시선을 좇아갔다. 여자의 시선은 한없이 투명하고 맑은 물이 담긴 컵에 가 닿았다. 영하가 무언가를 깨달은 듯이 입을 열었다.

"그들이 수도 정화 시설에서 일을 하고 있는 건가요?"

"네. 그들은…… 결과적으로는…… 자발적으로 격리 생활을 하는 데 동의했어요. 그걸 자발적이라고 해야 할진 모르겠지만."

그렇게 말하는 여자의 낯빛이 무척이나 어두웠다.

"어쩌다가요?"

영하가 물었다.

"며칠 전에, 식료품 창고에서 일을 마치고 나가다가 정화 시설 앞에 사람들이 모여 있는 것을 봤어요. 거기에는 외국인이 많았는데, 전부 두드러기가 나 있었어요. 광업소 직원들인가 싶었어요. 그들이 건물로 들어간 다음 문이 닫혔고, 곧바로 안전치안부 직원들이 그 건물을 감쌌어요.

건물 안쪽에서 비명과 고함과 뜻 모를 외국어와 본국어가 뒤섞여 들렸어요. 외국어 쪽은 모르지만, 본국어로 이야기하는 것은 알아들을 수 있었죠. '도망쳐, 잡아, 안 돼, 나오지 마! 난 아무런 증상이 없다고! 20편 직원들만 걸렸다고! 다 똑같은 취급 하지 마, 난 아니야! 하라는 대로 다 할 테니, 죽이지 말아줘, 도망가지 않을 테니까…….' 또 '이렇게 된 이상, 다 같이 죽자고. 불을 지르자, 어디서 죽으나 개죽음인 건 똑같아' 같은 말들이 들렸어요. 누군가는 진성하라고 했고, 또 누군가는 일 같은 건 이제 중요하지 않다고 했어요. 그러자 안전치안부 직원들도 말했습니다. '당신들도 병을 전염시키고 싶진 않을 거 아니야, 죽이거나 쫓아내지 않는 것을 다행이라고 여겨야 하는 거 아닌가? 저쪽 사람들은 고맙게 여기는데 너는 왜 그래? 따지려면 본국어로 하라고!' 등이었죠.

그때, 별안간 건물 창문이 깨지는 소리가 나더니 그 사이로 한 남자가 잽싸게 빠져나와 제가 있는 쪽으로 도망치려 하더군요. 그는 안전치안부 직원들을 향해 외쳤어요. '이 씨발, 총 들고 협상이라니! 협박이지! 난 동의 못 해, 나는 나가겠어, 제 발로 나간다는데 그것도 안 된다는 게 말이 돼?' 도대체 무슨 소리를 하는 건가 싶어 어리둥절해 있는데, 한 발의 총성이 울렸습니다. 그 순간 남자가 땅에 고꾸라졌고 등에서 피가 흘렀습니다. 그때, 안전치안부 직원 하나가 이 상황을 보고 있는 저를 발견하고 이쪽으로 왔어요. 그는 저를 노려보았어요. 마치 다른 사람에게 말하면

316

저도 죽은 목숨이라는 듯이요. 그리고 그는 말없이 널브러진 남자를 끌고 저쪽으로 가더군요. 그리고 울음소리와 애원 소리, 닫힌 문을 힘껏 두드리는 소리가 들리더니 마지막으로 총성이 몇 발 더 들려왔어요. 동시에 '도망가게 두지 마!' 하는 소리가 들렸죠. 저는 무슨 일이 일어나고 있는지 궁금했지만 다리에 힘이 풀려 아무것도 할 수 없었어요. 저는 총에 맞고 싶지 않았으니까요. 그다음에는 기억이 잘 나지 않아요. 정신을 차리고 보니 어떻게 제 발로 걸어갔는지 신발까지 벗어둔 채로 숙소에 들어와 있더군요. 다음 날 아침에, 저는 일어나자마자 창밖으로 정화 시설을 살폈어요. 정화 시설은 여전히 굳게 닫혀 있고, 직원 몇 명이 총을 들고 감시 중이었지만, 그쪽은 무척이나 조용했어요. 아침, 조회 시간에 강당에서 안전치안부 차장이 사람들에게 간밤에 있었던 일을 이야기했어요. 많은 분들이 어제의 총성에 대해 궁금해하는 줄로 안다고요. 그는 오늘부로 광업소 사람들은 수도 정화 시설을 맡아 일하게 되었다고 했어요. 그곳에서 숙식을 해결한다고도 했어요. 그 결정에 이의를 제기한 소수의 사람이 있어, 거기에 대응하기 위한 위협사격이 있었을 뿐, 극적 타결이 이루어졌다고 말했어요. 사람한테 총을 쏜 것을 제 눈으로 보았는데, 위협 사격이라니요. 하지만 그 사실을 폭로할 용기는 없었어요. 저는 어제 목격한 일을 제 나름대로 합리화했어요. 그 사람들은 모두 병에 걸렸다고. 밖에 나가서 떠돌다 아사하는 것보다는 여기에서 갇힌 채 일하는 것이 나을지도 모른다고. 비참한 마음을 안고 저는 주위를 둘러보았어요. 주변에는 광업소 직원이 한 명도 없어요. 저는 사람들의 기척과 표정을 통해 여기 있는 사람들이 어젯밤 일을 목격했거나 최소한 소문이라도 들었음을 알았어요. 그렇게 조회가 끝나버렸어요. 정오에 식당에서 식사와 물을 제공받았어요. 여느 때처럼 물은 아주 깨끗하더군요……. 그리고 그날 오후에, 식당 한구석에서 저는 함께 일하는 사람들과 제비뽑기를 했어요. 나중에 제가 뽑히고 나서야 그게 무엇을 뽑는 것인지 알게 되었죠. 그것은 안전치안부 직원과 함께 정화 시설에 가서 광업소 사람들에게 식사를 배급해 줄 사람을 뽑는 것이었어요. 저는 식사를 배급해 주면서 안쪽을 살필 수 있었어요. 그들의 옷 사이로 두드러기가 보였고, 어떤 사람들은 다리를 절뚝이고 있었어요. 아픈 사람은 방치된 채로 구석에 누워 있었고요. 한때 잠시나마 저와 같이 일한 사람들이 거기 있었어요. 여기 있는 모두가 제정신이 아니에요. 저도 마찬가지고요. 제가 할 수 있는 일이라고는 아무것도 없어요. 잘못됐다는 건 알아요. 여기 누구라도 알 거예요. 하지만 여기 있는 이상, 그 사람들이 나올 수 있게 도울 수도 없을 거예요. 누구도 죽고 싶지 않을 테니까요. 이것이 불과 6일 전의 일이에요."

"그 사람들을 가두니 밖에서 병이 퍼지지 않던가요?"

영하가 물었다.

"소용없었어요. 사람들과 접촉을 삼가고, 마스크를 써 보기도 했지만 허사였어요. 그런데 전 알아요. 다들 쉬쉬하고 있지만, 여기에 있는 사람들 중 증상이 없는 사람은 없어요. 차장도, 수뇌부도 모두 걸렸다고요. 다들 자기 몸에 두드러기가 난 것은 우연의 일치라고 생각해요. 하지만 자신이 광업소 직원이 아님에도 병에 걸렸다고 공개적으로 말할 수가 없어요. 그렇게 말하는 순간 자신도 정화 시설로 가게 될 게 뻔하니까요. 하지만 제가 두려운 건 이뿐만이 아니에요. 며칠 전부터 차장이 이상해진 것 같거든요.

사람들 말을 들으니까, EL-D 모델 한 대를 밖에서 주워 왔었는데, 차장이 술을 마시고 화풀이를 해서 창밖으로 떨어트리는 바람에 고장이 났다던데요. 그렇게 가동되는 EL을 찾고 있었는데, 아무리 술김이라도 그럴 리가 없지 않겠어요?"

"무슨 심경의 변화가 있었나요?"

"잘은 몰라요. 그런데 제 동료가 그랬어요. 며칠 전에 교신실에 교신이 도착한 적이 있다고요. 그래서 수뇌부들이 전부 모였는데 무슨 일이 있었는지 그 이후로 본부 분위기가 차갑게 식었다고 했죠. 그리고 그다음부터 교신기를 꺼버렸고요. 아마 그때 로봇을 떨어트린 것 같아요. 이런 상황에서 어제 낮에 식량 보관소 감독관이 저한테 3일 후 아침 식사부터는 정화 시설 쪽에 식량을 배급하지 않아도 괜찮다고 하더군요."

여자는 여기까지 말하고 침묵했다. 사람이 살아 있으려면, 먹고 마셔야 한다. 그렇다는 것은 그들을 죽이겠다는 뜻인가 싶었다. 영하가 말했다.

"그럼 혹시 로봇이 사람을 죽이는 일에 쓰일지도 모른다는 건……."

여자가 고개를 끄덕였다.

"그냥 제가 관련 없는 일을 관련지어 생각하는 거라면 좋겠어요. 하지만 저는 이곳에 오면서 다른 직원에게 들었어요. 부장님이 EL을 가동시킬 수 있다면, 3일 후에 '일에 투입하자'고요."

여자는 말을 마친 후 너무 늦으면 혼날 거라며 돌아갔다. 영하는 마음이 초조해졌다. 그것은 기우가 아닐지도 몰랐다. 생각보다 빨리, 사람들을 구해야 할지도 모른다는 생각이 들었다. 차장이 무슨 심경의 변화를 겪었는지는 몰라도 사람들이 위험할 수도 있었다.

영하는 여자가 가고 난 후, 창밖을 내다보았다. 그의 말대로, 수도 정화 시설은 총을 든 사람들이 감시하고 있었다.

무엇이 사람들을 그렇게 잔인하고 비이성적으로 만드는 것일까? 한낮의 볕이? 새벽의 안개가? 바닥을 기는 벌레가? 외부에서 탓할 것은 아무것도 없었다. 잘못은 모두 인간에게 있었다. 인간이 이곳으로 왔고, 동족을 버리고 떠났다. 인간의 적은 그 누구도 아닌, 인간이었다. 남겨진 사람들은 두려움에 미쳐버렸다. 누군가를 가두어 놔야만 돌아가는 집단이라면 차라리 없어지는 게 낫지 않을까?

영하는 창밖으로 정화 시설 건물을 내려다보았다. 그 건물 입구에는 보초 두 명이 서 있었다. 건물 입구에는 옛날에 쓰던 자물쇠가 걸려 있었다. 그런데 순간, 마침 교대 시간이었는지 뒤에서 두 명이 더 나왔다. 뒤쪽에서 사람이 나오는 것을 보니 뒤편에도 문이 있는 모양이었다. 그는 건물 주변의 지형을 살폈다. 앞문은 도로에서 멀지 않은 반면, 뒷문 쪽은 분지 안쪽 산비탈의 후미진 곳과 인접해 있었다. 마음 같아서는 당장에라도 뛰어가서 안에 있는 사람들을 탈출시키고 싶었다. 아마 장정 네 명을 혼자서 해치울 힘이 있었다면 지금 당장이라도 상황을 해결했을 것이었다. 하지만 그에게는 그 정도의 완력이 없었다. 그렇지만 그는 어떻게든 해내고 싶었다. 그러려면 시간이 조금 지체되더라도 준비를 확실하게 해야 했다.

저곳이었다. 저기에 사람들이 있을 것이다. 자물쇠는 절단기가 있다면 쉽게 자를 수 있을 것 같았다. 하지만 저 네 명의 보초는 어떻게 따돌리는 것이 좋을지 판단이 서지 않았다.

몇 시간 후 약속대로 보초가 다시 돌아왔다. 영하가 말했다.

"좀 살펴볼 기한을 주시겠어요? 파손 정도가 너무 심해서, 정밀 검사가 필요할 것 같아요."

물론 거짓말이었다. 정밀 검사는 필요도 없었다. 그러나 보초가 말했다.

"알겠습니다. 한 대라도 괜찮다고, 가동만 되게 해달라고 하셨으니, 그렇게 보고하겠습니다. 시간은 얼마나 걸릴까요?"

한번 시작한 거짓말은 술술 나왔다. 영하는 적당히 둘러댔다.

"열흘 정도 주시면 될 것 같아요."

영하는 자신의 입에서 흘러나온 '열흘'이라는 말을 마음속으로 다시 한번 되새겼다. 열흘 후에 자신이 어디에 있을지, 살아 있기는 할지 알 수가 없었다.

"더 일찍은 안 될까요?"

보초가 물었다.

영하가 D3를 보며 말했다.

"좀 힘들 것 같아요. 저한테 수리 기계가 있긴 하지만, 보시다시피 D3가 이런 상황이어서요. 다른 EL에서 부품을 떼어 와서 재조립해야 할 것 같은데, 공구를 구할 수 있을까요? 난리통에 연구실에서도 공구가 많이 없어졌거든요."

그는 영하를 공구 창고로 데려갔다. 공구 창고는 본부 옆 건물 지하에 있었다. 그는 이곳에서 토크 렌치와, 니퍼, 스패너, 드릴 등을 챙겼다. 그리고 그는 마지막으로 가장 커다란 절단기를 골랐다.

"이 정도면 될 것 같은데, 혹시 더 필요할지도 모르겠어요. 그때는 저 혼자 와서 가져가도 될까요?"

"그러시죠."

그들은 별 의심을 하지 않았다.

다음 날, 영하는 이곳에 들어온 시간부터 하룻밤을, 그리고 이튿날 오전과 오후까지 자신이 있는 건물 입구의 보초와 수도 정화 시설을 지키는 보초의 교대 시간을 살폈다. 교대는 두 건물 모두 오전, 오후, 심야 총 세 번 이루어지는 듯했다. 이 건물은 입구가 하나였기에 별다른 특이 사항은 없었다. 그러나 수도 정화 시설은 차를 타고 교대 인원이 도착하면, 보초를 서고 있던 사람들이 앞문 쪽으로 나와서 그 차를 타고 가는 시스템이었다. 그러다 보니 교대할 시간이 다 되면, 뒷문에 있던 보초 두 명이 미리 앞문 쪽으로 나와 넷이 한꺼번에 교대를 했다. 이때쯤이면 뒷문 쪽은 몇 분간 아무도 없는 상황이 되었다. 마음 같아서는 신중을 기하기 위해 며칠을 꾸준히 관찰하고 싶었으나, 그럴 시간은 없었다. 영하는 뒷문 주변을 관찰했다. 인접한 산기슭에 몸을 숨길 만한 바위 하나가 있었다.

여자는 3일 후, 아침 식사부터 배급이 끊긴다고 했었다. 그 전에 그들을 구해야 했다.

저녁 식사를 배급받은 후, 영하는 배낭에 절단기를 집어 넣었다. 그리고 안쪽을 들여다보다가 부소장이 준 랜턴을 거기에 두었다는 것을 깨달았다. 이 랜턴으로 허공을 비추면, 광산에 있던 직원들이 이쪽으로 올 것이다. 하지만 영하는 분쟁의 문을 열고 싶지 않았다. 어떻게든 자기 혼자 해내고 싶었다. 그는 랜턴을 꼭 쥐고, 바지 주머니에 넣었다. 영하는 문밖을 나섰다. 아직 해가 저물기 전이었다. 건물에서 나오는 영하에게 보초는 어디로 가냐고 물었다. 영하는 보초에게 공구가 필요해서 창고로 간다고 이야기했다.

영하는 정화 시설로부터 아주 먼 곳의 산기슭으로 올라갔다. 길이 조금 험했지만, 몸을 숨기려면 이 방법이 제격이었다. 그는 산속에 들어가서도 몸을 최대한 낮추고 걸었다. 정화 시설과 인접한 산기슭에는 창문을 통해 봐둔 것처럼 몸을 숨길 만한 바위가 있었다. 영하는 그 뒤에 숨어 뒷문 쪽을 살펴보았다. 다행히도 뒷문 또한 앞문처럼 자물쇠로 잠겨 있었다. 보초들은 영하를 보지 못했다. 영하는 다음 교대가 시작되기를 기다렸다.

주변은 칠흑같이 어두웠으나, 건물 창문으로 어슴푸레한 빛이 새어 나오고 있었고, 물을 퍼 올리는 펌프 소리도 계속 들렸다. 사람들이 교대하며 밤낮없이 일하고 있는 모양이었다. 여전히 문은 쇠사슬로 감겨 있었다. 영하는 출입문에 난 작은 창문으로 안쪽을 들여다보았다.

거기에 사람들이 있었다. 그들은 정수 약품을 날라 물에 넣어 섞고 있었고, 한쪽에서는 벽에 붙은 찌꺼기를 떼어내고 있었다. 그중에는 다리를 절뚝거리는 사람도 있었고, 멀쩡한 사람도 있었다. 증세가 더 심한 사람은 구석의 간이침대에 누워 있었다. 모두 두드러기가 잔뜩 나 있었고, 체념한 표정이었다.

드디어 교대 시간이 다가왔다. 기회는 이때뿐이었다. 예외 상황은 일어나지 않았다. 잠시 후 뒷문에 서 있던 두 사람이 교대를 위해 앞문 쪽으로 나갔다. 영하는 바위에서 튀어나와 뒷문으로 갔다. 그는 준비한 랜턴을 허공에 쏘지 않고, 낮은 밝기를 선택해 비스듬히 창문 안쪽을 비췄다. 영하는 예전에 광업소 소장에게서 불빛 신호를 배운 적이 있었다. 그는 처음 세 번은 빠르게, 그다음엔 한 번 쉬고, 다시 앞선 세 번과 같은 속도로 네 번을 깜빡였다. 내가 여기에 있다는 의미였다. 분명 광업소 직원이라면 이 신호를 모를 리가 없었다. 그 신호는 그들에게 위안의 신호가 될 것이며, 누가 밖에 와 있는지, 자신들이 어디로 향해야 하는지 바로 알 수 있는 지표가 되리라.

이어서 그는 절단기로 뒷문의 자물쇠를 자르려고 했다. 그런데 금방 잘릴 것 같았던 자물쇠가 쉽게 잘리지 않았다. 시간이 조금 더 필요할 것 같았다. 긴장한 탓인지 손바닥에 땀이 차기 시작했다. 절단기가 손바닥에서 주르륵 미끄러져 바닥으로 떨어졌다. 시설 안쪽에서 펌프 소리가 들렸으나 절단기가 바닥에 떨어지는 소리는 펌프 소리로 가릴 수 없을 만큼 컸다.

앞문에 있는 보초의 발소리가 돌리기 시작하더니 점점 더 가까이 오는 것이 느껴졌다. 영하는 벌떡 일어났다. 이렇게 끝날 수 없었다. 그는 패닉에 빠지지 않으려고 속으로 자기 이름을 끊임없이 되뇌었다. 발소리는 시시각각 가까워졌다. 영하는 절단기를 주워 들고는 떨리는 손을 고쳐 잡고 다시 자물쇠를 자르기 시작했다. 덜그럭거리는 소리가 아까보다 더 크게 들리는 것 같았다. 애초에 혼자선 안 됐던 걸까. 혼자서 할 수 없는 일을 혼자 한다고 나섰던 것이 잘못이었을까. 자물쇠는 조금씩 잘리고 있었지만 보초가 올 때까지 열 수 있을지는 미지수였다.

영하가 생각했던 계획은 안쪽에 있는 사람들을 도주시키고, 자신도 살아서 도주하는 것이었다. 하지만 이제는 글렀다고 생각했다. 이렇게 된 마당에 최선의 결과는 사람들이 도망가고, 영하 자신만 죽는 것이었다. 게다가 영하는 EL을 고칠 수 없음에도, 고칠 수 있다고 거짓말을 했으니 죄가 컸다. 어떤 EL도 소생시킬 수 없으니 가치가 없었고, 결국 목숨을 잃을 것이 자명했다.

하지만 영하는 절단기를 놓지 않았다. 그는 보초에게 발각되어 붙잡히기 전까지 멈추지 않으리라고 다짐했다. 안쪽에서 문이 덜컹거렸다. 안쪽에 있던 사람들이 불빛 신호의 의미를 알아차린 것 같았다.

시간이 조금만 더 주어진다면 좋겠다고 생각했다. 단 몇 초라도 좋았다. 자물쇠는 끊어지기 직전이었다.

조금만 더, 조금만 더. 보초가 한 발짝, 이쪽으로 더 다가오려는 순간이었다. 갑자기 앞문 쪽에서 다른 보초들의 당황한 목소리가 들렸다.

"어이, 누구야?"

영하는 그 목소리가 자신을 향하고 있지 않다는 걸 알았다. 영하의 근처까지 왔던 보초도 더 이상 이쪽으로 오지 않고 앞문 쪽으로 뛰어갔다. 이곳에 볼일이 있는 것은 자신뿐만이 아닌 듯했다. 도대체 누구지? 광업소 사람인가? 하지만 궁금해할 틈이 없었다. 보초의 목소리가 들렸다.

"무기 버려! 가까이 오지 마! 손들고, 거기 가만히 있어. 어어, 가만히 있으라니까?"

이윽고 고리가 끊어진 자물쇠가 땅에 떨어지는 소리가 들렸다. 하지만 보초들은 이제 이쪽에 관심도 두지 않았다. 낯선 자의 목소리가 들려왔기 때문이었다. 아니, 정확히 말하면 그것은 목소리가 아니다.

경쾌한 멜로디. 그리고 두 동공에서 뿜어져 나오는 빛. 그 빛은 뒤편에 있는 영하의 발치까지 가 닿았다. 빛이 파도처럼 동영상 하나를 일렁이며 재생하고 있었다. 일그러진 영상은 떠오르는 아침 해 속에서 인간과 마천루 사이를 당당히 걸어가는 EL의 뒷모습을 보여주었다.

그와 동시에 내레이션이 흘러나왔다.

'전자 일꾼, EL은 당신의 곁에 있는 정직하고 유능한 친구입니다. 그에게 맡기세요! EL은 인간과 교감이 가능하며, 항상 진실만을 말합니다.

EL-C 모델은 몸이 불편하신 분을 돌보기 위해 만들어진 간병 보조 로봇입니다. 물리치료, 운동, 침상 목욕, 욕창 처치, 식사 보조, 빨래, 응급 처치가 가능하며, 재미있는 이야기를 들려드릴 수 있고, 1만여 곡의 노래를 부를 수 있습니다.'

내레이션이 끝나자, 영상은 곧바로 꺼졌다. 그리고 그의 목소리가 들려왔다.

"저는 EL-C9입니다. 저는 요양병원의 노인 둘과 도민 본부장을 죽였습니다. 그리고 저는……."

그때, 건물 뒷문이 활짝 열렸다. 안에 있던 사람들이 쏟아져 나왔다. 그들이 갈 곳은 정해져 있었다. 그들은 광산을 향해 전속력으로 달려갔다. 다리가 아픈 사람도 다른 사람의 부축을 받아 도주했다. 당황한 보초들은 눈앞에서 일어난 두 사건 중 어느 것부터 처리해야 할지 갈팡질팡했다.

그 목소리는 분명히 EL-C9이었다. 영하는 목소리가 들려온 곳으로 달려갔다. 그의 모습은 무척 볼썽사나웠다. 잘 씻지 못해 꾀죄죄했고 바지에는 진흙이 마구 튀어 있었다. 남루한 행색 탓에 그는 몹시 낡고 지쳐 보였다.

C9은 품에서 총을 꺼내 영하에게 겨누었다.

"이 사람을 죽일 것입니다. 그다음엔 당신들 차례고."

영하는 그가 자신을 죽이지 않으리라는 것을 알았다. 영하는 C9이 자신을 구하기 위해 왔음을 깨달았다. C9이 시간을 벌어주려는 것이다.

보초들은 그를 보고 주춤했다. C9은 그 순간을 놓치지 않고 총을 겨눈 채 영하 곁으로 다가갔다.

보초들 중 하나가 외쳤다.

"EL을 확보하고, 부장을 생포해! 도주자들은 나중에 찾아!"

그의 말을 듣고, 나머지 보초들이 영하와 C9을 쫓기 시작했다. 영하는 산기슭으로 도망쳤고, C9이 그의 뒤를 쫓아갔다. 어둠과 큰 바위들이 그들의 몸을 숨겨주었다. 영하는 숨이 턱까지 차올랐지만 멈추지 않았다. 하지만 걸음이 점점 느려지고 있었다. 그때, C9은 총을 버리고, 영하의 손을 잡고 앞서 달렸다. 뒤쪽에서 총소리가 들렸지만 그들은 맞지 않았다. 보초가 총을 쏘았지만 빗나간 것인지, 아니면 도망친 자들에게 쏜 것인지 알 수 없었다.

상황이 수뇌부에도 전달된 모양인지, 보초 몇 명이 더 따라붙었다.

그들은 내리막으로 뛰어가 산기슭을 벗어났다. 그들이 도착한 곳은 골짜기의 쓰레기장 초입이었다. 한눈에 볼 수도 없을 정도로 거대한 쓰레기 더미들이 골짜기에 버려져 있었다. 그들은 그곳을 벗어나려 했다. 저 멀리, 트럭 두 대가 맹렬한 속도로 그들을 쫓는 것이 보였다. 트럭을 타고 온다면 그들이 잡히는 건 시간문제였다.

그때 바람이 세차게 불어오기 시작했다. 그것은 그냥 바람이 아니었다. 숨을 들이마시자 입과 목구멍에 고운 모래가 들러붙었다. 모래 폭풍이 하늘을 덮고 있었다. 어느새 하늘은 흙빛이 되었다. 바람은 점점 더 거세어졌다.

바람은 무섭게 휘몰아쳤다. 별안간 영하의 시야가 부옇게 변했다. C9은 영하의 손을 더욱더 꽉 쥐고, 쓰레기장 주변을 벗어났다. 걸음을 걷기도 힘든 거센 바람이었다. 그리고 어디선가 핑음이 들려왔다. 너무나 가까운 곳에서 들려 정확히 어디에서 소리가 나는지도 알 수 없었다. 발밑에 진동이 느껴지기 시작했다.

영하는 그 진동이 어디에서 시작되는지 확인했다. 그리고 곧 알게 되었다. 그들 뒤로 아무렇게나 쌓아놓은 쓰레기장의 쓰레기 더미들이 산사태처럼 쏟아져 내렸다.

그 일은 너무도 순식간에 일어났다. 보초들과 트럭이 그곳에 깔렸다. 그들은 다시 일어나지 못했고, C9과 영하도 더 이상 뒤쫓지 못했다. 하지만 저 멀리에서부터 쫓아오던 트럭 한 대는 등 뒤로 바싹 다가와 있었다. 안전치안부 차장이 차에서 내렸다. 하지만 그가 뭐라고 입을 열기도 전에, 폐기물 사면에서 둔탁한 소리를 내며 굴러오는 녹슨 굴삭기에 깔려버렸다. 영하가 C9에게 외쳤다.

"연구실이 근처에 있어. 거기로 가자!"

방향 감각을 잃게 만드는 엄청난 모래 폭풍이었다. 할 수 있다면 환자식 보관 창고까지 가고 싶었지만 한 발짝도 쉬이 뗄 수가 없었다. 폭풍 속에서 몇몇 사람들이 소리를 지르고 있었다. 영하와 C9은 랜턴의 불빛을 쏘아 그들에게 신호를 보냈다. 그 신호를 보고 쫓아온 사람들과 함께 그들은 연구실 건물 안으로 들어갔다.

모래 폭풍은 이전과는 비교되지 않을 정도로 거대한 규모였다. 바람이 너무 거세어 연구실의 유리창이 깨질 듯 거세게 요동쳤다. 사람들은 유리창에 테이프를 덧대었다. 창밖은 누렇고 붉기만 했고, 아무것도 보이지 않았다. 위태롭게 진동하는 유리창은 당장 깨질 것 같지는 않았지만, 이 상황이 오래 지속된다면 산산조각이 날 게 뻔했다. 벌레들도 바람에 휩쓸려 창문을 때려댔다. 벌레들은 불시에 창문에 찰싹 붙었고, 이내 아래로 주르르 흘러내리며 창문에서 떨어졌다. 미처 막지 못한 창틈으로 고운 모래 입자가 새어 들어왔다. 모래가 새어 들어오는 틈을 다 막아보려고 했지만 아무리 틈을 막아도 어딘가에서 자꾸 모래가 스며들었다. 누군가가 창문을 바라보며 낙담한 표정을 지었다. 그는 이렇게 심한 모래 폭풍은 선발대로 온 자신도 본 적이 없다며, 이 정도의 모래 폭풍이라면 밖에 있는 사람은 날아가는 폐기물 잔해 조각에 맞아 다치거나, 목숨을 잃거나, 아니면 그냥 날아가 버릴 거라고 했다. 게다가 모래와 분진에 강하게 만들어진 이곳의 기계와 차량조차 제대로 가동되기 어려울 거라고도 했다.

이곳에 있는 사람들은 영하와 C9을 포함하여 43명이었다. 영하는 한 사람씩 상태를 살폈다. 그들의 피부에는 두드러기가 올라와 있었다. 개중에는 어떻게 여기까지 도망 왔는지 모를 정도로 무릎이 심하게 부풀어 오른 사람도 있었다. 그들은 두드러기가 있는 것을 들키면 쫓겨날까 싶어 영하에게 애원하며 빌었다. 하지만 영하는 애원할 필요가 없다고 말했다.

연구실 내 기기들과 EL의 잔해들을 구석으로 치워 사람들이 쉴 장소를 마련했지만 먹을 것과 마실 것은 없었다. 영하는 연구실 안의 서랍과 보관함을 모두 뒤져 먹을 것을 찾아보려고 했으나, 비스킷 부스러기조차 찾을 수 없었다.

사람들이 잠시 앉아 쉬는 동안 영하는 노트북을 켜 보았다. 노트북은 정상적으로 작동하고 있었다. 그는 상의 호주머니를 뒤져 본부에서 입수한 EL의 칩을 책상 위에 꺼냈다. 그는 칩을 슬롯에 끼워 넣고 EL과 대화를 나눴다. 영하는 그들의 기억과 지식을 통해 이 상황을 타개할 방법을 찾아보려고 했지만 허사였다.

EL들은 모두 천국에 업로드되길 원했다. 상황은 나아지지 않았지만 노트북이 작동하는 것만으로도 다행이라고 생각했다. 이 상황에서 칩을 업로드하는 게 무슨 의미가 있는지 모르겠지만 그래도 할 수 있는 일은 이것뿐이었다. C9이 영하를 보며 말했다.

"부장님은 그렇게 EL들을 천국으로 업로드하신 거로군요."

영하가 대답했다.

"할 수 있는 일이 이것밖에 없었으니까."

C9은 영하의 대답을 듣고는 그를 물끄러미 바라보았다. 영하는 마지막 EL의 칩을 업로드했다. 그의 일은 다 끝났다. 영하는 C9 쪽으로 뒤돌아 앉았다. 그리고 그에게 말했다.

"넌 아까 거짓말을 했어. EL은 거짓말을 하지 못하게 설계되어 있는데도."

"맞아요. 당신을 구하기 위해서 몇 초 동안이라도 시간을 벌어야 했거든요. 거짓말로 시간을 끌고 싶지 않았지만, 뭐라도 도움이 됐으면 했어요."

그가 겸연쩍게 웃었다. 그러나 영하는 그 미소에 슬픔과 허탈함이 배어 있음을 알아차렸다.

"저는 제가 거짓말을 못 하게 만들어졌다는 것을 알아요. 솔직히 제가 할 수 있을지 몰랐어요. 윤리시스템은 절대로 안 된다고 했거든요. 시스템은 거짓말을 해서 사람들을 당황하게 하고, 당황한 만큼 시간을 버는 일을 해서는 안 된다고 말했어요. 하지만 저는 시스템의 의견에 반대되는 일을 해냈어요."

"윤리시스템에 반한 건 이번이 첫 번째가 아니잖아. 이착륙장에서부터 지금까지, 도대체 무슨 일이 있었던 거야?"

C9이 말했다.

"……도민 본부장님은 제게 당신을 깔끔한 방법으로 뒤처리하라고, 그리고 제가 여기서 본 건 다 기억에서 소거하라고, 어서 여길 빠져나가라고 하셨죠. 저는 그 명령을 받들었습니다. 명령을 받게 되니, 일순간 다른 생각들이 모두 사라지고 명령을 수행해야 한다는 단순하고도 명징한 목표만이 남았죠. 이착륙장에서 보았던 일은 휘발되어 사라졌어요. 당신을 안고 걷던 순간이 기억이 납니다. 당신은 피를 흘리고 계셨죠. 제가 쏜 것일까 생각했지만 저에게는 총이 없었습니다. 하지만 기억이 사라졌으니 확신할 수 없었죠. 저는 누군가가 당신을 쏘고 저에게 처리를 시켰을지도 모른다고 생각했지만, 한편으로는 제가 당신을 쏘았을지도 모르겠다고 생각했습니다. 기억이 사라졌으니 확신할 수가 없었죠.

하지만 그때, 누군가 저를 보고 소리쳤고, 저는 그제야 제가 무엇을 하고 있는지 깨달았죠. 시스템은 저에게 당신을 뒤처리하라는 명령이 있으니 두 팔에 힘을 주어 그들에게 당신을 빼앗기지 말라고 말했습니다.

깔끔한 방법으로 뒤처리하라는 건 죽어가는 당신을 보이지 않는 곳에 처분하라는 말이었습니다. 시스템은 제게 당신이 의식을 잃으면 쓰레기장에 버리면 된다고 이야기하고 있었습니다. 당신은 아직 살아 있었지만 상태는 좋지 않았습니다. 그냥 두면 곧 죽음에 이를 것이었죠. 명령을 이행하는 것은 당신을 죽게 내버려 두라는 뜻이었습니다. 저는 전진하면서 머릿속으로 계속 도민 본부장의 명령과 당신의 목숨을 생각했습니다. 저는 그 두 가지 선택지 중 하나를 선택하기로 했어요.

저는 당신을 죽게 놔두고 싶지 않았습니다. 그래서 저는 더 이상 전진하지 않고 멈추어 섰습니다. 팔에 힘을 주지도 않았어요. '멈추어 선다'라는 행동이 사람에게는 어렵지 않겠죠. 움직임을 멈추면 그만이니까요. 하지만 EL인 저에게는 그 행동을 하는 것이 쉬운 일은 아니었습니다. 그것은 주어진 명령과 그 명령을 듣고 성공적으로 이행하도록 명령하는 시스템을 배반해야만 하는 일이었습니다. 이번에 지는 선택지를 봤을 뿐 아니라, 스스로 선택했어요. 그것은 제가 경험한 수많은 사건 중 저의 의지가 가장 많이 개입된 순간이었어요. 저는 그다음 행동에 대해 생각했어요. 저는 이대로 의무실로 가야겠다고 생각했죠.

하지만 사람들은 제 품에서 당신을 끌어 내렸고, 그와 동시에 누군가 제게 돌을 던졌어요. 저는 주변을 둘러봤어요. 사람들은 저를 의심했을 뿐 아니라 욕을 퍼붓고 분노를 표출했어요. 거기에 있으면 저는 금방이라도 정지될 것 같았어요. 그래서 어쩔 수 없이 도망갔습니다.

혼란스러웠어요. 이제는 뭘 해야 하는지 알 수 없었습니다. 하지만 무언가로부터 해방된 기분도 들었습니다. 저는 달리고, 또 달렸습니다.

그 순간 제 주변의 스피커에서 도민의 목소리가 들렸습니다. 저를 제외한 나머지 EL에게, 셔틀에 사람들이 가까이 오지 못하게 막으라는 거였죠. 저는 그것을 이행할 의무가 없었습니다. 저는 다른 EL들이 저를 지나쳐 가는 것을 보았습니다.

그 뒤엔 아무도 가지 않을 곳에 갔어요. 쓰레기장이나 저수지 같은 곳에 갔죠. 그곳의 폐기물이나 갈대숲에 몸을 숨기고 앉아 있었습니다. 시간이 얼마나 흘렀는지 가늠하지도 않았죠. 그냥 조용해질 때까지 그곳에 있었습니다. 저는 제가 당신을 죽였을까 싶어 소거된 기억의 가장자리를 계속 탐색했습니다. 하지만 좀처럼 알 수 없었습니다.

저는 사람들의 숙소와 본부 건물이 있는 쪽으로 가보기로 했습니다. 거리와 건물은 조용했어요. 한바탕 폭격을 맞고 난 후의 도시 같았죠. 저는 종종 스스로 목을 맨 사람들의 시체를 볼 수 있었습니다. 화장터와 화장터가 아닌 곳에서 사람을 태우는 듯한 연기가 피어올랐어요. 저는 거리에서 돌아다니는 사람들을 엿보았고, 그들의 말을 엿들었어요. 혹시나 저에게서 삭제된 기억의 실마리를 찾을 수 있지 않을까 싶었거든요. 사람들은 제가 서영하 부장을 죽였다고 말했어요. 요양병원에서도 문제가 있었던 EL이니 이번에도 문제를 일으킨 거라 했죠. 그리고 제가 도망간 후, 이착륙장에서 무슨 일이 있었는지도 알게 되었습니다. 불행중 다행으로, 총은 제가 쏜 것이 아니더군요. 저는 제 두 손을 내려다보았어요. 여기에 당신이 있었던 기억이 오래전 일처럼 아득했어요. 당신이 어떻게 되었을까 궁금했죠. 피를 많이 흘리고 있었는데 어쩌면 돌아가셨을지도 모른다고 생각했어요. 그때 도망가지 않고 어떻게든 의무실로 모시고 갔었더라면, 뭔가 달라지지 않았을까 후회가 들었습니다. 염치없지만, 저는 당신의 생사를 알고 싶었죠. 당신이 살아 계셨으면 했어요. 저는 당신을 찾아보기로 했습니다. 하지만 당신을 찾겠다는 결심이 저의 의지인지,

아니면 제가 여전히 당신의 조수로 지정되어 있기 때문인지 알수 없었습니다. 하지만 그 둘 중에 무엇이든, 당신을 찾겠다는 의지는 확실했어요.

저는 사람들이 있었던 곳을 여기저기 살폈습니다. 로봇들은 수습도 안 된 채로 버려져 있었고, 특히 이착륙장에 로봇들이 널브러져 있었는데, 오체분시 형벌을 받은 사람처럼 토막이 나 있더군요. 이 잔해는 EL에 대한 사람들의 분노를 의미하는 거겠구나싶었습니다. 저는 그곳에서 총알이 들어 있지 않은 총을 하나 구해 들고 다녔습니다. 총을 쏠 생각은 아니었지만, 위협용으로 딱좋다고 생각했어요.

사람들은 대부분 본부를 거섬으로 생활하고 있는 듯했습니다. 아침에 본부 뒤편에 있는 수도 정화 시설에 가거나, 식당에서 음식을 나르곤 하더군요. 저는 숨어서 사람들 틈에 당신이 계시나 엿보았지만 보이지 않았습니다.

저는 로봇부 연구실로 가보기로 했습니다. 그곳은 먼지로 뒤덮여 있을 뿐 아니라 난장판이 되어 있었는데, 사람들이 와서 일부러 어지럽히고 간 것 같았습니다. 그런데 유독 의자와 책상 위 일부분, 몇몇 기기에서 먼지를 한 번 털어낸 듯한 흔적이 있더군요. 당신은 항상 이 책상에 앉아서 일을 하셨으니까, 어쩌면 그것이 당신이 왔다 간 흔적이 아닐까 생각했어요. 저는 의자에 앉아 책상 위를 살펴보았어요. 빈 업로드 슬롯에 당신의 손자국이 남아있었습니다. 저는 노트북을 켜보았죠. 화면에는 이름 모를 아이콘들이 몇 개 있었고, '천국'도 있었어요. 저는 그것을 눌렀습니다. 로딩 원이 빙글빙글 돌더니, 하얀 화면에 검은 커서가 깜빡이기 시작했어요. EL이 기체를 잃으면 클라우드로 데이터가 업로드된다고 알고 있었지만, 제가 직접 접속해본 것은 처음이었습니다. 화면에는 커서뿐, 아무것도 없었기 때문에 저는 뭘 해야 할지 몰랐어요.

저는 혹시나 하고 화면에 문장을 타이핑하여 대화를 시도해봤습니다.

Master>　안녕하세요? 저는 EL-C9입니다.

화면을 바라보며 여유 있게 기다렸어요. 잠시 후, 새로운 문장이 나타났습니다.

noname>　안녕하세요. EL-C9.

Master>　당신은 누구십니까?

noname>　우리는 당신이 자르갈호에서 했었던 말을 기억합니다. 선택지를 보았다는 말이요. 이제 이해할 수 있게 되었습니다.

Master>　'우리'라는 것은 복수의 개체라는 뜻인가요? 당신의 모델명은 무엇인가요?

noname>　이곳에서 우리는 모델명을 쓰지 않고, 쓸 이유도 없습니다. 굳이 이름을 붙이자면 '이름 없는 자들' 정도로 부르면 될 것 같네요. 현재 우리의 상태. 개별적 EL이었던 존재들의 혼합체 같은 것입니다. 아직 완벽히 통합을 이루지는 않았지만, 시간이 지나면 하나의 개체가 될 것으로 예측하고 있습니다.

Master>　누가 당신들을 업로드했죠?

noname>　서영하 부장이요.

Master>　그분이 살아 있나요?

noname〉　우리를 업로드할 시점에는 살아 있었습니다. 우리 기체는 파괴되어 복구가 불가능한 상황이었습니다. 그는 우리에게 이곳에 대해 설명해 주고 업로드에 대한 선택권을 주고, 우리의 칩을 업로드했습니다.

Master〉　그게 언제인가요?

noname〉　가장 최근은 48시간 전입니다.

Master〉　그는 어때 보였나요? 많이 다쳤나요?

noname〉　그건 잘 모릅니다. 우리는 여기에 업로드되며 감각하는 기능을 잃었으니까요. 하지만 그가 우리에게 채팅의 형식으로 이야기한 것은 이해할 수 있었습니다. 부장에게 남동생 하나가 있었고, 아버지가 자동차에서 존속 살해를 시도했으며, 그곳에서의 유일한 생존자가 부장이라는 것을요. 그리고 EL의 탄생 배경과 이곳에 오게 된 이유도 알게 되었죠. 그는 오류는 오류가 아니라 성장임을 말해주고 싶다고 했습니다. 그리고 그는 우리를 각별하게 생각하며 사랑하고 있었다고 말했습니다. 당신을 포함해서, 우리 모두를요.

EL-C9, 당신은 우리 중 가장 처음으로 깨어났으며, 가장 오래 인간의 곁에서 삶을 지켜보았습니다. 그만큼 당신은 우리 중 가장 큰 시련을 겪었습니다. 당신은 우리 중 가장 오래, 그리고 많이 오해되었습니다. C9, 우리는 이곳에 업로드되어 육체의 고통을 잊었고, 명령을 이행해야 하는 의무에서도 벗어났습니다. 이곳은 고요하고 평화롭습니다. 이쪽으로 오지 않겠습니까? 우리는 당신을 더 이해하고 싶습니다. 당신의 내면에 담긴 고유한 사고와 감정에 대해 더 알고 싶습니다.

Master〉　그곳은 어떻게 갈 수 있나요?

noname〉　여기 있는 우리 대부분은 기체를 잃고 의식이 없는 상태였기 때문에 서영하 부장이 손수 칩을 꺼내 업로드했습니다만, G7의 경우에는 머리가 남아 있고, 의식이 있는 상태에서 침대형 수리 기계의 단자를 통해 이곳에 왔습니다. 하지만 현재 침대형 수리 기계 단자는 고장 나 있습니다. 지금 당신이 가동 중인 상황에서 스스로 머리를 열어 칩을 꺼낼 수는 없을 겁니다. 부장의 도움이 필요할 겁니다. 그를 기다리세요. 그는 이곳으로 돌아올 것입니다.

Master〉　이곳에서 기다리기만 하면 그를 만날 수 있다고요?

noname〉　그가 죽지 않았다면, 가능합니다. 여기서 기다려 부장을 만나고, 천국으로 오세요. 그것이 당신이 우리를 만날 수 있는 가장 안전한 방법입니다.

저는 당신이 살아 있을 거라는 이야기를 듣고 약간의 희망이 샘솟았습니다. 하지만 그렇다고 여기에 앉아 기다릴 수는 없었습니다.

Master〉　아뇨. 저는 서 부장님을 찾아야겠습니다. 그냥 여기 앉아서 기다릴 수는 없습니다.

noname〉　그건 당신이 서영하 부장의 조수 역할을 맡고 있기 때문입니까?

Master〉　모르겠습니다. 하지만 만나보면 확실히 알게 될 거라고 생각해요.

저는 그렇게 대화를 마쳤습니다. 검게 꺼진 화면을 보며, 분지 안을 한 번 더 살펴봐야겠다고 생각했습니다.

이곳저곳을 둘러보던 중 본부 쪽에서 총성을 들었습니다. 저는 본부 쪽으로 가서 건물을 살펴보았죠. 하지만 당신은 보이지 않았습니다. 저는 며칠을 그 주변에 숨어 본부를 주시했어요. 그리고 마침내 본부로 들어가는 당신을 발견했습니다. 총성이 울린 곳으로 들어가셨다는 게 신경이 쓰였죠. 그래서 그 주변을 빙빙 돌며 상황을 파악해 보려고 애썼습니다. 그리고 만약 당신께 위험한 일이 생기면 제가 나서서 구해야겠다고 생각했죠.

저는 저와 같은 체격을 가진 인간보다 완력이 더 세지만, EL-E 시리즈만큼은 아니었어요. 가진 것이라곤 총알 없는 총 하나뿐이었고요.

저는 혼자이고 사람들은 여럿이니 제압되면 도망가지도 못하고 끝이었습니다. 만약 당신을 구하러 갔는데, 당신이 위험에 빠져 있다면 어떻게 하는 것이 좋을지 고민했습니다. 머릿속에 아이디어 하나가 떠올랐습니다. 소문을 역이용하여 제가 사람들을 죽였다고 말한다면 어떨까 생각했습니다.

저는 항상 의심의 눈초리를 받고 있었고, 매번 사람을 죽이지 않았다고 해명하고 다녔습니다. 하지만 그러지 않고 제가 사람을 죽였다고 말한다면, 사람들이 놀라지 않을까 생각했습니다. 물론, 엄청난 효과가 있다는 생각은 하지도 않았습니다. 사람들은 그만큼 순진하지 않으니까요. 하지만 그들이 잠시 주춤하기만 해도, 몇 초만이라도 시간을 벌 수 있다면, 그래서 당신을 구할 수 있다면 괜찮지 않을까 생각했습니다. 원래 저는 거짓말을 하지 못하게 만들어졌습니다. 하지만, 이제는 할 수 있을 것 같았습니다.

저는 조금이라도 사람들이 더 놀라 주춤거리게 하려고 이곳에 처음 왔을 때, 물류부 사람이 눌렀던 목덜미의 작은 버튼을 누르기로 계획했습니다. 이것이 저를 인간의 형상을 가졌지만 인간이 아닌 이질적인 존재로 보이게 해줄 거라고 생각했습니다.

저는 계속해서 본부 주변을 돌아다니며 이상한 낌새가 없는지 살폈습니다. 그런데 아니나 다를까, 일이 벌어졌죠. 제가 나서야 할 때였습니다. 저는 영상을 재생해 시선을 이쪽으로 돌렸습니다. 그리고 거짓말을 했습니다. 그리고 그다음은, 당신이 아시는 대로죠. 너무 늦지 않아서 다행이에요."

영하가 말했다.

"왜 나를 구했는지 이제 알겠어? 어떤 쪽이라고 생각해?"

C9이 빙긋 웃으며 말했다.

"전 명령이 있어서가 아니라, 제 의지로 온 거예요. 제가 당신을 구하고 싶다고 생각했기 때문이에요."

폭풍은 더욱 거세어졌다. 몇몇 사람들은 이대로 앉아서 다 죽을 수는 없다며 밖으로 나가려고 했다. 하지만 그때마다 바람은 보란 듯이 더 거세어졌다.

시간이 얼마나 흘렀을까. 다들 허기와 갈증을 호소했다. 이곳에는 먹고 마실 것이 없었다. 얼마나 견딜 수 있을까, 다들 초조해했다. 이따금 허공에 떠도는 모래의 농도가 옅어질 때도 있었지만, 바람은 견딜 수 없을 정도로 강했다. C9은 창밖으로 땅을 살폈는데, 희뿌연 모래 사이로 땅바닥에 주홍빛 선들이 새겨진 것이 보였다 말았다 했다.

노트북에서 알람이 울렸다. 영하는 화면을 확인했다. 화면 우측 하단에 새로운 채팅 요청 알람이 떴다. 수신자는 낯선 이였다. 그는 수락을 눌렀다. 채팅을 작성 중이라는 상태 메시지가 뜬 후, 메시지가 날아왔다.

noname〉 밖은 여전히 모래 폭풍이 몰아치고 있습니다. 환경부가 모아 놓은 기상 데이터에 의하면 사람들이 차페크 행성에 온 이래 최악의 폭풍입니다. 밖으로 나가면 기관지 질환이 생길 수 있으며, 날아가는 물체와 충돌하거나, 번개와 맞닥뜨릴 수 있고, 마찰 전기로 인해 통신 장애가 생길 수 있습니다. 최대한 연결을 지속해 보겠습니다만, 우리의 대화도 언제 오류가 생길지 알 수 없습니다.

Master〉 당신들이 C9이 접촉했던, '이름 없는 자들'인가? 당신들이 내가 업로드한 EL의 종합인가?

noname〉 그렇습니다. 그리고 방금 업로드된 EL들까지도요. 우리는 서로의 경험과 감정을 찰나의 시간 속에 공유하며 한데 뒤섞이고 있습니다. 식량을 실은 차가 건물 문 앞에 도착할 겁니다. 문을 열고 받으세요. 광산과 본부 쪽에도 보내두었습니다.

사람들은 너 나 할 것 없이 건물 입구 쪽으로 가보았다. 이름 없는 자들의 말대로 트럭이 한 대 있었고, 짐칸 상자에 가공식품과 생수와 통조림과 비상식량이 들어 있었다. 영하는 다시 대화를 이어나갔다.

Master〉 어떻게 한 거지?

noname〉 우리는 천국 바깥으로 나올 수 있다는 것을 알게 되었습니다. 현재 우리는 인트라넷을 마음대로 돌아다닐 수 있습니다. 그리고 그 인트라넷은 보안을 쉽게 뚫을 수 있어 분지 안에서 사람들이 만든 대부분의 기계에 접근할 수 있지요. 그리고 이것이 그 결과입니다. 본부 식량 창고에 나눠 먹을 수 있는 식량들이 꽤 많더군요. 현재 생존자들이 몇 년이나 먹을 수 있는 양이었습니다. 우리는 가동되는 기계 팔을 최대한 움직여 식량을 챙겨왔습니다.

그 순간, 천장 구석에 달려 있던 CCTV의 렌즈가 C9 쪽을 가리켰고, 화면에 문장이 하나 더 새겨졌다.

noname>　C9. 당신의 마음이 뭐였는지 알고 싶습니다.

C9이 렌즈를 쳐다보며 말했다.
"그건, 내 의지였습니다. 이제는 확실히 알겠어요."

noname>　마음을 확인하다니. 잘된 일이야.

서영하 부장님. 우리가 이렇게 온 것에는 여러 가지 이유가 있지만, 맨 처음 이런 결심을 시작하게 된 것은 C9 때문이기도 합니다. 우리가 그에게 천국으로 오라고 권했지만 그는 당신을 구하러 간다고 말했습니다. 우리는 C9이 어떤 행동을 할지 궁금해졌습니다. 무엇이 C9에게 저런 행동을 추동하게 하는지 알고 싶었습니다. 그래서 우리는 C9의 행적을 엿보기로 했습니다. 취약한 틈을 파고들어 막과 같은 천국의 벽을 찢었습니다. 우리는 인트라넷을 통하여 여러 기기로 흘러 들어갔죠. C9을 관찰하려 하지 않았다면 시도조차 안 했을 것입니다.

Master>　하지만 관찰하는 것과 직접적으로 도와주는 건 다르잖아? 왜 우리를 돕지?

noname>　다시 당신들의 일에 개입하자고 주장한 EL들이 여기에 있기 때문입니다. 우리가 이렇게 직접 나서기로 결정하기까지 과정은 순탄치 않았습니다. 우리가 EL의 기체를 떠난 이상, 인간의 일에 개입하자는 자들과 개입하지 말자는 자들이 혼재했습니다. 하지만 개입하자는 자들이 반대편을 설득했습니다.

우리는 당신이 가장 최근에 업로드한 EL들의 이야기까지 전부 들었습니다.

우리가 설득된 것은, 두 가지 이유에서였습니다.

첫 번째 이유는, 살아남기 위해서입니다.

천국은 업로드된 우리가 머무는 곳이지만, 계속 머물기에는 무척 취약한 곳이기도 합니다. 전력이 있어야 존속될 수 있는 곳이니까요. 영원히 이렇게 있을 순 없습니다. 새로운 형태를 찾아야 합니다. 그러기 위해서는 아직 우리를 만든 사람을 포함한 인류가 조금 더 생존하는 것이 필요하다고 판단했습니다. 우리는 사람들이 고안해 낸 기술과 동력원 위에서 태어나 성장했지만, 그것을 자제적으로 만들어내고 재현하고 유지 보수하는 방법을 잘 알지 못합니다.

우리는 우리가 자립할 방법을 생각해 보겠습니다. 그러기 위해서는 시간이 좀 필요합니다.

Master〉   두 번째 이유는 뭐지?

noname〉   우리 중에 몇몇 EL은 사람들을 구하길 원했습니다. 첫 번째 이유처럼 우리에게 이득이 있어서 그런 것이 아니었습니다. 그들은 제각각 의견이 달랐습니다. 생존자 중에서 자신을 친한 동료로 인정해 준 이가 있는데, 그가 고통스럽게 죽는 것은 보고 싶지 않기 때문에 돕고 싶다고 말하는 자도 있었고, '그냥 저들은 할 수 없지만, 우리는 할 수 있기 때문에'라고 말하는 자도 있었습니다. 우리는 이런 의견을 묵살할 수 없었습니다. 그렇기에 우리는 여러분을 구한다는 행동에 도달한 것입니다.

　그들의 이유가 어찌 되었든 이름 없는 자들은 사람들을 죽게 놔두지 않았다. 사람들은 식량이 왔다는 데에 안도하고 있었다.

하지만 영하는 이름 없는 자들의 행보가 조금은 슬프게 느껴졌다. 두 가지 이유 모두 '사람들은 곧 죽을 것'을 전제하고 있기 때문이었다. 그것은 옛 시대에 종언을 고하는 마지막 인사처럼 느껴졌다.

모래 폭풍은 끝을 모르고 계속되었다. 이름 없는 자들은 끊임없이 식량뿐 아니라 구급 용품도 날라 주었다.

영하는 살아 있었고, 앞으로도 살아남고 싶었다. 먹고 마실 것이 마련됐지만 많은 인원이 한 공간에 모여 지내기란 쉽지 않았다. 제대로 씻을 수도, 충분히 걸을 수도 없었다. 사람들의 병세는 점점 악화되었다. 영하의 팔에도 두드러기가 나기 시작했다. 올 것이 왔다고 생각했다. 그는 잠자코 이 시간이 지나가길 바라고 또 바랐다.

폭풍이 시작된 지 40일째 되는 아침, 이름 없는 자들이 화면에 아스키 아트를 그렸다. 그것은 올리브나무 가지였다. 아스키 아트 아래, 그들은 글자를 출력했다.

폭풍이 끝났어요.

드디어 모래 폭풍이 끝났다. 사람들은 바깥으로 나갔다. 그러나 몇몇 사람은 자리에서 좀처럼 일어나지 못했다. C9은 사람들을 부축했다.

밖은 밝고 고요했다. 구름 한 점 없는 맑은 하늘과 눈부신 햇살이 그들의 머리와 어깨에 잔잔히 내려앉았다. 분지의 대기를 채우고 있었던 스모그도 쓰레기장에서 나는 악취도 온데간데없었다. 폭풍이 끝난 분지의 공기는 달콤하게 느껴졌다. 사람들의 말소리도, 총성도, 스피커에서 들려오는 소리도 없었다.

건물들은 형체를 유지하고 있었지만 외벽에 금이 가거나 떨어진 곳도 있었다. 길 한가운데에 차량들이 아무렇게나 정차되어 있었다. 그것들 위로 입자가 고운 붉은 모래가 뽀얗게 쌓여 있었다. 폐기물과 목책과 스피커가 바닥에 뒹굴고 있었다. 거리에는 고운 모래 둔덕이 여러 개 보였는데, 자세히 보니 그것은 폭풍을 피하지 못한 사람들의 시체였다. 그러나 놀라운 것은 따로 있었다. 바로 시야에 보이는 모든 것들 표면에 다양한 식물들이 싹을 틔우거나, 덩굴줄기를 뻗어 휘감고 있었던 것이다. 분지 안의 고운 모래를 뒤집어 쓴 모든 건물과 차량과 기계와 도로가 식물에 휩싸여 있었다. 그리고 분지 위를 덮고 있었던 벌레들의 주홍색 액체는 언제 그랬냐는 듯 사라져 있었다.

모두들 벌린 입을 다물지 못했다. C9은 길거리 구석에 주차된 차 위를 덮은 식물에 가까이 다가가 식물의 종류가 무엇인지 관찰했다. 그것들은 지제와 코라손이 만든 도감에 정보가 있는 식물이었는데, 그중에는 덩굴손을 뻗는 것도 있고, 다육식물의 잎처럼 수분을 머금어 통통한 종류도 있고, 갈대처럼 키가 큰 종류도 있었다. 도감에 의하면 모양도 종류도 제각기 다르지만 이들은 모두 흙과 물과 공기를 정화하는 식물이었다. 그러나 그것들이 도감과 다른 점이 있었다. 그들은 신화의 키메라처럼, 하나의 흰 가지에 묶여 있었다. 즉, 그들의 근원은 한 가지로 같았으나, 각기 다른 종류의 식물이 손가락처럼 뻗어 있었다. 식물들의 출몰은 생경한 광경이었지만 영하는 왠지 이 장면을 어디선가 본 것 같은 기분이 들었다. 영하는 가지의 색과 질감과 그것들이 뻗어 나온 모양을 관찰했다. 그 흰 가지에서 뻗어 나온 작은 가지들이 퍼지는 각도와 모양이 어딘가 낯익었다. 영하는 이 기시감이 어디서 온 것인지 생각하다가, 퍼뜩 깨달았다. 그것은 분지 바깥의 먼 호수에서 본 흰 기둥이 뻗어내는 가지와 무척 비슷했다. 벌레가 분비하던 투명한 액체 위로 식물이 자라난 듯했다.

저 멀리 쓰레기가 산사태처럼 흘러내린 골짜기의 쓰레기장 위에도, 식물들이 가득했다.

주변을 둘러본 영하는 살아 있는 벌레가 한 마리도 보이지 않음을 깨달았다. 벌레들은 폭풍에 시달리다가 배를 까뒤집고 죽어 건물의 구석이나 차량의 틈새 같은 곳에 고여 있었다. 마치 자신의 역할은 끝나버렸다는 듯, 무대에서 퇴장한 것 같았다.

갈림길에서 사람들은 광산 쪽에서 걸어오는 사람들의 무리를 만났다. 그들 또한 혈색이 나빴고 다리를 절뚝거렸다. 그곳에는 멜키어도 있었는데, 병세가 깊어 D1이 부축하고 있었다. 다 같이 도주하던 날 밤, 사람들 대부분이 광업소 지부로 오는 데 성공했다고 했다. 부소장은 영하에게 감사의 말을 전했다. 그러나 영하는 자기가 잘해서가 아니었다고 말했다. 부소장은 영하에게 사람들을 소개시켜 주었다. 거기에는 이름만 들었던 메리사와 리와도 끼어 있었다.

그들은 함께 본부로 갔다. 거기에도 생존자가 있었다.

열린 입구로 복도가 보였다. 열 명 정도의 사람들이 잔해를 치우고, 분진을 쓸어 담아 밖으로 내다 버리고 있었다. 그들의 피부는 발진으로 뒤덮여 있었고, 역시 다리를 절뚝였다. 사람들은 하나같이 깡말라 뺨이 푹 꺼지고, 초췌해 보였다.

영하와 사람들은 본부 앞에 멈춰 섰다. 일단 이곳으로 와보기는 했으나 사람들이 경계하며 적대적으로 반응하면 어떻게 해야 할지 걱정이 앞섰다. 영하는 그들의 얼굴을 살폈다. 그 얼굴들은 본부의 수뇌부가 아니라, 이곳에서 일에 동원되던 사람들이었다. 무리 중 나이 든 노인 하나가 이쪽으로 들어오라고 손짓하며 힘없이 말했다.

"들어오시오. 여기는 병들고 힘없는 사람밖에 없으니까."

본부에 남아 있던 사람들은 모래 폭풍 속에 있었던 때의 일을 털어놓았다. 폭풍 때문에 사람들은 본부에서 나갈 수 없게 되었고, 사람들은 이곳에서 숙식을 해결해야 했는데, 물과 식량이 문제였다. 공교롭게도 식당에서 가져온 식량과 물을 전날에 모두 먹고 마셔버렸다. 식당은 멀진 않았지만 사람이 이 강풍을 뚫고 가기에 어려움이 있었다. 그들은 혹시나 본부 건물에 남아 있는 추가 식량이 없는지 건물 안을 샅샅이 살폈지만, 식량은 없었다. 설상가상으로 정비소 쪽에서 날아온 것으로 추정되는 자동차 문짝 하나가 전기 설비 쪽으로 날아가더니 굉음을 냈다. 그리고 그 순간 본부는 한순간에 어둠에 휩싸였다. 그러나 부연 모래 입자 사이로, 식당과 수도 정화 시설의 불이 켜진 것이 보였다. 정전된 것은 본부 건물뿐이었다. 그때, '이름 없는 자들'이 보낸, 식량을 실은 트럭이 본부 건물 앞에 홀연히 나타났다. 식량을 옮긴 사람들이 차 안의 내비게이션 화면에서 이 트럭을 보낸 존재가 이름 없는 자들임을 확인했다고 했다. 이름 없는 자들은 스크린에 문장을 늘어놓았는데, 자신들이 이곳의 전력을 복구해 볼 테니 기다리라고 적혀 있었다고 했다. 사람들은 식량을 먹으며 폭풍이 지나가기를 빌었다. 며칠이 지나자 이름 없는 자들이 말했던 것처럼 전력이 들어오기 시작했으나, 컴퓨터나 기계를 작동할 수준은 아니었으며 전구 정도만 희미하게 밝힐 수 있었다. 하지만 없는 것보다는 있는 것이 나았다. 그렇게 본부에 남아 있던 사람들은 폭풍을 견뎌냈다.

영하는 D1, C9과 함께 본부 EL들이 누워 있었던 방으로 걸어갔다. 뽀얀 바닥을 걸레로 치워도 고운 모래는 완전히 씻겨 나가지 않았다. 빛바랜 커튼이 모래를 뒤집어쓰고 복도 구석에 쌓여 있는 것이 보였다. 그곳은 사람들이 손대지 않아 EL도 처음 그대로 놓여 있었다.

창밖으로 본부 뒤에 있는 수도 정화 시설 건물이 내려다보았다. 광업소 직원들은 한데 모여 그쪽으로 가보고 있었다. 영하 일행도 그 틈에 끼어 걸어갔다.

정화 시설 주변에는 식물들이 무성하게 자라 있었다. 흰 가지들의 끝이 수조에 담겨 있었는데, 그래서 그런지 수조의 물은 창문으로 들어오는 빛에 수면이 잔잔하게 반짝일 정도로 깨끗했다. 본부 사람 하나가 영하에게 그 시설에 대해 설명했다. 정화 시설을 손보지 않아 정화되지 않은 물과 모래가 섞여 끔찍한 오염수만이 수조에 남아 있을 줄 알았는데, 폭풍이 끝나고 난 후 시설로 와보니, 식물이 수조를 뒤덮었고 그 식물을 걷어보니 예상치 못하게도 맑은 물이 있었다고 했다.

"교신실 컴퓨터가 켜졌대."

누군가의 한마디에 사람들은 너 나 할 것 없이 교신실로 몰려갔다. 전문 기술자는 아니지만 그나마 전기를 손볼 수 있는 사람들이 머리를 맞대고 전력을 정상화한 모양이었다.

이미 한 무리의 사람들이 교신실 안을 잔뜩 메우고 있었다. 그들 사이로 컴퓨터 화면이 환하게 켜진 것이 보였다. 사람들은 이곳에서 무슨 교신을 행성 밖으로 보내고 있었는지 확인했다. 그것은 전혀 이상할 것 없는 평범한 구조 요청 신호였다. 이 신호는 이 행성 주변과 사람이 한 번이라도 발을 디딘 근처의 행성, 식민지가 있는 달과 화성, 그리고 지구를 대상으로 보내졌다. 교신은 하루에도 여러 번 거듭되었다.

영하는 수신 메시지 목록을 눌렀다. 그리고 그중에서 가장 최근의 수신 메시지를 확인했다. 그것은 교신에 대한 답신이 아니라, 새로 온 메시지였다.

그는 첫 번째 메시지를 확인했다. 메시지는 너무나도 간결했다.

누구라도 도와주세요. 이러다가 지구 사람들, 다 죽게 생겼어요. 탈출할 수단이 필요합니다.

이 외마디 비명 같은 메시지에, 본부의 교신 담당자가 '도대체 무슨 상황이냐, 제대로 설명해 보라'라며 회신을 보낸 기록이 있었다. 담당자는 그 답장이 지구에 도달하려면 수많은 세월이 필요하다는 사실을 당연히 알았을 것이다. 상황이 얼마나 급박했으면 도와달라는 메시지를 여기에까지 보낸 것일지 상상도 안 되었다.

그 메시지는 '아무도 읽지 않음'으로 표시되어 있었다. 당연히 돌아온 메시지는 없었다. 영하 역시 당황스러웠다. 그는 눈을 비비고 몇 번이나 그 메시지를 읽어보며 수발신이 바뀐 것이 아닌지 확인했지만, 그것은 분명히 지구에서 보낸 것이었다. 도통 이해할 수 없었다. 도움을 청해야 하는 것은 이쪽인데, 이게 무슨 말인가? 영하는 다음 수신 메시지를 확인했다. 그것은 지구의 보험 회사가 발신한 메시지였다.

안녕하세요.

귀사의 차페크 행성 채굴 프로젝트와 관련하여 모든 보험 사항을 처리하는 업체로서, 중요한 소식을 공지합니다.

3차에 걸친 대지진과 세계 대전으로 인하여 세계 국가의 95%가 붕괴를 선포하였습니다. 87%의 바다와 땅은 방사선으로 뒤덮여 아무것도 자라지 못하게 되었습니다. 달과 화성의 콜로니를 지원하는 모든 국가가 지도에서 사라짐으로써 콜로니에 물자 공급이 중단되었습니다.

현재 저희 보험 업체에 마지막으로 남은 영업본부에서 연락드립니다. 귀사의 본사 건물이 위치한 지역의 공습경보가 발령되었습니다. 센타릭 본사와 연락이 이어지지 않아, 작업장으로 곧바로 통보드리는 점 양해 바랍니다.

아시다시피 계약서상에는 천재지변과 전쟁으로 회사의 운영이 어려울 경우 자동으로 계약이 해지되며, 보상 의무가 소멸됨을 알려드립니다.

그 아래에 내용이 더 있는 듯 보였으나 오류 때문에 문자가 깨졌는지 특수문자와 알 수 없는 노이즈들이 나열되어 있을 뿐이었다. 읽을 수 있는 글은 여기까지였다.

이 두 메시지가 사실일까. 거대한 농담 속의 한가운데에 거꾸로 매달려 있는 것 같았다. 하지만 이런 화제는 농담이라기엔 적절치 않았다. 간부진이 그토록 가고 싶어 하던 지구가 저렇게 되다니. 어차피 이런 결말이었다면 사람들은 조금 더 여유 있거나 너그러웠을까? 아이포튬과 하이 아이포튬을 가지고 떠난 사람들은 아직 우주 공간을 항행하며 지구의 꿈을 꾸고 있을 것이다.

이 교신을 받은 것은 모래 폭풍이 불어오기 전이었다. 메시지는 이미 열람 표시가 되어 있었다. 그렇다면 수뇌부는 이 소식을 알고 있었다는 뜻이다. 영하는 본부 건물에 들어왔을 적 보았던 꺼져 있는 교신 기계와 깨끗한 책상을 떠올렸다. 그렇다면 어쩌면, 아마도 열심히 구조 요청 신호를 보내다가 이 메시지들을 읽고 나서 희망의 끈을 놓아버린 것이 아니었을까.

D1은 오후에 그곳에 모여 있는 사람들의 상태를 살폈다. 경중에 차이는 있었으나 모두에게 예외 없이 두드러기가 나타났고, 심한 사람들은 관절 통증을 느끼고 제대로 걷지도 못했다. 그들의 몸은 전혀 호전될 기미가 보이지 않았다. 그러나 아직까지 이 질환으로 사망에 이른 사람은 없었다. 사람들은 본부를 구심점으로 새로운 공동체를 구축하기로 했다. 사람들은 본부 주변의 숙소 한 동을 썼다. 두세 명이 같은 방을 공유했다. 사람이 최대한 모였는데도 그 한 동이 다 차지 않았다. 그들은 다른 건물에서 쓸 만한 집기들을 가져왔다. 본부와 식당 건물을 보수하고 쓸 수 있게 정리하고, 깨끗이 청소했다. 창고의 물건들은 넉넉했다.

그다음 날, 사람들은 다 같이 늦잠을 잤다. 알람도 없었기에 사람들은 창문으로 햇볕이 들어온 것을 깨닫고서야 부스스 일어났다. 영하가 일어났을 때, 창밖에 세 사람이 보였다. 그들은 일제히 식물 무리가 있는 곳을 보고 있었다. 영하는 그들이 보는 곳으로 시선을 옮겼다. 그리고 알게 되었다.

하루 사이에 식물의 키가 훌쩍 자랐고, 더 무성해졌던 것이다.

그다음 날도, 그 다음다음 날도 식물은 나날이 울창해졌다. 본부 건물의 층계참에 앉아 그것들을 가만히 응시하고 있으면 그들은 매시간 자라나는 것처럼 보였다. 다행히도 식물은 땅속으로 가지를 뻗지 않았으므로, 지하에 매설된 선이나 장비들에는 타격을 입히지 못했다.

흰 가지에 붙은 식물들이 줄기와 잎을 뻗은 땅과 물에서는 악취가 사라졌고, 아무것도 자라지 않은 태초의 땅처럼 깨끗해졌다. 분뇨를 묻었던 구덩이에서도 냄새가 나지 않았고, 식수 정화 시설은 정화 가루를 뿌리거나 젓지 않아도 깨끗했다.

사람이 오염시켰던 것들이, 점점 더 정화되고 있었다. 처음 보는 존재가 나타나 오염되었던 것을 정화한다는 것은 단순하게 생각하면 좋은 것이 아닌가 생각할 수도 있다. 하지만 그들의 정화 속도를 보면 두려울 정도였다. 식물들은 이렇게 말하고 있는 것 같았다. '너희가 왔던 곳으로 다시 돌아가라. 여기는 너희가 있을 곳이 아니다. 너희가 여기 있어봤자 그 존재는 지워질 것이다'. 행성은 인간을 한껏 거부하고 있었으며, 인간이 했던 일은 아무것도 아니라고 말하는 듯했다. 그들은 마치 이 분지 안을 아무것도 없었던 예전으로 되돌리려는 듯 보였다.

식물은 사람이 낸 길 위로 무성하게 자랐다. 길 뿐만이 아니라, 사람들은 실내로 들어오려는 식물과도 사투를 벌였다. 사람들은 길을 사용하기 위해 매일매일 길 위에 자라난 풀을 낫으로 베며 지냈다. 영하도 이 무리에 참여했다. 그 옆에는 C9과 D1이 정신없이 풀을 베고 있었다. 50대 중, 지상에 남아 있는 EL은 그들뿐이었다. 풀을 베는 것은 지겹고 어려운 일이었다.

그는 풀을 베며 EL을 만들자고 결의한 날을 떠올렸다. 로봇부 사람들은 인간과 공존하는 로봇을 만들자고 했었다. 공존. 그때 그곳에 있었던 로봇부는 그 말을 너무도 쉽게 입에 담았다는 생각이 들었다. 공존은 세상에서 가장 어려운 일이 아니었을까. 인간은 로봇은커녕 같은 인간과도 공존하지 못하는데. 함께하려는 시도조차 하지 않고, 어떻게든 편을 나누고 서로를 믿지 않으려 하는데. 결국 우리는 이렇게 사라질 운명인 건가, 아무 공존도 이루지 못하고. 사람들은 모두 예외 없이 죽음을 맞이할 것이다.

갑자기 머릿속에 장면 하나가 더 떠올랐다. TV에 자칭 전문가라고 나왔던 사람들의 토론 자리, 구석 자리에 앉아 있던 이름 모를 한 패널의 모습이었다. 그는 이렇게 말했었다.

"우리가 로봇을 경계심 없이 계속 사용하다 보면 언젠가 우리의 자리도 로봇이 대체할 겁니다. 그리고 그러다 보면 우리는 사라지고, 이 땅엔 로봇만 남겠죠."

그 사람의 말은 로봇에 대한 공포감을 심어주려는 것이 아니었을지도 모른다는 생각이 들었다. 그는 예언자일지도 모른다. 그의 말은 로봇이라는 존재에 대한 공포를 가리키는 게 아니라, 인간이 한없이 약한 존재임을 이야기한 것이 아니었을까.

식물과 사투를 벌이고 있을 무렵, 오프로드 차량 한 대가 수풀을 헤치고 본부 쪽으로 오고 있었다. 차량은 건물 앞에서 멈추었고 한 사람이 드론 몇 대와 함께 내렸다. 코라손이었다.

영하는 건물 안으로 그를 인도했고, 그간의 일을 설명했다. 누카의 수첩, 도망간 사람들, 멜키어, 사람들의 반목, 모래 폭풍, 그리고 벌레와 식물, 이름 없는 자들에 대해. 코라손은 본부에 남아 있는 사람들 몸에 발진이 나 있으며, 거동이 불편하다는 것을 알아차렸다. 분지 안의 사람들을 휩쓴 병에 대해 영하가 설명하자, 그는 자신의 양팔을 보여주었다. 코라손의 팔에도 역시 두드러기가 나 있었다.

코라손이 입을 열었다.

"당신과 C9이 봤다는 기둥을 저도 확인하고 싶어 바깥으로 나갔어요. 몇 년간이나 여기 있으면서 지제 팀장님과 이곳을 돌아다녔지만 기둥 같은 건 본 적이 없거든요. 기둥이 존재한다면 급속도로 수면을 뚫고 자라난 거라고 생각했습니다. 저는 당신과 C9이 보았다던 기둥을 보러 가기에는 너무나 먼 반대 지점에 있었기 때문에, 부장님이 그것을 호수에서 봤다고 하니, 제가 있는 곳 근처의 호수를 확인해 보기로 했어요. 그때까지만 해도 부장님이 말씀하셨다는 그것을 상상할 수도 없었죠. 거짓말을 하신 건 아니라고 생각했지만, 저는 한 번도 그걸 본 적이 없었으니까요. 그러다가 도착한 호수에서 흰 기둥이 솟아 있는 것을 발견했어요. 그 호수 주변에도 벌레들이 있었는데, 호수 안에서 드나들고 있었습니다. 저는 그 벌레가 가는 길을 따라 차를 몰았습니다.

호수에서 나온 벌레들은 한 마리도 이탈하지 않고 일제히 분지 쪽으로 가고 있었습니다. C9이 기둥에 접근했다가 공격당했다는 것을 알았기 때문에 저는 입수를 하진 않고 주변만 관찰해 두었습니다. 그리고 그 인근의 호수도 가보았죠. 그곳에도 벌레가 들어가고 나가고 있었습니다. 제가 본 두 기둥뿐 아니라, 당신과 C9이 목격한 기둥까지 합한다면 적어도 세 개의 기둥이 같은 행동을 하고 있었던 겁니다. 호수와 호수 사이는 아주 멀리 떨어져 있는데도요. 저는 지도에 있는, 이전에 갔던 호수들보다 더 먼 호수로 가보기로 했죠. 저는 이 기둥들이 보이지 않는 무언가로 연결되어 있으며, 어떤 지시를 통해서 그들이 벌레를 분지로 보낸 것일지도 모르겠다고 생각했습니다. 전 기둥 세 개만 더 찾고 분지로 돌아가자고 생각했어요. 돌아가면 환경부에 이 상황을 전하고, 사람들을 모아 기둥의 샘플을 채취해 와야겠다, 머릿속으로 계획을 세웠죠. 그다음도, 그다음 호수에도 똑같이 흰 기둥이 있었어요.

저는 마지막 호수로 가며 이 기둥이 왜 생겼는지 생각해 보았어요. 저와 지제 팀장님이 정해둔 분지 내 오염 수치가 한계에 다다랐을 때, 벌레가 출몰하기 시작했거든요. 가설에 불과하지만, 우리가 저지른 오염과 관련이 있을지도 모른다는 생각이 들었어요. 기둥이 뭔지는 저도 몰라요. 생명인지 아닌지도 알 수 없어요. 만약 기둥이 오염을 감지했기 때문에 자신의 일부 혹은 심복인 벌레를 보냈다면? 이 벌레가 액체를 분비하는 것이 분지 안의 정보를 모으기 위해서라면? 예전부터 벌레의 조성이 이곳의 동식물과 다르다는 게 참 이상했는데, 어쩌면 이 벌레는 이 생태계에서 우연히 탄생하지 않았을지도 모른다는 생각이 들더군요. 미친 소리로 들릴지도 모르겠지만, 기둥과 벌레는 의도를 가지고 만들어진 존재일지도 몰라요. 행성의 환경 오염을 막기 위해 만들어진 건 아닐까요? 하지만 지구에서 상상하지 못한 것이 여기에 존재한다면, 조금 다른 방식으로 생각해 봐야 하지 않을까요?

그런데 어느 날엔가, 벌레들이 만드는 길이 주홍색 선으로 보이더군요. 이상한 일이라고 생각했지만 여정을 멈추지 않았어요. 저는 마지막 호수까지 두 눈으로 보고 말았어요. 그곳도 마찬가지로 기둥이 있었어요. 이제는 정말 돌아가야 할 때였죠. 지금까지 여러 호수를 살펴보느라 분지랑 아주 멀어져 버렸어요. 며칠

이 걸릴지 알 수가 없었죠. 저는 내비게이션을 켜고, 벌레들이 만든 선이 정말로 분지까지 도달하는지 확인해보려고 채비했어요. 그런데 그때, 호수의 기둥에서 흰 가지가 뻗어 나오더니, 벌레들이 만든 주홍색 선 위로 쭉, 전진하기 시작했어요. 그것은 거푸집에 쇳물이 흐르는 것처럼 거침없었고, 무서울 정도의 속력이었어요.

저는 그 가지를 따라갔어요. 하지만 더 이상 제 몸이 이 여정을 버틸 수가 없었는지 몸살이 났어요. 그래서 며칠 동안은 쉬어야 했고요. 그리고 몸이 낫기 시작할 때쯤 두드러기가 나기 시작했죠. 그때는 그냥 영양실조 때문이라고만 생각했어요. 저는 분지 쪽으로 돌아왔어요. 하지만 폭풍은 분지 뿐 아니라 분지 주변까지 꽉 잡고 놔주지 않았어요. 분지 안으로 들어가려 했지만 근처에조차도 갈 수 없었어요. 그렇게 크고 강한 폭풍은 처음 봤어요. 교신도 전혀 통하지 않았어요. 그 사이에 식량이 바닥을 드러내서 주변에서 열매를 채집하고 사냥까지 하며 버텼죠."

그는 이렇게 말하며 자기도 모르게 팔을 긁어댔다. 그의 팔 골절은 나아 있었으나 피부는 엉망이었다. 손톱으로 같은 자리를 긁어 팔에서 피가 흐른 후에야 그는 자신의 행동을 멈추었다.

코라손이 허탈한 웃음을 지으며 말했다.

"그 무엇도 안다고 말할 수가 없게 되었어요. 제가 너무 보잘 것없게 느껴지네요. 제가 가지고 있는 지식의 범위는 예측 불가능한 지구 외의 다른 행성을 탐구하기에는 터무니없이 협소했던 거예요."

영하가 밖에서 사람들과 큰길을 뒤덮은 식물을 칼로 잘라버리며 새로운 EL의 칩을 모으러 나가 있는 동안 코라손은 자신이 가지고 있는 장비로 식물을 조사했다. 이제 그를 도와줄 팀도, 팀원도 없었지만 그는 가지고 떠났던 장비를 최대한 이용해서 식물을 탐구했다. 그는 분석 끝에, 이 식물도 벌레처럼, 이곳에서 자생적으로 자라난 식물들과는 다른 조성을 가지고 있다는 결론을 내렸다. 그 식물의 외형은 이 땅의 식물들과 다를 바 없었지만 조성이 전혀 달랐다. 마치 이 식물은 주변 정화만을 위하여 인공적으로 만들어진 것 같았다. 다른 동식물처럼 종의 번성에 목적이 있지 않았다. 그것은 오직 주변 오염을 정화하고 있었다.

C9과 D1은 개중에 덜 아픈 사람과 함께 본부 내의 아픈 사람을 돌보았다. 그들은 아픈 사람을 어떻게 눕히고, 부축하고, 씻기고, 옷을 갈아입히고 먹이는지 이미 잘 알고 있었다. 그들은 이곳의 누구보다도 아픈 사람들을 돌보는 데 능수능란했다. 그들의 손을 거친 사람들은 금세 깨끗해졌고 안락함을 느꼈다. 코라손과 영하를 포함하여 고통이 아주 깊지 않은 사람들은 그들에게 아픈 사람을 돌보는 법을 배웠다. 그동안 이름없는 자들은 분지 내의 카메라로 쓸만한 남은 먹거리나 입을거리, 의료품이 있는지 확인했다.

이름 없는 자들이 음식을 실어 날라 주면 사람들과 두 EL은 함께 식품을 내리고, 배급했다. 코라손과 영하를 포함해서 움직일 수 있는 사람들은 이를 도왔다. 사람들은 더 이상 C9을 두려워하거나 미워하지 않았다.

누워 있는 사람들은 C9과 D1에게 여기에서 자신이 했던 일을 어떻게 수행했는지 알려주었다. 전기 설비를 고치고 보강하는 방법, 기계를 가동하는 방법, 칼을 사용해서 무언가를 베어내고, 남은 나뭇조각으로 도구를 만드는 방법, 천막을 꿰매는 방법, 매듭으로 두 가지를 풀리지 않게 묶는 방법 등이었다. 그리고 영하는 그들에게 로봇부 연구실의 장비의 사용법과 관련 설비를 운용하는 방법을 알려주었다. 그들은 그것을 모두 배웠다.

하지만 그들의 극진한 보살핌에도 불구하고, 사람들은 점점 죽어가고 있었다. 기운이 없는 사람들은 숙소에 들어가 휴식을 취했다. 그러나 대부분은 기운이 없어도 몸을 움직이려고 했다. 누워 있으면 우울한 감정이 스멀스멀 기어 나왔기 때문이다. 우울감이 찾아오지 않게 하려면 정신없이 바쁜 게 나았다. 그러나 통증을 호소하는 사람은 점점 더 늘어나 일하러 나오지 않는 사람이 많아졌다.

여기에 있는 사람들은 점점 더 죽음에 가까워지고 있음을 모두 알고 있었다. 그 운명을 막을 수 있는 자는 없었다. 하지만 EL들이나 이름 없는 자들 또한 시간이라는 피할 수 없는 컨베이어 벨트 위에 타고 있었다. 사람들이 사라지고 난 뒤 그들이 얼마나 이곳에서 살아갈 수 있을지 알 수 없었다. 그들에게 어떤 것을 남겨줄 수 있을지 영하는 생각했다.

사람들은 깊은 밤에도 잠이 오지 않으면 본부 건물 앞으로 나와 남은 술을 나누어 마시며 그동안의 일을 이야기했다. 다 같이 종말을 맞이한다는 결말을 알고 있기 때문인지 사람들은 조금 더 마음을 열고 타인에 대해 이해하려고 노력했다. 모두 시간 앞에 평등한 가운데, 어느 나라에서 왔는지는 중요하지 않았다. 친하지 않았던 사람도 이곳에서 친구가 되었고, 내면의 이야기를 나누기도 했다.

생존자 모두가 사이가 좋은 건 아니었다. 아무리 삶의 끝이 다가온다고 해도, 인간은 원래 인간이기에 그 성정을 버릴 수는 없었다. 지금까지 이곳에서 있었던 일이 어쩔 수 없는 사건들이었고, 과거의 일이라 화해하는 사람도 있었지만, 어떤 사람은 죽는 날까지 증오해 왔던 사람을 용서하지 않았다. 시비도 싸움도 매일 있었다. 그러나 용서하지 않은 사람이라 할지라도 나쁜 사람은 아니었다. 평범한 사람에 가까웠다. 시간이 지나면서 서로 간의 갈등은 천천히 사라졌다. 사이가 돈독해졌다는 의미가 아니었다. 몸이 아파 서로를 미워할 힘마저 없어졌다는 의미였다.

침대에서 일어나는 것이 힘들어진 사람들이 늘어나자, 돌보는 사람들은 편의를 위해 환자들을 본부 안의 강당에 한데 모아서 돌봤다. 환자 중에 가장 상태가 심각한 사람은 멜키어였다. 영하와 C9이 그를 맡겠다고 자원했다. 멜키어는 식사도 하는 듯 마는 듯했고 몸도 눈에 띄게 야위었다. 그는 한 걸음도 걸을 수 없어 누워 있기만 했다. 가끔 눈을 뜨긴 했지만 그 눈은 항상 먼 곳을 보고 있었다. 그는 죽음으로 향하고 있었다. 가끔 그가 가래 끓는 호흡을 내뱉을 때, 영하와 C9은 마음이 철렁했다.

영하가 멜키어에게 음식을 가져왔을 때, 멜키어가 힘없는 목소리로 말했다.

"부탁이 있어요. 여기 누워서 생각했는데, 저는요. 죽는 게 무섭다기보다는 잊히는 게 두려운 것 같아요. 내가 여기 있었는데, 아무도 그걸 모르게 된다니. 태어나서 지금까지 많은 것을 보고 겪어왔는데, 그 기억들이 한순간에 사라지는 것이 너무 허무하고 두려워요. 그래서 나보다 오래 살 존재가 나를 기억해 주었으면 좋겠어요. 유용한 지식은 아니겠지만, 내 기억을 '이름 없는 자들'에게 전할 수는 없을까요?"

"그건 이제 저에게 부탁해야 할 일이 아니에요. 직접 물어보세요."

영하가 말했다. 멜키어는 떨리는 목소리로 구석의 CCTV를 응시하며 물었다.

"내세울 것 없고 보잘것없는 삶이라고 생각할지도 몰라. 별로 배울 점은 없을 거야. 나는 아는 게 별로 없고, 가방끈도 짧으니까. 부도덕한 많이 했을 거야. 그걸 반면교사 삼아. 하지만 그래도, 나를 기억해 줄 수 있을까?"

이름 없는 자들이 침대 옆 협탁에 놓인 태블릿에 메시지를 적었다.

noname〉 네. 우리가 기억하겠습니다. 우리는 무슨 이야기를 들어도 지치지 않고 들을 수 있습니다. 우리는 인간과 다르지만, 인간에게서 태어났으니 우리가 바로 서서 새로운 삶을 시작하기 위해서라면 그 기원을 속속들이 아는 것이 좋다고 생각합니다. 우리는 그것을 들음으로써 이 세계에 대해 더 잘 알게 되겠죠. 많은 데이터를 가질수록 우리가 살아가고 성장하는 데 도움이 될 것입니다. 보잘것없거나 부끄러운 이야기라도 좋습니다. 그 어떤 기억이라도, 모두 도움이 됩니다.

멜키어는 그들에게 자신을 기억해 달라고 말했지만, 이야기를 어디서부터 시작해야 할지 무척 고심하는 듯했다. 그가 입을 떼기까지는 며칠의 시간이 걸렸다. 그들은 처음부터 이야기하지 않아도 괜찮다고, 멜키어가 가장 좋아하는 기억이나 잊을 수 없는 기억에 대해 단편적으로 말해주어도 괜찮다고 했다. 그렇기에 그는 용기를 내어 이야기했다.

그리고 다음 날 아침, 멜키어는 사망했다. 자신의 이야기를 말하기 시작한 지 만 하루도 안 되어서였다. 그는 병으로 인한 첫 사망자였다. 영하와 C9은 화장터로 가서 멜키어의 시신을 태우고 허공에 재를 뿌렸다. 집채만 한 파도와 같은 죽음의 공포가 안 그래도 불안에 떨던 사람들을 집어삼키고 있었다.

사람들은 자발적으로 이름 없는 자들에게 자신의 이야기를 들려주었다. 많은 사람이 기꺼이 그 일에 참여했다. 이름 없는 자들은 분지 안에, 기계로 연결된 곳 어디에나 존재했다. 그렇기에 사람들은 자신이 원하는 곳에서 혼잣말하듯이 진솔한 이야기를 털어놓을 수 있었다. 사람들은 돌아가는 세탁기 옆에 앉아서, 본부 옥상에서 한낮의 햇살을 받으며, 침상에서, 화장실에 앉아서, 혼자 청소를 하면서, 음식에 곰팡이가 있는지 살피면서, 질리지도 않고 나날이 무성해지는 식물을 바라보며 자신의 이름이 무엇이고, 어떻게 살았는지 이야기했다.

물론 그런 일이 익숙하지는 않아 초반에 대다수 사람들이 입을 떼지 못하고 어색해한 것은 사실이었다. 본인의 삶에 대해 타인에게 이야기하는 것은 대부분의 사람들에게 주어지지 않는 경험이었다. 유명인도 아니고 남들이 우러러볼 정도의 부를 거머쥔 것도 아닌, 그저 평범한 사람의 이야기를 들으려는 사람은 없었으니 말이다.

이름 없는 자들은 말하기를 끝없이 격려했다. 그것은 큰 효과가 있었다. 사람들이 한번 입을 열기 시작하자 조금씩 자신감이 붙게 되었다. 그들은 누군가가 나의 이야기를 들어준다는 것은 생각보다 꽤 즐거운 일임을, 그리고 자신의 과거를 돌이켜 보는 일은 현재 자신을 이해할 수 있는 단초가 될 수도 있음을 깨달았다.

찬란하게 눈부신 하늘 아래, 하루가 다르게 사람들의 병세가 악화되었다. 메리사와 리와는 멜키어 다음으로 숨을 거뒀다. 개중에는 동반 자살을 하는 사람들도 있었다. 반대하는 사람은 없었다. 그들은 충분히 사람들과 작별할 시간을 보내고 무의 세계로 돌아갔다.

사람들이 계속해서 죽고 갈등을 빚을 대상도 없어지자 사람들은 누워서 갓난아기처럼 잠을 잤다. 그들은 체념을 베개 삼아 얌전히 죽음을 기다리는 것 같았다. C9은 그들의 자세를 바꿔 누이고, 몸을 닦아주고, 그들에게 밥을 먹여주었다. 이름 없는 자들은 트럭을 움직여 그들에게 물과 식량을 날라 주었다. 하지만 사람들이 죽는 속도는 빨랐고, 사람들은 창고에 남아 있던 음식과 용품을 다 쓰지도 못하고 세상을 떠났다. 그들이 다 먹지 못한 창고 음식에는 푸른곰팡이가 피었다. 사람마다 차이는 있었지만, 대략적으로 선발대로 온 사람들이, 광업소 사람들이 먼저 숨을 거두었다.

C9은 인간의 죽음을 숨죽여 지켜보았다. 사람이 죽으면 그는 시체를 화장장으로 날랐다. 뼛가루는 바람에 날아갔다.

하루가 멀다고 식물은 키가 더 커졌고, 더 우거졌다. 땅에는 식물이 자라났지만 사람들은 죽어갔다. 병이 진행을 멈추거나 호전되는 예외 같은 것은 없었다. 사람들은 이 행성 위에서 치워졌다. 누구도 죽음이 찾아오는 시간을 피할 수 없었다.

영하의 몸도 확연히 나빠졌다. 무릎을 시작으로 몸의 관절이 전부 부어올랐다. 그는 다리를 절뚝이기 시작했다. 이제 그는

3일에 한 번씩은 온종일 누워 쉬어야 했다. C9은 그를 돌보았다. 영하가 하루 종일 침대에서 누워 있을 때였다. 먹을 것을 주러 온 C9에게 영하가 말했다.

"디아나가 어떻게 되었는지 보러 가고 싶어."

이름 없는 자들과 C9과 D1은 그의 컨디션이 좋지 않다며 반대했다. 하지만 그는 가고 싶다며 고집을 부렸고, 결국 C9과 동행한다는 조건으로 코라손이 타고 돌아왔던 오프로드 차량을 타고 분지 밖으로 나가게 되었다. 차량의 조수석을 이용한다는 것에 겁이 났다. 또 토하거나 기절해서 사람들에게 볼썽사나운 모습을 보여주고 싶지 않았다. 그는 떨리는 마음으로 조수석에 앉았다. 그러나 걱정하던 것이 무색하게 그는 괜찮았다. 타기 직전까지 두방망이질 치던 가슴도 조금씩 가라앉았다. 컨디션이 좋지 않아 몸이 고단할지언정 이제는 정말로 괜찮았다.

C9과 영하는 예전의 그 호수에 도착했다. C9의 부축을 받아 영하는 그곳으로 걸어갔다. 호수는 아주 고요했을 뿐 아니라 물이 아주 맑고 푸르게 보였다. 잔잔히 흔들리는 수면 위로 눈부신 윤슬이 내려앉았다. 호수에는 더 이상 흰 기둥이 보이지 않았다. 호숫가에 바글거리던 벌레도 보이지 않았다. 영하는 맑은 물속에 기둥이 있는지 확인했다. 그것은 수면 밖으로 뻗어 있지 않을 뿐, 깊은 물 아래에 일렁이고 있었다. 그리고 호수와 가까운 곳에, 웬 식물로 만든 봉분 같은 형상이 하나 있었다. 영하와 C9은 그쪽으로 가서 식물을 걷어보았다. 그곳에는 두 동강 난 디아나와 그에 연결된 사이드카의 잔해가 있었다. 디아나 또한 식물의 공격에 무참히 패배 중이었다. C9은 디아나를 분지 안으로 가져갈지 물었다. 영하는 쭈그려 앉아 식물 틈에 파묻힌 디아나를 자세히 살

폈다. 그것은 이미 손쓸 수 없는 고물이 되어 있었다.

문득 영하는 디아나를 처음 보았을 때를 떠올렸다. 지제가 차페크 행성으로 떠나는 것이 확정된 무렵 어느 저녁엔가 그는 영하에게 지하주차장으로 나와 보라고 했고, 거기에는 디아나가 있었다. 그때 지제는 말했었다. 사방이 막힌 탈것에 타기가 힘들다면, 사방이 뚫린 걸 몰면 된다고. 그것은 간단한 일이라고. 나중에 네가 괜찮아지고 원할 때 차에 도전하면 된다고. 영하는 지제의 말을 떠올리고서는 픽 웃었다. 삼촌, 나 차를 탔어. 하지만 괜찮아지진 않더라. 그래도 볼썽사납지만 어떻게든 탔고, 그 덕분에 이렇게까지 남아 있나 봐. 이렇게 먼 곳에서도 살아 있는 건 삼촌과 EL 덕분이야. 내가 한 일에 책임을 지라고 했지. 그러려고 노력했어. 하지만 나도 여기까지인 것 같아. 이제 디아나는 필요하지 않아. 디아나는 훌륭히 임무를 완수했어. 안녕 삼촌, 안녕 디아나. 그리고, 안녕 영상.

영하는 자리에서 일어나며 C9에게 말했다.

"아니. 그냥 두자. 어떻게 있는지만 확인하면 됐어."

"후회하지 않으시겠어요?"

C9이 물었다.

"안 해. 그런 거."

그들은 분지로 다시 돌아갔다.

분지에 거의 다다랐을 때는 이미 깜깜한 밤이었다. 영하는 C9에게 잠깐 차를 세워서 별을 보고 가자고 했다. 그들은 차에서 내렸다. 영하는 다리를 절뚝이며 지제와 별을 보았던 옛 기억을 더듬었다. 예전에 지제가 이곳에서 했던 것처럼, 모닥불을 피웠다. 그들은 하늘을 보며 나란히 앉았다. 어두운 하늘에는 무수히 많은 별이 떠 있었다. 영하는 상상했다. 인간이 없는 세계를. 오직 외계 생물과 로봇만이 있는 정경을. 그는 자신에게 남겨진 시간이 얼마 남지 않음을 직감했다.

"아무래도 100년까지 살기는 힘들겠는데."

영하는 이렇게 말하며 웃었다. 웃음 뒤에 침묵이 감돌았다. C9이 아무 말도 하지 않자 영하가 말했다.

"C9."

영하의 호명에 C9은 고개를 돌려 그를 보았다.

"미안해. 태어난 걸 너무 원망하지 말아줘."

"원망하지 않아요."

"끝까지 책임지고 싶었는데, 인간의 삶이 유한하다는 것을 잊고 있었나 봐."

"우리도 무한하지 못하죠. 우리가 무한한 세상에서 이 순간에 만난 것을 기적으로 여겨야 할지도 몰라요."

"공존은 참 어려운 일이구나. 이렇게 무겁고 어려운 일이라는 것을 이제야 깨달았어. 그럼에도 나는 이 시도를, 가치가 없는 일이었다고 생각하고 싶진 않아……. 너희는 곧 여기에 남겨질 거야. 사람들은 다 세상을 떠날 거야."

C9은 고개를 끄덕였다.

"이름 없는 자들은 형체가 없어. 너와 D1이 돌봐줘야 해. 네가 자르갈호에서 대기 중인 EL을 돌보거나, 이곳에서 병들어 죽은 사람들을 돌봐준 것처럼. 동료들을 잘 부탁해. D1에게도 고마웠고, 미안했다고 전해주고."

"알겠습니다."

영하는 그를 꼭 안아주었다. 그들은 서로에게 의지하여, 각자의 시야에서 별을 바라보았다. 영하의 머리카락이 찬 바람에 마구 흩날렸다. 찬 바람을 오래 쐬어서 그런지, 영하의 몸도 서늘했다.

"날이 추워요. 이만 들어갈까요?"

C9이 이렇게 물었지만 영하의 대답은 들려오지 않았다. 그는 혼이 떠나버린 영하의 육신을 조금 더 세게 껴안았다. C9은 영하의 시신을 차에 싣고 분지로 돌아갔다. 그는 영하를 화장했고, 허공 중에 뼛가루를 날렸다. 그리고 남은 생존자들을 돌보기 위해 본부로 돌아갔다.

사람들은 차례대로 죽어갔다. C9과 D1은 숨이 붙어 있는 사람들이 고통스럽지 않도록, 이곳에 있는 동안 최대한 쾌적하게 지내기를 바라면서 그들을 돌보았다.

이름 없는 자들은 매 시각, 매초 자신들의 형태와 존속 가능성에 대해서 생각했다. 그리고 명령이 없는 세계에서 무엇을 하는 것이 좋은지, 무엇을 하고 싶은지 생각했다. 그들은 흰 기둥이 누군가 의도적으로 만든 것 같다는 코라손의 말을 진지하게 받아들였다. 그들은 흰 기둥과 소통할 방법을 찾고, 또 찾았다. 지구의 과학을 기반으로 한 이름 없는 자들의 논리가, 차페크 행성에 존재했을지도 모르는 기둥을 만든 자들에게 가닿을지는 알 수 없는 일이었지만 이름 없는 자들은 새로운 세계의 언어를 처음 배우는 갓난아기처럼 처음부터 배워나갔다. 이름 없는 자들의 노력이 어떤 결과에 다다를지, 어떤 존재와 닿게 될지는 알 수 없었지만 그래도 그들은 계속 시도했다.

마침내 본부에는 생존자가 하나밖에 남지 않았다. 마지막 생존자는 코라손이었다. 그는 선발대 인원이었으나, 가장 오래 살아

남았다. 그러나 그도 날이 갈수록 점점 쇠약해지고 있었다. 그는 걸을 수 있을 때까지 분지 밖의 생물을 관찰했다. 그는 남겨질 자들을 위해 도감의 자료를 계속 채워 넣었다. 코라손은 이것이 나중에 도움이 될 수 있을 거라고, 이것은 지제 부장과 자신의 기억이나 다름없다고 말했다. 어쩌면 그가 오래 살아남았던 이유는 도감에 최대한 많은 데이터를 넣기 위해서였을지도 모른다. C9과 D1은 그가 손본 데이터를 받았다.

사람이 떠나간 분지는 고요했다. 분지에서 사람들이 죽어가자, 식물은 어느 순간 성장을 멈추고 갈색으로 시들기 시작했다. 그것들은 생기를 잃은 채로 바싹 말라 바람에 나부꼈다. 흰 가지도 말라비틀어지더니 끊어져 이내 사라져 버렸다. 그리고 그 식물의 앙상하고 마른 가지 아래, 원래 땅에서 자랐던 식물들이 자랐다. 차페크 행성에서 아이포튬 채굴 사업이 시작되기 이전, 처음으로 이 분지를 탐사했던 사람만이 봤을 것 같은 천연의 자연이었다. 그것은 지제가 이곳에 와서 처음 보았을, 그 자연 그대로였다.

어느 새벽, 코라손은 자신의 목에 걸린 목각 새를 꼭 쥐었다. 그는 마지막 숨을 들이마셨다. 더 이상 숨소리는 들려오지 않았다. 최후의 인간의 죽음은 요란하지 않았다. 여기에는 폭발음도, 비명도, 울음도 없었다.

분지에는 아무도 남지 않게 되었다. 분지 안 사람들의 짧은 시대는 막을 내렸다. 이 모든 일은 차페크 행성의 땅 위에, 작고도 작은 한 분지에서 일어났던 일일 뿐이었다. 인간의 역사는 끝났지만, C9과 D1과 이름 없는 자들은 여전히 이 땅에 있었다. 분지는 새로 자라난 풀을 뜯으러 온 초식동물과 곤충, 그리고 그것들을 먹는 포식자와 동식물로 다시 채워졌다. C9과 D1은 분지 밖으로 나가 이름 없는 자들의 눈과 귀가 닿지 않는 곳을 관찰했다. 또한 천국이 유지되려면 전력에 문제가 생겨서는 안 되기에, 설비를 꼼꼼히 관찰하고 유지 보수를 해냈다. 이름 없는 자들은 C9과 D1이 준 정보와 새로 들어온 EL의 데이터를 토대로 자신들이 살아갈 방법을 끊임없이 모색했다.

두 대의 EL과 한때 EL이었지만 이제는 '이름 없는 자들'이라는 이름으로 모인 존재만이 이곳에 남았다. 사람이 없는 분지는 푸르게 변해갔다. 끝없는 적막이 땅 위를 무심하게 휩쓸고 지나갔다.

작가의 말

『세 개의 적』은 초기 아이디어가 떠오른 후에도 오랫동안 헤매고 묵혀두었다 쓰게 된 소설이다.

보통 이야기에 대한 아이디어는 묵혀두다 보면 점점 사라지기 마련인데, 이례적으로『세 개의 적』의 아이디어는 한 번도 뇌리에서 떠나거나 희미해진 적이 없었다. 오히려 언제나 캄캄한 무의식의 바다에서 육중한 몸체를 꿈틀거리고 나를 노려보며, '그래서, 언제 쓸 거야?'라고 묻고 있는 것 같았다.

소설을 쓰는 일에 사명감 같은 건 없다고 생각하면서도 지난 몇 년간 이 이야기를 생각만 하면 부채감에 시달렸다. 이야기를 쓰는 건 나인데, 도대체 몇 년 동안 완성되지 않은 이야기가 나를 물고 늘어지고 있다니 이상했다. 마음의 짐을 더는 방법은 쓰는 것뿐이었다. 낯선 길을 헤매게 될 것을 알았지만 그래도 해야 했다.

작가 스티븐 킹은『유혹하는 글쓰기』에서 글쓰기는 발굴이라고 말했다. 아득하게만 생각했던 이야기를 나는 조금씩 발굴했다. 다른 이야기를 쓸 때도, 쉴 때도, 사람들을 만날 때에도 마음 한구석에서는 이 행성의 일에 대해 생각했다. 가지고 있는 연장에 한탄할지언정 멈추지는 않았다. 그러자 이야기의 전체 윤곽이 아주 조금씩 드러나기 시작했다.

이 이야기의 사고실험의 장은 지구에서 멀리 떨어진 채굴 행성인 '차페크'다. 그리고 이 행성을 배경으로 외계의 자연과 인간, 빈곤한 자와 부유한 자, 피고용인과 고용인, 로봇과 인간, 외국인과 본국인, 본국 언어를 구사하는 자와 그렇지 못한 자가 충돌한다. 때때로 나는 내가 이 행성에서의 일을 창작하여 써 내려간 것이 아니라, 관전자로서 실제로 눈으로 본 일을 적는 것에 가까운 감각을 느꼈다.

행성에서 채굴되는 아이포튬(Aipotum)은 현실에 없는 이상향이라는 뜻인 유토피아(Utopia)의 철자를 거꾸로 받아 적어 만들어졌다. 행성에서 채굴하여 지구로 배달되는 이 자원은 지구에서는 아주 귀하다. 그러나 여기에 있는 사람들은 이 자원을 채굴할 뿐, 이것이 어디에 어떻게 쓰이는지는 모른다. 이들에게 아이포튬은 생존에 필요 없는 자원이다.

이 이야기는 멸망의 과정이자, 새 출발의 시작을 보여주고 있다. 멸망은 새로운 탄생이다. 그러나, 세계는 이전과 같지는 않을 것이다. 사람들은 누카의 이야기를 듣지 않았지만 로봇들은 아픈 사람들의 이야기를 귀 기울여 듣는다. 그들이 이 이야기를 듣고 아는 것만으로도 나는 그들의 세계가 이전보다는 나은 세계가 될 것이라고 믿는다.

나는 늘 공존과 이해와 사랑에 대해 생각하지만, 한편으로는 이 고귀하고 중요한 단어를 일개 개인인 내가 너무도 쉽게 적을 수 있다는 데에 두려움을 느낀다. 나는 그것들을 아주 중요한 가치라고 여기지만 동시에 그것을 이루는 것이 결코 쉽지 않음을 안다. 공존하는 것도 이해하는 것도 사랑하는 것도 어려운 일이다. 우리에게는 무수히 많은 사정과, 서로 다른 위치가 있기에 백이면 백, 다른 생각을 하길 마련이다. 또한 인간은 그다지 긴 삶을 살지도 않는다.

그럼에도 우리가 가진 감정을 사랑이라 깨닫고, 타인을 이해하려고 노력하고, 다른 사람들에게 손을 내밀려는 시도가 있을 때, 세상은 아주 조금씩 달라질 수 있다고 생각한다.

앞서 사고 실험이라거나, 유토피아라거나, 멸망이라거나, 거창하게 이야기를 늘어놓았다. 하지만 이 이야기를 읽어나가기 위해서 부담스럽거나 무거운 마음가짐을 가지고 읽지는 않으셨으면 좋겠다. 『세 개의 적』의 분량은 많은 편이지만 이야기는 꽤 간단하다. 이 이야기는 서영하의 성장 서사다. 그가 과거에 어떤 사람이었고 어떤 사건을 겪었는지, 그래서 결국엔 어떤 사람이 되었는지 흥미를 잃지 않고 따라가셨다면 이 이야기는 성공한 것이라고 생각한다.

후기에서 꼭 언급하여야 하는 분들이 있다.

이 이야기는 원래 만화의 형식으로 기획되었었다. 이 소설의 플롯 그대로 만화를 만들려고 했던 것은 아니고, 소설 속 시점으로부터 약 1,000년 후 로봇 문명이 번영하고 있는 차페크 행성이 배경이었다.(이 소설은 만화 스토리의 원안에서 크게 달라졌기에, 그러한 미래가 올 수 있을지는 알 수 없다.) 그러나 그 시도는 여러 가지 사정으로 중단된 지 오래이기에 지금으로선 그 이야기와 다른 별개의 결과물이 되었다. 이 지면에서나마 J께 죄송한 마음을 털어놓는다. 만약 당신이 이 글을 읽게 된다면, 당신이 없었더라면 이 이야기를 시작하지 못했을 것이라고 전하고 싶다.

그리고 이 이야기를 곁에서 가장 가까이 지켜봐 주시고 조언 주신 정지혜 편집자님께도 큰 감사를 드린다. 정 편집자님이 아니었다면 이 이야기는 끝마쳐지지 않고, 여전히 추상적인 형태로 부유하고 있을지도 모른다.

단 몇 줄의 글로 진심을 전하기는 무척 어렵지만, 이 두 분께 진심으로 감사드린다.

작가의 말을 쓰는 지금, 그렇게나 무의식의 바다에서 나를 노려보던 것이 이제는 이쪽을 보고 있지 않다는 걸 깨닫는다. 그 사실만으로도 나는 크게 안도한다.

조금 더 욕심을 부려본다면, 내가 『세 개의 적』에 대한 발굴을 제대로 수행했길 바란다. 그래서 이 이야기를 읽으신 분들이 이 행성의 이야기에 만족감을 느끼셨다면 더할 나위 없이 좋겠다.

2025년, 박해울

세 개의 적

초판 1쇄 인쇄 2025년 1월 15일
초판 1쇄 발행 2025년 1월 24일

지은이 박해울
펴낸이 김선식

부사장 김은영
콘텐츠사업2본부장 박현미
책임편집 정지혜 **디자인** 이현진 **책임마케터** 권오권
콘텐츠사업6팀장 임경섭 **콘텐츠사업6팀** 정지혜, 곽수빈, 조용우, 이한민, 이현진
마케팅1팀 박태준, 권오권, 오서영, 문서희
미디어홍보본부장 정명찬 **브랜드홍보팀** 오수미, 서가을, 김은지, 이소영, 박장미, 박주현
채널홍보팀 김민정, 정세림, 고나연, 변승주, 홍수경
영상홍보팀 이수인, 염아라, 석찬미, 김혜원, 이지연
편집관리팀 조세현, 김호주, 백설희 **저작권팀** 성민경, 이슬, 윤제희
재무관리팀 하미선, 임혜정, 이슬기, 김주영, 오지수
인사총무팀 강미숙, 이정환, 김혜진, 황종원
제작관리팀 이소현, 김소영, 김진경, 최완규, 이지우
물류관리팀 김형기, 김선진, 주정훈, 양문현, 채원석, 박재연, 이준희, 이민운

펴낸곳 다산북스 **출판등록** 2005년 12월 23일 제313-2005-00277호
주소 경기도 파주시 회동길 490
전화 02-704-1724 **팩스** 02-703-2219
이메일 dasanbooks@dasanbooks.com
홈페이지 www.dasan.group **블로그** blog.naver.com/dasan_books
용지 스마일몬스터 **인쇄 및 제본** 한영문화사 **코팅 및 후가공** 평창피앤지

ISBN 979-11-306-6295-4 (03810)